De pers over *Galgen*

'Duister en angstaar
met een fascinerende, jonge heldin.' Tess Gerritsen

'Internationale allure. Erg indrukwekkend, en bovenal nagelbijtend spannend!' Sebastian Fitzek

'Zinderende thriller.' **** *AD*

'Een mooie mix van gruwel en Hollandse "gewoonheid", onberispelijk en met veel vaart geschreven.' *VN Thrillergids*

'Strak geschreven, in denderende vaart. De heldere, dan weer verwarde gedachten van de 19-jarige Kyra weerspiegelen knap het geoefende werkpatroon van rechercheur Mertens. Mooie omgevingsbeschrijvingen completeren de thriller.' *De Telegraaf*

'Nagelbijtend spannende thriller met buitenlandse allure. Ik kan niet wachten op de rest van de boeken in de reeks *De Noordzeemoorden*.' *Crimezone/Hebban*

'Deze titel biedt alles waar een thrillerliefhebber van houdt. Dit eerste deel is de perfecte binnenkomer en biedt alles om uit te kijken naar het vervolg.' *Vrouwenthrillers.nl*

'De cliffhanger die ervoor moet zorgen dat je ook het volgende deel gaat lezen is van een hoog niveau: het liefst zou je meteen doorlezen.' *Mustreads.nl*

Lees ook *Galgenveld*, deel 1 van *De Noordzeemoorden*:

Een serie raadselachtige moorden vol symboliek, een halsstarrige rechercheur, een iets te bemoeizuchtige eindexamenkandidate en een spoorloos verdwenen zus. De ingrediënten van *De Noordzeemoorden*, een knap geconstrueerde, vierdelige thrillerserie die de lezer meevoert van Amsterdam naar Texel, en verder op een tocht langs de kille Noordzee. *Galgenveld* is het eerste deel van dit spannende vierluik.

Als Amsterdam-Noord wordt opgeschrikt door een gruwelijke moord is de negentienjarige Kyra Slagter als een van de eersten op de plaats delict. Tot grote ergernis van rechercheur Maud Mertens mengt ze zich in het recherchewerk en geeft ze ongewenst advies. Gaandeweg blijkt dat Kyra's suggesties toch wel heel nuttig zijn voor Mertens en dat de twee tegenpolen elkaars hulp goed kunnen gebruiken. In een wervelend samenspel tussen de jonge, scherpzinnige en soms overmoedige Kyra en de ervaren, bedachtzame rechercheur Mertens komen de gruwelijke daden van een maniakale moordenaar aan het licht.

ISA MARON

THRILLER

IJSKOUD

DE NOORDZEEMOORDEN - 2

thb

the house of books

Eerste druk, december 2014
Vierde druk, februari 2020

Omslagontwerp Loudmouth, Utrecht
Typografie Studio Overamstel

ISBN 978 90 443 5305 1
ISBN 978 90 488 2271 3 (e-book)
NUR 332

www.thehouseofbooks.com
www.overamstel.com

OVERAMSTEL
uitgevers

The House of Books is een imprint van Overamstel uitgevers bv

– 1 –

'Jesse?'

Sophie Verster staat bij het hek waarachter de ezels zich bevinden, bij een van de laatste veldjes van de kinderboerderij. Haar adem maakt kleine wolkjes in de lucht. Haar ogen vliegen rond, ze speurt de omgeving af, de mensen, de kinderen. Het is niet druk vandaag. Het pad naar de pauwen ligt er verlaten bij en alleen verderop scharrelen wat vaders en moeders met hun kinderen tussen de kippen en de eenden.

'Jesse?'

Waar zit hij nou? Hij loopt ook altijd bij haar weg zonder even iets te zeggen. Ze stopt haar telefoon in haar jaszak. Schapen, ezels, een leeg veld met schots en scheve hekken langs de sloot achter aan het terrein. Hij is nergens.

'Jesse!' roept ze nog een keer, bozer nu.

Ze kijkt nog een keer bij de schapen en het hek aan het eind van de weg. Ze kijkt snel achter de struiken bij de speeltuin. Geen Jesse. Shit.

Ze loopt een stukje terug en blijft bij een verweerde groene picknicktafel staan. Hij was hier net nog. Hij stond met het bakje kippenvoer in zijn handjes vlak naast haar naar de ezels te kijken, ze pakte even haar telefoon – die navelstreng naar de rest van de wereld –, stond te appen met een vriendin, keek op, en hij was weg.

Gewoon weg.

Ze rent een stuk richting de ingang, waar de kippen zijn, maar ook daar is hij niet. Ze had gedacht dat hij die beesten misschien al was gaan voeren.

'Jesse!' roept ze weer.

Alsof dat helpt. Als hij haar zou horen dan kwam hij wel. Er zit geen kwaad in dat jochie. Hij is niet iemand die pest of expres brutaal doet.

Waar is hij toch?

'Jesse!' Haar stem slaat over.

Ze draait om haar as en kijkt nog een keer of hij echt niet in de buurt is. Ze rent een stuk terug, maar beseft dat ze daar al twee keer gekeken heeft. Ze kan niet geloven dat hij ineens verdwenen is.

Hij is niet op het pad naar de ingang, en ook niet achter haar. Ze staat aan de rand van de kinderboerderij, waar het pad ophoudt en een knik maakt naar de achteruitgang, een poort die altijd afgesloten is. De typische boerderijgeur is ineens misselijkmakend; vochtig hout en blubber vermengd met kippenstront en ezelpoep. Ze rent naar het hek dat het verste stukje terrein scheidt van de buitenwereld, de smalle weg langs het Noordhollands Kanaal. Ze duwt de klink van de poort naar beneden. Dicht. Hij kan hier onmogelijk zelf naar buiten zijn geglipt.

Ze gaat op haar tenen staan, leunt zo ver mogelijk over het hek en speurt tegen beter weten in de weg af. Kom op, Jesse, laat je zien. Links, bij de molen, is hij niet. Rechts, bij de ingang van de Buiktuin, ook niet. Ze laat zich terugzakken, pakt de tralies en schudt. Stevig en te hoog voor Jesse om overheen te klimmen. Hij moet echt nog ergens hier binnen zijn. Ze loopt terug naar de ezelweide.

De dieren staan bewegingloos op het kale stuk grond. Een minuut is verstreken sinds ze opmerkte dat hij niet meer naast haar stond, misschien twee. Jezus, ze is verantwoordelijk voor hem. Ze is de oppas. Degene aan wie Ilonka al jaren haar kind toevertrouwt.

Een akelige, koude rilling kruipt over haar rug en een moment voelt het alsof de wereld ronddraait, in duizelingwekkende snelheid, en alles om haar heen verandert in langgerekte strepen, terwijl zij daar in haar eentje staat, doodstil, in het oog van de storm, tot iemand aan de noodrem trekt, alles acuut tot stilstand komt en het lijkt alsof alleen zijzelf nog misselijkmakend rondtolt.

'Jesse!'

Ze kan niet ophouden hem te roepen. Ze rent weg, schiet tussen de struiken door en rent weer naar het kleine, verborgen speeltuintje. Hij moet er zijn. Ze moet alleen beter kijken.

Niemand.

Een knalblauw plastic glijbaantje staat verlaten in de zandbak. Er staat een zwart-witte speelgoedkoe. Ernaast staat een bord: VAN SPELEN WORD JE BLIJ, MAAR OPRUIMEN HOORT ERBIJ. De deksel van de plastic kist waar het speelgoed in hoort staat open. Ze rent ernaartoe. Misschien verstopt hij zich. Misschien houdt hij haar voor de gek.

Geen Jesse.

Ze rent langs de wip, springt achter het bankje en kijkt achter de struiken. Hoe is het mogelijk? In godsnaam, Jesse, waar zit je? Ze schiet aan de andere kant van het speeltuintje weer tussen de heesters door, terug naar het pad, en rent naar het pleintje bij de ingang.

'Jesse!'

Dit is de kleinste kinderboerderij op aarde. Twee ezels, wat schapen, een handvol geiten, een zootje kleine dieren. Hoe kan hij weg zijn?

'Ik ben mijn kind kwijt!' roept Sophie. Ouders kijken verschrikt haar kant op. 'Mijn oppaskind! Jesse!!'

'Hoe ziet hij eruit?' vraagt een vader die met twee jonge kinderen tussen de kippen staat.

'Blauwe jas, spijkerbroek, blonde krullen, blauwe muts,' zegt ze buiten adem.

*

Kyra Slagter zit op het voeteneind van haar tweepersoonsbed en staart naar de muur met de informatie over Sarina. Haar foto in het midden, de kaart van Texel – waar ze vier jaar geleden verdwenen is – met de route die ze gelopen heeft, steekwoorden uit getuigenverklaringen, kleding, plaatsnamen, de naam van de jongen die ze daar kennelijk ontmoet heeft, kopieën van de belachelijk hoopgevende ansichtkaarten die vier jaar nadat ze verzonden waren ineens boven water waren gekomen. Ruim een jaar geleden had haar moeder het haar nog verboden om zo intensief met de verdwijning van haar oudere zus bezig te zijn. Ze had geëist dat de muur leeggemaakt werd, dat Kyra zich zou bezighouden met school en niet met Sarina, met zaken waar je invloed op hebt, zei ze, en niet met zaken die ver buiten je bereik liggen.

Ver buiten je bereik. Haar eigen zus. Mooi niet.

Nu waren ze dat stadium voorbij. Ze was negentien geworden, volgde de opleiding forensisch onderzoek aan de Hogeschool van Amsterdam. Had dingen meegemaakt dit jaar, in haar idiote zoektocht naar de moordenaar van haar docent Marc Gaullier, die op de een of andere manier haar positie ten opzichte van haar moeder veranderd hadden.

Sarina lacht haar toe. Blond haar rondom een mager gezicht. Grote groenbruine ogen en mooie rode lippen, zoals ze zelf ook heeft. Het is een heel gek idee dat ze nu net zo oud is als het meisje op de foto. Iets ouder zelfs.

Waar ben je naartoe gegaan, zus? Wat is er met je gebeurd?

Haar telefoon, die naast haar op bed ligt, begint te zoemen. Sophie. Vreemd, meestal appt ze.

'Hi,' zegt ze en Sophie begint meteen te praten.

'Jesse is kwijt,' zegt ze buiten adem. 'Ik ben bij de Buiktuin en hij is ineens weg. Wil je naar zijn huis gaan en kijken of hij daar is? Ik wil hier blijven voor het geval hij terugkomt. Ik snap er helemaal niets van. Ik was hem ineens kwijt.' Ze valt stil, als een auto die een noodstop maakt.

'Ik ben al onderweg,' zegt Kyra. 'Ik pak de scooter. Heb je Ilonka gebeld?'

'Dat durf ik niet.'

'Bel in elk geval 112.'

'Ja. Misschien. Ik...' stamelt Sophie. 'Hij kan toch... Ik snap...'

'Wat heeft hij aan?'

'Een spijkerbroek en een blauw jack en een blauwe muts, zo'n felle kleur blauw.'

Kyra schiet in haar schoenen en rent de trap af. Scootersleutel. Winterjas, handschoenen. Snel.

*

Ze kan niet geloven dat hij weg is. De paar bezoekers van de kinderboerderij zoeken allemaal. Zelf heeft ze nog een keer op het achterste deel van het terrein gezocht, in de hokken van de pauwen en de kippen gekeken, in de kleine stal van de ezels. Ze kan geen plek meer bedenken waar ze niet al twee keer is geweest. Sophie staat in het huisje van de beheerder. Misschien heeft ze toch niet goed gekeken bij het geitenweitje, of is hij toch bij de speeltuin, ook al zijn ze daar al een paar keer geweest om te zoeken.

'Kan hij niet naar huis zijn gegaan?' vraagt een van de beheerders. Het is een kleine vrouw met een enorme boezem. Ze draagt een grijs, gevlekt T-shirt met een verwassen print van Mickey Mouse en ze heeft een diepe frons op haar voorhoofd.

'Een vriendin van mij is daar nu naartoe om te kijken, maar hij zou nooit zomaar naar huis gaan. Dat zou hij echt wel zeggen.'

'Ik bel 112,' zegt de vrouw.

Sophie knikt wezenloos.

'Ik kijk nog een keer bij de geiten,' roept ze en ze rent de deur uit. Ze rukt het hek van de geitenwei open, rent over het gras, langs de oude tractor die verzonken in de blubber van het weilandje staat, naar het huisje met de hooibalen midden op het achterste veld. Ze hijgt, krijgt haast geen lucht. Het is onmogelijk. De hele kinderboerderij is omheind. Het is het soort hekwerk waar kleine kinderen absoluut niet over of doorheen kunnen. Ze rent een rondje over het veld. Niks. Ook niet buiten het terrein, aan de andere kant van het hek. Het grasveld daar is leeg. Niks. Hoe kan het? Hoe kan dit toch? Het lijkt wel alsof haar gedachten blijven haperen, als een liedje met alleen maar een refrein. Hoe kan hij ineens verdwenen zijn?

Ze rent om de hooischuur heen, naar de mesthoop, waar een massa kippen scharrelt. Hier is een moeder aan het zoeken.

'Niks,' zegt de vrouw. 'Sorry.'

Ze rent terug naar de beheerders.

'Hij is echt nergens,' zegt Sophie buiten adem. Ze zuigt een grote hap lucht naar binnen maar heeft niet het gevoel dat er zuurstof in haar longen terechtkomt. Vijf jaar oppassen balt zich samen in dit ene moment. Hij is twee en ze maken een toren van blokken. Hij is vijf en ze lezen de verhalen van *Kikker*. Nu is hij zeven en vindt hij zichzelf al veel te groot voor een oppas. Hoe kan hij ineens weg zijn?

'Ga even zitten,' zegt de vrouw met het Mickey Mouse-T-shirt. 'We hebben 112 gebeld en de politie komt eraan. Jan? Heb je thee?'

De man staat op, zijn waterige ogen verdwijnen haast onder zijn dikke wenkbrauwen. Ze moet gaan zitten, zeggen ze. Hoe kan ze nou gaan zitten terwijl ze moet zoeken? Maar waar moet ze zoeken? Ze kan geen plek meer bedenken.

'Heb je buiten gekeken?' vraagt de man terwijl hij een kop dampende thee aanreikt. 'Bij het kanaal?'

Sophie bevriest.

*

Kyra raast met haar scooter over de dijk, ze schiet tussen de paaltjes door bij het Florapark, en wenst dat het ding sneller is. Het is waterkoud en ze is blij dat ze haar dikke winterjas heeft aangetrokken. Een paar minuten later rijdt ze zonder aarzelen de kinderboerderij voorbij, slaat iets verderop links af de wijk in waar Sophie en Jesse wonen. Ze zet haar scooter in de voortuin bij Sophie en springt over het hekje om aan te bellen bij de ouders van Jesse. Geen antwoord.

Ze belt nog een keer. Niks. Ze tuurt door het raam. Roept door de brievenbus. Nee, als Jesse er was zou hij heus wel opendoen. Ze loopt terug en belt aan bij Sophie, maar Linda doet niet open. Aan de overkant van de straat ziet ze beweging en ze belt daar aan.

'Heeft u Jesse gezien?' vraagt ze aan de oudere dame.

'Ik zag hem met Sophie weggaan,' zegt de vrouw. 'Een uurtje geleden denk ik.'

'Daarna niet meer?'

'Nee.'

'Dus hij kan niet teruggekomen zijn,' stelt Kyra.

'Wat is er dan?' vraagt de vrouw. 'Is hij weg? Misschien is hij bij

Tim, zijn vriendje, die woont op nummer zevenentwintig.' Ze wijst naar een huis iets verderop in de straat.

'Bedankt,' roept Kyra. Ze is al weg.

'Is Jesse hier?' vraagt ze aan de vrouw die opendoet, maar ze ziet al aan de verbazing op haar gezicht dat hij er niet is.

'Nee, die heb ik niet gezien,' stamelt de vrouw. 'Waarom?'

Kyra reageert niet, vist haar telefoon uit haar zak, steekt haar hand op om de vrouw te bedanken en rent terug naar haar scooter.

'Sophie? Hij is hier niet. Niet thuis. Niet bij zijn vriendje. Niemand heeft hem gezien. Heb je 112 gebeld?'

Ze luistert even naar de paniek van Sophie.

'Blijf daar,' antwoordt ze. 'Dan volg ik nog een keer de route van hier naar de kinderboerderij, misschien dat ik hem toch ergens zie. Ik kom eraan.'

Ze rijdt terug, iets rustiger nu, en kijkt goed om zich heen. Ze maakt een extra rondje in de kleine straatjes rondom Jesse's huis. Het is half november en over een paar dagen komt Sinterklaas, maar toch zijn al veel huizen in kerstsfeer aangekleed. Over een uurtje is het donker. Ze moeten opschieten met zoeken.

Kyra rijdt de wijk uit, over de houten brug naar het kanaal. Nergens een klein blond jongetje. Ze kent Jesse. Als Sophie niet kan, past ze ook weleens op hem. Het is een lief jochie, hartstikke slim. Hij heeft haar leren schaken – althans, hij heeft verteld wat elk schaakstuk mag en wat niet – want hij vond mens-erger-je-niet maar stom. Shit, waar is hij toch?

Vlak voor het viaduct stopt ze even en ze tuurt de weg naar de basisschool af. Het is een lange rechte weg naast een sloot. Niks. Voor de zekerheid kijkt ze nog een keer achter zich, naar het water, de struiken en het riet langs de wallenkant. Niks.

Ze rijdt door. Vlak na het ziekenhuis stopt ze weer. Is hij hier het fietspad op gegaan? In de verte loopt alleen een oudere vrouw met een hond. Ze ziet auto's rijden. Nergens een klein, huppelend jongetje in een blauw jasje.

Op nog geen honderd meter van de kinderboerderij ziet ze iets in het kanaal drijven, een meter of drie van de wal. O god. Ze schreeuwt naar de mensen die bij de ingang van de Buiktuin staan.

'Kijk daar!' gilt ze, al weet ze niet precies waarom ze het roept. 'Jesse!'

Ze zet de scooter op de weg en rent naar de waterkant. Iets blauws. Iets felblauws. Ze heeft het gevoel dat iemand haar keel dichtknijpt. Maar hij heeft toch zijn zwemdiploma? Je hebt toch wel je A als je zeven bent? Of niet? In godsnaam...

Ze kijkt om zich heen en ziet een paar mensen op haar af lopen. Hoe diep is het hier? Twee meter? Drie? Vier? Dit is een vaarroute waar regelmatig grote schepen varen. Jezus, Jesse... Dat knalblauwe ding kan niets anders dan zijn muts zijn. Ze trekt haar dikke jas uit en springt in het kanaal. Het water is zo koud dat het haar meteen fijn lijkt te knijpen. Met twee slagen is ze bij het blauwe ding en grist het uit het water. Inderdaad een muts van blauw katoen.

Achter zich een plons. Ze ziet een jongen boven komen.

'Jij die kant,' roept hij terwijl hij achter Kyra wijst. Hij heeft gelijk. Jesse kan overal zijn, ze moeten dit goed aanpakken, anders heeft het geen zin. Ze gooit de muts op de kant, waar inmiddels een aantal mensen staan te kijken. Ze duikt onder. Het ijskoude water stroomt in haar oren, over haar kruin en in haar nek. Ze probeert iets te zien, maar het water is troebel, groenbruin, en overal waar ze kijkt hangt dezelfde ondoorzichtige mist. Wanhopig graait ze om zich heen en door de heftige bewegingen is haar lucht meteen verdwenen en moet ze naar boven om adem te halen. Hoe lang duurt het voordat een kind van zeven zinkt? Hij zal toch spartelen, gillen, hij kan toch watertrappelen? Hij gaat toch niet meteen al kopje-onder? Had hij misschien laarzen aan? Dat is het verhaal: je laarzen uitdoen als je in het water valt. Want ze lopen vol en trekken je naar beneden. Is dat waar? Waar moet ze zoeken? Waar? Ze neemt een grote hap lucht en duikt weer onder. Dit keer probeert ze de bodem te halen, waar ze panisch om zich heen tast. Modder. Stenen. Takjes. Iets scherps. Niks. Helemaal niks.

Jesse! schreeuwt ze inwendig. *Hierheen!*

Ze moet alweer naar boven. Haalt adem. Duikt veel te snel weer onder en het paniekgevoel wordt steeds overweldigender. Ze kan hem niet vinden. Het kanaal is veel te breed en waarschijnlijk staat hier ook nog een stroming. Misschien is hij naar het midden van het water gedreven, en de kant op van de ringweg, of juist richting de sluis. Nog een keer komt ze boven, hapt naar lucht, en weer duikt ze onder. Ze probeert systematisch langs de kant te zwemmen, met haar armen om zich heen maaiend en steeds een stukje verder van de kant af, naar het midden van het kanaal, maar ze heeft het gevoel dat ze hele stukken overslaat, dat hij overal kan zijn, dat het kanaal een modderpoel is zo groot als een voetbalveld, en ze zoekt rondom haar, maar hij kan ook boven haar drijven, onder haar, schuin naast haar, hij kan overal zijn. En waarom kan ze niets zien? Ze ziet haar eigen benen niet eens, zo troebel is het hier. Het heeft geen zin... Buiten adem komt ze weer boven en ze vloekt. Houd je kop erbij. Zoek! Zoek!

'Niks!' roept de jongen die ook in het water is gesprongen. Hij zwemt op haar af. Ongemerkt is ze al een heel stuk van de kant af naar Jesse aan het zoeken. Links van haar ziet ze nog een man in het water liggen.

'Het is niet te doen,' roept de jongen. 'Sorry. Misschien moeten de duikers verder zoeken.'

De duikers, zegt hij. Die zullen wel komen inderdaad. Speurhonden. Een hele ploeg politiemensen. Maar ze zullen te laat zijn. Als hij hier in het water ligt...

'Kom naar de kant,' zegt de jongen. 'Het is veel te koud.'

Nu pas merkt ze hoe verkleumd ze is. Hoe lang ligt ze al in dit ijskoude water? Alles prikt, als ze beweegt is het alsof ze zich aan honderden messen snijdt.

'Nee,' zegt ze zacht. Ineens voelt ze zich doodmoe en de wallenkant lijkt heel ver weg. Ze kijkt de jongen aan, maar ziet hem niet. Zijn gezicht lijkt te veranderen in dat van Jesse, doodsbang, met immense opengesperde ogen. Ze haalt nog een keer diep adem en duikt onder. Met wilde bewegingen zwaait ze haar armen om zich heen. Hij moet hier ergens zijn. Als hij nou alleen maar haar kant op kwam, als ze nou alleen maar op de goede plek zocht... Ineens voelt ze iets kouds en klefs in haar rechterhand. Het is meteen weer weg. Ze draait zich om en graait ernaar.

Ja, hebbes. Ze grijpt het vast en schiet naar boven, maar voor ze boven is weet ze het al: wat het ook is, het is te zacht, te licht, het is niet Jesse. Ze trekt haar arm boven het wateroppervlak uit en herkent een jas. Even is ze verlamd van angst en denkt ze het blauwe jack van Jesse te zien, maar dan ziet ze dat de stof donkergroen is en dat de maat die van een volwassene is. Een van de mouwen is helemaal gerafeld. Ze schreeuwt het uit van woede en frustratie.

'Kom,' zegt de jongen weer. Hij drijft naast haar. Zijn haren plakken op een idiote manier langs zijn wangen en er druppelt water van zijn neus. 'We moeten eruit.'

'Nee,' fluistert Kyra. Wat als hij hier is? Vlak bij haar in de buurt. Wat als hij net onder haar drijft? Of op een meter afstand, daar, in het midden van het kanaal. Dan had ze hem bijna, echt bijna. Dan had ze hem kunnen redden en als ze nu teruggaat is hij verloren. Nog een keer duikt ze onder, maar ze merkt dat ze het niet meer volhoudt, dat ze maar een paar seconden beneden kan blijven en te weinig kracht heeft om nog echt te zoeken.

'Kom mee,' zegt de jongen nogmaals en hij trekt een gezicht alsof hij dit keer geen enkele tegenspraak meer duldt.

Langzaam zwemmen ze terug naar de kant. Voor haar ziet ze de andere zwemmer al uit het water klimmen. Ze zouden echt langer moeten zoeken, maar Kyra kan haar armen en benen amper bewegen. Ze lijken van lood, en het water van stroop. Als ze ooit aan wal komt, moet ze even gaan liggen, even uitrusten, slapen misschien wel.

Ze rilt. Dat je het zo ontzettend koud kunt hebben... Binnen in haar is het kil en hol, als een lege vrieskist waar een dikke laag ijs op de wanden is afgezet. Ze zijn terug bij de wallenkant. Kyra grijpt de bovenkant van de beschoeiing, maar het lijkt onmogelijk om hier uit het water te klimmen. Het is veel te hoog, zeker een meter. Vermoeid blijft ze hangen.

'Eruit,' zegt iemand boven haar. 'Schiet op! Je raakt onderkoeld!'

Kyra probeert zich omhoog te trekken, maar ze heeft het gevoel dat haar armen ineens van elastiek zijn, ze trekt zich op maar komt geen centimeter omhoog. 'Watje,' scheldt ze zichzelf uit. 'Je moet dat water uit. Ze hebben gelijk.' Ze trekt zich uit alle macht omhoog, maar het lukt niet en hijgend valt ze terug.

'Nog een keer,' roept de stem.

Iemand geeft haar een duw, iemand trekt aan haar arm, en dan ligt ze in het gras, te klappertanden en te bibberen.

'Opstaan, bewegen, naar binnen,' beveelt de strenge stem. Het is de jongen. Hoe komt hij nou ineens hier? Hij was toch in het water, naast haar?

'Jij ook,' moppert Kyra. 'Jij ook.'

Ze krabbelt overeind en hij slaat zijn arm om haar heen. Dan duwt en trekt hij haar in de richting van het huisje op het terrein van de kinderboerderij.

'Geef ze hete koffie!' roept iemand. 'Zet de kachel aan. Haal dekens!'

'Jesse?' vraagt Kyra. 'Hebben jullie hem al? Waar is Sophie?'

Op dat moment hoort ze twee sirenes door elkaar loeien. Politie. Brandweer. Goddank.

*

Maud Mertens haast zich achter Niels Bingsten aan naar de dienstauto. Een vermist kind. De beheerder van de kinderboerderij deed de melding. De oppas van het jongetje is in alle staten. Zij heeft met hulp van de andere bezoekers het hele terrein doorzocht. Hij is nu bijna een halfuur vermist. Een fractie van een mensenleven, een verwaarloosbaar klein beetje tijd, maar een eeuwigheid als je kind zoek is. Niels heeft de auto al gestart als Maud het portier opentrekt. Ze ploft op de bijrijdersstoel en ze scheuren weg voordat ze haar riem om heeft. Waarschijnlijk is het niks. In negenennegentig van de honderd gevallen is het een storm in een glas water en is het kind al gevonden als ze aankomen, maar die ene keer dat het wel mis is, is tijd je belangrijkste vijand. Of handlanger. Hoe sneller iedereen in actie komt, hoe groter de kans dat het jongetje terecht komt. Jesse van Dijk. Zeven jaar. Woont in Banne Noord, de wijk vlak bij de kinderboerderij.

‘De Buiktuin,’ zegt Mertens, terwijl ze opzij kijkt naar het doorgroefde gezicht van haar collega. ‘Ken je het?’

‘Ja,’ antwoordt Bingsten met opeengeklemde kaken. Vlak voor hen blijft een auto midden op de weg rijden, ook al hebben ze hun licht- en geluidsignalen aan. ‘Dat is bij het kanaal. Ga aan de kant, eikel!’

Zodra er een gaatje is haalt hij de auto in, om die vervolgens op een heerlijk schandelijke manier af te snijden. Mertens ziet de bestuurder vloeken en gebaren maken. Natuurlijk.

Bingsten rijdt over de brug over het kanaal, slaat links af de woonwijk in en slalomt via een onnavolgbare route door een aantal kleine straatjes totdat hij bij de sluis op de Buiksloterdijk komt, waar hij naar beneden rijdt, langs het water naar de kinderboerderij.

In haar hoofd somt Maud op wat er straks nodig is, mocht het jongetje echt nergens te vinden zijn. Een zoekteam, speurhonden, duikers. Misschien ook een amber alert. De coördinator vermissingen is gebeld, die zorgt voor het in werking stellen van het protocol. Jesse is door de officier van dienst beoordeeld als urgent. Ze sluit haar ogen en probeert de loodzware klont in haar maag weg te ademen.

*

De kou is zo diep in al haar vezels doorgedrongen dat Kyra het gevoel heeft dat haar botten zijn veranderd in ijspegels. De koudste 19 november sinds jaren en dan het water in duiken, briljant.

‘Kleding uit,’ beveelt de ambulancebroeder.

Ze staart hem aan.

‘Met die natte kleding aan je lijf krijg ik je niet warm,’ zegt de man. Hij heeft kort grijs haar en een neus als een bokser. Hij is vriendelijk, maar dwingend. ‘Als jij het niet doet, dan doe ik het.’

Ze knikt, legt de oude paardendeken op het bed in de ambulance en begint zich uit te kleden. ‘Ik heb een winterjas,’ zegt Kyra. ‘Die is wel droog. Zal ik die aantrekken? En een muts heb ik ook.’ Ze kijkt de broeder aan en heeft het gevoel iets heel doms te hebben gezegd. Ongetwijfeld heeft de man speciale warmtedekens. Misschien wel iets elektrisch om haar op te warmen. Ze bibbert nog steeds, maar haar hoofd is helderder.

'Straks misschien,' zegt de broeder en hij spreidt een soort aluminiumfolie op het ambulancebed uit. Hij droogt haar ruw met een handdoek en als ze gaat liggen vouwt hij de foliedeken om haar heen. Hij zet het hoofdeind iets omhoog, droogt haar lange blonde haren en zet haar muts op. Dan legt hij nog een deken en haar jas over haar heen en reikt haar een warme kop thee aan.

'Het valt gelukkig erg mee,' zegt hij. 'Je temperatuur is 33,4 graden. Onder de drieëndertig wordt het vervelender.'

'Jesse,' zegt ze opnieuw. 'Is hij nou al gevonden?'

'Ik weet het niet. Ik ben hier bij jou. Mijn collega is bezig met je vriend en zijn vader.'

'Mijn vriend?'

'Die jongen die ook in het water lag. Is dat niet je vriend?'

Ze schudt haar hoofd en drinkt haar thee. Ze weet niet eens hoe hij heet. Langzaam voelt ze de geruststellende warmte van de deken toenemen. Haar lichaam warmt iets op en ze voelt zich een klein beetje ontspannen, maar het gevoel van onheil raakt ze niet kwijt. Als Jesse gevonden was, was iemand dat vast wel komen vertellen.

Ze drinkt het bodempje thee op en laat haar hoofd op het bed rusten. Hoe kan het dat Jesse aan Sophies aandacht ontsnapt is? Niets voor haar. En trouwens ook niets voor Jesse om 'm zomaar echt te smeren. Of in het water te vallen. Hij gaat er weleens vaker vandoor, maar dan staat hij een paar meter verderop of zo. Hij is nog nooit echt weggelopen.

Ze kan haar gedachten niet stilzetten. Ze schieten heen en weer van het moment bij de buurvrouw van Jesse naar het scheuren met de scooter en het zoeken in de straten en het zoeken onder water. God, het water. Zo koud, zo onbarmhartig. Hij zal daar toch alsjeblieft niet liggen? Alsjeblieft. Terwijl ze daar gezocht heeft. En zij niet alleen. Die man, die jongen...

'Wilt u straks vragen hoe hij heet?' vraagt Kyra.

De broeder kijkt haar met opgetrokken wenkbrauwen aan.

'Die jongen,' zegt ze. 'Mijn vriend. Eh... hoe hij heet.'

'Zal ik doen,' zegt de man lachend. 'Ik vul even mijn papieren in. En dan moeten we eens gaan nadenken hoe we aan droge kleren komen voor jou. Of misschien kunnen we je wel gewoon thuis afzetten.'

Kyra knikt. Ze moet naar buiten om weer te helpen met zoeken.

– 2 –

‘Tommy, loop jij even mee met Anouk? Ze moet plassen.’

Mama kijkt niet op terwijl ze hem de vraag stelt. Ze zoekt in haar tas naar een doekje, zoals ze altijd op zoek is naar een doekje, om snot of bloed of chocolade mee weg te vegen.

‘Maar...’ begint hij. Jonas en Max lopen al naar de zeehonden. Ze waren aan het rennen omdat ze op tijd willen zijn voor het voeren, en toen viel Caitlin, het stomme vriendinnetje van zijn zusje Anouk. Nu staan ze stil en komen ze te laat omdat Caitlin huilt en Anouk moet plassen.

‘Nu niet, Tom, doe gewoon even wat ik zeg.’

Zijn moeder veegt een verdwaalde pluk haar achter haar oren en trekt een papieren zakdoekje uit het pakje. Ze kijkt hem nog steeds niet aan en de frons op haar voorhoofd is nog groter dan anders. Caitlin brult alsof iemand haar been afzaagt. Het plekje op haar knie is zo klein dat je het bloed amper ziet. Soms zou hij willen dat hij geen klein zusje had. Al die meisjes zijn zo ontzettend stom.

Hij zucht en geeft Anouk een hand. ‘Snel,’ zegt hij en hij rent terug naar de wc’s, waar hij al minstens tien keer is geweest omdat er telkens wel iemand moet plassen. Hij haat het feestje van zijn zusje. Hij kan niet eens naar trainen, want hij mag niet alleen thuisblijven en ook het stuk naar de voetbalclub niet alleen fietsen, ook al heeft hij al honderd keer tegen mama gezegd dat hij dat best kan. Hij is elf. Groep acht. Naar school fietst hij ook alleen, maar om de een of andere rare reden vindt mama dat anders.

Dus vandaag moest hij mee naar Artis. Het enige leuke is dat Jonas en Max mee zijn, zijn vrienden en de zoons van mama’s vriendin Lizette, die mee is gegaan om te helpen.

‘Schiet nou op,’ zegt hij tegen Anouk, die aan zijn arm hangt.

Zusjes kunnen niet rennen. Echt niet. Huppelen, dat kunnen ze, en slenteren, en treuzelen, heel goed zelfs.

'Nee...' jengelt Anouk. 'Niet zo *sne-hel*.'

Tommy zucht nogmaals en gaat iets langzamer lopen.

'Je wil toch ook zien hoe de zeehonden vis krijgen?' vraagt hij zo lief mogelijk en hij duwt haar naar de ingang van de wc's. Gelukkig staat er geen rij. Anouk knikt.

'Ga snel plassen dan, ik wacht hier.'

Het is een stuk rustiger dan daarnet. Iedereen heeft natuurlijk al een goede plek gezocht aan de rand van het zeehondenbad. Als ze maar opschiet. Als ze maar niet wéér met haar maillot en haar broek en haar jas staat te klooien en alles niet aan krijgt. Zoals altijd. Hij gaat hier niet een uur staan wachten.

Ineens merkt hij hoe koud zijn handen zijn en hij steekt ze diep in zijn jaszakken. Hij kijkt naar de kooi met de apen. Gekke beesten, en grappig. Zou het niet cool zijn als je vijf armen had? Of vijf handen is het eigenlijk, want een aap heeft handen als voeten en een staart waarmee hij zich overal aan vast kan houden. Hoe zou het zijn om hoog door de bomen te kunnen vliegen? Om met die vijf handen van tak naar tak te slingeren, bijna als een vogel door de lucht te gaan en tegelijkertijd die stevige takken vast te kunnen houden, zodat je weet dat je altijd veilig bent?

'*Can you help me?*' vraagt iemand van een afstandje. Een lange man zit naast de muur verderop, gehurkt bij een tas. '*I cannot*,' zegt hij. '*I cannot...*' Hij maakt zijn zin niet af en kijkt Tommy wat sullig aan. Hij lijkt een beetje op meester Marijn van school. Ook zo lang en dun, ook van die dikke lippen, maar met heel ander haar. Aarzelend zet Tommy een stap in de richting van de man.

'*I cannot...*' zegt de man weer. Hij lacht verontschuldigend. '*My sister...*' zegt hij dan. Ook een jongen met een lastige zus. Zie je wel, dat ze allemaal zo zijn? Tommy loopt naar de man toe en vraagt zich dan ineens af waar die zus dan wel is, want verder is er niemand op het pleintje bij de toiletten. En wat heeft die tas met die onzichtbare zus te maken?

'*Is a surprise*,' zegt de man vriendelijk lachend. Misschien is die zus ook jarig. Mama heeft Anouk ook een verrassing beloofd, straks als ze thuis zijn krijgt zijn zusje het cadeau van opa en oma, die al heel lang in Spanje zijn, en dat ze speciaal hebben opgestuurd.

'*Look*,' zegt de man zacht, alsof hij Tommy een groot geheim vertelt. Hij trekt zijn wenkbrauwen op en knikt bemoedigend. Van een afstandje probeert Tommy te zien wat er in de tas zit. Het is klein. Hij zet een stap naar voren. Dat is toch niet wat hij zelf voor zijn verjaardag wilde hebben – en natuurlijk niet kreeg?

'*I cannot...*' zegt de man nogmaals. Zijn stem klinkt zacht, afwachtend, alsof hij zich klaarmaakt om... Tommy kijkt hem verbaasd aan. Wat doet die meneer hier met een babypoesje? Dan ineens duwt de man iets tegen zijn gezicht en binnen twee tellen is alles donker.

– 3 –

'Ik ken jou,' zegt Maud tegen het meisje. Ze staan in het huisje van de beheerders. De gaskachel in de hoek van de ruimte loeit en toch is het stervenskoud. 'Jij zat toch op het Damstede?'

Sophie knikt. Ze steekt een blauwe muts naar haar toe en Maud neemt hem aan. Het ding is kletsnat.

'Dit is de muts van Jesse,' zegt ze dringend. 'Die lag in het kanaal. U moet daar zoeken. Ik denk dat hij...' Ze barst in huilen uit. 'Kyra heeft al in het water gezocht,' vervolgt ze. 'Samen met een jongen en zijn vader, maar ze konden hem niet vinden.'

'Kyra?' vraagt Maud scherp. Eerst duikt ze op in de zaak van Marc Gaullier, en nu weer hier. Ze is het meisje nog informatie verschuldigd. Het onderzoek naar Sarina is dan wel opnieuw geopend, maar ze heeft daar nog veel te weinig mee kunnen doen. Wat doet Kyra hier?

'Ik belde Kyra toen ik Jesse niet kon vinden,' fluistert Sophie schor alsof ze de gedachten van Maud kan lezen. 'Ik vroeg of ze bij Jesse thuis wilde gaan kijken want misschien was hij daar. Ik durfde niet weg te gaan. Stel je voor dat hij terug zou komen en dan zou ik er niet zijn, dus Kyra ging kijken en ze belde dat hij er niet was.'

Buiten adem stopt Sophie met praten. Ze trekt haar schouders op en schudt haar hoofd. Ze lijkt nog iets te willen zeggen, maar er komt geen woord meer uit haar mond. Het arme kind is zo wit als de lucht vandaag was. Een koudefront, waarbij zelfs sneeuw voorspeld is.

'U moet echt in het water gaan zoeken, want die muts...' Ze staart naar het blauwe geval in Mauds handen. Het ding drupt op de grond.

'Hoe heet je?' vraagt Maud, want ze kan niet op de naam van het meisje komen. 'Ik wil je een paar vragen stellen en dan nemen we meteen een beslissing over wat het beste is om nu te doen.'

'Sophie Verster,' zegt het meisje.

Ja, natuurlijk, ze weet het weer. De beste vriendin van Kyra Slagter. Ze had het meisje destijds ook gehoord over Gaullier, net als een heel stel andere leerlingen.

'Vertel me nog een keer kort wat er precies gebeurd is,' beveelt Maud. 'Snel.'

'Hij is... weg,' stamelt Sophie. 'Jesse stond gewoon naast me en ineens was hij weg. Dat is nu' – ze kijkt op haar horloge en begint weer te huilen – 'al veertig minuten geleden.'

Het meisje houdt al de hele tijd een bekertje thee in haar hand, maar heeft nog geen slok genomen. Ze gaat op een krukje zitten en verdwijnt zowat in haar enorme winterjas en onder haar beanie. Maud heeft het eerder gezien, de verbijstering en de verlammende schok die ervoor zorgen dat er geen zinnig woord uit een getuige komt. Ze zag het bij een bestuurder die een kind had geschept, bij een man wiens zwangere echtgenote was overleden door een ongelukkige val van een zoldertrap, bij een getuige van een overval met dodelijke afloop, bij zoveel mensen. Ze weet precies hoe het voelt. Zelf had ze ook die ijskoude angst gevoeld, die kille ontzetting waardoor je onmogelijk nog helder kon denken.

'Wanneer zag je hem voor het laatst?' dringt Maud aan en hortend en stotend komt Sophies verhaal eruit.

'Oké,' zegt Maud en ze kijkt op haar horloge. De tijd dringt. 'Even voor de goede orde: weet je zeker dat hij niet gewoon weer thuis is?'

'Vraag maar aan Kyra,' zegt Sophie terwijl ze haar vuisten balt. 'Die zit in de ambulance. Hij is niet thuis. Ze moeten in het water zoeken.' Haar stem sterft weg en ze lijkt zich te realiseren dat in het water zoeken waarschijnlijk te laat is.

'We sturen voor de zekerheid een wagen langs het huis,' zegt Maud. Ze vraagt het adres en Niels Bingsten pakt meteen zijn telefoon. 'Misschien is hij toch daarheen gegaan.'

'Ik snap het niet!' roept Sophie ineens kwaad uit. 'We stonden bij het uiterste stukje, bij de ezels, er is daar niks, helemaal niks, alleen

een hek. Als hij weggelopen is moet hij langs me zijn gegaan. Dat had ik toch gezien! Ik begrijp er niks van.'

'Je was daar alleen met Jesse,' herhaalt Maud nadrukkelijk. Politiewerk bestaat uit herhalen en nog eens herhalen. Niets makkelijker dan de details verkeerd hebben. Details die het verschil kunnen maken. Sophie knikt.

'Je lette heel even niet op en hij was weg?'

Weer knikt Sophie. Ze ziet nu grauw, niet meer wit. 'We hebben overal gezocht,' fluistert ze. 'Ik. Allerlei mensen van de Buiktuin. Vaders en moeders van andere kinderen. Kyra, in het water, en die jongen en ook die man.'

'Je hebt de ouders gebeld?' vraagt Maud en ze beseft dat haar vraag verwijtend klinkt.

'Waar is Jesse?' Een schelle stem recht achter Maud. Een stem vol angst, en woede. O god, de moeder. Ze staat op de drempel, de geblondeerde haren verwaaid rond haar opgeblazen gezicht, haar gelaatskleur eerder paars dan rood, haar blik verwilderd. Buiten adem herhaalt ze haar woorden: 'Waar is Jesse?'

Er valt een pijnlijke stilte. Maud Mertens schraapt haar keel.

'Dat is zijn muts,' zegt de vrouw. Ze staart naar de muts in Mauds handen en wordt lijkbleek. Maud is zich pijnlijk bewust van de waterdruppel die uit de muts valt.

'O god, die is van Jesse!'

'Komt u alstublieft even zitten,' zegt Maud. Jan, een van de beheerders van de kinderboerderij, springt verschrikt op om plaats te maken voor de vrouw die hijgend is komen binnenvallen.

'Zitten?' De vrouw strekt haar handen uit alsof ze de muts wil vastpakken en laat ze dan doelloos tegen de lange zwarte jas vallen. 'Zitten?'

'Kunt u thee inschenken?' vraagt Maud aan de beheerder. 'Eén seconde,' zegt ze daarna en ze wenkt Niels.

'Zal ik gaan bellen?' vraagt hij meteen.

Maud knikt. Ze herinnert zich een andere moeder, een die emotieloos aan tafel zat tijdens het verhoor. Die ijskoud beweerde dat haar kind nou ook weer niet zóveel blauwe plekken had.

‘We moeten alle registers opentrekken, denk ik,’ zegt Maud tegen Bingsten. Hij knikt. Maud draait zich weer om naar de moeder van Jesse, die lijkbleek naar hen staat te kijken.

‘Er is overal gezocht,’ zegt Maud ernstig. Ze pakt de moeder van Jesse, bij haar elleboog en begeleidt haar voorzichtig naar de lege stoel. Sophie zit ineengedoken naast de loeiende kachel.

‘Sophie heeft gezocht en ook de ouders en kinderen die hier aanwezig waren, en de beheerders hier,’ zegt Maud. ‘Ook sommige voorbijgangers – het hele terrein is uitgekamd. Mijn collega belt nu voor een team dat de omgeving zal onderzoeken. Een vriendin van Sophie, Kyra Slagter, is naar uw huis geweest en heeft daar gekeken. Daar is hij niet. We hebben zelf ook iemand naar uw huis gestuurd om in de gaten te houden of hij daar opduikt. Drie mensen, onder wie Kyra, hebben in het kanaal gezocht, maar niets gevonden.’

Maud wil de moeder graag geruststellen, maar wat kan ze zeggen?

‘Bijna alle kinderen die vermist raken zijn binnen een paar uur terecht,’ zegt ze. ‘Echt.’

De vrouw gaat zitten en Jan duwt haar een bekertje thee in haar handen, dat ze meteen op de tafel naast haar zet en vervolgens negeert. Maud ziet de vragen door haar hoofd tollen. Vragen die zij zichzelf ook stelt, maar waarvoor ze de tijd moeten nemen. Rust bewaren is nu het belangrijkst, en systematisch te werk gaan.

‘Hoe kan het dat hij weg is?’ vraagt de moeder aan Sophie. Ze klinkt boos, maar ook bang.

‘Hij stond naast me,’ antwoordt het meisje. ‘Vlak naast me, en toen kreeg ik een appje en keek even op mijn telefoon.’

‘Die kuttelefoons ook altijd!’ De vrouw spuugt haar woorden uit. ‘Dat is het enige wat jouw generatie kan, altijd op telefoons klooien, je hebt helemaal geen oog meer voor je omgeving.’

‘Het was een berichtje,’ zegt Sophie timide. ‘Eentje maar.’

‘Er is een team met speurhonden onderweg.’ Maud benadrukt wat ze allemaal gaan doen om Jesse te vinden. ‘Er is een helikopter onderweg, met warmtecamera’s. En er zal ook een team duikers ingezet worden.’ Maud probeert haar blik te vangen en de vrouw kijkt haar met grote ogen aan. 'Trouwens, dat zijn muts in het water lag, wil niet zeggen dat hij zelf niet ergens anders is.'

'Hij was bij jou,' zegt de vrouw fel tegen Sophie. 'Bij jou.'

Sophie knijpt haar lippen samen. Maud knikt naar Bingsten, die net het huisje van de beheerders weer binnenkomt.

'Breng haar even naar Kyra,' zegt ze en terwijl Niels Sophie bij de arm neemt en naar buiten voert, richt Maud zich weer tot de moeder van Jesse.

'We doen ons uiterste best.' Ze schuift een stoel bij en gaat tegenover de wanhopige moeder zitten. 'Ik wil u wat vragen stellen.'

'Hoe kan het?' verzucht de moeder. 'Hoe kan hij weg zijn? Hij was toch met Sophie. Hij is pas zeven...'

Haar stem verdwijnt in haar verdriet.

'Ik ben Maud Mertens,' zegt Maud. 'Recherche.'

'Ilonka van Dijk,' zegt de vrouw nauwelijks hoorbaar.

'Is Sophie de vaste oppas van Jesse?' vraagt Maud.

De vrouw knikt.

'U was op uw werk?'

'Ja.'

'En de vader?'

'Ook op zijn werk. Hij is onderweg.' Ilonka van Dijk schudt haar hoofd. 'Ik kan het niet geloven,' zegt ze. 'Ik kan het gewoon niet geloven.'

'De vader van Jesse en u zijn nog samen?' Maud verwacht een boze reactie, maar die komt niet.

'Wij zijn samen,' zegt Ilonka. 'Geen ruzie, geen scheiding. We hebben met niemand een conflict. En geld is er ook niet...' Ze begint wanhopig te huilen. 'Als hij niet... eh... in het water... dan heeft iemand hem meegenomen, maar waarom? Wat willen ze?'

'U gaat ervan uit dat iemand hem meegenomen heeft?' Niels Bingsten, die het huisje weer komt binnen lopen, stelt de vraag met barse stem. De moeder van Jesse kijkt kwaad naar hem op.

'Hij is heus niet weggelopen. Hij is zeven. Er zijn geen problemen thuis. Jesse is een rustig kind. Heel erg slim, een beetje bijdehand. Hij heeft sinds twee dagen een konijn. Hij zou nooit... Hij kan niet...'

Even is ze stil. 'Hij heeft zijn A-diploma,' zegt ze dan. 'Hij kan zwemmen. We zijn altijd naar zwemles gegaan.' Ze begint weer te huilen.

'Heeft hij een mobieltje?' vraagt Maud. 'Want dan wil ik dat nu meteen laten uitpeilen.'

Ilonka van Dijk kijkt haar boos aan. 'Hij is pas zeven,' zegt ze snuivend. 'Natuurlijk heeft hij geen mobiel.'

Haar stem breekt.

'Hij wilde er wel een, maar ik vond het belachelijk.'

– 4 –

'Ik kan ze niet meer onder ogen komen,' piept Sophie. 'Wat moet ik zeggen?'

'Het moet toch een keer, Soof.' Kyra heeft geen medelijden, dit soort dingen horen er nu eenmaal bij en bovendien heeft Sophie er een handje van om onder alle verantwoordelijkheden uit te glippen door dramatisch te doen. Toch begrijpt ze wel hoe moeilijk het voor haar vriendin moet zijn. Ze slaat een arm om haar heen en ze zitten zwijgend naast elkaar op de brancard in de ambulance.

Kyra voelt zich al wat beter, maar de kou lijkt nog steeds in haar botten te zitten. Haar kaak, waaraan ze zes maanden geleden is geopereerd, doet op een zeurende manier pijn.

Het zou zo niet moeten zijn, dat je aangevallen wordt door een of andere idioot en dat je daarvan als alles achter de rug is, nog steeds op zo'n manier de nadelen ondervindt. En dan mag zij nog van geluk spreken. Het andere slachtoffer van haar kwelgeest, Julia Hazelbrecht, de vrouw die hij al eerder te pakken had, was veel erger toegetakeld. Kyra heeft haar niet meer gezien na hun bevrijding. Dat kon Julia niet opbrengen, had ze te horen gekregen. Misschien later, als ze sterker was. Op dat moment vond ze het beter om alle pijnlijke herinneringen te laten rusten. Zelf gelooft Kyra niet in het met rust laten van dingen. Haar moeder had de laatste jaren ook niet meer willen praten over de vermissing van haar oudste dochter, maar dat had de zaak geen goed gedaan.

'We vinden hem heus wel,' zegt Kyra en ze weet dat het grootspraak is. 'Toen ik acht was heb ik een keer een enorme wandeling gemaakt met een vriendje die een step had. Hij zei dat hij de weg wist naar de Bijenkorf, waar de pieten hingen, die grote poppen die aan zo'n touw op en neer klimmen, weet je wel, die vond ik machtig, en toen zijn we daar samen naar op weg gegaan. Zonder iets tegen iemand te zeggen. Het was alleen veel verder dan hij had gedacht en bij het Centraal Station wist hij de weg niet meer, dus zijn we na een tijdje maar weer met de pont teruggegaan. We deden er bijna drie uur over. Onze moeders waren des duivels toen we terugkwamen. Iedereen had ons gezocht.'

Sophie veegt haar tranen weg.

'Misschien,' zegt ze.

De deur van de ambulance gaat open en rechercheur Maud Mertens komt binnen. Kyra rilt door de koude lucht die naar binnen golft. Buiten hoort ze het alarmerende geluid van een helikopter.

Mertens gaat in de veel te krappe ruimte van de ambulance tegenover hen staan. Ze draagt een zwarte wollen winterjas die haar een nog strenger uiterlijk geeft dan ze normaal al heeft.

'Hoe gaat het, Kyra?'

'Beter, dank je. En?'

'We hebben hem nog niet gevonden. Twee teams zijn bezig met de omgeving, ook met speurhonden, de duikers zijn er bijna. Het duurt altijd even voordat iedereen er is.'

Het is bizar om Maud Mertens te zien in het kader van een nieuwe zaak. Ze denkt aan Marc Gaullier, de kunstdocent van school die op een vroege ochtend in mei ineens dood aan een lantaarnpaal bij het IJ hing. Jarno had het lichaam samen met de schipper van de pont gevonden en haar broer had haar meteen gebeld om over de dode te vertellen. De zaak had een week later een heel vreemde wending genomen en ze raakte enorm in de problemen. Door haar eigen schuld, had ze achteraf toe moeten geven. Nadat Maud haar had bevrijd van die gek aan wie ze liever niet meer wil denken, hebben ze elkaar nog een paar keer gesproken. Voor de afronding van de zaak natuurlijk, maar ook om over haar zus Sarina te praten. En over de mysterieuze ansichtkaarten die ze vier jaar na haar verdwijning ineens van haar ontvangen hadden. Nooit had ze gedacht dat zoiets bijzonders zo'n gewone verklaring kon hebben.

'Sophie heb ik net al even gesproken over de verdwijning van Jesse,' zegt Maud. Ze haalt een hand door haar halflange donkerbruine haren. 'Maar ik heb voor jou ook wat vragen.'

Kyra vertelt aan Maud dat Sophie haar belde, waar ze gezocht heeft en wie ze gesproken heeft in de straat waar hij woont, en ze vertelt over haar zoektocht onder water.

'Hij moet vlak bij Sophie van het terrein gehaald zijn,' beweert Kyra.

'Gehaald?' De stem van Maud is scherp, ze staart Kyra met haar lichtgrijze ogen aan.

'Hij heeft zijn diploma,' zegt Kyra. 'Hoe langer ik erover nadenk, hoe minder ik me kan voorstellen dat hij verdro... dat hij in het water ligt. Dus hij moet van het terrein af zijn gehaald. Of gelopen. Is het hek goed onderzocht? Zit er toch niet ergens een opening?'

'Maar waarom zou hij dat doen?' onderbreekt Sophie hen. 'Waarom?'

'Het hek wordt nu onderzocht,' antwoordt Maud.

'Óf hij is door een gat gekropen en weggelopen,' zegt Kyra, 'óf iemand heeft hem opgepakt en meegenomen.'

'Maar dan zou hij schreeuwen,' bemoeit Sophie zich ermee. 'Hij ziet er schattig uit, maar hij is hartstikke bijdehand. Hij zou nooit zomaar met iemand meegaan of zich laten ontvoeren zonder een hoop kabaal te maken.'

'Dat gaan we allemaal onderzoeken,' zegt Maud. 'Ik wil van jullie weten of jullie niets geks hebben gezien. Denk nog eens goed na.'

'Echt niet,' zegt Sophie. Ook Kyra schudt haar hoofd.

'Honderd procent zeker?' vraagt Maud.

'Tweehonderd,' zegt Sophie.

'Een auto, een busje? Een man of vrouw alleen? Een stel zonder kinderen?'

De meiden schudden weer hun hoofd.

'En toch moet er iets geks gebeurd zijn,' mijmert Kyra. 'Er is iets wat wij over het hoofd zien, of niet begrijpen of...' – ze zwijgt even en denkt na – 'iets wat we niet voor mogelijk houden.'

'Ik ga verder met mijn werk.' Maud Mertens opent de deur van de ambulance. 'Ga maar naar huis en denk alsjeblieft nog eens goed na. Ik weet jullie te vinden.'

*

'Volkomen idioot om Kyra Slagter hier weer tegen te komen,' zegt Maud tegen Niels.

Hij knikt. 'Dat meisje heeft er een talent voor om verzeild te raken in politiezaken,' beaamt hij.

'Ze was er even beroerd aan toe.' Maud stopt haar handen diep in haar zakken. 'Ze heeft een halfuur in het water gezocht, tot ze flink onderkoeld was. En Sophie zag er ook slecht uit. Toen met die zaak van Gaullier gedroeg ze zich een stuk zelfverzekerder.'

Maud loopt met Niels de kinderboerderij uit. Boven haar hoofd hoort ze de helikopter zijn rondjes maken.

Haar telefoon gaat en ze ziet dat het Joris Verstraten is, de jongen die in de zaak Gaullier vertrouwelijke informatie op straat gooide, maar uiteindelijk een goed spoor naar de dader aandroeg.

'Maud,' zegt hij. 'Ik hoor dat er een vermissing is. Kun je al iets zeggen?'

'Er gaat straks een amber alert uit,' antwoordt Maud. Ze vraagt zich af of ze al een mededeling kan doen. Hoe meer aandacht, hoe beter – in dit geval.

'Bel me over een halfuur, Joris,' zegt ze. 'Dan kan ik wel wat zeggen.'

'Het staat al overal, hoor. Ik kan ook een verhaal maken zonder jouw informatie.'

'Dat moet je zelf weten,' zegt ze en geïrriteerd hangt ze op.

'Het scheepvaartverkeer is voorlopig stilgelegd,' zegt Niels. 'De duikers zijn net aangekomen en er komt nog een extra team om aan wal te zoeken. We hebben een gedetailleerde kaart van de locatie en de gebieden zijn verdeeld. De helikopter heeft nog niets uitzonderlijks waargenomen, maar het is moeilijk omdat er nog veel mensen buiten zijn. Verder zijn Jolanda en Thomas hier om de bezoekers te horen. John en Myrna interviewen de vriendjes van Jesse. De TD gaat straks de kamer van de jongen en de computer van het gezin doorzoeken. Ik denk dat wij nog eens met de ouders moeten gaan praten. De vader is er.'

'Prima,' antwoordt Maud. 'En het amber alert?'

'Ik heb een verzoek ingediend en krijg er binnen een halfuur bericht over. Jesse voldoet niet aan het criterium dat hij onder verdachte omstandigheden is gezien, maar omdat hij ook niet weggelopen lijkt...'

Ze staan op het asfalt naast het Noordhollands Kanaal. De lucht is wit, de bomen staan kaal en stil langs het water, het is veel te koud voor de tijd van het jaar. Maud rilt. November is toch al niet haar favoriete maand.

'Het zou best kunnen,' zegt ze mistroostig naar het water starend, 'dat hij...'

'Ja,' zegt Niels en hij voegt er niets aan toe omdat er niets aan toe te voegen is.

– 5 –

Hij zit in een kooi. Hij heeft de blinddoek afgedaan en zijn ogen wennen langzaam aan het donker. Hij ziet de ijzeren roosters om hem heen en zijn hart begint als een gek te razen.

Wat is dit?

Welke idioot?

Hoe komt hij...?

Tommy grijpt het ijzer van de kooi en schudt eraan.

'Hé!' schreeuwt hij. Er gebeurt niks. Het ijzer is stevig. Hij probeert de deur van de kooi, maar die zit hartstikke vast.

Wat nu?

De kooi is heel erg klein. Hij kijkt om zich heen, op zoek naar een gat, een oplossing, maar natuurlijk weet hij wel dat die er niet is. Hoe komt hij hier? Wat zijn ze met hem van plan?

Rechtop staan gaat niet, hij kan alleen zitten en een beetje op handen en knieën heen en weer kruipen. Hij krijgt bijna geen lucht. Waar is hij?

Het lijkt op een schuur. Er zijn geen ramen, alleen verderop hangt een randje licht om wat de deur moet zijn. Tommy Wersman zit beduusd om zich heen te kijken. Hij heeft een heel vieze smaak in zijn mond. Echt goor, zoiets als van een boterham met smeerworst van vier dagen oud.

Wat is er gebeurd? Hij weet niet hoe het kan dat hij ineens hier is.

Anouk is jarig.

Hij was in Artis.

Vaag herinnert hij zich de man met het babypoesje. Hij vroeg iets, die man wilde iets weten en hij had gedacht: een poesje, shit, hij heeft een babypoesje, hoe komt hij daaraan? Vier maanden lang had hij zijn ouders murw gezeurd om een poes en toen hij eindelijk jarig was had hij gedacht dat het gelukt was, maar nee, hij had een supersonische werphengel gekregen, en een kist vol loodjes, dobbers, snoeren en weet ik het allemaal. Die man in Artis had een klein poesje.

Hij was erin getrapt.

Hoe dom kun je zijn?

Hij was ernaartoe gelopen en verder weet hij niets meer. Het is allemaal zwart, tot het moment dat hij hier wakker werd, in een kooi, naast een andere kooi, die leeg is.

Hij kruipt naar de voorkant, naar de deur in de kooi, trekt er weer een keer aan en rukt en slaat ertegen, maar er zit echt geen beweging in. Hij slaat zijn vingers om het ijzeren vlechtwerk en probeert opnieuw de deur los te trekken.

'Hé!' Zijn stem maakt een raar en hol en stom geluid. 'Heeeeee!'

In het schemerdonker ziet hij de kooi naast de zijne, en daarachter nog een als hij het goed ziet, maar alles is zo donker.

Hij kan niet goed zien waar hij is.

Waar is hij?

Waar is hij en wat gaat er gebeuren?

Het enige wat hij denkt te weten is dat hij zich hoog boven de vloer van de ruimte bevindt. Misschien is er nog wel een andere kooi onder hem. Hij duwt zijn hoofd tegen het ijzeren hekwerk aan en probeert naar beneden te kijken, maar hij ziet niks bijzonders.

'Hé! Laat me eruit!' roept hij en hij rukt weer aan de tralies. Het is het enige wat hij kan doen.

Wat willen ze met hem?

Gaan ze hem doodmaken? Waarom heeft die man dat dan niet meteen gedaan?

Hij moet hier weg, hij moet hieruit, hij moet sterk zijn, ontiegelijk sterk zodat hij al dat ijzer los kan trekken, kan ombuigen. Hij wil zo ontzettend graag naar buiten.

Hij krijgt het stikbenauwd van de kooi en hij grijpt opnieuw het ijzer.

'Help!' roept hij met verstikte stem en dan harder: 'Help! Heeeelp!'

Hij zwijgt verschrikt als de buitendeur ineens opengaat. Het licht is zo fel dat het hem totaal verblindt en hij probeert te zien wie de deur van de kooi openmaakt, maar hij ziet alleen een grote gestalte.

Komen ze hem halen?

Mag hij naar huis?

Ineens slaat zijn hoofd opzij en een felle pijn vlamt door zijn hoofd. Zijn wang gloeit.

'Ssst!' sist de vreemde woest.

De kooi gaat dicht, het licht verdwijnt als de buitendeur wordt gesloten en nog net ziet Tommy Wersman dat er naast hem een hele rij lege kooien staat.

– 6 –

'Dat meen je niet.' Onmiddellijk heeft Maud door wat de consequenties zijn. 'Elf jaar, zeg je?'

Ze luistert zwijgend en kijkt op haar horloge. Halfvier. Twee kinderen binnen twee uur. Op de kinderboerderij is inmiddels voor de zekerheid een leider plaats delict aangesteld, hoewel ze nog niet eens weten of er wel een delict is geweest, de zoekteams zijn al aan de slag en de duikers zijn onderweg.

'Artis,' zegt ze. 'Ja. Ik kom eraan.'

Ze hangt op en wenkt Niels Bingsten.

'Nog een vermissing, halfuur geleden, Artis, exact hetzelfde verhaal als hier alleen ingewikkelder omdat Artis zo groot is.'

'Bizar,' zegt Niels.

'Ik weet het,' beaamt Maud. 'Dit voelt als... Dit voelt helemaal verkeerd.'

Het is gelukkig rustig in de stad op deze woensdagmiddag en binnen tien minuten lopen Maud en Niels door de toegangspoort van de dierentuin, waar ze worden opgewacht door collega's die de poorten in de gaten houden.

'Nog geen pers?' vraagt Maud. Zelf heeft ze al een stuk of vijf berichtjes van journalisten met de vraag of ze al iets over de zoektocht naar Jesse kan vertellen.

'Jawel.' De rechercheur die zich voorstelde met alleen zijn voornaam, Johan, loopt voorop. Ze trekken bekijks, de haastige volwassenen die onder begeleiding van een politieman met dodelijk serieuze blikken langs de apenrots snellen, vrolijke gezinnen en de kiosk met pluchen dieren negerend.

'Maar we hebben ze apart gezet,' vervolgt Johan. 'En we hebben ze op het hart gedrukt nu nog even geen bericht uit te doen. Het gaat om een kind. Het belangrijkste is dat hij snel gevonden wordt, dat vinden zij ook. Maar ik weet niet hoe lang we ze stil kunnen houden.'

'Had het jongetje een mobiel?' vraagt Maud.

'Die laten we nu uitpeilen,' antwoordt de politieman.

'Geen scheiding? Geschiedenis van vaker weglopen?' vraagt Maud.

'Nee,' antwoordt Johan. 'Het lijkt echt op een verdwijning, kwade opzet, net als bij jullie.'

Ze lopen in een moordend tempo. Maud kan ze moeilijk bijhouden en raakt achterop. Hoe vaak is ze hier niet geweest met Roos? Hoe vaak zat ze niet ergens op een bankje met een boterham en een pakje drinken terwijl Roos van de maki's naar de pinguïns liep, of van de glijbaan naar de wip? Hoe lang is het wel niet geleden dat de band tussen hen nog iets vanzelfsprekends had?

De mannen staan stil bij de ingang van een gebouw waar vroeger de 'jungle in de nacht' was. Zou die tentoonstelling daar nu nog te vinden zijn? Vast niet. Het is eeuwen geleden dat ze hier was.

'Daar stond hij te wachten, denken we,' zegt Johan. 'Tommy heet hij trouwens. Tommy Wersman. Hij stond bij de toiletten. Een getuige heeft hem in een flits gezien met een man.' Hij wijst. 'Die hurkte hier, met een tas. Het zag eruit alsof die man Tommy iets liet zien.'

'Is er een signalement van die man?' vraagt Maud.

'Donkere spijkerbroek, korte zwarte jas, zwarte sporttas. Meer niet.'

'En verder geen getuigen van de verdwijning zelf?'

'Op dit moment nog niet.' Johan kijkt mismoedig om zich heen. 'Het is druk vandaag. Er moeten mensen zijn die iets hebben gezien, maar we hebben ervoor gekozen het even stil te houden. De directie van Artis en de chef zijn bang dat er paniek uitbreekt.'

'Er moet een amber alert uit,' zegt Maud. 'Nu meteen.'

Johan knikt. 'Ik heb de aanvraag al gedaan. Vooral omdat jullie precies zo'n geval hebben in Noord.'

'Hoe lang is hij nu weg?'

'Ongeveer drie kwartier.'

'Laten we naar binnen gaan,' stelt Johan voor. 'Naar de familie. Daar is ook de rest van het team.'

Mauds telefoon gaat weer. Joris. De journalist. Ze had beloofd hem informatie te geven. Ze weigert het gesprek en stopt haar telefoon weg. Eerst proberen een beeld te vormen van wat hier aan de hand is.

– 7 –

Zolang hij niet beweegt en geen geluid maakt is hij veilig. Roerloos zit Tommy in zijn kooi. Hij zit op zijn billen, zijn benen gestrekt voor zich, zijn handen plat op de grond. De hele rechterkant van zijn gezicht gloeit nog van de klap die de man hem heeft gegeven. Heel voorzichtig beweegt hij zijn vingers heen en weer. De bodem van de kooi is van hout gemaakt, niet van ijzer. Misschien kan hij er een gat in maken. Hij had zijn zakmes bij zich moeten hebben. Dat zijn dingen die je altijd bij je moet hebben.

Hij moet iets doen.

Langzaam en zo stil mogelijk schuift hij naar achteren, tot hij met zijn rug tegen de muur zit. Hij hijgt alsof hij een stuk heeft gerend. Zijn vingers kruipen naar zijn broek en hij voelt of zijn mobiel nog in zijn zak zit. Nee, tuurlijk niet.

De man heeft alles gecontroleerd. Zijn kleren zitten gek om zijn lijf, zijn broek zat heel hoog, een knoop was nog los, zijn T-shirt zit verkeerd om. Hij wil er niet aan denken waarom dat is, maar alles wat hij bij zich had is weg. De vijf euro en ook zijn mobiel – de gebarsten oude Samsung van zijn moeder.

Het is ontzettend koud in de schuur. Zijn jas zat niet goed dicht en ook al heeft hij die nu dichtgedaan, hij barst nog steeds van de kou. Hij vecht tegen zijn tranen, maar verliest omdat hij niet weet wat hij moet doen, niet weet wat er gebeuren gaat. Het moet wel iets heel ergs zijn want waarom zou hij hier anders in een of andere kooi zitten?

Hij verstijft als de deur weer opengaat en de kou en het felle licht opnieuw binnenstromen. Hij knijpt zijn ogen dicht en houdt zijn adem in. Waarom zit ik hier, wil hij vragen, maar hij durft niet. Waarom, waarom, de vraag dendert als een stoomtrein door zijn hoofd.

'Ssst!'

Dat is dezelfde kerel.

Tommy houdt nog steeds zijn adem in en gluurt tussen de spleetjes van zijn oogleden door. De man draagt een muts, een zonnebril, een sjaal en een donkere jas. Over zijn schouder hangt een bewegingloos kind, een jongetje zo te zien. De man verschuift een kist en stapt erop. Met één hand opent hij de kooi naast die van Tommy en vervolgens schuift hij het jongetje van zijn schouder, de kleine gevangenis in. Zonder iets te zeggen sluit de man de kooi en verdwijnt, Tommy en de nieuwe jongen in het donker achterlatend.

– 8 –

Op het moment dat Johan de deur van het zaaltje waar de familie Wersman zit opendoet, komt Rob Franssen, de teamleider van de zaak van Tommy, hun tegemoet lopen. Aan zijn gezicht en gehaaste tred ziet Maud dat er een ontwikkeling is. Hij heeft zijn telefoon aan zijn oor, fronst en blijft in de deuropening staan. In de kamer achter hem zit een magere blonde vrouw op een stoel, de handen voor haar gezicht geslagen. Een andere vrouw staat naast haar, een brunette, lang en slank. Ze buigt voorover, naar de huilende vrouw, en spreekt haar fluisterend toe. De vrouw haalt haar handen van haar gezicht en schudt haar hoofd. Zelfs vanaf de plek waar Maud staat ziet ze de paniek van de vrouw, de gezwollen ogen en het gevlekte gezicht. Wanhoop.

'De telefoon is gelokaliseerd,' zegt Franssen tegen Maud en Niels. Hij stapt de kamer uit en ze volgen hem. 'Hier op het terrein.'

Franssen gaat hun voor door de marmeren gang van het historische pand.

'Ja,' zegt hij in zijn telefoon, kortaf als altijd. 'Klopt.' Hij beent door de voordeur naar buiten, blijft even staan en luistert geconcentreerd naar degene die hij aan de lijn heeft.

'Ja,' zegt hij weer. 'Ik loop ernaartoe.'

Hij draait zich naar Maud toe. 'Die kant op,' zegt hij terwijl hij zijn telefoon wegstopt en naar rechts begint te lopen. 'Bij jullie nog nieuws?'

'Jesse van Dijk had geen telefoon bij zich,' zegt Maud. Ze lopen langs een terrein met een vreemd soort kalkoenen met een rode nek en een felblauwe kop. 'De moeder van het jongetje kon geen bijzonderheden melden. Geen scheiding, geen conflict, geen chantage, geen schulden. Er zijn twee teams die zoeken, de helikopter is ingezet en er zijn duikers onderweg.'

Maud herkent de route. Ze lopen achter de hokken van de papegaaien langs, op de ingang van het aquarium af.

'Hier hetzelfde,' zegt Franssen. 'Niets bijzonders te melden. Je zou kunnen denken dat het een willekeurige verdwijning is, maar wij weten allemaal dat dat niet zo is.'

Franssen loopt in hetzelfde moordende tempo door. Alweer dreigt Maud achterop te raken. Ze moet nodig weer eens naar de sportschool, denkt ze gruwend. Of ergens een wandelclub opsnorren of zo, want dit kan echt niet.

Franssen loopt om de halfronde entree van het aquarium heen.

'De telefoon ligt bij de pinguïns,' zegt hij. 'Ze zijn er al bezig.'

Rondom het terrein van de zwart-witte vogels hangt rood-wit politielint. De drie rechercheurs blijven bij de hekken die het terrein afscheiden staan. Twee verzorgers proberen de dieren bij elkaar te krijgen en te houden. Een rechercheur in een wit pak loopt door het ondiepe water rondom de eilandjes van het pinguïnverblijf. Maud bekijkt het terrein van de dieren. Ze stopt haar handen diep in haar zakken in de hoop dat ze een beetje opwarmen. Het leefgebied van de pinguïns is een soort strandje, met een rotspartij als wand. Er zijn wel kleine spleten tussen de stenen, maar niet groot genoeg om een jongen van elf te verstoppen. Het water is te ondiep. Alhoewel ze weleens heeft gezien dat een kind van drie is verdronken in een laagje water van nog geen dertig centimeter, lijkt het haar onmogelijk dat het lichaam van Tommy hier te vinden is. Dan zou het verzwaard moeten zijn. En hoe verstop je in godsnaam midden op de dag het lichaam van een jongetje in het water van een dierenverblijf? De man in het witte pak bukt en wenkt een collega met een fotocamera. Nadat de plek die hij aanwijst van verschillende kanten is vastgelegd buigt de man weer voorover, steekt zijn hand onder water en haalt een mobieltje tevoorschijn.

'Waarom deze plek?' vraagt Maud. 'Waarom de pinguïns?'

*

Kyra ligt in bed met haar joggingpak aan en het vierseizoenendekbed over zich heen. Nog steeds heeft ze het koud. Of waarschijnlijk lijkt het alleen maar zo want ze is al uren aan het proberen om warmer te worden. Misschien had ze toch niet op de scooter naar huis moeten gaan, al was het in droge kleren die Sophie voor haar gehaald had.

Ze staart naar de muur tegenover het bed, waar de overblijfselen van haar aantekeningen over de moord op Gaullier nog te zien zijn: de kleine witte gaatjes van de punaises waarmee ze de papiertjes had opgehangen, de grillige witte reepjes waar de verf heeft losgelaten omdat ze de foto's van de muur had losgetrokken, en de lijnen die ze met zwarte stift van het ene naar het andere feit had getrokken.

'Verbanden,' zei een docent in een van de eerste lessen die ze volgde. 'Daar draait het allemaal om in goed recherchewerk. Er zijn altijd verbanden en de kunst is die te vinden en te begrijpen.'

Ze draait haar hoofd om en kijkt naar de muur naast haar. Het stralende middelpunt van de aantekeningen, foto's, lijstjes, printjes en kaartjes die daar nog steeds hangen is Sarina. De zus die de allerbeste vlechten ter wereld kon maken. Zelfs met vier strengen. 'Mooi,' zei de juffrouw op school dan en alle meiden keken jaloers naar haar lange, kunstige vlecht.

Verbanden. Nog maar een paar maanden geleden keek ze op een heel andere manier naar haar speurwerk. Toen had ze nog geen enkel idee welke kant haar denkwerk op moest gaan. Nu heeft ze meer richting, maar nog heeft ze geen zicht op waar het naartoe leidt. *Wat heb je gedaan?* vraagt Kyra in gedachten aan haar zus. *Waar ben je gebleven?* De gedachte dat ze mogelijk nooit een antwoord op deze vraag zal krijgen laat ze simpelweg niet toe. Niet zolang er mogelijkheden zijn om te onderzoeken.

Ze sluit haar ogen en voelt hoe de warmte van haar lichaam onder de deken blijft hangen en langzaam toeneemt. Wat een verschil kan een graadje maken.

Ze stelt zich voor dat de muur waarop de aantekeningen over Marc Gaullier gehangen hebben helemaal glad en schoon is. Net als bij zo'n draagbaar grijs tekenscherm van vroeger haalt ze in gedachten de schuif heen en weer en zo wordt de tekening gewist zodat je weer opnieuw kunt beginnen. Jesse. Als je iemand mag kiezen die je nooit als middelpunt van zo'n muur wilt hebben is hij het, en tegelijkertijd, als er iemand is van wie je niet kunt negeren dat hij mogelijk het slachtoffer is geworden van een misdaad is hij het ook. Ze voelt zich verplicht zijn foto uit te printen en te starten. Hoe zou ze haar rug naar hem toe kunnen draaien en doorgaan alsof er niets aan de hand is?

Jesse. Grote blauwe ogen en een klein rond gezicht. Een keurige, bedachtzame manier van praten. Altijd iets slimmer dan je zou verwachten.

Kyra slaat het dekbed van zich af en komt in beweging. Het is zeven uur. Haar ouders zijn in de stad, winkelen, wat eten en naar de bioscoop.

'Het is belangrijk,' heeft haar moeder gezegd, 'dat papa en ik weer aan onze relatie gaan werken. Ons leven heeft lang genoeg alleen maar in het teken van de kinderen gestaan.'

Bij de printer staat Kyra stil en ineens twijfelt ze. Ze kijkt naar de muur, naar de plek waar zes maanden geleden de foto van het lachende gezicht van Marc Gaullier hing, naast de foto van zijn lijk aan de lantaarnpaal bij het IJ. Misschien moet ze nog maar even niets doen. Misschien komt Jesse wel gewoon thuis.

– 9 –

'Psst!'

Tommy durft geen geluid te maken, maar toch wil hij de aandacht van het jongetje trekken.

'Hé,' fluistert hij. Hij roept zo zacht mogelijk. 'Jongetje...'

Het kind kreunt. Ineens gaat het jongetje rechtop zitten en met een snelle beweging trekt hij de blinddoek van zijn ogen. Hij zegt niks. Hij zit alleen maar met grote ogen om zich heen te kijken.

'Wie ben jij?' vraagt hij dan veel te hard. 'Waar ben ik? Waarom...'

De jongen klinkt doodsbang en daardoor begint Tommy zich ook weer banger te voelen.

'Ssst!' zegt hij fel. 'Niet schreeuwen, anders komt de man en slaat hij je.'

De jongen snikt.

'Welke man?' vraagt hij. 'Wat willen ze met ons, waarom zijn we hier?'

'Ik weet het niet.' Hij wil er ook niet over nadenken want dat is veel te eng.

'Ik ben Tommy,' zegt hij.

'Ik ben Jesse.'

Jesse kijkt hem met een benauwd gezicht aan. Tommy zou iets geruststellends tegen het jongetje willen zeggen. Maar wat?

'Waar zijn we?' vraagt Jesse.

'Ik weet het niet.' Bijna gaat hij zelf huilen en dat kan niet. Jesse is veel kleiner en hij gaat niet zitten janken tegenover een of ander kleintje dat niet huilt. Hij slikt en kucht.

'Hoe lang ben je hier al?' fluistert Jesse.

'Niet lang. Een uur of zo. Ik weet het niet.'

'Was je ook op de kinderboerderij?'

'Ik was in Artis. Met mijn moeder en zo. Mijn zusje is jarig.' Ineens voelt hij iets diks en groots in zijn keel en hij kan niet meer praten.

'Het is hier zo donker,' zegt Jesse.

Ze staren zwijgend voor zich uit omdat ze allebei weten dat ze geen idee hebben waar ze zijn en wat hun te wachten staat.

'Hé!' schreeuwt Jesse ineens. Hij timmert met zijn vuisten op de muur van ijzer. 'Haal me eruit! Hé!'

'Stil nou,' zegt Tommy paniekerig. 'Niet doen, anders...'

Maar het is al te laat. De deur gaat open. Dit keer zonder dat er een verblindende hoeveelheid licht binnenstroomt, maar wel een nog koudere wind. Het is etenstijd, denkt Tommy. Tijd voor mama om de kaarsjes aan te doen. De vriendinnetjes van Anouk worden opgehaald van het feestje. Ze krijgen allemaal een zakje lekkers mee naar huis. Nee, mama zoekt hem natuurlijk, en papa, en misschien zoekt de politie hem ook. En niet alleen hem, ook Jesse natuurlijk.

'Ga weg!' gilt Jesse. 'Laat me met rust!'

De man klimt op het kistje bij de kooi van Jesse en trekt het deurtje open. Tommy maakt zich zo klein mogelijk. Hij durft geen adem te halen. Een keiharde klap en Jesse schreeuwt.

'Help!' gilt Jesse. 'Waarom...'

Nog een klap.

'Ssst!' sist de man weer fel.

Dan is hij weg. De deur gaat dicht, het is aardedonker.

– 10 –

Maud zit aan het hoofd van de vergadertafel. Haar team zit zwijgend voor haar. Ze zitten in het kleinste vergaderhok van het bureau en Maud ruikt de geur van te veel te doen in te weinig tijd.

'Tommy Wersman,' zegt ze met lage stem. 'Elf jaar, en Jesse van Dijk, zeven jaar.'

Thomas Kuipers, een van de technisch rechercheurs, legt overdreven zorgvuldig zijn blocnote recht. Hij pakt zijn pen op en Maud ziet zijn knokkels wit worden. Hij heeft twee zoontjes van precies dezelfde leeftijd.

Maud vervolgt haar samenvatting van die dag. Zo neutraal mogelijk somt ze de feiten op. De emoties lopen al hoog genoeg op zonder dat zij olie op het vuur gooit.

'Van de verdwijning van Jesse van Dijk zijn geen getuigen. Niemand heeft het jongetje nog gezien nadat hij met de oppas bij de ezelweide stond. Het lijkt het meest logisch dat hij van dat achterste stuk terrein is geglipt of gehaald en meteen is meegenomen.'

Twee verdwijningen in dezelfde stad op dezelfde dag, ruim een halfuur na elkaar, en er is geen enkele reden om aan te nemen dat allebei de jongens, die elkaar niet kennen, zijn weggelopen. Bovendien is het feit dat Tommy's telefoon in het water is gegooid heel verdacht. Niemand twijfelt er meer aan dat de kinderen zijn ontvoerd.

'Kyra Slagter was toch ter plekke?' vraagt Thomas Kuipers. Maud knikt. 'Bizar,' zegt hij nadenkend.

'Ze kwam omdat Sophie haar had gevraagd bij Jesse thuis te gaan kijken of hij daar was,' antwoordt Maud. 'Toen hij daar niet was heeft ze de route naar de kinderboerderij gevolgd, zag een blauwe muts in het water en sprong erin om het kind te zoeken. Zij wordt nog een keer uitgebreid gehoord, net als Sophie Verster, de oppas van Jesse en ook een meisje dat we kennen uit de zaak Gaullier.'

Er wordt wat gebromd en geknikt en Maud gaat verder met de feiten die op dit moment van belang zijn. Ze somt de exacte locaties op, de omstandigheden en wie er op het moment van de verdwijning bij de kinderen was. Ze vertelt wat er al aan onderzoek is gedaan en waar de focus de komende uren moet liggen.

Ze schraapt haar keel. 'Rob Franssen en zijn team werken aan de zaak van Tommy Wersman. Wij richten ons voorlopig uitsluitend op Jesse van Dijk. We plannen nog een afspraak met het team van Rob.'

Vervolgens somt ze op hoe de taken binnen hun eigen team verdeeld zijn. Jolanda en Thomas houden zich bezig met de directe omgeving van Jesse: familie, vriendjes, school, de uitkomsten van de huiszoeking bij hem thuis, computergegevens. Misschien dat er toch iets komt bovendrijven wat duidelijk maakt in welke richting ze moeten zoeken. John en Myrna gaan zich bezighouden met het buurtonderzoek rondom het huis van Jesse en rondom de kinderboerderij.

'Niels en ik gaan nu nog even kijken bij het onderzoek ter plekke,' vervolgt ze afsluitend. 'Voor allebei de jongens is een amber alert uitgegaan. De tips worden op dit moment nagetrokken. Wat niet meteen opgevolgd hoeft te worden komt later vandaag onze kant op, zodat wij kunnen nakijken of er toch iets tussen zit wat iets kan opleveren. Maar eerst ons eigen onderzoek. Vanavond om negen uur wil ik de resultaten met jullie bespreken.'

Ze knikt iedereen bemoedigend toe.

'Het zou weleens laat kunnen worden vannacht.'

Maud zoekt naar iets aanmoedigends om te zeggen – iets over de angst van het kind, het verdriet van de moeder, de wreedheid van de ontvoerder, waardoor de noodzaak van de zoektocht gevoeld wordt – maar ze zegt niets omdat ze in de ogen van haar teamleden meer dan genoeg motivatie ziet.

*

'Het spijt me,' zegt Sophie zo zacht dat het bijna niet te verstaan is. 'Ik snap echt niet wat er gebeurd is.'

Ilonka van Dijk zit met roodomrande ogen aan de keukentafel. Haar man zit naast haar en Sophie zit tegenover hen, met haar moeder. Het raam in de kleine keuken biedt uitzicht op de smalle, donkere straat. Aan de overkant ziet Sophie een buurvrouw het raam versieren met een streng kleine kerstlichtjes. In de hoek van de vensterbank flikkert het licht van een grote gele kaars.

Linda Verster pakt de hand van haar dochter vast. 'Ik vind het zo afschuwelijk voor jullie,' zegt ze. 'Ik weet hoe het voelt. Ik ben Sophie ook weleens kwijt geweest. Het is een ramp. Echt. Het spijt me zo voor jullie.'

Sophie begint te huilen. 'Ik zou willen dat ik het terug kon draaien,' zegt ze. 'Dat ik thuis was gebleven of dat ik hem gewoon steeds in de gaten had gehouden. Ik snap het niet. Echt niet.'

Ze kijkt weg van de ouders van Jesse en staart weer naar buiten.

'Vertel me nog een keer hoe het ging, Sophie.' Jesse's vader zegt het dwingend en ze kan niet anders dan gehoorzamen. Voor wat de honderdste keer lijkt, vertelt Sophie wat er gebeurd is. De ouders van Jesse luisteren geconcentreerd, maar zeggen niets. Ze zitten stil en Sophie kan van hun gezichten niet aflezen welke emoties er allemaal onder hun verdriet verstopt zitten.

'Het gebeurt me wel vaker,' zegt Ilonka zacht. 'Je gaat naar de bioscoop, hij staat naast je in de rij voor de cola en ineens is hij weg: een stoelverhoger halen of alvast een 3D-bril. Of hij staat met de zaalwacht te kletsen. Of met een omaatje verderop in de rij. Hij is altijd zo geïnteresseerd in dingen en mensen. Hij ziet overal wel iets wat mooi is of gek, waar hij meer van wil weten. Hij staat er niet bij stil dat wij ons dan kapot schrikken.'

'Het is afschuwelijk, maar we moeten afwachten,' zegt Linda terwijl ze met het theelepeltje speelt. 'Je kunt nu niets doen. De politie zoekt met man en macht. Als iemand hem kan vinden dan zijn zij het.'

'Het spijt me,' zegt Sophie weer.

'Houd daar alsjeblieft mee op.' De vader van Jesse klinkt bars. 'Het helpt jou niet, en ons ook niet. Het is gebeurd. We moeten hiermee om zien te gaan.'

'En bidden dat hij snel wordt gevonden,' zegt Ilonka. Ze slaat een hand voor haar mond en doet haar best om niet nogmaals in huilen uit te barsten. 'Gezond en heel,' voegt ze met verstikte stem toe.

*

'Het bakje kippenvoer,' zegt een van de agenten en hij wijst naar een vochtig plastic bakje tussen het hoge gras, tegen het hek van de kinderboerderij aan. Het bewijsmateriaal wordt fel verlicht door een lamp die een klein stukje verderop naast het hek is geplaatst. Een handvol granen ligt in een langgerekt, schuin spoor van de weg naar het bakje. Er staat een kleine gele piramide naast met het cijfer 3.

Maud kijkt op en schat de afstand naar de weg. Een meter, anderhalf, hooguit.

'Hij heeft het laten vallen,' zegt Maud en ze duwt haar jas stevig tegen haar hals. Het belooft een ijskoude nacht te worden.

'En de dader heeft het weggeschopt,' vervolgt Niels.

De jonge agent knikt.

'Verder niets?' vraagt Maud terwijl ze het antwoord al weet.

'Helaas,' zegt de jongen.

'Klote,' moppert Niels. Hij kijkt nadenkend om zich heen.

De weg is afgezet en langs de rand van het lint staat aan beide zijden groepjes nieuwsgierigen. En journalisten natuurlijk. Verderop ziet Maud een busje van een televisiezender staan. Ze bedanken de agent en lopen terug naar het kanaal. Langs de waterkant staan lampen die de hele omgeving verlichten. Alles is uitgekamd. Hier valt verder niets te doen behalve proberen je voor te stellen wat hier heeft plaatsgevonden, waarom Jesse niet geschreeuwd heeft en geschopt.

'Hij moet verdoofd zijn geweest,' zegt Maud. 'Hij is hier over het hek getild en meteen verdoofd.'

'Of andersom,' zegt Niels. 'Vastgepakt, verdoofd en daarna over het hek getild.'

'Het bakje valt hier,' zegt Maud. 'Aan deze kant van het hek. Als hij al eerder verdoofd is, dan was het aan de andere kant gevallen.'

'Maar als hij bij bewustzijn was, dan zou hij toch schreeuwen?'

Maud begint te lopen en Niels volgt omdat hij weet dat ze hier klaar zijn. Elke grasspriet is inmiddels onderzocht, het kanaal is gedregd en uitgekamd door duikers. Jesse is nog even vermist als hij vanmiddag al was.

Langzaam lopen ze over de afgesloten weg. Collega's zijn bezig de grote lampen uit te zetten. Een voor een doven ze en neemt het duister zijn rechtmatige plek weer in. Stroomkabels worden opgerold, het materiaal wordt naar de vrachtwagen gebracht. Sommige collega's knikken naar Maud en Niels als ze langslopen en er heerst een bijna bovennatuurlijk zware stilte langs het donkere kanaal.

– 11 –

Londen

'Ik wil je geen Jane meer noemen.' Mabels stem is zacht. 'Ik wil liever je eigen naam gebruiken.'

Phil staat aan de rand van de kamer, bij de deur. Het schouwspel is onwerkelijk en hartverscheurend. God, hij ziet het meisje nog zo onder dat rotsblok vandaan gehaald worden. Mager, verwilderd, bang. Hij weet nog steeds niet waarom ze zich daar had verstopt, of waar ze vandaan komt. Toch is er genoeg gebeurd in de tussentijd. Het is hun gelukt om haar in de kliniek te krijgen die ze hebben uitgezocht. Hier krijgt ze de beste zorg. Ze ziet er beter uit, ze reageert op wat er gezegd wordt, al merk je nooit dat je echt contact hebt.

'Maar dan moet je me wel zeggen hoe je heet,' zegt Mabel bijna fluisterend. Het zwijgende meisje in het ziekenhuisbed reageert niet. 'Wat is je naam?'

Als er iemand moeder van een groot gezin had moeten zijn dan is het Mabel. Zijn vrouw heeft het geduld van een engel. Het optimisme van een kind dat nog geen narigheid heeft meegemaakt. Een vrolijkheid die tegen alle stromen in de hoogste bergtop bereikt. En zo zit ze hier, klein en zacht en vol hoop. Moeder en toch niet.

'Jane,' fluistert Mabel en ze legt haar hand heel voorzichtig op de arm van het meisje. Geen reactie. 'Jane, hoe heet je?'

Een paar maanden geleden was daar even die opleving geweest. Een onderzoekende blik. Een onverwachte reactie op stemmen op de gang. Hij piekerde zich suf over wat hij precies had waargenomen. Angst? Boosheid? Bezorgdheid? Het was even snel verdwenen als het kwam. Jane was uit bed gesprongen, had iets geroepen, iets in de Franse taal, dacht hij, en daarna was het arme kind trillend in de deuropening blijven staan, panisch om zich heen kijkend. Een paar minuten had ze daar gestaan, terwijl de tranen over haar wangen liepen, en uiteindelijk was ze terug naar het bed gestrompeld, waar ze was gaan liggen, met haar rug naar Mabel toe en haar kussen huilend tegen zich aan geklemd. De opleving van energie – ook al was die niet positief – was eenmalig. Sinds die tijd is ze in haar staat van apathie gebleven.

'Ik had een dochter,' zegt Mabel tegen het meisje en Phil krimpt in elkaar. 'Een prachtig roze kindje, met schitterend blauwe ogen en fijne rode lippen.'

Ze zwijgen, alle drie in hun eigen wereld.

'Ze had geen kans,' fluistert Mabel. 'Haar lichaam werkte niet goed.'

Meteen is Phil terug in die kamer in het ziekenhuis en hij realiseert zich hoe diep hij die herinneringen heeft weggestopt. Hij voelt ook meteen waarom. Dat kleine blote lichaampje in die weegschaal. Die verpleegster die maar zeurt over de vitamine-K-injectie. Hij staat erbij en kijkt ernaar en weet: dit is zonder hoop.

Mabel schraapt haar keel. Jane ligt nog steeds onbeweeglijk in het bed. Hij zou tegen Mabel willen zeggen dat het niet zal werken, dat ze kan zeggen wat ze wil, maar dat Jane haar geest opnieuw heeft afgesloten, steviger dit keer.

'Ze heette...' Weer schraapt ze haar keel en Phil hoort dat de prachtige naam van hun mooie dochter vastzit, ergens tussen Mabels hart en haar mond. Hij stapt naar voren en legt zijn handen op de schouders van zijn vrouw.

'Kom,' zegt hij. 'Morgen komen we terug.'

– 12 –

Maud zit met haar collega's Niels Bingsten, Thomas Kuipers, Jolanda Derkinderen en Myrna Kaantjes in de kleine vergaderzaal op het bureau. John Terstal is nog onderweg.

'Goed,' zegt Maud met vermoeide stem. Ze hebben net de resultaten van de onderzoeken doorgenomen en de trieste conclusie is dat er bijzonder weinig sporen zijn. 'Jullie begrijpen dat de hele operatie opgeschaald is nu er twee kinderen vermist zijn. We zullen later vanavond, of anders morgenochtend, horen wat de hoge heren gaan doen en hoe ze het onderzoek willen aanpakken. Vannacht kunnen we niet veel meer doen dan het natrekken van de amber alert-tips die over Jesse zijn binnengekomen en de rest van de onderzoeken afwachten.'

'Ik kan er met mijn pet niet bij,' zegt Myrna. 'Hoe ontvoer je een kind van een miniatuurkinderboerderij? Dat valt toch op?'

'Om nog maar te zwijgen van Artis,' zegt Jolanda. 'Dat is wel een heel groot terrein natuurlijk, met allerlei hoekjes en paadjes en zo, maar loeidruk, zeker op woensdagmiddag. Hoe doen ze dat ongezien?'

'Er zijn verklaringen afgenomen.' Maud knikt naar de stapel papier die midden op de tafel ligt. Ze trekt haar wenkbrauwen op en probeert zich voor te stellen dat ze al die papieren doorneemt, al die woorden tot zich door probeert te laten dringen op zoek naar die ene hint, die misschien de doorbraak in de zaak zou kunnen zijn. Het is een kínd dat vermist is. Een volwassene is al erg genoeg, maar een kind – dat maakt je nog kwader, en tegelijkertijd wanhopiger. Niet dat het in zulke gevallen ooit over een schuldvraag kan gaan, maar een kind kan al helemaal nooit iets gedaan hebben om dit te verdienen.

'Een massa tips over Tommy en een massa tips over Jesse. Ze hebben geprobeerd om die zo goed mogelijk te rubriceren, maar het publiek heeft natuurlijk gehoord dat er twee vermissingen zijn en dus lopen de verklaringen door elkaar heen. Wij hebben alles over Jesse gekregen, en alles wat over beide jongens tegelijk gaat.'

'Beide jongens tegelijk?' vraagt Thomas.

'Er zijn mensen die beweren de jongens samen te hebben gezien.' Maud trekt een gezicht alsof ze ook niets kan doen aan al die vreemde geruchten. De mensen zeggen altijd dat ze boos kijkt, maar dat is ze bijna nooit. Het komt door die plooi bij haar mond, haar donkere haren en haar felle blik. Ze probeert iets vriendelijker te kijken. 'Of die een busje zagen waar een jongetje in werd getrokken waar al een ander jongetje in zat.'

'Ja, ja.' Jolanda lacht schamper. 'Zo dom zullen ze nou ook weer niet zijn. Het lijkt mij dat de hele operatie goed is voorbereid. Twee locaties, kort na elkaar, dat wijst op twee groepjes en twee verschillende wagens.'

Er valt een stilte die als een dikke, verstikkende deken over de groep lijkt te vallen.

Even – een kort, maar adembenemend afgrijselijk moment – is Maud terug in de autopsiezaal. Ze ziet een los kinderhoofdje dat geprepareerd gaat worden zodat er een reconstructie van kan worden gemaakt. Een hoofdje van een meisje van nog geen zes jaar oud. Op de koude ijzeren tafel ligt ook haar romp. Verkleurd. Gevlekt. Ernaast ligt een los handje. De vingers samengetrokken, alsof ze een vuist maakt. Een onnoemelijk klein vuistje. Net zo klein als het vuistje van Roos toen was. Maud schraapt haar keel.

'We gaan al die verklaringen doornemen,' zegt ze schor. Ze kucht nog een keer. 'Met een loep als het moet. Als er ook maar één minieme aanwijzing is, dan gaan wij die vinden.'

Ze staat op, pakt de stapel papier en begint de vellen in kleine stapeltjes te verdelen.

Een uur later staat Myrna op. 'Iemand koffie?'

Weer een uur later neemt Thomas de taak op zich. 'Koffie? Thee? Fris?'

Op de tafel, tussen de papieren, verzamelen zich lege plastic bekers en colablikjes. Maud gebruikt haar wijsvinger om bij te houden wat ze leest, het duizelt haar en alle verhalen lijken door elkaar te lopen. De monotone, neutrale verteltrant van de verslagen tikt als een metronoom door. Een man, een kind, een vrouw, een man, een kind, een jas, een vrouw, een busje, een kind, een rolstoel, een kind, een man.

*

Kyra zit achter haar Mac en zoekt het net af naar de verslagen en berichtjes over de verdwijning van Jesse en een jongetje van elf dat Tommy Wersman heet. Ze heeft een panty onder haar joggingbroek aangedaan en draagt de spuuglelijke oude UGG's van haar moeder. Op de een of andere manier wil ze maar niet warm worden.

De opluchting dat Jesse niet in het water is gevonden is gigantisch. Stel je voor dat hij daar toch lag, dat ze hem op een haar na gevonden had. Aan de andere kant, hij is nog steeds kwijt. Ze kan de gedachte niet van zich af zetten dat ze hem moet gaan zoeken, terwijl ze weet dat er een hele politiemacht op de been is, tot helikopters aan toe. Wat kan zij daar nou nog aan toevoegen?

Twee verdwijningen op een dag. Geen toeval, maar wat hebben die twee met elkaar te maken? Zodra ze het nieuws las, heeft ze Sophie geappt, maar ze kreeg geen antwoord en ze heeft geen zin om Luna of Chantal een berichtje te sturen. Sophie kan dramatisch doen, haar andere twee vriendinnen zijn daar nog veel beter in. Kyra ademt diep in, recht haar rug en strekt haar armen boven haar hoofd, alsof ze de balken van het oude dijkhuis van haar ouders wil aanraken.

Ze denkt aan de lessen die ze sinds enkele maanden aan de Hogeschool van Amsterdam volgt. Forensisch onderzoek is een studie die zich richt op de harde kant van het recherchewerk. Onweerlegbaar bewijsmateriaal. DNA, chemische stoffen, vingerafdrukken. Welke sporen zijn er in Jesse's verdwijningszaak gevonden? Al de hele avond brandt ze van nieuwsgierigheid en ze heeft al minstens tien heel erg slechte redenen bedacht om Maud Mertens te bellen, maar ze weet best dat zij daarover helemaal niets los zal laten.

Ze stelt zich het forensisch lab voor, waar gedisciplineerde onderzoekers in zorgvuldig vastgelegde procedures aan het werk zijn om het raadsel rondom Jesse op te lossen. Het werk in het laboratorium op school, diep in de kelders van het gebouw, vindt ze tot nu toe het leukst. Dat, en datgene waar ze nu op school mee bezig zijn: de mogelijke scenario's van een moord bedenken. Ook de zachte kant van het vak is boeiend. Ze probeert graag de motieven van daders te doorgronden. Waarom doen misdadigers wat ze doen? Is er een patroon in hun handelen en is dat patroon te voorspellen of zijn er karakteristieken waardoor je een dader eerder op het spoor kunt komen?

Wat beweegt iemand om een kind te ontvoeren? Losgeld. Maar de ouders van Jesse en Tommy zijn helemaal geen rijke mensen. Misbruik dan. Maar waarom ontvoer je een kind midden op de dag van een kinderboerderij, waar allemaal mensen omheen staan? Als je gewoon een kind wilt, dan zijn er plaatsen te bedenken waar kinderen alleen zijn, waar het minder opvalt of waar het gemakkelijker is. Al helemaal bij Tommy Wersman. Midden in Artis. Dat risico neem je toch niet?

Twee kinderen. Waar zit het verband? Er moet iets bijzonders aan de hand zijn. Een scheiding, dat kan ook nog. Het vertrek met kind van een van de ouders naar zijn of haar geboorteland. Maar in de zaken van Jesse en Tommy speelt dit ook al niet. De ouders zijn niet gescheiden, er is geen sprake van familie in een ander land.

Kyra is op de zesde Googlepagina gekomen met berichten over de verdwijning van de twee jongetjes, maar steeds leest ze hetzelfde verhaal.

Tommy's telefoon is gevonden in Artis. Dat is wel interessant. Het ding is in het water gegooid bij de pinguïns, staat er op verschillende sites. Vast niet door Tommy zelf. Dat duidt toch wel op kidnappers die weten wat ze doen. Ze zoekt de plattegrond van Artis op internet. Tommy is het laatste gezien bij de toiletten aan de oostkant van Artis. Ze volgt met haar vinger de route naar de pinguïns en kijkt wat daar in de buurt is. De uitgang naast het aquarium. Interessant. De Plantage Middenlaan is een brede, drukke straat. Als je de weg naar het westen volgt en naar het noorden afslaat ben je zo op de ringweg naar Zaandam. De andere kant op kun je doorrijden tot Watergraafsmeer en daar de ringweg op richting Almere of Utrecht of Den Haag. Waar zijn de kinderen naartoe gebracht?

Ze staat op. Het is tijd om Lot uit te laten. Het is goed om even naar de buurvrouwen te gaan. De drie zussen zijn dan wel oud, maar hun geesten zijn nog messcherp en ze maakt er altijd graag een praatje. Haar ouders zijn nog steeds niet thuis van hun bioscoopbezoek. Kyra zet haar moeders UGG's bij de kapstok, trekt haar eigen laarzen aan, slaat de deur achter zich dicht en loopt naar de drie oude buurvrouwen om de hond op te halen.

*

Maud brengt de beker naar haar lippen, neemt een slok en zet het bekertje rillend weg. Bitter, en koud, bah. Er zijn twee uur voorbijgegaan zonder dat er iemand iets te drinken heeft gehaald en ze kijkt mismoedig naar de blikjes cola en Sprite die op de tafel staan. Ze houdt niet van frisdrank, maar ze heeft geen zin om naar het keukentje te gaan om een glas water te halen. Elk uur wordt een nieuwe stapel papier gebracht en zonder klagen werkt haar team zich door de tips heen. Normaal zijn zij degenen die buiten de deur onderzoek doen en tips opvolgen, maar er is nog niet één bruikbare aanwijzing over Jesse binnengekomen. Maud merkt dat haar gedachten soms afdwalen. Er zijn zoveel mensen die iets te roddelen hebben over een ander en hoe kun je in vredesnaam inschatten wat waar is van wat ze beweren en wat niet?

Ze staart naar de tekst die voor haar ligt.

Mijn buurvrouw heeft sinds twee maanden een nieuwe vriend en die man komt soms midden in de nacht langs. Ik hoor vaak geschreeuw en het zoontje huilt steeds. Ik heb al eerder gebeld over het slaan van het jongetje. Hij zit bij mijn zoontje op school en volgens mij heeft hij vaak blauwe plekken. Die man rijdt in een wit busje. Daar was toch een melding van?

Nergens heeft iets over een wit busje gestaan. Sterker nog, niemand heeft een idee van hoe die misdadigers zich vervoeren. Twee auto's, is het vermoeden, maar niemand die het zeker weet. Met een rotgevoel legt ze het papier in de bak waarop een sticker geplakt is met het woord 'niks'. Ernaast staat een bak met de sticker 'opvolgen'. Die is leeg en wat erin heeft gelegen, heeft tot nog toe niets opgeleverd.

Tien jaar geleden was het. Ze woonde nog in Rotterdam. Toen was er ook zo'n melding die je niet meteen op haar juiste waarde kon schatten. Gewoon geluidsoverlast van een stel dat altijd ruzie-de. Ze kwam binnen met een jonge collega die net begonnen was. Omdat het al de zoveelste keer was dat het gezin bezocht werd ging ze zelf.

'Ik loop tegen overspannen aan,' zei de man op een samenzweerderige toon. Een grote kerel was het, met grote handen met dikke vingers. 'Ik weet dat ik iets fout doe, maar het is gewoon dat ik er niet meer tegen kan als het zo'n rommel is. En als de kinderen niet luisteren. Die vragen zoveel aandacht, niet normaal gewoon.'

Er waren twee meisjes. Een van een jaar of vier en een van een jaar of anderhalf. De moeder van de meisjes zat blozend en vrolijk lachend aan de keukentafel. Misschien verborg ze iets onder die glimlach.

'Sla je je vrouw?' vroeg Maud recht voor zijn raap. Soms werkte dat bij dit soort figuren, had ze gemerkt. Gewoon recht op je doel afgaan. Hij kwam wel oprecht over.

'Natuurlijk niet,' had de man geantwoord, terwijl hij zijn enorme armen kruiste. 'Wie slaat er nou een vrouw?'

Vier weken later was er weer een melding. Dit keer werd er in het huis van het ruziënde stel een hennepplantage aangetroffen. Natuurlijk had het gezin hier niets mee te maken, beweerden ze beledigd. Ze waren op vakantie geweest en een vriend had de sleutel van het huis gehad. Die vriend had toen ze weg waren die hele installatie aangelegd en al die planten op zolder neergezet.

Intussen bemoeide Jeugdzorg zich met het gezin. Niet dat zij daar toen iets van wist. De man bleek niet de biologische vader van de twee meisjes te zijn. De vrouw was eerder gescheiden van een man die niet geheel van onbesproken gedrag was. Zelf kwam ze uit een gezin waarin fysiek en geestelijk misbruik speelde. Hoe ontsnap je aan generatieslange ellende, vroeg Maud zich af. Als je dat overkomt, is ontsnappen dan wel mogelijk?

Thuis keek ze naar de kleine Roos, die met haar tong tussen haar tanden een tekening maakte van een paard. Haar dochter had ook twee vaders. Een die haar adoreerde en een die ze nooit zag. Toen Roos een maand of negen was kreeg haar vader ineens het inzicht dat hij niet was geboren voor de drukte van de stad en hij verhuisde naar een goedkope huurwoning in het oosten van het land. Hoe prachtig hun kind ook was, hoezeer Maud ook haar best deed, Gijs kwam niet terug – sterker nog, hij verhuisde anderhalf jaar later naar een oude boerderij in de Pyreneeën. Een jaar na het weglopen van Gijs kwam Edwin en voor hem was Roos meteen de mooiste dochter van de wereld.

De deur van de vergaderzaal waar Maud en haar team zitten gaat open en er komt een collega binnenlopen.

'Er is besloten dat jullie ook de meldingen over Tommy Wersman door moeten nemen,' zegt de man. 'Ze willen het liever binnen één team houden, zodat we niets missen. Een deel is al gerubriceerd, het staat erbij.'

Hij plaatst twee grote dozen met velletjes papier op de tafel en groet ze vriendelijk.

*

Het Vliegenbos is donker en nat en bovendien stervenskoud. Kyra trekt de kraag van haar jas omhoog en loopt stug door. Het is moeilijk om de wereld niet als één grote vijandige plek te gaan zien. Twee jongetjes worden geroofd van een gelegenheid die er speciaal op is gericht kinderen plezier te bieden. Zorgeloos en vrolijk, dat is toch wat je als kind moet kunnen zijn? Als tiener ook, en als twintiger, in feite. Zelfs als volwassene, trouwens, en kijk haar nou somber rondlopen.

Lot, een grote herder met een altijd goed humeur, komt kwispelend op haar af. Ze laat de stok uit haar bek vallen, voor de voeten van Kyra, en kijkt haar verwachtingsvol aan. Eigenlijk heeft Kyra helemaal geen zin, maar toch gooit ze de stok zo hard ze kan weg en de hond stuift erachteraan.

Sarina was bang voor honden, niemand wist waarom. Altijd als ze in het Vliegenbos was wezen hardlopen klaagde ze erover dat er in dat deel van de stad honden mochten loslopen. Vier jaar lang zat er geen enkele beweging in haar zaak en ineens gebeurde er van alles. Een paar maanden geleden, begin juni – vlak nadat ze zelf gewond was geraakt bij haar roekeloze poging de dader van de moord op haar kunstdocent Marc Gaullier op te sporen –, lagen er ineens die ansichtkaarten in de bus. Twee vrolijke kaartjes met *Groeten uit De Koog* in krullerige letters op de voorkant. Een voor haar en een voor haar ouders. Haar moeder huilde twee dagen lang omdat ze dacht dat het een teken was dat Sarina nog leefde. Hoe ze ook op haar inpraatten – de kaarten waren vier jaar oud, waarom had ze dan al die tijd niets laten horen? – het maakte niet uit. Een paar dagen lang was het geloof van haar moeder pijnlijk onwankelbaar geweest. Heel langzaam kwam het besef dat het een lichtflits van lang geleden was. Een lichtje in het donker van een ster die misschien helemaal niet meer scheen.

Haar vader was des duivels geweest. PostNL moest het ontgelden en er volgden verhitte mails van haar vader waarin hij ze voor van alles en nog wat uitmaakte, en vooral voor incompetent. De onderste steen moest boven, want dat de post van zijn verdwenen dochter vier jaar lang zoek was kon absoluut niet. Toen kwamen er ineens meer berichten over post die vier jaar later was bezorgd. Brieven van instellingen aan personen die allang overleden waren. Post van een loterij, dat een bepaalde prijs gewonnen was – een bos bloemen of een boek. Brieven van de belastingdienst over boetes en ga zo maar door. Haar vader viel stomverbaasd stil nu hij niet meer de enige was.

Een paar weken later kwam de toelichting, per brief. Een werknemer van de post was depressief geweest. Zo ernstig depressief dat hij niet meer normaal functioneerde. De man had de post opgehaald, maar de zakken met de stukken gewoon op zolder neergezet en er niet meer naar omgekeken. Toen zijn zolder zo vol raakte dat er niets meer bij kon, had hij zich ziek gemeld. Drieënhalf jaar zat hij depressief thuis, tot hij een eind aan zijn leven maakte. Toen zijn dochter vervolgens bij het leegruimen van het huis de poststukken tegenkwam, besloot ze daar uit schaamte niets over te zeggen en in plaats daarvan was ze vier nachten bezig om alle poststukken verspreid door haar woonplaats gewoon opnieuw op de bus te doen. Zo vielen vier jaar na de verdwijning van Sarina op Texel de vakantiekaartjes van haar zus ineens alsnog op de mat in Amsterdam-Noord.

'Waarom heeft die man niets gezegd?' had haar moeder verzucht. 'En zijn dochter ook niet?'

Dat was precies het gevoel van Kyra geweest. Ze was boos op die depressieve vent die de post had verduisterd. Had hij er dan helemaal niet aan gedacht dat er belangrijke dingen tussen zaten? Egocentrisch was het, en dom. En zijn dochter had het nog dommer opgelost.

Toch vraagt ze zich af of het iets had uitgemaakt. Toen ze de kaarten kregen leek er eerst een eenvoudig te volgen spoor te zijn. Een naam. Een verdachte, misschien wel. Maar zo makkelijk bleek het niet te zijn.

Eigenlijk vraagt ze zich ook af of ze Sarina snel gevonden hadden als ze vier jaar geleden meteen geweten hadden dat zij aan boord was gegaan van het schip van ene Dave Kowzinksy. Hadden ze haar dan kunnen behoeden voor hetgeen haar overkomen is? Ze was achttien. Ze bepaalde zelf wat ze deed.

Kyra is er nog steeds van overtuigd dat Sarina niet meer terugkomt. Het bestaat niet dat haar zus na die ene ansichtkaart geen enkel bericht meer heeft verstuurd naar haar. Zelf denkt ze dat nu wel duidelijk is dat Sarina waarschijnlijk niet op Texel verdween. Maar waar dan wel?

Dat verdomd trage politieonderzoek ook. Dat de zaak nu eindelijk heropend is, betekent tot nog toe niet veel meer dan dat het dossier van de ene naar de andere la verplaatst is, terwijl die Dave in haar ogen toch echt verdacht is.

Kyra loopt terug naar de dijk, de grote herder loopt gewillig naast haar. Morgen toch Maud Mertens nog eens bellen.

– 13 –

Tommy is naar Jesse's kant van de kooi gekropen en ook Jesse ligt tegen de kant aan waar Tommy's lijf het ijzer raakt. Jesse slaapt, maar Tommy ligt wakker. Hun zakken zijn leeg. Geen muntjes waarmee hij zou kunnen proberen de tralies van elkaar te buigen. Of een oude schroef of spijker waarmee hij zou kunnen proberen een gat in de bodem van de kooi te krabben. Hij weet ook wel dat hij daardoor vast niet zou kunnen ontsnappen, maar als hij iets scherps had dan kon hij het in elk geval proberen. Hij kan hier toch niet gewoon zomaar in zijn kooi blijven zitten wachten op... Hij probeert er niet aan te denken. Hij probeert niet te denken aan de man die een keer terug zal komen en hem uit zijn kooi zal halen om hem ergens mee naartoe te nemen. Hij knijpt zijn ogen stijf dicht om de gedachte te verjagen.

De hele avond heeft hij geprobeerd Jesse gerust te stellen en juist door dat te doen heeft hij voor zichzelf bedacht welke vreselijke scenario's hem misschien te wachten staan.

Het is pikdonker. Zelfs als hij zijn hand voor zijn neus houdt, ziet hij niks. Het moet nacht zijn want als het buiten licht is kun je hier wel een klein beetje zien. Ineens kan hij er niet meer tegen en hij voelt zijn neus prikken voordat de tranen over zijn wangen rollen. Was mam hier maar. Kon hij maar naast haar op de bank gaan liggen met een dekentje over zich heen en naar een flauwe film kijken op tv. Met de hond, die vlak bij hem op de grond ligt en zich lui uitrekt en gaapt zoals een hond kan gapen. Een bakje chips op tafel en zijn vader in de stoel naast de bank. En Anouk die in het hoekje van de bank in slaap is gevallen. Dat wil hij. Gewoon thuis zijn. Gewoon iets gewoons doen. En het weer warm hebben want het is zo ontzettend koud.

Hij veegt zijn wangen droog en zegt tegen zichzelf dat hij niet bang moet zijn. Het komt goed. Hij moet iets bedenken. Misschien kan hij met die man proberen te praten en erachter komen wat er aan de hand is. Misschien is dit allemaal een flauwe grap. Of hebben ze hem per ongeluk ontvoerd. Misschien denken ze dat zijn ouders erg rijk zijn, misschien hebben ze hem verwisseld met een andere jongen. Zou hij aan Jesse durven vragen of zijn ouders rijk zijn? Als dat zo is... dan zit hij hier misschien gewoon verkeerd. Als ze dat ontdekken laten ze hem natuurlijk weer vrij.

Misschien moet hij toch geen praatje met die man maken. Hij moet zorgen dat hij zijn ogen dichtdoet als die man in de buurt is. Als ze hun fout ontdekken dan moeten ze er zeker van zijn dat hij niets en niemand gezien heeft en dat ze hem dus vrij kunnen laten omdat hij toch niets kan verraden. Ineens weet hij het zeker. Ze hebben gewoon een fout gemaakt. Hij is de verkeerde jongen. Hij snuift en voelt zich rustiger worden. Zo gaan die dingen. Ook heel slimme misdadigers maken weleens een foutje. Het komt allemaal goed. Morgen. Of overmorgen, maar hij gaat gewoon weer naar huis.

– 14 –

Maud wordt gewekt door Niels Bingsten, die zachtjes haar schouder aanraakt.

'Maud.'

Ze ligt voorover op de tafel, met haar wang op haar arm, en gaat verward rechtop zitten. Oud en stijf is ze, haar ogen lijken dichtgeplakt. Ze tuurt tussen de oogleden-from-hell door.

'Ja?' zegt ze en ze moet haar keel schrapen omdat haar stem krakerig klinkt.

'Misschien moet je nog even naar huis gaan,' zegt Niels. 'Het is halfvier. Je kunt nog net een paar uurtjes slapen.'

Halfvier. Het is bijna de moeite niet, maar ze weet dat het beter is om even thuis te zijn. Een uurtje maar, of twee, in haar eigen bed liggen, dan een douche, en ze zou er weer een dag tegenaan moeten kunnen. Vroeger kon ze zonder slaap. Midden in een onderzoek heeft ze altijd moeite zich aan die ontspanning over te geven, maar nu ze tegen de vijftig loopt en naar haar idee alvast een elektrische fiets, een Canta-wagentje en een rollator kan bestellen – in die volgorde – weet ze dat het gebrek aan slaap een veel geduchtere vijand is dan vroeger.

'Hoe staan we ervoor?' vraagt ze. Stomme vraag. Alsof Niels gaat zeggen: O, alles is opgelost. We hadden net de grote doorbraak, maar we hebben jou laten slapen, je lag daar zo lekker over die tafel gekruld.

Niels schudt zijn hoofd en haalt zijn schouders op.

'Er zijn getuigen die zeggen iemand gezien te hebben met Jesse,' zegt hij. 'Twee mensen zaten op het bankje bij het viaduct bij het BovenIJ-ziekenhuis en zagen een lange man lopen met een jongetje in zijn armen. Blond.'

Maud is ineens klaarwakker.

'Probleem is alleen dat de getuigen bewoners zijn van de psychiatrische instelling daar.'

'Wat maakt dat uit?' zegt Maud geërgerd. 'Wat is er met de melding gedaan?'

'We kwamen de aantekening een halfuur geleden tegen. Wat wil je dat we doen? De instelling bellen om te vragen of we langs kunnen komen?'

Ze overweegt het. Waarom niet? Omdat de instelling gesloten is en die mensen in bed liggen. Omdat ze zelf doodmoe is. Daarom. Omdat Niels afgepeigerd is. Omdat ze even moeten slapen voordat ze verder kunnen.

'We hoeven niet zelf te gaan,' begint ze. 'Ik kan vragen of...'

'Maud,' onderbreekt Niels haar. 'We gaan een uurtje slapen. Ik bel zo meteen de nachtwaker van die instelling en kondig aan dat wij om halfzeven op de stoep staan. Die twee uur maakt nou ook niet meer uit.' Hij zwijgt even. 'Dat weet je,' besluit hij.

Ze zwijgt.

'Myrthe en Jolanda komen zo al weer,' zegt Niels. 'Thomas en ik zijn tot nu doorgegaan. Er is continu gewerkt aan het doornemen van de tips.'

Maud staat op en maakt een hoge stapel van de lege bekertjes die op de tafel staan. Toen, zo'n tien jaar geleden, heeft ze bij alles wat haar heilig was – bij Roos, om eerlijk te zijn – gezworen om nooit meer 'als' te hoeven zeggen. Als ik maar nog een keer was gaan kijken. Als ik alleen maar doorgevraagd had, als ik maar meer gehandeld had naar wat mijn gevoel me ingaf, als ik mezelf maar niet in slaap gesust had, als ik maar tegen de stroom in had durven gaan, als ik de omgeving van het meisje maar alert had kunnen maken op de signalen, want die waren er wel degelijk – alleen had niemand ze durven oppikken.

'Bel,' zegt ze tegen Niels en ze gaat staan wachten tot de afspraak gemaakt is. 'En zeg dat we meteen komen.'

Even later hangt Niels op.

'Ze willen de getuigen niet wakker maken,' zegt Niels. 'Ik sprak de nachtwaker. Als je echt wilt dan zul je de directeur moeten bellen.'

Hij kijkt haar aan en ze ziet dat hij weet wat ze denkt.

'We hebben geen opsporingsbevoegdheid, Maud. Dus officieel kunnen we nu niks, maar ze zijn altijd vroeg daar,' zegt Niels. 'We kunnen voor het ontbijt langskomen. Om zes uur.'

Maud bijt op de binnenkant van haar wang. Het is kwart voor vier en de hele wereld slaapt. Behalve de ouders van Tommy en Jesse. Ze denkt aan de kinderen. In een flits ziet ze beide jongetjes voor haar staan. De blote huid gevlekt, de kleine vuisten gebald.

Zóveel blauwe plekken zijn het nou ook weer niet.

'Die instelling is vlak bij mijn huis,' zegt Maud. 'Ik zie je daar.'

'Maar...'

'Niks maar, ik ga erheen. Als het moet ga ik alleen.'

Ze loopt kwaad de trap af, de deur uit, en ze hoort de voetstappen van Niels achter haar. Op de bijna verlaten parkeerplaats bij het politiebureau knikt Maud haar collega gedag, maar ze weet dat hij toch wel meekomt, al doet hij alsof dat niet zo is. Ze rijdt door de donkere nacht de twee kilometer naar de instelling. Voor het pand blijft ze staan. Alles donker. Zo voelde ze zich na de begrafenis van het meisje. Alsof alles donker was.

*

Kyra heeft het lampje naast haar bed aangedaan en bladert door het rapport 'Kind vermist', dat ze op internet heeft gevonden. Ze gaapt. Het is midden in de nacht, veel te laat om nu pas te gaan slapen en veel te vroeg om al op te staan. In 2011 gaf de moeder van de tienjarige Jennefer haar dochter als vermist op. Anderhalve dag later werd het meisje gevonden, te laat. Vervolgens werd de vraag gesteld of er wel adequaat gehandeld was. En hoe de politie zich op dient te stellen naar de ouders van een vermist kind. Het rapport 'Kind vermist' van de Nationale ombudsman was het resultaat van het onderzoek. Kyra bladert naar de voorpagina. Verschenen in maart 2013. Dus er zijn anderhalf jaar voorbijgegaan voordat de lering werd getrokken. Anderhalf jaar nog meer leed en wanhoop. Ze bladert terug naar het begin van het rapport. Zevenendertig pagina's die een oneindige hoeveelheid verdriet moeten voorkomen. Op pagina 3 blijft Kyra hangen. Van de vermiste gevallen is 73 procent binnen vierentwintig uur terecht, staat er, 9 procent binnen zesenveertig uur, 8 procent binnen drie tot zeven dagen. In 10 procent van de gevallen is de persoon weken- of maandenlang vermist. Op dit moment zijn er ongeveer zestienhonderd mensen langdurig vermist.

Ongeveer zestienhonderd, stelt het rapport. Ongeveer. Alsof het niet uitmaakt dat Sarina vermist is. Vijftienhonderdnegenennegentig of zestienhonderd, wat doet het ertoe? Ze sluit haar ogen en ziet haar zus. Mager. Overdreven vrolijk, omdat ze nooit wilde laten zien hoe verdrietig ze eigenlijk was. Was het maar nu geweest. Nu had ze misschien wijs kunnen handelen, haar zus kunnen helpen, maar toen was ze nog te jong om dat verdriet te kunnen aanraken. Met net vijftien jaar besefte ze heel goed wat er aan de hand was, maar ze had geen idee gehad wat ze moest doen. Misschien had ze gewoon vaker moeten uitspreken dat ze zich zorgen maakte, en dat ze vond dat Sarina moest vertellen wat er was gebeurd. Na het logeerpartijtje bij een vriendin van hun moeder, na die week met die zak van een Gino, was het misgegaan. Kyra gaapt en herinnert zich het feestje in de sportkantine en het stoere en tegelijkertijd onprettige gevoel iets te doen wat niet hoort. Ze mag hier niet zijn. Sarina brengt haar naar huis. Samen rennen ze over het bospad.

Het strand. Bleekbeige zand en lichtgrijs water met vuilwitte schuimkoppen. Het is mistig en ze ziet bijna niks. Ze hoort zware voetstappen op het harde zand aan de waterrand. Ineens rent Sarina haar voorbij, enorm snel, haar lange paardenstaart heen en weer zwiepend over haar rug. Links, rechts, links. Ze zet aan en rent erachteraan. Ze kijkt om, maar ziet niets waarvoor haar zus zo hard weg zou moeten rennen. Wat is ze snel. Ze kan het niet bijhouden en haar zus wordt steeds kleiner en kleiner, een poppetje op het strand, tot ze in de mist verdwijnt.

Kyra schrikt wakker van een plotselinge beweging van haar been. Ze was aan het rennen. Ze kon Sarina niet bijhouden. Haar zus is een van de ongeveer zestienhonderd mensen die langdurig vermist zijn. En Jesse? Hij is nog geen vierentwintig uur weg, dus hij kan nog in de goede categorie vallen, die van de 73 procent die al snel weer terug is. Ze kijkt op de klok, nog negen uur voordat de vierentwintig uur om zijn.

*

'Ik loop vooruit op de opsporingsbevoegdheid die ik elk moment kan krijgen,' bluft Maud. Ze staat in de hal van de Mentrum Kliniek aan het Jan Thoméepad.

'Ik ga geen bewoners wakker maken,' zegt de leidinggevende die uit bed is gehaald. 'Dit zijn allemaal kwetsbare mensen die heel snel uit balans zijn.'

Maud slaat haar armen over elkaar en zet haar voeten op schouderbreedte. De vrouw die voor haar staat heeft een professionele frons op haar voorhoofd. Ik ben hier verantwoordelijk, straalt ze uit. Voor het welzijn van alle bewoners.

'Ergens zitten twee kleine jongens,' zegt Maud met een lage stem. 'Ik hoop dat ze nog leven. Hier vlakbij liggen twee ouderstellen klaarwakker in bed omdat ze dodelijk bezorgd zijn.'

De stilte heeft de soort spanning die je voelt wanneer je wacht op de eerste knal van een pas aangestoken stuk vuurwerk. De enorme frons van de vrouw neemt iets af en haar gezicht wordt zachter. Ze zucht.

'Ik heb eigenlijk geen keus, hè?' zegt ze.

'Dat vind ik,' zegt Maud. 'Ik wil die jongens vinden.'

Ze wachten in een ontvangstzaaltje. Niels Bingsten zit stil met zijn telefoon te klooien en Maud kijkt peinzend uit het raam, naar de lantaarnpalen die de IJdoornlaan verlichten. Zelfs op dit uur van de dag is er nog allerlei verkeer. Al die mensen, al die levens, al die dingen die mis kunnen gaan. Voor hetzelfde geld rijdt daar een dronken automobilist die een kind het ziekenhuis in rijdt. Of erger. Zou zij die persoon kunnen stoppen? Nee, want zij is hier, in de hoop iets wijzer te worden over Jesse.

Kinderen, veel te kwetsbaar. Ze ziet het gereconstrueerde hoofdje van het kindje voor zich. Een meisje. Geschat op jonger dan zeven jaar. Een spleetje tussen de voortanden, die iets naar voren staan. Een wat brede neus. Hoge, halfronde wenkbrauwen. De reconstructie klopte. Toen ze later de meest recente schoolfoto van het slachtoffertje zag was het vooral de ingetogen, bijna verlegen lach van het meisje die haar raakte. En de staart boven op het hoofdje, recht boven de brede pony – precies zoals ze in die tijd het haar van Roos elke ochtend deed.

Nog geen tien minuten later zitten Maud, Niels, de leidinggevende en de twee getuigen aan een tafel in de kantine, allemaal een dampende mok koffie voor zich.

'Het was een lange, magere man,' zegt Kees, een van de bewoners. Hij heeft last van psychoses, heeft hij net verteld. Op een dag stond hij met een mes te zwaaien omdat hij ervan overtuigd was dat zijn broer een alien in zijn lijf had. Het gaat nu weer goed met hem en hij is van de gesloten afdeling overgeplaatst naar de open. 'Heel lang,' herhaalt hij. 'En mager.'

'Wat zag u precies?'

'Ik was in slaap gevallen en Jannie ook. Die slaapt overal trouwens, zelfs aan tafel.'

Maud knikt begripvol.

'Dus ik zag hem pas toen hij bijna bij het viaduct was. Ik schrok want ik dacht dat ik weer rare dingen zag. Ik heb dat vaker. Als het gaat stormen in mijn hoofd heb ik het vaak niet door, maar dan lijkt het alsof alle mensen uitgerekt worden. Ik blijf klein en zij worden allemaal een meter of twee, minstens.'

'Dat lijkt me vervelend,' zegt Maud. 'En wat zag u ditmaal?'

'Ik zag die lange vent lopen, helemaal in het zwart gekleed, zwarte schoenen, zwarte broek, zwarte jas, zwarte pet, met een kind tegen zijn lichaam. Niet in zijn armen, zo' – hij houdt beide onderarmen gekromd voor zich – 'maar zo: tegen zijn lichaam aan, zoals ik vroeger mijn baby droeg.'

Hij maakt een gebaar alsof hij zichzelf wil omarmen.

'Mijn baby,' herhaalt hij verdrietig.

'Hoe zag het kind eruit?' vraagt Niels Bingsten.

'Hij was al ver weg,' zegt Kees.

'Maar u heeft een beschrijving doorgegeven,' probeert Maud hem aan te moedigen.

'Blond,' zegt Jannie ineens. 'Blond haar, een blauwe jas en een spijkerbroek. Hij sliep.'

'Hij was al ver weg,' zegt Kees weer. 'Als mijn baby.'

'En toen?' vraagt Maud.

'We vielen weer in slaap.' Jannie gaapt en neemt een slok koffie. 'Kan ik weer naar bed?' vraagt ze.

– 15 –

Tommy wordt wakker met het verschrikkelijke gevoel dat hij heel nodig moet plassen. Hij moest gisterenavond al, en ook vannacht, toen hij een tijdje naar het lichte snurken van Jesse lag te luisteren, voelde hij de druk op zijn blaas. In zijn kleine kooi staat geen emmer of bakje of zo. Als hij schreeuwt zal die vent weer komen met zijn bokservuisten. En toch moet hij. Heel erg nodig.

Misschien moet hij in de hoek van de kooi plassen, daar aan de rand, tegen de muur zodat het naar beneden stroomt en hij er bijna geen last van heeft. Of gewoon tussen de tralies door, op de grond. Maar stel je voor dat die vent dan kwaad wordt en dat hij weer gaat slaan. Nog even wachten, nog even ophouden. Hij wil zich niet laten kennen. Er zal toch straks wel iemand komen?

Naast hem hoort hij Jesse snikken. Het zicht is iets beter geworden nu het blijkbaar weer ochtend is en er bij de deur een klein randje licht komt.

‘Niet huilen,’ zegt hij tegen Jesse en hij zou willen dat hij iets liefs kon bedenken om het jongetje te troosten. ‘We moeten ontsnappen, niet huilen.’

Jesse is stil. ‘Ik heb in mijn broek geplast,’ zegt hij dan.

‘Ik moet ook heel nodig.’ Tommy merkt meteen weer het drukkende gevoel in zijn buik en doordat hij weet dat hij moet, maar niet kan, wordt het allemaal veel erger. Straks plast hij ook in zijn broek. Als het te lang duurt dan kun je het gewoon niet meer ophouden, zelfs niet om alleen maar je gulp open te maken, en als het eenmaal stroomt kun je niet meer stoppen. Dan zitten ze hier als twee kleine baby’s met een zeiknatte kont. Hij wiebelt met zijn voeten om het drukkende gevoel tegen te gaan.

‘Ik denk dat we in een schuur zitten,’ zegt Jesse. ‘Het ruikt hier zoals bij mijn oma en die heeft een boerderij. Die muur hier achter ons, dat zijn planken met teer. Dat kun je ook ruiken en daarom zijn ze zo zwart.'

'Oké,' zegt Tommy verbaasd. Die Jesse is best slim.

'Ik denk dat ze speciaal deze ijzeren kooien hebben gemaakt,' vervolgt het jongetje eigenwijs. 'Kijk maar, ze zitten nergens vast. Het is gewoon een stapel ijzer in een stinkende schuur.'

'Ik heb alles gevoeld.' Tommy's stem klinkt bedrukt. Hij wil Jesse laten merken dat hij ook best wel in de gaten heeft wat er aan de hand is. 'Maar er zit helemaal niks los.'

'Het beste kunnen we proberen om het slot los te maken,' zegt Jesse droog. 'De deur is altijd het zwakke punt.'

Tommy knikt. 'Ik weet misschien wel hoe,' zegt hij.

– 16 –

Londen

Het papier is veel te wit. Jane staat in de kleine zaal met de dubbele tuindeuren. Kleine raampjes, van de vloer tot aan het plafond. De illusie dat je buiten bent, dat je zomaar een paar stappen zou kunnen zetten en dat je dan in de natuur staat. Telkens als ze uit het raam kijkt vraagt ze zich af waar ze liever is. Veilig binnen, waar deuren zijn die je kunt afsluiten? Of veilig buiten, waar je alle kanten op kunt?

'Sluit je ogen,' zegt de therapeut. 'Adem diep in, door je neus, tot diep in je buik en dan uit door je mond.'

Ze doet het voor, maakt daarbij een idioot geluid en verwacht dat ze het allemaal nadoen.

Waarom geven ze van dat sneeuwwitte papier? De zon schijnt met haar laatste krachten precies op haar blad. Ze blijft ernaar staren, naar die lichtvlek op de plank op de schildersezel. Daar moet iets komen, in dat witte gat. Een tekening. Iets wat iets is. Een mens, een landschap. Iets.

Ze kijkt weer naar buiten. De lucht heeft verschillende tinten. Bovenaan zijn de wolken donkerroze en onderaan feloranje, opgelicht door de verdwijnende zon. Wattendeken. Zo noemen ze het. Laag over laag over laag. Onder de wolken een helderblauwe streep. Zo neemt de dag afscheid, door nog even haar helderblauwe glimlach te laten zien.

Ze houdt van de hemel. Je kunt ernaar kijken en fantaseren dat je weggaat. Dat je gewoon gaat lopen, zwemmen, vliegen, langs al dat blauw en grijs, en je bent totaal vrij, je zou kunnen koppeltjeduikelen, naar beneden zwemmen en dan weer naar boven, niets of niemand die iets van je eist. Ze stelt zich haar reis door de hemel voor. Het is een vakantie die nooit zou mogen eindigen.

'Jane.'

Ze schrikt en laat het houtskool uit haar hand vallen.

'Lukt het?'

Haar vel papier is nog net zo wit als daarnet.

'De les is bijna afgelopen.' De therapeute bukt en pakt het houtskool op. 'Probeer nog even iets,' zegt ze bemoedigend terwijl ze het zwarte stompje in Jane's handen duwt.

Jane steekt haar arm uit en beweegt met de kool over het papier. Zo. Een zwarte streep. Maar nu klopt het niet meer. Helemaal niet meer. Alles is verpest. Nu moet je kiezen of je links of rechts wilt staan, eronder of erboven. Of het wit is of zwart. Of het recht is of scheef. Elke keuze heeft een consequentie.

Wat is het? *hoort ze hem roepen.* Wat? Wat? Wat moet het zijn? Zeg het! Zeg het nu!

Dit mag niet. Alles moet vrij en open en wit zijn. Ze knijpt het houtskooltje fijn en begint te huilen.

– 17 –

De hele nacht, behalve als hij sliep, heeft Tommy met zijn tong en zijn vinger in zijn mond gepeuterd. Het ijzer van zijn beugel zat al lang los. Hij heeft zijn moeder al drie keer gevraagd een afspraak bij de ortho-man te maken, maar dat is nog steeds niet gebeurd. Het is een heel klein stukje ijzer, al voelt het als iets heel langs als hij er met zijn tong langs gaat. Net als het gat van een tand als die er net uit is. Dat voelt ook altijd als een megakrater, tot je in de spiegel kijkt, dan is het een minigaatje. Met zijn tong duwt hij het stukje ijzer omhoog. Als hij het loskrijgt heeft hij tenminste iets.

De kooi heeft een eenvoudig schuifslot, zoals de bench van de hond van tante Irene heeft, maar aan de schuif zitten twee ijzeren oogjes waar een simpel hangslot doorheen zit. Hij kan er goed bij. Een paar keer heeft hij er al aan zitten rommelen, maar natuurlijk zit dat ding zo dicht als wat.

Weer duwt hij met zijn tong tegen het ijzer van de beugel. Nog een slotje losmaken. Als dat lukt dan heeft hij nog een extra centimeter of zo en dat zal hem enorm helpen. Voorzichtig. Kom op. Met zijn wijsvinger pulkt hij zachtjes aan het ijzer helemaal achter aan de beugel en dan duwt hij weer met zijn tong. Wiebel, wiebel, nooit te hard. Het is net als een losse kies. Het begint met een heel klein beetje speling, maar met geduld en een heleboel gepiel krijg je die ook los zonder al te veel pijn.

'Jesse,' zegt hij gespannen. Hij bedenkt ineens dat er nog meer mogelijkheden zijn.

Het jongetje murmelt een verdrietig geluid.

'Heb jij een losse tand?'

Ze hebben een snijtand en een piepklein stukje ijzer. Tommy heeft ze allebei in zijn handpalm liggen. Het ijzer zie je bijna niet, zo dun is het. Aan de tand van Jesse zit nog een beetje bloed.

'Niet laten vallen,' zegt Jesse bezorgd.

Tommy zucht. 'Maar hoe gaan we dat doen?' vraagt hij. 'Als ik aan dat slot ga peuren valt hij vast, en dan zijn we hem kwijt.'

Een minuut geleden had hij nog het gevoel dat ze konden proberen te ontsnappen en nu ineens heeft hij zin om heel hard te huilen. Dit gaat natuurlijk nooit, maar dan ook nooit lukken. Ze zijn helemaal niet slim bezig, ze zijn een stelletje sukkels dat zich laat vangen door een of andere gek die met een lulsmoesje naar ze toe is gekomen en die ze zomaar midden tussen al die stomme volwassenen heeft verdoofd en heeft meegenomen. Jesse weet niet eens meer precies wat er is gebeurd, maar hij zag iets en hij liep een stukje weg en iemand vroeg iets en ineens vloog hij door de lucht en daarna sliep hij.

Als mama nou zelf met Anouk naar de wc was gegaan dan was dit niet gebeurd. Waarom vroeg ze hem ook altijd voor dat soort klusjes? Als ze met hem meegegaan was, als ze op hem had gelet, dan zat hij hier nu niet in zo'n stom hok. Ineens huilt hij. Wat zou hij graag thuis zijn, op zijn kamer zitten, desnoods met huiswerk, en met Kom'es op zijn schoot, die altijd knorrend en spinnend in de buurt is. De kat is al zestien en een beetje kreupel... Als ze maar niet doodgaat als hij weg is. Hij wil haar nog zien. Hij wil iedereen nog zien. Kom'es en mama en papa en Anouk, en oma natuurlijk.

'Niet laten vallen,' zegt Jesse opnieuw.

Tommy kijkt naar zijn hand, de vingers die hij in een vuist heeft samengebald zonder dat hij er erg in had. Daar zit de schat. De sleutel. Hij mag niet opgeven. Nooit. Ze moeten gewoon steeds weer opnieuw slim zijn, elke keer iets nieuws bedenken. Het is een puzzel die je niet in één keer kunt maken. Je kunt als je schaakt wel de allerlaatste zet voor je zien, maar je weet nooit precies hoe je in die positie komt. Stap voor stap.

'Mag ik mijn tand?' vraagt Jesse. 'Ik denk dat ik iets weet.'

– 18 –

De wekker gaat om halfzeven en Maud heeft het gevoel dat ze net vijf minuten slaapt. Vermoeidheid heeft zich vastgebeten in al haar cellen.

Ze heeft het signalement van de man die de twee psychiatrische patiënten bij het kanaal hebben gezien doorgegeven aan het team. Het is niet veel wat ze hebben: een beschrijving van kleding, niet van persoonskenmerken. Geen gezicht of fysieke bijzonderheid, niks om bijvoorbeeld in een opsporingsbericht iets mee te kunnen. Op dit moment wordt er aan de getuigenverklaringen uit Artis gewerkt om te zien of er wellicht nog meer mensen zijn die een man in een zwarte spijkerbroek, met een zwart winterjack en een zwart petje hebben gezien. Getuigenverklaringen zijn notoir onbetrouwbaar. Logisch ook. Er wordt je gevraagd je iets te herinneren waar je meestal niet eens bewust op hebt gelet. En dan nog. Laat een man iets stelen recht voor de neus van een stuk of vier getuigen en je krijgt vier verschillende beschrijvingen. En als je het een dag later vraagt, krijg je van dezelfde mensen weer vier nieuwe beschrijvingen. Als je doorvraagt, wat noodzakelijk is, gaan mensen vaak twijfelen over wat ze hebben gezien. Was hij echt donkerblond? Of was het haar toch misschien gewoon zwart? Was hij een meter tachtig, ongeveer zo lang als neef Huppeldepup, of misschien toch iets korter?

Maud slaat het dekbed van zich af, stapt uit bed en blijft een moment staan. Het is koud in de kamer. Edwin slaapt graag met het raam wijd open en buiten vriest het.

'Ga je al?' vraagt Edwin van onder de dekens.

'Ik kan toch niet meer slapen,' zegt ze.

'Zal ik koffie maken?'

Even laaft ze zich aan de gedachte dat ze gaat douchen en daarna het ontbijt zomaar klaarstaat, maar dan bedenkt ze dat Edwin nog een uur kan blijven liggen.

'Ik spring even onder de douche en dan neem ik wel koffie op het bureau,' zegt ze en hij draait zich meteen weer om.

Ze zet de douche warmer dan normaal en blijft een tijd onder het dampende water staan. In haar hoofd neemt ze de vluchtroutes door die vanuit de kinderboerderij genomen kunnen zijn. Als er inderdaad iemand met Jesse in zijn armen weggelopen is in de richting van de A10 dan zijn er na het viaduct maar drie mogelijkheden. Of meteen linksaf, een heel eind doorlopen en in de buurt van de McDonald's in een auto of busje stappen. Of doorlopen en dan in de woonwijk waar Jesse woont maken dat je wegkomt. Of nog verder doorlopen en ergens in de weilanden aan de andere kant van de ringweg verdwijnen. In alle gevallen is het wel een heel eind lopen met een bewusteloos kind.

Het kan niet anders of haar team heeft de routes inmiddels uitgestippeld en hoogstwaarschijnlijk is er al een nieuwe planning gemaakt van teams die nog meer buurtonderzoek gaan doen, maar ineens heeft Maud haast.

Als ze met natte haren de keuken in loopt zit Edwin daar aan een gedekte tafel. Hij slaat grijnzend de krant open.

'Ik kan ook moeilijk liggen pitten als jij met zo'n zaak bezig bent,' zegt hij en hij schenkt een mok koffie in.

Mauds telefoon gaat en meteen grist ze hem van tafel. Nieuws, denkt ze gespannen. Het is haar moeder.

'Heb je goed gezocht?'

'Heel goed, mama. En iedereen heeft geholpen.'

'Je moet beter je best doen.'

'Oké.'

'Ik hoop dat ze spek hebben. Daar houd ik van.'

'Ga maar lekker ontbijten, mam, dan ga ik verder zoeken. Goed?'

Haar moeder hangt op zonder antwoord te geven.

'Ze is redelijk stabiel de laatste tijd, vind je niet?' vraagt Edwin. 'Kaas?'

Hij besmeert een boterham met boter en snijdt een plak belegen af.

‘Het is stabiel, en dan ineens wordt het weer erger en blijft het erger,’ zegt Maud. ‘Ik ga zondag wel even langs.’

Ze neemt nog een slok koffie, staat op en neemt een hap van haar brood terwijl ze Edwin gedag zwaait. In de auto bedenkt ze ineens dat ze elkaar vroeger kusten bij het weggaan.

*

Kyra probeert zich te concentreren op de omschrijving van het nieuwe project. De metro deint als een soort schip door de donkere tunnelbuizen diep onder de stad. Haar papieren liggen op schoot en ze moet alles nog doornemen. Ze gaapt. Om halftien begint de werkgroep van het tweede project van de opleiding.

Het eerste project was een inbraak. Een voetafdruk in gips vervaardigen, vingerafdrukken veiligstellen, het sporenbeeld in kaart brengen en bedenken wat er gebeurd kan zijn. Vervolgens scenario's uitsluiten, enkel en alleen op basis van de sporen. Het was niet echt heel moeilijk geweest om de misdaad op te lossen – het ging uiteindelijk om een klusjesman (wiens vingerafdrukken niet alleen op het gebroken raam te vinden waren) die na werktijd de nieuwe televisie en Mac van zijn laatste opdrachtgever was komen halen – en de docent had gezegd dat dit een weggevertje voor de studenten was geweest om op gang te komen. Het tweede project is net begonnen. Geen cadeautjes meer, hebben ze gezegd. Niks gemakkelijke conclusies en onhandige misdadigers. Dit keer moeten ze een moord oplossen, een vingerafdruk-loze moord op een armlastige, bejaarde dame.

Kyra stopt de papieren met de beschrijving van de zaak in haar tas en stapt de metro uit. Vanavond vroeg naar bed, spreekt ze zichzelf toe. Ze is doodmoe en er met haar hoofd helemaal niet bij. Het liefst wil ze Jesse gaan zoeken, maar ze heeft geen idee waar ze dan zou moeten beginnen. Bovendien is het niet haar taak.

Vanmiddag werkt ze met een vast team van vier studenten aan de mogelijke scenario's. Morgenmiddag onderzoeksvaardigheden en maandagochtend onderzoekspracticum. Ze trekt de band van haar rugzak hoger op haar schouder en loopt met de stroom studenten van het Amstelstation naar de brede toren van de Hogeschool.

Het gebouw heeft iets weg van een bunker. Bruin beton, zwarte vierkante ramen, rij na rij opgestapeld. Twee verdiepingen hebben van de architect helemaal rondom een terras gekregen, maar aan de buitenkant zie je hiervan alleen het witte stalen hek dat moet voorkomen dat er iemand naar beneden valt.

Snel loopt ze tussen de rokers die bij de hoofdingang staan door en slaat in de verbazingwekkend lichte hal rechts af, de kantine in. Ze twijfelt. De broodjes en de koffie roepen haar toe, maar eigenlijk heeft ze geen tijd om in de rij te gaan staan. Ontbijten en te laat komen? Of op tijd komen en je de twee uur tot aan de pauze flauw voelen van de honger? Ze negeert de koffiebar zo goed als het gaat en loopt tussen de lange rijen houten tafels door, naar de hoek van het gebouw waar de opleiding forensisch onderzoek gevestigd is.

In het lokaal ploft ze op een stoel.

'Goeiemorgen,' zegt ze magertjes.

'Alles goed?' vraagt Antoine, een van haar teamgenoten.

Even weet ze niet wat ze moet zeggen en Antoine kijkt haar vragend aan. Het is een jongen waar je snel overheen zou kunnen kijken, maar als hij je eenmaal is opgevallen kun je moeilijk nog om zijn humor en snedige opmerkingen heen. Hij is twintig, maar ziet er met zijn rommelige donkere haar en zijn brede mond jonger uit, een beetje als een nonchalante en dwarse puber.

'Hé Kyra, jij woont toch in Noord?' vraagt hij.

Kyra knikt. Noord. Het stadsdeel waar je vroeger nog niet dood gevonden wilde worden, dat nu ineens cool is en waar sinds gisteren kinderen verdwijnen, net zoals in het hippe centrum.

'Ik woon in de buurt van Artis,' zegt Antoine alsof dat een logische opmerking is. 'Bij de Hoogte Kadijk, en vroeger hadden wij een abonnement. Ik ben er als klein jochie een miljoen keer geweest.'

Dat is wat haar ouders hadden gezegd toen ze eindelijk thuiskwamen gisteren. Dat ze zo ontzettend vaak met hun kinderen naar de Buiktuin waren geweest en dat het ondenkbaar was dat daar nu zomaar een kind verdwenen was. Ze zucht omdat ze weer bedenkt dat ze liever thuis was gebleven en baalt ervan dat ze toch niet een kop koffie heeft gehaald. Zo'n moordscenario op je nuchtere maag is ineens een heel slecht idee.

'Willen jullie ook koffie?' vraag Antoine en Kyra kijkt verrast op.

'Ik wil liever meteen beginnen.' Laetitia, een dodelijk serieus meisje dat Kyra nog nooit heeft zien lachen, fronst haar voorhoofd. 'Dan kunnen we misschien wat eerder stoppen.'

Het vierde teamlid, een blond meisje met een argeloze blik en een zenuwachtig lachje, knikt heftig.

'Sorry,' zegt Kyra terwijl ze abrupt opstaat. 'We zijn zo terug. Echt, één minuutje maar.'

Samen met Antoine loopt ze snel de kantine door en ze sluiten aan in de rij voor de koffie.

'Cappuccino?' vraagt Antoine.

'Lekker.'

Ze wachten tot Douwe Egberts zijn werk heeft gedaan en met elk een grote kartonnen beker slenteren ze terug naar het lokaal.

'Die oppas van dat vermiste jongetje in de Buiktuin,' zegt Kyra. 'Dat is mijn beste vriendin. Ik was er gisteren. Ik heb nog in het water naar Jesse gezocht.'

'Echt? Heel eng.' Antoine probeert al lopend een slok van zijn koffie te nemen. 'Wij zijn mijn kleine broertje weleens kwijt geweest. Panisch was ik toen. Ik was een jaar of tien en hij een jaar of zes. Uiteindelijk lag hij gewoon op zolder te slapen op het bed van mijn ouders, onder het dekbed.'

Ze staan bij de deur van het lokaal en Antoine kijkt haar aan. Hij heeft grijze ogen die op de een of andere manier altijd een beetje lachen.

'Zonder de uitkomsten van het onderzoek kun je niks,' zegt hij en Kyra begrijpt meteen wat hij bedoelt.

'Alleen een heel stel scenario's bedenken,' antwoordt ze.

'Maar niks wegstrepen.' Antoine neemt nog een slok koffie en knoeit op zijn lichtgrijze trui. Hij probeert de vlek weg te vegen, maar maakt hem alleen maar groter. 'Zonder sporenbeeld kan er niets uitgesloten worden.'

Hij heeft gelijk. Zo leren ze het op de opleiding: alle mogelijke scenario's bedenken en dan op basis van hard bewijs wegstrepen wat onmogelijk is.

'We kunnen het ook andersom doen,' zegt Kyra terwijl ze verlangend naar haar koffie kijkt.

'Een stel scenario's voor de vermissingen bedenken en dan proberen te bewijzen wat het meest logisch is?' vraagt Antoine.

'Waarom niet?'

'Tunnelvisie,' zegt Antoine. 'Daarom niet. Dan ga je bewijs zoeken voor iets waarvan je denkt dat het waar is, zonder dat het de waarheid hoeft te zijn. Lucia de B.? Ina Post? De Puttense moordzaak?'

Alweer heeft hij gelijk. Irritant zeg.

– 19 –

Tommy zit tegen Jesse's kant van zijn kooi. Gespannen kijkt hij naar Jesse die probeert om met zijn tand in het hout van de vloer te snijden. Jesse doet zijn best, maar toch zou hij die tand wel willen pakken om het klusje zelf te doen.

'Het lukt niet,' zegt Jesse. 'Ik kan die tand niet goed vasthouden.'

'We moeten iets anders hebben,' zegt Tommy en weer denkt hij na over wat hij zou kunnen gebruiken.

Jesse kijkt lachend op. 'Stom zeg,' zegt hij. 'Helemaal niet aan gedacht.'

Hij trekt een schoen uit en laat de rits aan de zijkant zien. Er hangt een ijzeren lipje aan, waarmee je de rits open en dicht kunt doen.

Hij opent zijn mond om iets te zeggen en dan ineens horen ze lawaai bij de buitendeur. Instinctief schuift Tommy weg van Jesse en rolt zich op aan de andere kant van zijn kooi, terwijl hij de ingang goed in de gaten houdt. Hij ziet dat Jesse snel zijn schoen aantrekt en ook achter in zijn kooi gaat zitten, zijn benen opgetrokken en zijn armen om zijn knieën gevouwen.

Een lichtbruine man komt de schuur in. Een beetje bol. Stekelhaar. Hij is helemaal in het zwart gekleed en draagt een muts en een zonnebril waarvan een poot kapot is, waardoor die vreemd scheef op zijn neus hangt. Zonder iets te zeggen maakt hij de kooien open en gebaart dat ze naar buiten moeten klimmen.

Jesse moet eerst, en pas als het jongetje op de grond staat helpt hij Tommy uit zijn kooi klimmen. Nu pas ziet Tommy goed hoe klein Jesse eigenlijk is. Hij is maar net iets groter dan Anouk.

'Plassen,' zegt de man en hij wijst naar een emmer in de hoek van de schuur.

Jesse kijkt een beetje schaapachtig en wijst dat Tommy eerst mag.

'Heeft u misschien iets te eten?' vraagt dat slimme gastje aan de man. 'Ik heb enorme trek namelijk.'

De vloer van de schuur is van beton. In de muren ziet Tommy twee ramen, maar ze zijn volledig dichtgetimmerd en verder is er geen enkele kier waardoor hij naar buiten kan spieken. Hij ritst zijn gulp open en voelt dat hij al een beetje plast. Snel wurmt hij zijn piemel uit zijn broek en probeert in de emmer te mikken. Even kan hij aan niets anders denken dan aan de superopluchting van het plassen. Dan bedenkt hij dat hij slim moet zijn en hij kijkt voor zich. Zit er misschien een losse spijker in de muur, ligt er iets op de grond?

'Meneer?' probeert Jesse nog een keertje. 'Eten?'

'Straks,' bromt de man. 'Nou jij, en snel.' Hij klinkt een beetje als de trainer van voetbal, de broer van Soufian. Wat hij zegt heeft de toon van straattaal.

Tommy loopt weg van de emmer en ziet dat Jesse zijn broek openmaakt. Omdat hij niet kan bedenken wat hij anders moet doen gaat Tommy naast het kistje bij zijn kooi staan, tussen Jesse en de man die bij de deur staat in. De man ruikt naar knoflook en hij ademt zwaar. Hoewel hij hartstikke bang is kijkt Tommy toch naar hem op in de hoop iets van vriendelijkheid te ontdekken. Hij ziet alleen een zweetdruppel langs het voorhoofd van die kerel druipen. En zichzelf, in tweevoud, in de scheefhangende Ray-Ban-zonnebril.

Voordat ze terug moesten in de kooien heeft de man in hun zakken gevoeld of er niet toch nog iets in zat. Toen hij tevreden was omdat hij niets ontdekte gromde hij een beetje en duwde ze naar het opstapje. Zonder iets te zeggen ging Tommy naar binnen en hij voelde zich echt heel dom toen die kerel de kooi weer op slot deed en vervolgens Jesse naar boven duwde. Daar zaten ze dan. In die kutkooi in die achterlijke schuur in de kou. Het leek Siberië wel. Hadden ze die vent niet met zijn tweeën aan moeten vallen? Ze hadden hem kunnen slaan en schoppen en dan hadden ze misschien naar buiten kunnen rennen en de deur op slot kunnen doen zodat hij binnen zat en zij buiten waren. Dat had best gekund, als ze maar niet zo dom waren. Wie gaat er nou gewoon weer in zijn eigen gevangenis zitten?

'We hadden hem best in zijn oren kunnen bijten,' zegt Jesse met verstikte stem en Tommy schiet in de lach. Jesse huilt nog harder.

'Sorry,' zegt Tommy en hij lacht weer. 'Ik zie die man met zijn domme zonnebril en lelijke pet en dan twee van die jongetjes die met hun tanden aan zijn oren hangen.'

Jesse maakt een gek geluid waarvan Tommy niet weet of het lachen of huilen is en dan lachen ze allebei.

'Straks komt-ie,' snikt Tommy tussen het lachen door. Maar het kan hem heel even niets schelen als die lul komt om hem klappen te geven. Hij mag zelf weten wat hij denkt en fantaseert en hij bepaalt zelf wel of hij lacht en hoe hard.

'We komen hier niet weg, hè?' zegt Jesse als het weer een tijdje stil is. 'We zitten vast en we kunnen helemaal niet ontsnappen.'

'Echt wel,' zegt Tommy. Hij gaat rechtop zitten en kruipt naar Jesse toe. 'Ik ga hier weg,' zegt hij. 'En jij ook. Laten we proberen dat ijzertje van je schoen te halen.'

– 20 –

Het is halfelf als de volgende melding binnenkomt.

'Een jongetje van tien, Edo Schilder,' zegt Maud. Ze zit met haar team, dat net terug is van het onderzoek buiten de deur, in de kleine vergaderzaal die ze als crisiscentrum toebedeeld hebben gekregen. Twintig vierkante meter, een ovale vergadertafel en drie muren met whiteboards, een berg stiften en een groepje mensen dat stuk zit omdat er niet veel aanwijzingen zijn. En nu een nieuwe vermissing.

'Dit kan toch zo niet doorgaan?' Niels Bingsten kijkt rond en staart zijn collega's aan. 'Wat als dit gewoon zo doorgaat?'

De reden dat Niels hier zit, en niet bij zijn oude team bij Zeden, flitst door Mauds hoofd. Een keer heeft ze de beelden gezien die Niels niet meer van zijn netvlies krijgt. Een vastgesnoerde baby op een dekentje, de elektrische draadjes van een seksspeeltje zichtbaar. Een foto van een meisje van een jaar of acht. Ze ligt achterover op een bankje. Naakt. Gewurgd.

Maud schraapt haar keel. 'De tienjarige Edo Schilder verdween op een bungalowpark vlak bij Noordwijk,' legt ze aan het team uit, 'waar hij de eendjes voerde met zijn neefjes. De hele familie vierde de vijfenzeventigste verjaardag van de terminaal zieke grootvader. In plaats van taart te eten, heeft de groep mensen die ochtend de kleine Edo gezocht. Na drie kwartier zoeken heeft de moeder 112 gebeld. De melding werd direct doorgegeven aan de coördinator vermissingen van de zaak van Jesse en Tommy. Er is een team van de regio Zuid-Holland op afgestuurd.'

'Maar wat betekent dit?' vraagt Niels verbijsterd. 'Het is dus groter dan alleen die twee jongetjes. Wat zit erachter?' Hij ziet bleek en heeft een verbeten trek om zijn mond.

'En hoe voorkom je het?' Jolanda schudt haar hoofd. 'Je kunt je kinderen toch niet de hele dag binnenhouden? Ze moeten naar school, naar sport.'

'Ik breng en haal ze altijd,' zegt Thomas. 'Maar dan nog. Ze spelen op straat, of ze lopen naar hun vriendjes een paar huizen verderop.'

Het team is stil en iedereen lijkt te proberen te begrijpen wat er gebeurt. Maud voegt in haar hoofd de taken toe die erbij gaan komen nu er weer een vermissing is. Ze moet proberen Niels te steunen, maar wat kan ze zeggen om dit minder schokkend te maken?

'Wat een klootzakken,' zegt Myrna, veruit de jongste van het stel en kinderloos. 'Hoe haal je het verdomme in je hoofd?'

'Laten we ons focussen op onze taak,' zegt Maud. Ze staat op en loopt naar de wand waar de foto's hangen van de vermiste jongens, met daaronder een kaart van de plek waar ze verdwenen en diverse aantekeningen over de omgeving, getuigenverklaringen, tips via amber alert en de speciale tiplijn die inmiddels is geopend. 'De man in het zwart is door getuigen gezien bij het Noordhollands Kanaal en er zijn mensen die verklaren een man in het zwart in Artis te hebben gezien, met een slapend jongetje in een rolstoel. Nu de zaak zo uitgebreid in de media is, komen er steeds meer tips binnen. De telefoon van Tommy is bij de pinguïns gevonden, en is waarschijnlijk op weg naar de uitgang aan de zijkant, bij de Plantage Middenlaan, in het water gegooid. Het team van Rob doet buurtonderzoek aan die kant van Artis. Jolanda en Thomas, ik wil dat jullie op zoek gaan naar meer verklaringen van getuigen hier in Noord over die man in het zwart. We willen bijvoorbeeld graag weten of die man in Artis dezelfde is als die bij de Buiktuin of dat we te maken hebben met verschillende daders, of groepen daders. Vraag de analisten om nogmaals een uitdraai van de tips te maken met zoekwoorden uit het signalement en misschien ook de rolstoel.'

Jolanda schrijft het woord op: rolstoel. Ze knikt.

'Myrna en John. Ik wil graag dat jullie de verklaringen van de Buiktuin nog eens doornemen. Dat zijn minder verklaringen dan die van Artis, dus daarna wil ik dat jullie alle huizen aan het Noordhollands Kanaal langsgaan en overal navraag doen naar die kerel in het zwart.'

‘Maar dat is aan de andere kant van het viaduct IJdoornlaan,’ protesteert John. ‘Een heel eind verder dan hij gezien is.’

‘Toch doen.’ Maud kijkt naar het kleine team, in de veel te kleine vergaderzaal die ruikt naar de duizenden voetstappen die onuitwisbaar op het grijze tapijt zijn gezet. Als ze meer middelen had, meer mensen, meer camera’s in het stadsdeel, dan hadden ze meer kans van slagen, en zou het allemaal veel sneller gaan.

‘Rob Franssen werkt aan de zaak van Tommy,’ zegt ze. ‘Zij gaan op zoek naar beelden van de beveiligingscamera’s in Artis en directe omgeving en werken verder aan de getuigenverklaringen daar. Het gaat natuurlijk om een groot aantal mensen, niet alleen bezoekers maar ook het personeel.’ Maud kijkt op haar horloge. ‘Over een halfuur zit ik met het crisisteam. Gezien de nieuwe zaak zal er wel het een en ander veranderen. Ik begrijp dat er ook een persconferentie wordt voorbereid.’

‘Stel je voor dat er nog meer kinderen verdwijnen,’ zegt Jolanda. ‘Het land zal op tilt slaan.’

‘Misschien is dat wel de bedoeling,’ merkt Myrna op. ‘Paniek en angst. Er zijn mensen die dat graag willen creëren.’

‘Laten we daar voorlopig nog even wegblijven.’ Maud lijkt geïrriteerd. ‘We focussen ons nu uitsluitend op de feiten. De scenario’s komen later. Het enige wat we nu moeten onderzoeken is het enige lijntje dat we hebben: die man in het zwart. Laten we proberen vast te stellen wat het waarheidsgehalte van de verklaringen is en meer details te vinden.’

*

Kyra heeft de hele ochtend de feiten van de moordzaak in Zaandam bestudeerd. Samen met haar studiegenoten hebben ze de vier meest waarschijnlijke scenario’s van wat er aan de hand kan zijn uitgewerkt. Tijdens het practicum zullen ze technisch onderzoek verrichten en het sporenbeeld zo helder mogelijk proberen te krijgen.

De dode lag in de slaapkamer. In bed. Het leek even op een natuurlijke dood, totdat de schouwarts een vreemde geur ontdekte en vaststelde dat de dode opvallend rood gekleurde lijkvlekken had. Cyanide, had Antoine geopperd – vooruitlopend op het autopsierapport. De vraag was nu hoe de vrouw dit toegediend had gekregen, en waarom.

Kyra moest denken aan de zaak van Johann Hoch, een Duitser die aan het eind van de negentiende eeuw naar Amerika verhuisde en daar een spoor van dode echtgenotes achterliet. Hij werd gearresteerd in New York, en in zijn vulpen werd een buisje met 58 gram arsenicum gevonden, genoeg voor nog een paar rijke alleenstaande vrouwen die een liefhebbende echtgenoot zochten. Maar de oude dame uit Zaandam had geen cent. Wat kon dan het motief zijn? En ondanks de voorbeelden van mannen zoals Hoch zijn de meeste moordenaars die gif gebruiken vrouwen. Kijk naar de verdenking van Ada S., had Kyra gezegd. Die schijnt zelfs al voor de plotselinge dood van haar tweede echtgenoot de bloemen voor zijn graf te hebben uitgezocht. Misschien had de dode vrouw een relatie beëindigd met een vrouw die een gifmengster blijkt te zijn, had Kyra geopperd, maar de andere meiden hadden het idee weggehoond.

Laat in de middag loopt Kyra met Antoine terug naar de metro.

'Ik vind relatieproblemen zo gek nog niet als scenario,' zegt Antoine. 'Ook al was ze oud. Alsof oude mensen dat niet kunnen hebben. Misschien moeten we toch een vijfde scenario in ons achterhoofd houden.'

'Is goed,' zegt Kyra. 'Maar laten we eerst de scenario's die die meiden het meest waarschijnlijk vonden onderzoeken. Anders krijgen we als commentaar dat we niet goed samenwerken.'

'De mobiel van dat jongetje uit Artis is gevonden,' zegt Antoine.

'Ik las het, ja.' Kyra overweegt al de hele dag of ze nou wel of niet terug moet gaan naar de Buiktuin, maar ze weet allang dat ze straks niet rechtstreeks naar huis fietst, maar langs het kanaal doorrijdt tot de plek waar Jesse is verdwenen.

'Ik ga morgen naar Artis,' zegt Antoine. 'Op de een of andere manier moet ik die plek zien.'

In de metro hebben ze het weer over hun klasgenoten en de docenten.

‘We zitten te roddelen,’ zegt Kyra.

‘Zeer nuttig, roddelen,’ zegt Antoine. ‘Het is onderdeel van de cognitieve revolutie die de homo sapiens heerser over de aarde heeft gemaakt.’

‘Ja, ja,’ zegt Kyra lachend.

‘Door te roddelen kon de mens in grotere groepen leven. Roddelen zorgt ervoor dat je mensen kent die je niet zelf spreekt. Het had in die tijd zonder justitie ook een sociale functie, want als er kwaad over je geroddeld werd kon de hele groep je als het ware straffen voor je daad.’

‘Oké,’ zegt Kyra en ze vraagt zich af hoe hij dit allemaal weet.

‘*A Brief History of Humankind*,’ zegt Antoine. ‘Dr. Yuval Noah Harari.’

‘Dus we moeten meer over elkaar praten?’ vraagt Kyra als Antoine opstaat omdat hij bij zijn halte is.

‘Absoluut,’ antwoordt hij. Hij grijnst en verdwijnt tussen de schuifdeuren van het metrostel door.

Dave Kowzinsky, dat is nog eens iemand over wie gesproken is. De jongen met wie Sarina blijkbaar aan een zeiltocht begonnen is, is de laatste maanden het onderwerp van ontelbare gesprekken bij haar thuis geweest. Haar moeder had furieus gereageerd op de ansichtkaarten die Sarina vanuit Texel had gestuurd. Hoe had haar dochter het in haar hoofd gehaald om een loopje met iedereen te nemen? Haar vriendinnen om de tuin te leiden? En het ergste: zulke geheimen voor haar moeder te hebben?

Kyra stapt uit op het Centraal Station en loopt door de lange hal vol winkels en eettentjes naar de achterzijde, waar ze oversteekt en op de pont gaat staan wachten. Er staat een gure wind en de meeste passagiers hebben zich dik aangekleed.

Kyra en haar vader hadden hun onmacht meer op Dave geventileerd dan op Sarina. Die jongen was de laatste die bij Sarina was geweest. Tien tegen een dat hij iets met haar verdwijning te maken had en in elk geval was hij een belangrijke getuige. Maud Mertens had beloofd onderzoek te gaan doen naar de verdwijning van Sarina. De zaak van haar zus was natuurlijk een cold case geworden.

‘Ik vraag toestemming om het onderzoek weer te openen,’ had Mertens gezegd. ‘Dat zal wel lukken met deze nieuwe sporen, maar het duurt wel even.’

Ze had het verzoek ingediend en twee maanden later was het akkoord gekomen, net toen Maud op vakantie was. Pas in september had ze de zaak kunnen oppakken. In de tussentijd had Kyra natuurlijk zelf onderzoek gedaan. Wie was Dave Kowzinsky? Het leek haar onmogelijk, maar er leek op de hele aardbol geen enkele Kowzinsky te bestaan.

– 21 –

Het is een wonder hoe Jesse zijn kunststukje uitvoert. Hij zit voorovergebogen op zijn knieën met zijn gezicht vlak boven de vloer en werkt zonder te stoppen en zonder ook maar iets te zeggen al uren achter elkaar door. Tommy zit toe te kijken en probeert niet te denken aan de honger die hij als een groeiend monster in zijn buik voelt stampen.

Het moet zo meteen al tussen de middag zijn, dat kan haast niet anders. Toen de man vanochtend kwam was het net licht en dat is nu al een hele tijd geleden. Wat zijn ze van plan? Waarom krijgen ze geen eten? Wat hebben ze aan twee kleine jongens die straks dood zijn van de honger? Ineens is hij zo bang dat hij bijna niet meer kan ademhalen. Hij zit doodstil in zijn kooi, met zijn knieën opgetrokken en zijn armen om zijn benen geslagen, en hij voelt het monster in zijn buik groeien tot een verschrikkelijke sneeuwman die zich door zijn huid naar buiten vecht. Hij laat zijn knieën los, zijn benen strekken zich en hij schuift naar achteren tot hij met zijn rug tegen het ijzeren rooster zit. Het monster drukt zijn longen plat, verplettert zijn hart, zijn buik scheurt open en dan zit-ie bij hem in de kooi, vult de hele ruimte met zijn harige warmte en zijn scherpe klauwen, en het zwelt steeds verder op, totdat Tommy het gevoel heeft dat hij door het ijzer van de kooi naar buiten wordt geduwd als een banaan door een zeef. Hij hapt naar adem. Hij gaat dood.

'Gaat het?' vraagt Jesse, die zijn klusje even laat voor wat het is.

Tommy ademt diep in. Hij voelt de tranen vechten om naar buiten te mogen, maar hij vermant zich. Niet huilen waar Jesse bij is.

'Ja,' zegt hij na een tijdje. 'Het gaat weer.'

'Dit gaat lukken, hoor,' zegt Jesse. 'Kijk maar.'

Hij duwt zijn wijsvinger in de kier die hij in het hout heeft gemaakt met het ijzertje van zijn schoen, pulkt met zijn nagel aan het reepje hout dat loszit en trekt het zo ver mogelijk naar boven. Na nog wat gepriegel heeft Jesse het ijzertje van Tommy's beugel in het houtje gestoken en hij houdt het instrument omhoog. Het ziet er belachelijk klein en breekbaar uit.

'Ik hoor iets.' Jesse klinkt benauwd. Panisch vervolgt hij: 'Volgens mij komt hij eraan!'

Het slot van de buitendeur maakt een tikkend geluid en dan horen ze het geknars van de schuif die opzij wordt geschoven. Tommy houdt zijn adem in.

De deur gaat open en fel licht stroomt de schuur met de kooien binnen, zo sterk dat Tommy niets meer ziet. Hij tuurt tussen de spleetjes in zijn ogen door naar de man. De gestalte komt op Tommy's kooi af en onwillekeurig schuift Tommy naar achteren, zo ver mogelijk weg van de deur. Met een achteloos gebaar propt de kerel een minikrentenbol door het ijzer van de kooi en er vallen zielige stukjes zoet brood met rozijnen op de grond van zijn gevangenis.

Ze eten hun krentenbollen met trillende handen en veel te grote happen. Te snel heeft Tommy de twee happen op en hij probeert niet na te denken over de stapel boterhammen die hij thuis als ontbijt eet.

'Klootzakken,' murmelt hij. 'Gore klootzakken.'

– 22 –

Katinka van den Berge, acht jaar. Maud voelt haar hele lijf verstijven en koud worden. Natuurlijk vreesde iedereen hier al voor, maar als die angst bewaarheid wordt dan voel je pas echt de beklemming. Nog een kind geroofd. Ditmaal vanaf de geitenboerderij in het Amsterdamse Bos.

Ze heeft inmiddels zes gemiste oproepen van Joris Verstraten en talloze berichtjes van andere journalisten die niet alleen haar, maar ook haar team weten te vinden. Telkens als ze het bureau uit lopen worden ze belaagd door de pers. Er zijn extra nieuwsuitzendingen ingelast. Kranten en nieuwssites staan vol met verhalen over de kinderen en speculaties over wat de achtergrond van de verdwijningen kan zijn. De korpschef heeft overleg met de minister van justitie en de premier. De recherchechef overlegt met de burgemeester en de officier van Justitie. Iedereen overlegt met iedereen en intussen verdwijnen er nog steeds kinderen.

Er wordt weer een persconferentie voorbereid en het publiek wordt aan de ene kant gesust met het verhaal dat politie en recherche alle mogelijke middelen hebben vrijgemaakt om aan de zaak te werken. Aan de andere kant wordt erop aangedrongen kinderen niet uit het zicht te laten.

'Dit weekend is de intocht van Sinterklaas,' zegt Thomas. 'Honderdduizenden kinderen gaan de straat op. Dat houd je niet tegen.'

'Ik begrijp dat er overwogen wordt om de burgemeesters aan te raden de intochten te schrappen,' zegt Maud. 'Er wordt nu een veiligheidsanalyse gemaakt.'

'Eerst dat gezeur over Zwarte Piet,' moppert John hartgrondig. 'En nou verpesten ze ook al dit stukje van het kinderfeest. Het moet verdomme niet gekker worden.'

Ze, denkt Maud, welke 'ze' bedoel je, John? Mensen in het nauw hebben de neiging om tegenstanders uit heel verschillende hoeken op een hoop te gooien.

'Die tiplijn wordt straks overspoeld met meldingen,' zegt Myrna. 'Hoe gaan we daar die ene tip uit halen die de doorslag geeft?'

Terwijl het team een heleboel beren tussen de misdadigers op de weg ziet, voelt Maud de wanhoop van de ouders. Nadat Gijs vertrokken was, veranderde Roos langzaam van een hulpeloze baby in een zelfstandig mensje. Iemand die kon lopen, van je weg dwaalde als je niet elke seconde oplette. Toen kwamen de dromen waardoor ze zwetend en huilend wakker werd en waarna Edwin haar moest troosten door te zeggen en te herhalen dat het maar een nachtmerrie was. Als ik maar alles goed doe dan blijft alles goed – daar raakte ze langzaam van overtuigd. Alles goed doen met Roos, alles goed doen met Edwin. Geen fouten maken waardoor ze weg zullen gaan.

Ze bezocht het gezin met de kleine meisjes nog een keer. Een anonieme melding over kindermishandeling was de aanleiding. De stiefvader zou slaan, de moeder had het kind aan haar haren getrokken. Maud ging zelf, omdat ze eerder met de ouders had gesproken.

Weer putte de vader zich uit in excuses voor zijn woedeaanvallen, maar – en hij zei het met zijn grote hand op zijn hart – nooit, helemaal nooit, had hij de kinderen aangeraakt. Maud liet een folder achter van een dienst die trainingen gaf zoals 'omgaan met stemmingswisselingen' en 'je woede onder controle'. Een goed idee, vond de vader, om dat te proberen. Hij kon wel wat hulp gebruiken. Zijn vrouw beloofde erop toe te zien dat hij het ook echt ging doen, en natuurlijk trok ze haar kind niet overeind aan haar haren, dat was vast gezegd door die ene buurvrouw van verderop, die had de pest aan hen.

Drie weken later was Maud terug. Alleen, ze had geen dienst, maar het gezin bleef maar rondzingen in haar gedachten. Inmiddels had ze contact gehad met de school van het oudste meisje en het was de lerares opgevallen dat het kind vaak stil was, en teruggetrokken. Soms had ze blauwe plekken, maar de moeder had daar altijd een reden voor. Het kind was zo onhandig, zei zij, en dat beaamde de juf. Het meisje leek overal over te struikelen en tegenaan te lopen. Allervriendelijkst werd Maud door de moeder ontvangen. Wat enorm aardig dat ze kwam navragen hoe het ging en of haar man naar de cursus ging. Hij had zich al ingeschreven en het ging stukken beter, al had hij de lessen nog niet bezocht. Hij leek zichzelf steeds beter onder controle te krijgen. Hij had ook een nieuwe baan gevonden, misschien dat dat hielp. Nee, hij sloeg haar nooit. Ook de kinderen niet.

'Krijgen jullie een hond?' vroeg Maud, wijzend naar de bench, een ijzeren kooi die in de hoek van de kamer stond. Er lag een popje in. Schattig, de kinderen hadden de komst van het dier al helemaal voorbereid.

'Over twee weken,' fluisterde de moeder. 'Maar zeg er maar niets meer over want die oudste daar kan niet wachten tot het zover is.'

De kinderen dronken stilletjes een Roosvicee terwijl ze samen naar *Teletubbies* keken. Het oudste meisje uit een pakje en haar zusje uit een tuitbeker.

'Maud?' Niels Bingsten roept haar en ze merkt dat ze naar de wand met de gegevens van de kinderen zit te staren. Ze zou een samenvatting geven van waar ze staan.

'Jesse van Dijk, zeven jaar,' zegt Maud. 'Zit op scouting, en op judo. Hij zit in groep 5 omdat hij te ver voorloopt. Hij leest al zelfstandig boeken zoals *Harry Potter*.' Ze staat op en loopt naar de wand. 'Tommy Wersman is elf. Hij zit in groep 8 van de basisschool en zit op voetbal. Hij speelt in de D1 van AFC. Schijnt dat heel verdienstelijk te doen. Er zijn al verschillende scouts bij de club geweest.' Ze schuift een stukje op en blijft bij de foto en de aantekeningen over Edo Schilder staan. 'Edo Schilder, tien jaar. Zit in groep 7, komt uit Alkmaar en zit op gitaarles. Veel meer kan ik nog niet over hem vertellen. En ten slotte Katinka van den Berge uit Amstelveen, acht jaar, groep 5, speelt piano en zit op ballet.'

Vier uitvergrote schoolfoto's van vier lachende kinderen tegen een hemelsblauwe achtergrond. Papieren met locaties, waar ze wonen, waar ze verdwenen zijn. Aantekeningen met getuigenverklaringen. Uitspraken van de laatste personen die hen gezien hebben.

'Ik zie geen uiterlijke overeenkomsten,' zegt Myrna. Iedereen kijkt zwijgend naar de wand. 'Het is niet zo dat hij op blond valt, bijvoorbeeld, of alleen op kleine jongens. Of kleine meisjes.' Ze is even stil. 'Ik begrijp er niks van.'

– 23 –

Londen

'Zaken zoals deze gaan nu eenmaal niet sneller,' zegt de nieuwe psychiater. 'Creatieve therapie is het best.' De vrouw bladert in het dossier. 'Dansen schijnt ze leuk te vinden. Tja...' Ze kijkt op en schuift haar bril iets hoger op haar neus. 'Er zijn voldoende signalen waaruit we kunnen opmaken dat ze een normale intelligentie heeft. Ze begrijpt goed wat er tegen haar gezegd wordt, maar ze kiest ervoor om niet overal op te reageren. Is er al iets over het DNA*-onderzoek bekend?'*

'Nog niet,' antwoordt Mabel. 'Het duurt allemaal eindeloos.'

'Naar wat ik begrepen heb is lang niet in elke vermissingszaak dna *van de familie afgegeven,' stelt de psychiater. 'Misschien dat het daarom lang duurt.'*

'Het lab in Frankrijk is ermee bezig.' Phil klinkt rustig. 'Ze onderzoeken welke jonge vrouwen in de leeftijdscategorie van Jane vermist zijn. Vervolgens vergelijken ze het DNA *van Jane met het* DNA *van de vermissingszaken waarbij dat beschikbaar is en van alle zaken waarbij geen* DNA *beschikbaar is vragen ze dat alsnog op. Punt is dat ze waarschijnlijk niet iedereen kunnen bereiken.'*

'Ik snap echt niet dat het zo lang moet duren,' klaagt Mabel weer. 'Jane is iemands dochter. Je moet er toch niet aan denken dat jouw kind gevonden wordt en het dan zo lang...'

'Dit zijn heel complexe zaken,' onderbreekt de psychiater haar. 'We hebben hier een jongen gehad die in Duitsland is gevonden en die pretendeerde Nederlands te zijn en uiteindelijk uit Denemarken bleek te komen.'

'En waarom werd hij dan naar Londen gestuurd?'

'Omdat wij hier gespecialiseerd zijn in traumatisch geheugenverlies en het vermoeden was dat deze jongeman een dergelijke stoornis had.

Uiteindelijk bleek het om een heel goede toneelspeler te gaan. Wel met een stoornis overigens, maar hij hoorde hier niet thuis.'

'Terug naar Jane,' breekt Phil in. 'Ik wil niet dat ze zomaar overgeplaatst wordt naar Frankrijk. En ik wil graag het behandelplan nog eens doornemen.'

'Dat tweede doe ik graag,' zegt de psychiater. Ze schuift haar stoel naar achteren. 'Dat eerste is een probleem. Ik vrees dat wij daar niets over te zeggen hebben.'

'O nee,' zegt Mabel. 'Daar ga ik alles over te zeggen hebben. Ik keten me verdorie aan haar vast, als het nodig is. Geen gesjouw met dat kind zonder dat we weten wat er aan de hand is. Ze gaat pas terug als haar ouders gevonden zijn. Ze gaat niet naar een kliniek waar ze niemand kent, in een streek waar ze niemand kent, waar ze nooit bezoek zal krijgen. Ik wil uw persoonlijke garantie dat u me belt als ze haar willen overplaatsen.'

'Ik begrijp u heel goed,' zegt de psychiater. 'U heeft gelijk dat u beschermend bent, maar u moet niet vergeten dat er een voogd is aangesteld. Maatschappelijk werk heeft de volle verantwoording over Jane gekregen. Zolang ze niet praat, en niet zelf aangeeft wie ze is en wat ze zelf wil, kan ik niet ingrijpen als ze haar willen overplaatsen.'

– 24 –

Kyra loopt door de lange hal van het Centraal Station en vraagt zich af hoeveel mensen hier dagelijks lopen. Duizenden. Hoe hou je die in de gaten? Hoe zie je dat ze kwade bedoelingen hebben? En de kinderen, hoe bescherm je die allemaal?

Aan de overkant van het IJ pakt ze haar fiets en nog steeds kan ze het niet laten om naar de lantaarnpaal bij de waterkant te kijken. Het was mistig toen meneer Gaullier daar hing. Een donkere vlek boven het rokende water, zo zag het eruit. Ze had hem eerst niet herkend en ze herinnert zich maar al te goed de bitterkoude verbijstering op het moment dat de wind de krullen uit zijn gezicht waaide en ze zijn vertrokken gezicht zag.

Verbeten fietst Kyra noordwaarts, door de met verlichte sinterklaaspakjes versierde Van der Pekstraat, en langs het kanaal tot ze bij de Buiktuin is. Het heeft geregend en het zwarte asfalt glimt alsof het ijzig is. Ze zet haar fiets in het rek en probeert de toegangspoort. Dicht. Op het bord staat dat de kinderboerderij tot vier uur open is. Misschien moet ze morgenochtend nog even teruggaan, ze heeft toch pas in de middag les.

Langzaam loopt ze langs het hek. Het is zo dichtbegroeid dat je het groene ijzer nauwelijks ziet. Het hek is hoger dan een meter, ze schat het op een meter dertig. Aan de bovenkant zit een gekartelde rand, niet echt scherp, maar net afschrikwekkend genoeg voor wie er zomaar overheen wil klimmen. De onderste helft is voorzien van een soort kippengaas dat kennelijk kleinere dieren moet binnenhouden.

Het hele stuk van de ingang tot waar ze nu loopt is te dichtbegroeid om overheen te klimmen of om een kind dat aan de andere kant staat zomaar op te pakken. De grond loopt ook iets af hier, merkt ze, waardoor het hek hoger lijkt dan het is.

Bij het verste stukje, waar Jesse verdwenen is, blijft ze staan. De poort hier is dicht. De deur bestaat niet uit verticale spijlen, maar uit een vlechtwerk van kleine ijzeren vierkanten. Te klein om de punt van je schoen in te zetten en omhoog te klimmen. Op de bovenkant van de poort zit geen gekartelde rand en het geheel is iets lager dan het hek. Ze gaat er vlak voor staan. Hier loopt de grond juist de andere kant op, waardoor de poort iets lager lijkt. Ze gaat op haar tenen staan en reikt over het ijzer naar de andere kant. Nee. Dat lukt toch nooit. Tenzij je echt heel lang bent misschien. We zoeken een kidnapper van twee meter en een beetje, denkt ze, of ze hebben het op een andere manier geflikt.

Nu ze hier zo staat weet ze het zeker. Iemand stond aan de binnenkant van het hek en iemand anders stond hierbuiten en pakte hem aan. Ze moeten gewoon wel met twee man zijn geweest. Maar hoe is het mogelijk dat Sophie daar niets van heeft gemerkt? Sophie stond vlak naast Jesse. Op de hoek bij het ezelweitje, naast het bankje dat met de rug naar de speeltuin staat.

De speeltuin.

Ze bestudeert de struiken achter de bank, maar kan van hieruit niet veel zien. Een scooter schiet met vliegende vaart achter haar langs en even rilt ze als ze achter zich het zwarte water van het kanaal ziet. Aan de andere kant van het hek is hier de speeltuin. Ze kan het terrein zien liggen door een kleine open plek in de begroeiing. De grond is wat hoger aan de andere kant. Ze strekt haar armen uit en stelt zich voor dat ze het kind aanpakt. Ze draait zich om. Linksom of rechtsom? Links. Kan in feite niet anders. Aan de rechterkant is de drukte van de sluis, het cafeetje op de hoek. Aan de andere kant is bijna niets. Twee woonhuizen waar ze nog nooit een bewoner heeft gezien en verder alleen een fietspad en daarna het ziekenhuis en het viaduct. Zeker weten dat ze die kant op zijn gegaan.

Kyra loopt terug naar haar fiets en twijfelt. Dan zet ze haar fiets tegen het toegangshek, klimt wat onhandig op de bagagedrager en klautert over het hek. De kippen die in de struiken naast het hek slapen mopperen zachtjes. In de boom naast de poort ziet ze een stuk of acht donkere vlekken. De pauwen.

Kyra pakt haar telefoon en zet de zaklantaarn aan. Ze licht zichzelf bij en loopt langs de kippenhokken naar de wei met de ezels. Er zijn twee ingangen naar de langgerekte speeltuin, een strook zand op een soort heuveltje naast het hek. Beide ingangen zijn bijna niet te zien door de dichte begroeiing. Kyra glipt tussen de struiken door. Hier is het zo mogelijk nog donkerder. Ze loopt langs de blauwe draaischotel en geeft het ding een zwaai. Het speeltoestel knarst alsof het er bezwaar tegen maakt om buiten werktijden te moeten draaien. Behoedzaam loopt ze langs de plastic koe in de richting van het bankje waarnaast een grote grijze kist staat. Ze herinnert zich de aanmoediging om toch vooral het speelgoed op te ruimen en loopt op de kist af, tilt het deksel op. Groot genoeg voor een kind, maar ze ziet alleen een step, wat schepjes, emmertjes, een loopwagentje. Ze doet het deksel weer dicht. Naast de bank zit de opening in de struiken en ze loopt ernaartoe. Het hek lijkt hier lager omdat ze zo hoog staat. Weer strekt ze haar armen uit. Stel je voor dat je hier een kind overheen tilt. Moet kunnen.

'Moet jij niet naar huis?' Uit het niets klinkt een barse stem.

'Jezus,' schiet Kyra uit. Ze stapt achteruit en ziet Maud staan. 'Ik schrik me kapot.'

'Wat doe je hier, Kyra?'

'Ik kom uit school en ik wilde hier graag nog kijken. Het terrein is vrijgegeven, zie ik.'

'Het is nooit afgesloten geweest,' zegt Maud. 'Maar we zijn klaar met het onderzoek, voor zover we hier onderzoek konden doen. Voetstappen, vingerafdrukken – al dat soort dingen hebben hier helemaal geen zin.'

Kyra kijkt om zich heen. Er staan inderdaad tientallen voetstappen in het zand. Grote en kleine. De hele dag lopen hier allerlei mensen.

'Is het eigenlijk wel een pd?' vraagt ze.

'Voor een plaats delict,' zegt Maud, 'heb je een delict nodig en als je het sec bekijkt weten we niet of er hier een delict gepleegd is.

Maar goed, het lijkt me duidelijk dat al die kinderen niet vrijwillig zijn weggegaan.'

'Ik heb het nieuws gevolgd,' zegt Kyra. 'Net weer eentje, hè. Nog een jongetje. Ik snap het niet. Waarom zoveel kinderen en waarom nou Jesse?'

'Ik raad je aan om naar huis te gaan, Kyra.' Maud kijkt haar vermoeid aan. 'Je hebt je lesje toch wel geleerd?'

Kyra gaat op het bankje zitten.

'De vorige keer ben je behoorlijk in de problemen gekomen,' zegt Maud.

Alsof ze dat zelf niet weet. Haar kaak was gebroken en weken later kon je de striemen in haar nek nog zien.

'Het laat me niet los,' zegt Kyra zacht. 'Iedereen verdwijnt maar om me heen. Dat kan toch niet?'

De rechercheur gaat naast haar zitten.

'Het is niet jouw verantwoordelijkheid.'

'Ik heb het gevoel dat ik hem had moeten vinden. Ik was hier best snel.'

'Daarvoor is dit te goed voorbereid, Kyra. Natuurlijk heb je hem niet gevonden. Hij was hier al niet meer toen jij kwam.'

Kyra zegt niets terug. Het is waar. Maar toch, het had gekund, misschien als ze nog sneller was geweest. Nog steeds heeft ze het gevoel dat ze iets moet doen.

'Voel jij je dan nooit schuldig over zaken?' vraagt Kyra.

Er valt een stilte.

'Soms,' zegt Maud. Ze lijkt nog even over haar antwoord na te denken.

'Half Nederland is inmiddels gemobiliseerd,' vervolgt ze. 'Je wilt niet weten wat voor team er nu bij elkaar geroepen is. Ik was op weg om thuis iets te eten en dan ga ik weer terug. Ga jij ook naar huis?'

Kyra knikt.

'Hoe is het met het onderzoek naar Sarina?' vraagt ze.

Mertens wacht even voor ze antwoord geeft. 'Het spijt me,' zegt ze. 'Ik kan nu niks doen, het is niet dat ik het niet wil onderzoeken, maar er zijn altijd dringender zaken. Zoals dit, met Jesse en al die andere kinderen. De zaken waarin we hopen nog een verschil voor iemand te kunnen maken krijgen altijd voorrang.'

Het verschil maken, denkt Kyra. Dat is het inderdaad.

'Dan duik ik er zelf wel weer in,' zegt ze rustig. 'Misschien maakt het voor Sarina niets meer uit, maar voor ons thuis maakt het wel degelijk verschil.'

– 25 –

Iedereen heeft wel een klap gekregen van de zonnebril. Elk kind dat binnenkomt is in de war en gaat schreeuwen. Dan komt de klap, soms nog een, worden ze stil en dan gaan ze huilen. Allemaal doen ze hetzelfde. Het is moeilijk om de groep stil te houden. Nu ze met zijn vijven zijn wil iedereen wel praten en om elkaar te kunnen verstaan kun je bijna niet meer fluisteren. Je moet hard fluisteren. Gewoon praten, eigenlijk.

Er is ook een meisje bij. Vier jongens en een meisje. Niemand heeft rijke ouders. Niemand heeft een idee waarom ze zijn ontvoerd. Het meisje komt uit Amsterdam, net als hij en Jesse. De twee nieuwe jongens komen uit Alkmaar en uit Castricum. Het meisje is ontvoerd van de geitenboerderij in het Amsterdamse Bos, het ene jongetje vanuit een Landal-bungalowpark en het andere jongetje vanaf een camping aan het strand. Sommigen, zoals Tommy, weten nog dat ze aangesproken werden door een man. Een lange vent in zwarte kleding, met kort haar en een beetje sullig hoofd. Anderen, zoals Jesse, weten helemaal niks meer.

'Maar waarom?' vraagt het meisje. Ze heet Katinka en ze is kwaad. Echt heel kwaad. Ze heeft aan haar kooi gerammeld en geschreeuwd, net zo lang tot de zonnebril kwam en haar sloeg, tot drie keer toe. En nog heeft ze niet gehuild, ze vraagt zich alleen maar woedend af waarom ze hier is.

'Hoe zijn jullie hier gekomen?' vraagt Kat, want zo wil ze genoemd worden. De naam past wel bij haar. 'Waren jullie ook allemaal bewusteloos?'

'Als ze je vangen word je bedwelmd,' zegt Jesse met een klein stemmetje. 'Daarom kan je er niks tegen doen.'

'We moeten ontsnappen,' vindt Kat.

'Zijn we mee bezig,' zegt Jesse zakelijk en hij laat haar het stukje hout met het ijzer zien.

'Wat wil je daarmee doen?' zegt ze pinnig.

'Het slot openmaken.' Jesse laat zich niet van de wijs brengen. Kat houdt haar mond en Tommy ziet dat ze nadenkt over of het mogelijk is het hangslot met dat kleine rottige stukje ijzer open te maken. Het is al helemaal gebogen en straks breekt het af en hebben ze helemaal niets meer om iets mee te proberen.

'Lijkt me moeilijk,' zegt ze. 'Maar probeer het.'

'Ik probeer het al de hele middag,' zegt Jesse. Ook hij wil de moed bijna opgeven, net als Tommy eerder die dag.

'We moeten meer plannen hebben,' zegt Kat streng. 'Heeft iedereen zijn zakken al gecontroleerd?'

'Alles is weg,' zegt de jongen uit Alkmaar, Edo heet hij. 'Ze hebben alles afgepakt, mobieltjes, oortjes, pinpasjes, zakmes, alles.'

Kat zucht.

'En dat ijzer is niet los te krijgen,' zegt ze en ze trekt nog een keer aan de deur van haar kooi.

'Het lijkt erop dat die eikels heel goed weten wat ze doen,' zegt Tommy.

Ook Kat krijgt het niet voor elkaar om het hangslot open te maken. Ze probeert het nu al een hele tijd, af en toe vloekt ze, maar dan gaat ze toch weer door.

'Geef terug!' sist Jesse opeens en dan hoort Tommy het ook: geluid bij de buitendeur.

Kat steekt het houtje door de kooi naar Edo, Edo pakt het zenuwachtig aan, laat het vallen, en het rolt naar de zijkant van zijn kooi.

'Kijk uit!' piept Jesse op het moment dat Edo met zijn hand op de grond slaat, het houtje oppakt en door de kooi steekt, naar Tim. Jesse zit al klaar aan Tims kant van de kooi.

De buitendeur gaat open en dit keer stroomt niet het verblindende licht binnen, maar alleen de ijzige kou. Tim verbergt het houtje in zijn hand en schuift naar de kant van Jesse, die het houtje in de speciaal daarvoor gemaakte kier in de bodem van zijn kooi moet verstoppen. Met veel moeite haalt Tommy zijn blik van de twee jongens af en hij kijkt naar de bolle die in zijn eentje binnenkomt. Hij heeft een skibril op. Het glas is oranje gekleurd en zijn ogen zijn niet goed zichtbaar. Deze man is Nederlands. Hij is degene die iets vriendelijks zei, niet tegen hen, maar over hen, en dat telt ook. Toen ze de laatste kwamen brengen vroeg hij aan de zonnebril of hij niet iets te eten moest halen voor de kinderen. En misschien een kachel. Het was het eerste vriendelijke uit de buitenwereld wat Tommy hoorde sinds hij hier is. Ineens schrikt hij omdat hij iets ongelooflijk lekkers ruikt.

Patat.

Hij droomt.

Nee, toch niet.

'Naar de achterkant schuiven en daar blijven zitten,' zegt de bolle streng en alle kinderen schuiven naar achteren.

De bolle maakt het deurtje van Tommy's kooi open, duwt een Happy Meal naar binnen en sluit snel weer af. De geur is overweldigend. Hij zou zijn hele hoofd in het doosje willen steken en als een soort hond om zich heen willen happen.

'Dank je wel,' fluistert Tommy. De bolle antwoordt niet en schuift een kooitje op, naar Jesse.

'Waarom zijn we hier?' vraagt Kat.

Ze moet haar mond houden. Straks wordt die vent kwaad en haalt hij het eten weg. Tommy zit naar het Happy Meal te staren. Mag hij het nu al pakken of moet hij wachten?

'Waarom zijn we hier?' vraagt Kat. 'Wie ben jij?'

De bolle kijkt niet eens haar kant op. Hij opent de deur van Tim, schuift het Happy Meal naar binnen en sluit weer af. Als Tim meteen naar voren schuift wappert de bolle met zijn hand dat hij moet wachten.

Als hij bij Kat is aangekomen en ze de vraag voor de derde keer aan hem stelt, zegt hij alleen: 'Eet nou maar.'

Gehaast loopt de bolle weg en hij laat de buitendeur openstaan. Niemand zegt iets.

Tommy trekt de doos open en pakt het zakje frietjes. Ze zijn te slap en te koud, maar god wat zijn ze lekker. Hij steekt een handvol in zijn mond en vergeet bijna te kauwen.

– 26 –

Maud heeft het gevoel dat ze al duizend keer heen en weer is gelopen van de auto naar de ruimte die ze toegewezen hebben gekregen. Haar benen voelen zwaar en moe en het zetten van nog een stap lijkt onmogelijk. Buiten waait het en omdat het gebouw aan de kade ligt, komen de ijskoude regendruppels hard over het water aanvliegen om haar gezicht te teisteren. Tegen de gevel van het gebouw aan de overkant staan journalisten te wachten en her en der staan fotografen die foto's maken van hoe zij met spullen lopen te sjouwen. Maud zet een doos neer, veegt een druppel van haar neus en blijft bij de stapel dozen naast de boekenkast staan.

'Deze hierin?' vraagt ze aan niemand in het bijzonder en ze trekt de bovenste doos open en begint de inhoud – printpapier – in de kast te leggen.

De woorden van Kyra blijven door haar hoofd galmen. *Voor ons thuis maakt het wel degelijk verschil.* Het is waar. Haar werk gaat niet altijd om mensen redden, al vindt ze dat zelf soms het enige wat telt. Maar ook als Sarina niet meer te redden is, is het belangrijk dat ze haar werk goed doet. De familie heeft er recht op om te weten wat er is gebeurd. Het is noodzakelijk.

Arme Kyra. Met de zaak-Gaullier heeft Maud gezien dat ze gedreven is, niet te stoppen zelfs, en nu wordt ze gedwongen af te wachten en mag ze niks doen. Dat moet heel moeilijk voor haar zijn. Het is ook niet eerlijk dat er zo weinig vaart zit in het onderzoek naar Sarina. Ze zou er zelf ook harder achteraan kunnen jagen. Maar wanneer dan? Op de een of andere manier heeft ze altijd haar handen vol.

Iedereen die aan de zaak van de verdwenen kinderen werkt is naar dit pand geroepen, een leegstaande verdieping in een tot kantoren omgebouwd fabriekspand aan het IJ. Het is een gigantische hal, een grote ruimte zonder tussenmuren op de eerste verdieping, twee wanden met ramen die uitzicht bieden op andere fabriekspanden, een met een raam dat over het water en de stad uitkijkt, een betonnen vloer en een plafond waar zware stalen balken een gevlekt houten plafond dragen. Witte tl-buizen hangen aan het hoge plafond en geven de hal een griezelig zakelijke uitstraling. Roos zou haar skates aandoen en gillend van plezier rondjes maken. Ze pakt haar telefoon en kijkt of haar dwarse kind haar al een berichtje heeft teruggestuurd. Nog steeds niet.

Ze pakt nog een stapel papier en legt die boven op de andere. Zinloos. Ze kan veel beter hun aantekeningen gaan halen en de muur met de gegevens van de kinderen vast opnieuw gaan inrichten. Maar dan moet ze naar beneden, de trap af, de donkere parkeerplaats op, zich tussen alle collega's door wurmen die moeiteloos de trappen op en af rennen. Ze veegt het zweet van haar voorhoofd en zucht. Aan de andere kant van de hal komt een nieuwe lading dozen binnen en ze hoort de stemmen van haar collega's galmen. Het is een desolate plek, veel te hol en leeg voor het team dat bij elkaar geroepen is. Hoe moeten ze hier ooit hun werk doen?

'Hallo?'

Een jonge kerel met een zonnebankbruin hoofd en een afschuwelijk lichtblauw jasje spreekt Maud aan.

'Ja?' vraagt ze en ze bedenkt meteen dat ze iets aan de beveiliging moeten doen. Nu al, want het is natuurlijk verre van de bedoeling dat er allerlei nieuwsgierige burgers komen binnenlopen.

'Deze dozen zijn voor de facilitaire ruimte,' zegt het blauwe jasje. 'En die is daar.' Hij wijst met uitgestoken arm, de pols hoger dan zijn wijsvinger, naar een berg dozen die in het midden van de hal tegen de muur gestapeld zijn.

'Oké,' zegt Maud bedachtzaam en ze legt het papier terug in de doos. 'En jij bent?'

'Maurits,' zegt de jongen en hij steekt zijn hand uit. 'Maurits de Jonge en ik heb het vloerplan gemaakt, nou ja, en het ervaringsplan.' Hij lacht onhandig. 'Vandaar.'

‘Het ervaringsplan,’ zegt Maud. ‘Natuurlijk.’

‘Barbara Ruigbot heeft me ingehuurd.’

De officier van justitie? Mijn hemel, waarom?

‘Jullie moeten als team natuurlijk goed functioneren,’ legt Maurits uit. ‘Juist nu is dat belangrijk. Dus heeft ze me gevraagd een handige indeling te maken en te werken aan een goede sfeer.’

Maud knikt, te verbijsterd om iets te zeggen.

‘Dus...’ Maurits draait op zijn hielen en wijst met twee armen tegelijk naar de stapel dozen in de verte. ‘Daar komen de centrale faciliteiten, aan de ene kant printen, presentatiemateriaal, kantoorspullen – dat soort handige dingen en daarom centraal.’ Hij draait zich om en wijst naar de andere kant. ‘Daartegenover – met de ochtendzon natuurlijk – de pantry met alles wat jullie nodig hebben aan versnaperingen en maaltijden. Ook een plek om even je gedachten te verzetten en je hoofd leeg te maken zodat er weer ruimte is voor nieuwe ideeën. Dan daar’ – hij wijst naar het uiterste eind van de zaal, met het uitzicht op het water – ‘de bureaus van de leidinggevenden en ruimte voor centraal overleg, daar komt nog een extra flexibele wand. En hier’ – hij maait met zijn armen om zich heen – ‘de tactische teams en dergelijke.’

Peinzend schat hij de ruimte in. Maud wil zeggen dat dit nieuw is, dat ze nog nooit van zoiets heeft gehoord en dat hij beter kan helpen om alle spullen naar boven te sjouwen, maar ze is te verbaasd om goed uit haar woorden te komen.

‘Het is natuurlijk een ellendige aanleiding,’ zegt Maurits en hij haalt zijn schouders op. ‘Maar daarom juist is het heel belangrijk dat het goed gaat. Dat alles meewerkt.’

Maud trekt haar wenkbrauwen op. Hij weet van geen ophouden, deze Maurits.

‘Ah,’ roept hij verheugd. ‘Daar zijn de wandjes en de bureaus.’

Hij beent zonder om te kijken op een aantal verhuizers af. Maud zucht en gaat op een van de stapels dozen zitten. Vijf vermiste kinderen. Allemaal op dezelfde manier uit hun leven gerukt en niemand die de verantwoordelijkheid heeft opgeëist. Vijf wanhopige families en bijna zeventien miljoen woedende Nederlanders. Ze kijkt nog een keer op haar telefoon of Roos nou al geantwoord heeft. Doordat haar dochter een leuke sportschool in Noord had ontdekt, hoopte ze dat ze wat vaker in de buurt zou blijven en niet zoals zo vaak in de buurt van haar oude school in Zuid zou blijven rondhangen. Een paar vragen van journalisten. Weer niks van Roos. Sweet sixteen was er al niet bij, maar nu ze zeventien is, is ze nog niets sweeter geworden. Ze opent haar mail en begint een berichtje aan de rechercheur in Amerika te typen met wie ze via Interpol contact heeft gekregen. Ze heeft een tijd geleden al contact gezocht, maar nog steeds niets gehoord. Stom dat ze hier niet al veel eerder achteraan is gegaan. Sorry Kyra, zegt ze in gedachten. Ik zal mijn best doen het goed te maken. Je hebt gelijk, natuurlijk is het voor jullie belangrijk.

Ze gaapt en strekt haar rug. Bijna meteen piept haar telefoon. Amerika. Zo snel? Een excuus, het mailtje met informatie stond nog in de map met concepten, zegt de rechercheur. Al een tijdje. Hij was vergeten het ook echt te sturen. Stik, denkt ze. Als ik niet gemaild had dan had ik nog weken kunnen wachten, terwijl de informatie klaarstaat. De familie Kowzinsky is gelokaliseerd, leest ze. Inderdaad Amerikanen, dat had Kyra al meteen gezegd toen die kaarten arriveerden. Rijke Amerikanen, geen grote familie, maar een enkel gezin dat in Florida woont. Dat biedt perspectief. Ze leest het bericht en bedenkt wat de volgende stappen in het onderzoek naar het verdwenen meisje kunnen zijn.

– 27 –

Jesse heeft het heel erg koud. Hij huilt de hele tijd. Even heeft Tommy overwogen om zijn jas uit te trekken en die aan hem te geven, maar hij weet zeker dat hij dat niet vol zou houden. De bolle heeft de buitendeur veel te lang open laten staan.

'Misschien moet je rondkruipen, Jesse,' fluistert Tommy. 'Van bewegen krijg je het warm.'

'Ik wil niet,' piept Jesse. 'Ik wil naar huis, naar mama.'

'Kom op, Jesse,' probeert Edo hem op te peppen. 'Laten we samen rondjes kruipen. Kijk.' Hij doet voor wat hij bedoelt.

'Nee.' Jesse verstopt zijn hoofd onder zijn armen. 'Nee,' huilt hij.

In de achterste kooi begint ook Tim te huilen. Geen wonder. Ze zitten hier al de hele dag. Dit wordt Tommy en Jesse's tweede nacht. Twee nachten in het donker en in de kou. De broek van Jesse begint nu echt te stinken.

'Jesse,' zegt Tommy. 'Kom tegen me aan liggen. Dat is iets warmer.'

Het jongetje antwoordt niet.

'Jesse?'

Het blijft stil.

'Misschien is hij in slaap gevallen,' fluistert Kat. 'Laat hem.'

De bolle heeft de lege verpakkingen van McDonald's weggehaald. Heel haastig, het leek wel alsof hij ergens van geschrokken was. Vlak daarna kwam hij met dekentjes binnenlopen en er was iets geks want de zonnebril kwam binnen en gooide de dekens op de grond en joeg de bolle naar buiten. Ze hoorden stemmen in een taal die ze niet konden verstaan. Het leek wel op Marokkaans, maar hij wist het niet zeker. Er was een geweldige ruzie, en hij baalde dat hij niet kon begrijpen waar het over ging. Eén ding had hij wel verstaan, dat was in het Engels: *get ready.* Dat waren woorden waar hij zenuwachtig van werd. *Get ready,* waarvoor?

Een kwartiertje later was de zonnebril binnengekomen met een jonge vrouw die hij nog niet eerder had gezien. Ook zij droeg een pet en een zonnebril en ze had niet gesproken. Een voor een werden ze uit hun kooi gehaald en moesten ze op de emmer hun behoefte doen. Die emmer stonk inmiddels en hij wilde niet denken aan wat daar allemaal in lag want zelf had hij ook niet alleen maar een plas gedaan.

'Wat doen we hier?' had Kat fluisterend aan de vrouw gevraagd. Misschien dacht ze dat ze als meisjes onderling een verbond konden sluiten, maar het had niet geholpen. De zonnebril had haar niet meteen geslagen, dat was vooruitgang. Pas nadat ze nog een keer gevraagd had waarom ze hier waren en wat de bedoeling was, had hij haar een klap gegeven. Een harde trouwens. En dat had vervolgens weer gesnauw van buiten opgeleverd.

Nu zit hij weer in zijn kooi, zonder de drang om te plassen of te poepen, maar nog steeds met gigantische honger en heel koude handen en met het monster dat zich niet langer laat beheersen. Het danst wild in zijn kooi en het beneemt hem de adem en de mogelijkheid om helder te denken. Buiten hoort hij stemmen en lawaai en gebrom alsof er een gigantische machine staat. Hij moet hier weg. Weg. Weg.

– 28 –

'We hebben een nummer geopend waarop burgers zich met hun zoekteam kunnen melden,' zegt chef Erik Tijssen.

'Verbied het gewoon,' roept iemand van achter in de hal.

Het hele team – zeker een man of zestig – wordt toegesproken nu een van de grootste politieoperaties ooit in gang wordt gezet. De spontane zoekacties zijn een probleem aan het worden.

'Het is niet te verbieden,' zegt Tijssen. 'We proberen nu de civiele acties te coördineren zodat de schade niet nog erger wordt.'

'Treurig,' moppert een ander.

'Dat zoeken van die enorme hoeveelheden mensen vernietigt eventueel bewijsmateriaal, dat weet ik. Maar even reëel, heren, wat kunnen we ertegen doen?'

Heren. Dat zegt hij nou altijd, terwijl hier toch een heel grote groep vrouwen tussen de mannen staat. Maud slaat haar armen voor haar borst over elkaar en zucht onhoorbaar.

'Honderden mensen hebben zich al aangemeld,' vervolgt Tijssen. 'Bijna elk uur is er wel een bericht van een nieuwe groep die gaat zoeken. Ook in de nacht. Sommigen hebben zelfs nachtkijkers. We zijn al blij als we een beetje kunnen monitoren wat er op welke locatie gebeurt.'

Maud Mertens kijkt Niels Bingsten bezorgd aan. Heel fijn, die enorme betrokkenheid, maar het kan ook betekenen dat de ontvoerders worden opgejaagd.

'We willen te allen tijde voorkomen dat er iets met de kinderen gebeurt,' stelt Tijssen. 'We richten ons nu puur op opsporing. Zolang de kinderen niet gevonden zijn zullen er twee persconferenties per dag worden gegeven om wilde speculaties te voorkomen. Op de komende persco wordt aangedrongen op terughoudendheid. Het zou een ramp zijn als de kinderen ontdekt worden en er burgers zelf op afgaan. We hebben een arrestatieteam stand-by om in actie te kunnen komen op het moment dat we weten waar ze zitten.'

'Neerknallen,' mompelt John, die naast Maud zit. Ze schudt haar hoofd.

De chef begint uit te leggen hoe de structuur van het team in elkaar zit, welke activiteiten prioriteit krijgen en wat de bevindingen tot nog toe zijn. Er is een team per verdwenen kind en er zijn verschillende teams die zich met een specifieke taak bezighouden zoals het in kaart brengen van alle mogelijke vluchtroutes vanaf elke plaats delict.

'Vervoer?' vraagt iemand.

'Er is nog niets bekend over een auto of een busje, maar de beelden van alle camera's in de buurt van de plaatsen delict worden op dit moment bekeken. Dat team is elders aan de slag. Een man of dertig.' Tijssen kijkt er veelbetekenend bij en Mertens beseft dat er ongekende prioriteit aan dit onderzoek wordt gegeven. Het wordt zo vaak gezegd, maar dit keer is het waar: ze doen echt alles wat ze maar kunnen doen.

Barbara Ruigbot staat naast Tijssen. Ze heeft nog niets gezegd en van haar gezichtsuitdrukking valt niets af te lezen. Zo uit de verte lijkt ze op een albino, met haar bijna witte haar en haar bleke gelaat.

De man in het zwart is op meer plaatsen gesignaleerd, vertelt Tijssen, ook met een handlanger, een man die eveneens donkere kleding droeg en iets minder groot is dan zijn collega. Het vermoeden is dat er twee teams tegelijk aan de slag zijn om de kinderen te ontvoeren.

Maud wrijft in haar handen. De hal is te groot om goed warm te krijgen en ze heeft het de hele tijd koud.

'We werken volcontinu,' zegt Tijssen. 'Ik wil dat jullie zelf in de gaten houden of de vermoeidheid toeslaat. Neem je rust, het is geweldig dat iedereen zo'n grote inzet toont, maar het is enorm belangrijk dat niemand een signaal mist. Jullie weten allemaal dat de oplossing zich vaak in kleine dingen presenteert.'

Hij gaat verder met een schets van het profiel per kind. Maud herkent het werk van haar team, en luistert met interesse naar het werk van de andere teams. Het laatste slachtoffertje, Tim Braakman, is tien jaar, woont in Castricum en zit op voetbal. Ook een leuke speler, wordt er gezegd. AZ zou interesse voor de jongen hebben getoond. Het is de enige overeenkomst die ze tot nu toe hebben ontdekt: goed kunnen voetballen. Alleen hebben maar twee van de vijf kinderen dat kenmerk gemeen.

'Geen woord naar de pers,' zegt Tijssen. 'Ik weet dat jullie gestalkt worden door journalisten, maar hou het centraal. Morgenvroeg om zes uur staan we hier weer met zijn allen,' vervolgt hij. 'Ik wil jullie twee keer per dag even kort centraal hebben. Maak het vanavond niet te laat, verdeel je krachten,' sluit hij af.

Maud loopt met haar team terug naar wat hun gedeelte van de fabriekshal is.

'Maud Mertens leidt de operatie als het om de kinderen zelf gaat,' zei Tijssen daarnet bij het verdelen van de taken en de woorden klinken nog na in haar oren. 'Alle informatie wordt aan haar team aangeleverd. Maud, verder houden jullie de zaak van Jesse onder jullie.'

Ze voelt zich goed, vastberaden als ze is om de kinderen te helpen en de ouders te bevrijden van hun wanhoop. Tevreden kijkt ze om zich heen. In twee uur tijd hebben ze eerder die avond hun hele kamer nagebouwd. Er staan bureaus, de kasten zijn gevuld en aan de wanden hangen opnieuw hun eigen aantekeningen over de kinderen. Er staan computers, er is wifi, er hangt een tv waarop de nieuwsuitzendingen over hun zaak te zien zijn. De komende uren gaan ze alle informatie aanvullen met wat de andere teams over de kinderen te weten zijn gekomen. Tips via de amber alerts, via de tiplijn, de analisten die zich over alle informatie buigen, de vele richtingen waarin het onderzoek zou kunnen gaan, de paniek in het land en de mogelijkheid dat er nog andere kinderen ontvoerd kunnen worden – als de volle omvang van het werk tot Maud doordringt voelt ze voor het eerst een nervositeit opkomen, die ze meteen probeert te onderdrukken. Iedereen weet wat zijn taak is en zonder veel energie te verspillen aan plichtplegingen duikt iedereen in het werk.

'Goed,' zegt Maud na een halfuurtje. 'Iedereen koffie?'

Een uur later is het Thomas die koffie haalt. Weer een uur later weigert iedereen die vieze warme prut en schakelen ze over op frisdrank.

Details, details, denkt Maud. Hoe weet ik zeker dat ik geen details over het hoofd zie? Ze staat op en loopt naar de keuken om een koek te halen. Een overdosis suiker, slecht voor haar toch al niet al te slanke lijn, maar misschien dat het haar hersenen een zetje geeft. Ze opent de plastic verpakking en kijkt uit het raam.

'Ik weet aan welke zaak jij de laatste dagen denkt.' Niels is naast haar komen staan.

'Ja,' zegt ze alleen maar.

'Toen vond ik ook al dat jij daar helemaal niets aan kon doen,' zegt hij. 'Net zomin als ik iets kon bewijzen van seksueel misbruik.'

Niels had als eerste de moed opgegeven. Getuigen die hij aandroeg werden als niet geloofwaardig bestempeld. Huiszoekingsbevelen werden niet gegeven. Het vrat aan hem. En de ellende bleef komen, soms was het even minder en dan nam het weer toe, zoals vloed altijd volgt op eb. Niels verhuisde van Zeden in Rotterdam naar de gewone recherche in Amsterdam. Een jaar later belde hij haar of ze hem niet wilde volgen naar de hoofdstad.

'Ja,' zegt ze weer. Ineens heeft ze geen zin meer in die koek.

'We moeten ons best blijven doen,' zegt Niels. 'Ze leven nog, dat weet ik zeker. We kunnen ze niet laten winnen, Maud. Niet weer.'

Maud gooit de koek in de prullenbak en kijkt Niels aan. 'Dank je,' zegt ze ernstig. Hij knikt en ze lopen terug naar het team.

Maud gaat zitten, pakt de bak met oninteressante tips en begint die een voor een door te nemen. Vijf kinderen, een handvol criminelen en miljoenen Nederlanders. Iemand moet toch iets gezien hebben wat ze verder kan helpen? Details. En zien wat een ander niet ziet, daar gaat het om.

Een uur later heeft ze moeite om haar ogen open te houden en haar gedachten dwalen alle kanten op. Een man, een vrouw, een kind, een busje. De metronoom tikt weer.

Vijf Happy Meals, leest ze. Ze knijpt een oog dicht en leest het nog een keer. Haar rechteroog leest beter dan haar linker, vooral als ze moe is. Vijf kindermaaltijden en vijf dekentjes. Ze strekt haar hand uit om het blaadje weg te leggen en pakt het dan weer terug. Vijf en vijf.

Ze leest de hele tekst van de melding.

Een medewerker van McDonald's in Amsterdam-Noord belt. Een collega van hem krijgt een bestelling voor vijf Happy Meals. Of ze bezorgd kunnen worden bij een boerderij in Den Ilp. Maar McDonalds bezorgt nooit. Of die jongen meteen vijf fleecedekentjes die zijn nicht bij de Zeeman had gehaald mee wil nemen.

'Ik heb hier iets,' zegt Maud terwijl ze haar hand opsteekt. Ze leest het stukje voor.

De groep is even stil.

'De medewerker van de McDonalds kreeg deze bestelling niet zelf binnen,' gaat ze verder. 'Hij hoorde een collega smoezen op zijn mobiel. Bellen is verboden tijdens het werk, daarom viel het hem op. Die collega grapte over de schoonheid van de zus van de beller die vijf dekentjes zou komen brengen, en daarna verontschuldigde hij zich. De jongen ging daarna naar buiten en nam een stapel dekens over van een meisje en legde die op de achterbank van zijn auto. Kort daarna vroeg hij aan zijn baas toestemming om de vijf Happy Meals weg te brengen, zijn dienst was toch bijna klaar.'

Myrna kijkt op. 'Precies dezelfde hoeveelheid als de vermiste kinderen. Vijf kindermaaltijden en vijf dekentjes voor mensen die het koud hebben.'

'Staat het adres erbij?' vraagt Niels Bingsten.

'Ja. Den Ilp, en een nummer.'

'Er zijn geen straatnamen daar,' zegt Thomas Kuipers. 'Gewoon Den Ilp en dan een nummer. Kan niet missen.'

'Is die melding anoniem gedaan?' vraagt Maud aan Myrna. 'Is er een naam en nummer van die getuige?'

Myrna pakt haar telefoon en belt met een van de analisten die voor in de hal zitten.

'Yassin El Hasnaoui,' zegt ze en ze steekt een papiertje naar Maud. 'En zijn mobiele nummer.'

'Bel hem zelf maar,' zegt Maud. 'Denk even goed na wat je vraagt. Je wilt het waarheidsgehalte testen. Vraag hem hoe hij weet dat het vijf dekens waren.'

'En naar zijn relatie met die andere medewerker,' zegt John. 'Zodat je zeker weet dat hij ons geen hak zet.'

'Vraag hem hoe hij het adres weet,' zegt Thomas Kuipers. 'We moeten straks zeker weten dat we goed zitten.'

Myrna kijkt steeds benauwder. Ze houdt haar pen boven het papier, maar schrijft niets op.

'Bel hem nou maar gewoon,' zegt Maud. 'Stel wat algemene vragen en word dan specifiek. Als het nodig is dan vraag je hem naar het bureau te komen.'

Maud wacht geduldig naast Myrna en gebaart naar de teamleden dat ze door moeten gaan met hun werk en zich niet met het telefoongesprek mogen bemoeien. Zelf gaat ze tegenover het meisje zitten.

Myrna's gezicht wordt door een vaalblauw schijnsel van haar beeldscherm verlicht. Het is een meisje dat door sommige collega's totaal ongeschikt wordt geacht voor het werk omdat ze klein van stuk is en enorm grote ogen heeft die zo prachtig en onschuldig zijn dat niemand een harde politievrouw in haar verwacht. Een paar minuten later heeft Myrna de informatie die ze nodig heeft.

'Ik loop ermee naar de chef,' zegt Maud nadenkend. 'Natuurlijk is het een gok, maar het kan. Je weet het niet.'

Vijf kindermaaltijden en vijf dekentjes, die met een beetje gesmoes naar een locatie buiten de stad moeten worden gebracht, niet ver van de plek waar de kinderen verdwenen. Nooit meer 'had ik maar...' denkt Maud. Ik leid de operatie als het om de kinderen zelf gaat, het is mijn verantwoordelijkheid. In haar hoofd begint ze een pleidooi voor haar zaak. Er moet een arrestatieteam naartoe, bewapend – de speciale eenheid staat stand-by, maar die kan maar bij één ding tegelijk worden ingezet. Wat als er nu een andere, betere tip binnenkomt juist op het moment dat ze haar tip opvolgen?

Ze klopt aan bij de kamer van de leiding en wacht niet eens op antwoord.

'Ik heb iets,' zegt ze en ze legt in korte zinnen uit wat ze hebben gevonden.

'Vijf maaltijden, vijf dekentjes,' zegt Tijssen nadenkend. Hij kijkt Barbara Ruigbot aan en zij knikt bijna onzichtbaar. 'Hier in de buurt.'

'Heb je de informatie gecheckt?' vraagt Tijssen aan Maud.

'Ja. We hebben de getuige gesproken. Telefonisch. Zal ik hem oproepen of zal ik naar hem toe gaan?'

'Nee. We gaan er meteen op af,' zegt Tijssen. 'Onze policy is ogenblikkelijk te handelen zodra we iets vermoeden. We gaan geen enkele kostbare minuut verliezen. Ik zet alles in gang. Over een halfuur vertrekken we, Maud. Jij rijdt straks met mij mee. In de tussentijd gewoon doorwerken.'

*

Kyra zit aan de keukentafel met haar ouders. Rondom een witte porseleinen theepot staan drie dampende mokken.

'Ik zal zelf nog eens bellen,' zegt Hanno Slagter. 'Je hebt gelijk, Kyra, het duurt allemaal veel te lang.'

'Ik denk dat je weinig kans maakt nu, met al die verdwenen kinderen.' Kyra's moeder trekt een zuur gezicht. 'De grootste ellende wint.'

'Maar toch,' zegt Kyra. 'Er is altijd wel iets aan de hand, mam. Anders moeten we eeuwig wachten. Desnoods ga ik zelf weer aan de slag. Ik heb jullie en Maud dan wel beloofd niets zelfstandig te doen...'

'En terecht,' bromt haar vader.

'Maar als het zo lang duurt,' vervolgt Kyra onverstoorbaar, 'ga ik gewoon weer zelf onderzoek doen, hoor.'

'Ik heb zo vaak gebeld,' verzucht haar moeder. 'Je krijgt altijd hetzelfde antwoord. Het is net alsof wij er niets mee te maken hebben. Het is niet onze zaak, maar die van justitie, en hun kan het niets schelen.'

'Laten we positief blijven,' zegt haar vader.

‘Ja.’ Haar moeder blaast over haar thee. ‘Je hebt gelijk,’ zegt ze zonder overtuiging. ‘We moeten positief blijven.’

Kyra volgt haar moeders blik naar het dressoir met de foto van Sarina. Het kaarsje brandt, zoals elke dag, alleen is het nu Kyra die de kaars aansteekt in plaats van haar moeder. Sinds de komst van de ansichtkaarten lijkt haar moeders houding veranderd.

‘Ik heb nog een keer op zolder gezocht naar Sarina’s dagboek,’ zegt Kyra. ‘Ik kan het niet uitstaan dat ik helemaal niets bijzonders kan vinden over die Dave.’

‘Je hebt je best gedaan, Kyra,’ zegt haar vader terwijl haar moeder nors zwijgt.

‘Maar waarom heb ik niet in de gaten gehad dat die jongen zo belangrijk voor haar was? Ik kan me wel herinneren dat ze het over hem had, maar ik dacht dat het weer zo’n hysterische vlaag van haar was. Vooral omdat ze geen mobiel of Facebook of iets van hem had.’

‘Voor Sarina was alleen het onbereikbare goed genoeg,’ zegt haar moeder.

‘Maar uiteindelijk heeft ze hem dus wel gevonden,’ weerspreekt Kyra haar. ‘En hebben ze afgesproken om weg te gaan.’

‘Het is me een raadsel dat ze haar rugzak heeft laten staan,’ zegt haar vader, die eigenlijk nooit wil speculeren omdat hij dat zinloos vindt. ‘Als ze echt afgesproken had, waarom heeft ze haar spullen dan niet meegenomen?’

Hij heeft gelijk. Er is niets logisch aan een afspraak hebben om op reis te gaan en dan je spullen niet meenemen. Zelf heeft ze daar ook al eindeloos over nagedacht, en uiteindelijk had ze haar vader bijna gelijk moeten geven: was het niet zinloos, dat gepieker?

‘Sarina vertrekt naar Texel,’ redeneert Kyra hardop. ‘Ze zet haar rugzak bij de receptie van de camping, kleedt zich om en gaat hardlopen, met alleen haar oude mp3-speler en oortjes.’

‘Ze loopt in elk geval tot aan de Slufter,’ vult haar vader aan. ‘Misschien wel verder.’

‘Misschien wilde ze echt verdwijnen,’ zegt Kyra. ‘Nam ze haar spullen en vooral haar telefoon niet mee zodat ze niet gevonden kon worden. Of misschien is ze Dave daar tegengekomen. En is ze ineens met hem meegegaan.'

'Met een jongen die ze helemaal niet kent?' spuugt Holly Slagter uit. 'Die ze op Texel zomaar tegenkomt?'

Dat haar dochter achter haar moeders rug om plannen had om weg te gaan is niet goed gevallen en dat niemand, en haar moeder in het bijzonder, weet hoe het precies is gegaan nog minder.

'Ik vind dat allemaal heel ongeloofwaardig,' zegt ze zuur.

'Al dat soort verhalen zijn ongeloofwaardig, mam.' Kyra neemt een slok van haar thee. 'Ik heb een heel stel vermissingen bestudeerd. Vooral van jongeren in het buitenland. Raakt iemand verdwaald op een gemarkeerde wandelroute? Of is er sprake van kwade opzet? Er zijn verhalen van zeer ervaren hikers die toch de weg kwijtraken, gewoon op een wandelroute in Spanje of waar dan ook. Kijk naar die meiden in Panama, naar dat Amerikaanse meisje op Aruba. Wat er is gebeurd is nooit logisch.' Even zwijgt ze. 'Want het meest logische is dat ze gewoon thuiskomen...'

'Ik zal in elk geval morgen bellen,' zegt haar vader terwijl hij opstaat en een restje thee in de gootsteen gooit. 'En verder moeten we vooral de politie haar werk laten doen.'

Ook haar moeder staat op. Even blijft ze bij het dressoir staan. Dan bukt ze, blaast het kaarsje uit en loopt de keuken uit.

*

Maud zit op de achterbank bij Tijssen en probeert rustig te blijven. Ze had Niels mee willen vragen, omdat ze dit soort dingen altijd samen doen, maar dit zijn niet de omstandigheden waarin je om gunsten bedelt. De elektrische auto van de chef zoeft over de weg. De speciale eenheid met haar gepantserde busje rijdt voor ze uit. Zij komen uit het zuiden rijden. Het andere deel van de grimmige eenheid komt vanuit het noorden, waarmee elke vluchtroute van de bende is afgesloten, want voor de rest wordt Den Ilp omgeven door weilanden, sloten en het natuurgebied Ilperveld.

Het dorsplein van Landsmeer is verlaten. De grote zijwegen zijn afgezet door politiewagens. De agenten staan er met ernstige gezichten naast.

Zóveel blauwe plekken had ze nou ook weer niet. De blozende moeder aan de keukentafel. *Wie slaat er nou een vrouw?* De hondenbench met het speeltje in de hoek van de kamer. Het meisje met de staart boven op haar hoofd, dat voorzichtig naar haar glimlacht terwijl ze haar pakje sap drinkt. Ze had terug moeten gaan. Ze had nogmaals met de juf moeten gaan praten, met de buren, met de moeder. Ze had de signalen moeten zien want die waren luid en duidelijk, maar ze leek wel blind en doof.

Vier maanden na haar laatste bezoek werd de romp van een meisje gevonden op een recreatieterrein. Een paar dagen later viste iemand een kinderhoofdje uit een rivier. Op nog een andere plaats vond iemand een los handje. Het meisje bleek overleden door ernstige mishandeling. Het gereconstrueerde hoofdje werd herkend door de juf van het meisje. De vrouw met wie Maud al eerder gesproken had over de vele blauwe plekken. Na de begrafenis van het kind was Maud met Roos naar de kapper gegaan. 'Kort,' had ze gezegd. 'Doe maar lekker kort.' Ze kon dat staartje niet meer aanzien.

'Aankomst twee minuut dertig,' zegt de radio.

Maud voelt haar hartslag sneller worden. Dit is het. Vijf kinderen. Vijf ouderparen en een stel broertjes en zusjes, opa's en oma's, onherstelbaar verdrietig of uitgelaten blij? Of is er straks niks, niemand dood, niemand levend, gewoon alleen maar die alles verterende onzekerheid?

'Een minuut,' kraakt de radio. De stilte wordt zo mogelijk nog zwaarder. Maud denkt aan de leden van het arrestatieteam in hun zwarte outfits, hun kogelwerende pakken, hun helmen en hun maskers, de zware wapens die je alleen met twee handen tegelijk kunt bedienen. Hoe stil zal het in die wagens zijn?

Ze haalt diep adem en probeert de zuurstof tot in het uiterste puntje van haar longen te laten komen. Heel even ontmoet haar blik die van Tijssen in de achteruitkijkspiegel.

*

Politie is altijd geïnteresseerd in de vragen: wie, wanneer, waar en hoe? Als psychiater word ik vaak nadat deze vier vragen allang zijn beantwoord betrokken en dan denk ik: waarom?

Kyra slaat het boek van Michael H. Stone dicht. Grijze ogen staren haar aan, dwars door de in rode letters gedrukte titel EVIL heen. De onderkant van het bovenaan gave gezicht lijkt op een vergane schedel. *The Anatomy of Evil.* Het kwaad op een schaal van een tot tweeëntwintig. De Amerikaan begon zijn studie toen hij door de rechtbank werd gevraagd zijn mening te geven over een man die zijn zwangere vrouw en zijn kinderen had vermoord. De man had nooit eerder crimineel gedrag vertoond. Hij leek in een vlaag van verstandsverbijstering te hebben gehandeld, een soort psychose. Was het evil? Ja. Maar was hij net zo evil als Ian Brady en Myra Hindley, die na een reeks andere kinderen de tienjarige Lesley Ann Downey ontvoerden en haar smeekbeden en kreten op band vastlegden zodat ze nog regelmatig konden nagenieten van hun monstrueuze daad?

Is er een moord nodig om op de lijst van Stone te komen? Op welke trede van de schaal zou het ontvoeren van kinderen uitkomen? Het ligt eraan wat ze met de kinderen doen, denkt Kyra, en hier blijven haar gedachten haken aan obstakels van redelijkheid en angst. Ze legt het naargeestige boek weg.

'Hou vol,' fluistert ze Jesse en zijn vriendjes toe. Laat ze in vredesnaam nog leven.

*

Maud houdt haar adem in als de auto's ineens vaart minderen. Voor hen blokkeren twee busjes en enkele politieauto's de weg aan beide zijden van het huis. De busjes van het arrestatieteam rijden de oprit van de boerderij op en een stroom in het zwart geklede, zwaarbewapende agenten golft binnen no time over het terrein. Verschillende groepjes rennen langs weerszijden van de gebouwen en het geheel komt op Maud als een goed georganiseerde chaos over.

Tijssen parkeert zijn auto langs de weg en stapt uit. Maud gaat naast hem staan. Vanwaar ze staan hebben ze maar beperkt zicht op wat er gebeurt. Ze probeert te bedenken waar de kinderen zouden kunnen zitten. Een tip is zelden of nooit op zijn juiste waarde te schatten. Misschien staan ze hier wel helemaal voor niets en is zij straks de pispaal van al die tientallen mensen die aan de zaak werken. Jaren later zal ze nog horen: 'O, die Maud van dat gebeuren in Den Ilp bedoel je?' Fuck, niet op letten. Iemand moet een beslissing nemen en de informatie opvolgen. Zij, de chef, de officier. Als je van tevoren wist wat je moest doen dan bestond er geen criminaliteit.

Ze probeert tussen de struiken, bomen en opstallen door te zien wat er gebeurt. De twee teams aan haar kant van het terrein rukken langzaam op. Soms staan ze even stil, overleggen kennelijk met de andere teams en sluipen dan weer door. Het is onwerkelijk. Een Amerikaanse actiefilm in Waterland.

Ze zou willen dat ze daar was. Dat ze kon zien wat zich daar voltrekt, de kamers binnen kon stormen, deur na deur open kon rukken en mocht zoeken, net zo lang totdat ze die klootzakken in kon rekenen, de gezichten van de kinderen kon zien, hen kon redden, geruststellen, troosten. Wat zou ze graag de ouders bellen en doorgeven dat ze veilig zijn. Kom op, denkt ze. Kom op, kom op.

De hele operatie voltrekt zich in stilte. Pas na een paar minuten horen ze de eerste kreten. Felle, rauwe instructies. Dan weer stilte. Een kreet. Stilte. Geschreeuw. Stilte. God, het is niet uit te houden. Ze moet toch iets doen, ernaartoe gaan. Wat gebeurt daar allemaal? Tijssen trommelt met zijn vingers op het dak van zijn auto, maar zijn gezichtsuitdrukking is onbewogen. Maud ijsbeert achter hem over de weg. Voor haar staan de speciale agenten die de weg blokkeren onbeweeglijk op hun post. Maud kijkt elke minuut op haar horloge maar de tijd is niet vooruit te branden.

Na een kwartier dat drie uur lijkt te duren komt er iemand naar Tijssen toe gelopen.

'Ze checken nog een keer grondig, maar ik verwacht dat de boel straks vrijgegeven wordt.' Hij schudt zijn hoofd. 'Geen kinderen, maar wel iets wat je moet zien.'

– 29 –

De bolle, de zonnebril, de vrouw en nog drie anderen zijn er. Ze rukken de kooien open en schreeuwen van alles door elkaar. De donkere schuur is ineens vol mensen en Tommy voelt zijn hart als een dolle in zijn oren bonzen.

'Wat?' schreeuwt Kat woedend. De vrouw trekt haar aan haar paardenstaart naar buiten. 'Wat is er aan de hand?'

Kat valt hard op de grond, maar niemand slaat dit keer.

'Schiet op.' De bolle gebaart Tommy naar voren te komen. 'Zeg tegen je vriendjes dat ze zich koest houden, anders zwaait er wat.'

Een Amsterdammer, dat is duidelijk te horen. Hij praat net als de oudere broers van twee vrienden van hem.

'Ja,' antwoordt Tommy schor. 'Wat is er dan?' Hij kijkt achterom naar de kinderen. Jesse en Edo huilen. Zelfs Kat ziet er bang uit.

'Koppen dicht!' schreeuwt de bolle nu zelf naar de groep.

Een ijzeren hand sluit zich om zijn nek en Tommy wordt naar voren gesleurd door een man die hij nog niet eerder heeft gezien. Lang en slank. Hij ruikt naar zo'n duur luchtje dat zijn vader ook op heeft als hij naar zijn werk gaat. Ze lopen de schuur uit en de koude buitenlucht prikt op zijn wangen. De man duwt zijn nek naar beneden en hij loopt verschrikkelijk snel. Is er iets mis? Zou hij dit moment kunnen gebruiken om te ontsnappen? Maar hoe dan? Hij probeert achter zich te kijken, maar de hand in zijn nek klemt zo stevig dat hij zijn hoofd niet kan draaien. Hij hoort gehaaste voetstappen achter zich en het gekerm en gehuil van de kinderen. Ze lopen over modder en steen, hij heeft amper tijd om om zich heen te kijken. Jesse had gelijk, het is een boerderij. Misschien hebben ze een andere ruimte voor hen, misschien is het daar wel warmer, of zijn er bedden, een gewone wc. Misschien mogen ze douchen of krijgen ze schone kleren.

'Auw!' Iemand achter hem schreeuwt en valt, een van de volwassenen vloekt in een andere taal. Er wordt geruzied. De man die hem vastheeft stopt, hij duwt Tommy's nek nog verder naar beneden zodat hij alleen nog schoenen ziet. Door de stilte die er achter hem valt begrijpt Tommy dat dit de gevaarlijkste man is van het stel. Iemand sist iets. Leren schoenen, denkt Tommy. Geen sneakers, maar nette, bruine leren schoenen.

Boven hem hoort Tommy een zware deur piepen. Hij kijkt naar voren en ziet een donkere schaduw. Dan wordt hij opgetild alsof hij een leeg boterhamzakje is, zo licht en leeg en niks is hij, en voordat hij ook maar heeft kunnen bedenken wat er gebeurt staat hij in de laadruimte van een grote vrachtwagen. Hij wordt naar achteren gejaagd en wat hij ziet maakt hem woest. Hij weigert nog een stap te zetten en begint te schreeuwen.

– 30 –

Het lichaam ligt voor een schuur die achter op het terrein staat. Het is een jonge vent, lichtgetint, met overgewicht. Hij ligt achterover, de beide armen wijd opzij en de benen netjes naast elkaar. Bijna alsof hij zo is neergelegd. Recht in zijn gezicht geschoten, ziet Maud. Met grof geschut want er zit een flink gat in zijn hoofd, boven zijn rechteroog. Wat een onvoorstelbaar agressieve daad.

'Binnen liggen de dekens,' zegt een van de agenten. 'Misschien moeten jullie hier ook even een kijkje nemen voordat de rest hier is.'

Alles en iedereen is opgeroepen. Binnen korte tijd zal het hier wemelen van de technisch rechercheurs. Ze zullen een paar dagen, misschien wel een week bezig zijn voordat ze hier alle sporen hebben veiliggesteld. Voor zover dat op een plek als deze ooit helemaal mogelijk is.

Maud blijft naar de dode jongen staren. Begin twintig, schat ze. Dus dit moet de jongen zijn die om de dekentjes heeft gevraagd. En de Happy Meals. En daarom lig je hier waarschijnlijk met een kogel in je hoofd. Omdat je een klootzak was, maar wel een klootzak met een greintje mededogen, waardoor je ongewild je collega's in gevaar bracht, wat je met je leven hebt betaald. Zo is het. Ze weet het gewoon.

Ze hurkt bij de jongen neer en legt haar vingers tegen zijn wang.

'Nog niet heel koud,' zegt ze. 'We zijn maar net te laat.'

Niet te geloven. Ze heeft zin om te stampvoeten of een deur heel hard dicht te slaan. Een uurtje eerder en ze hadden de kinderen misschien gered. Ze zucht diep en komt overeind.

'Ik denk dat ze halsoverkop vertrokken zijn,' zegt Tijssen. 'Ze hebben een voorsprong, maar wij zitten ze op de hielen.'

'Jammer dat we nu niets hebben voor een opsporingsbericht,' zegt Maud. 'Ze lopen nu weer iets op ons uit.'

'Kwestie van tijd,' zegt Tijssen grimmig. 'Er komt vanzelf weer een ronde voor ons.' Hij draait zich om en loopt de schuur in.

Als Maud de schuur binnenkomt moeten haar ogen wennen aan het donker.

'Ik kan niets zien,' zegt ze tegen Tijssen, die voor haar staat.

'Ik wel,' zegt hij. 'En wat ik zie bevalt me voor geen meter.'

*

Het is een andere droom geworden, maar daarom niet minder verstikkend. Kyra ligt in bed en slaat het dekbed van zich af. Onder de dekens is het te warm, maar in de kamer is het te koud. Ze vloekt en bedekt zich half met het warme katoen.

Er ligt een strand aan de mistige oever van het IJ. Zomaar midden in de stad. Ze rent. Het zand is hard en glad en toch zakken haar voeten weg. Achter haar klinkt gebonk. Ze ziet niets door de mist. Het dreunen komt dichterbij, haalt haar in. Saar! Haar zus reageert niet op haar roep. Saar! Ze ziet alleen de zwiepende paardenstaart. Stop. Stop dan. Ze probeert te rennen, maar lijkt niet vooruit te komen, haar voeten blijven steeds wegzakken. Dan botst ze tegen het lijk op van Gaullier, dat ineens opdoemt uit de mist. Er staat een lantaarnpaal op het strand.

Ze wordt weer wakker omdat haar been en arm en halve buik ijskoud zijn. Eigenlijk zou ze op moeten staan om een los dekbedovertrek te halen. Dan kan ze onder alleen het laken gaan liggen. Hoe kan ze zo liggen te zweten terwijl het bijna winter is?

Kyra gaat rechtop zitten en begint het dekbed los te trekken. Uiteindelijk heeft ze een verwarde klont katoen in haar handen. Ze laat zich achterovervallen, spreidt de hoes over zich uit en staart naar het donkere plafond.

Haar moeder staat op het strand en schreeuwt. Haar gezicht is zo wit als sneeuw en haar mond is een groot rood gat. Kyra slaat haar handen over haar oren. Ze probeert te rennen. Haar voeten zakken diep in het zand. De paardenstaart zwiept van links naar rechts naar links. Kotsmisselijk wordt ze ervan.

Kyra slaat het boek van Michael Stone weer open. De schaal van gradaties van *evil*, het kwaad. De schaal beperkt zich tot moord, legt hij uit, maar er zijn genoeg andere misdaden die evil zijn. De schaal begint bij *justifiable homicide*, zoiets als moord met een reden. Dan komen jaloerse geliefden, egocentrische, onvolwassen mensen, die 'crimes of passion' plegen. Ze kijkt naar het eind van de schaal. Psychopatische moordenaars die martelen en dat als voornaamste motief hebben. Iets minder evil zijn kennelijk psychopaten die extreem martelen, maar waarvan niet bekend is dat zij hebben gemoord.

Ze voelt zich beroerd, koud en klam tegelijk, slaat het laken van zich af en grist een joggingbroek en T-shirt van de stoel. Ze pakt haar telefoon en doet voorzichtig de deur open. Op de een of andere manier heeft ze het gevoel dat ze niets moet verstoren, dat zelfs het verplaatsen van de lucht doordat ze beweegt op dit moment al te veel is. Ze moet onopgemerkt blijven, dan kan het kwaad haar niet vinden. Op haar tenen sluipt ze de trap af en als ze in de hal aankomt ziet ze haar moeder aan de keukentafel zitten, een klein, hardblauw boekje in haar hand. Haar adem is acuut weg. Nee.

Ze stapt naar voren.

'Mam?'

Haar moeder springt van schrik op, slaat het boekje dicht en probeert het te verbergen.

'Kyra,' zegt ze met verstikte stem. 'Wat doe jij hier?'

'Mam,' zegt Kyra streng. Ze kan het niet geloven. 'Zeg dat het niet waar is.'

'Waar heb je het over?' Haar moeder stopt het boekje in de zak van haar zijden kimono en probeert een onschuldig gezicht te trekken. Haar schuld schijnt echter door haar onnozele gezichtsuitdrukking heen.

'Godverdomme,' vloekt Kyra hartgrondig. 'Dat meen je niet, hè? Geef hier.'

'Ik ga naar bed. Moet jij niet naar school morgen?'

'Je lult eromheen, mam, geef hier!' Kyra stapt op haar moeder af en probeert het boekje uit haar zak te trekken. Holly weert Kyra af en de keukenstoel valt om.

'Geef hier!' schreeuwt Kyra buiten zinnen. 'Hoe kan je? Hoe kán je?'

'Laat me met rust!' krijst haar moeder. 'Laat me allemaal met rust!'

'Wat is hier in godsnaam aan de hand?'

De stem van haar vader maakt dat Kyra naar achteren stapt. Hijgend deinst ze nog verder terug. Haar moeder staat met een verwilderde blik naast de omgevallen stoel. Haar kimono zit scheef en een van haar borsten hangt bijna bloot. Onder een van haar ogen zit een veeg make-up. Tot haar afgrijzen merkt Kyra dat ze haar moeder zou willen slaan. Een harde, keiharde klap tegen haar wang zou willen geven. De trut.

'Ze heeft het dagboek van Sarina,' zegt Kyra met een lage stem.

'Holly?' Haar vader kijkt zijn vrouw verbijsterd aan.

Haar moeder staat naar adem te happen en grijpt de tafel vast. Sarina had haar dramatische, om niet te zeggen hysterische trekjes niet van een vreemde. Haar vader schiet naar voren om de stoel voor zijn vrouw rechtop te zetten. Hij pakt haar elleboog als ze verward gaat zitten.

'Je hoeft niet te proberen om de aandacht af te leiden,' zegt Kyra. Ze verbaast zich over de walging die ze voor de vrouw voelt. Dit is haar moeder. De vrouw bij wie je bescherming zoekt, troost, liefde. Ze mag niet voelen wat ze nu voelt.

Zwijgend haalt Holly Slagter het blauwe boekje uit haar jaszak en ze legt het op de keukentafel.

Kyra huilt.

'Hoe kan je dat nou doen?' kermt ze. 'Daar zoek ik al jaren naar. Ik heb...' Ze denkt aan al die keren dat ze de kamer van Sarina overhoop heeft gehaald. Zelfs de vloerplanken heeft ze losgeschroefd. Uren heeft ze op die stoffige zolder gezeten. Ze hebben het er aan tafel zo vaak over gehad. En al die tijd had haar moeder het boekje.

'Holly,' stamelt haar vader terwijl hij aan de tafel gaat zitten. 'Ik begrijp het niet...'

'Er staat niks in!' schreeuwt haar moeder ineens. 'Helemaal niks! Alleen dat ik een kutmoeder ben. De grootste kut op aarde! Dat staat erin en verder niks.'

*

Langzaam wennen Mauds ogen aan het donker. De ramen zijn dichtgetimmerd. Tegenover de muur met de ramen zijn een aantal ijzeren kooien gemaakt. Een stuk of vijf naast elkaar, twee rijen hoog. Een dierenopvang, dat is het eerste waar Maud aan denkt. De deurtjes van de bovenste rij kooien staan open. In de hoek van de ruimte staat een stinkende emmer met ontlasting en op de grond daarnaast ligt een slordig stapeltje fleecedekens.

Tijssen loopt naar voren en opent de achterste kooi. Hij kijkt of er nog iets ligt. Maud controleert snel de andere kooien.

'Helemaal niks hier,' zegt Tijssen.

'Wacht,' zegt Maud als ze in de tweede kooi kijkt 'Oppakken?' vraagt ze terwijl ze naar een hoekje van de vloer wijst waar een stukje hout loszit. 'Of wachten op de TD?'

Tijssen twijfelt.

'Hebben jullie iets?' Barbara Ruigbot komt de schuur binnenlopen. Verbijsterd blijft ze staan.

'Afschuwelijk,' stamelt ze als ze naar de kooien kijkt. 'Het is niet alleen ontvoering. Het is ook wreedheid. Marteling.'

'Hier ligt iets,' zegt Maud.

'Niet oppakken!' De officier van justitie is stellig. 'De TD kan hier elk moment zijn. Geduld, Maud. Laten we dit goed doen.'

'Je hebt gelijk,' zegt Maud knarsetandend. Ze ademt diep in en stapt naar achteren.

'Laten we hier weggaan,' zegt Ruigbot. 'Laat TGO zijn werk doen. Ik zorg dat we de eerste resultaten vandaag nog hebben. Zijn er vingerafdrukken van de kinderen beschikbaar?'

'Ja,' antwoordt Maud. 'Thomas Kuipers heeft bij alle ouders materialen gehaald voor vingerafdrukken en DNA. Alles ligt al in het lab.'

Ruigbot knikt verbeten. Voor het eerst sinds ze haar kent ziet Maud de koude verbetenheid die de officier uitstraalt als iets positiefs.

*

Kyra heeft het dekbed over zich heen getrokken. Ze begrijpt het niet, hoe lang ze er ook over nadenkt. Haar moeder heeft een cruciaal bewijsstuk achtergehouden. Iets wat had kunnen helpen haar dochter terug te vinden. Maar ze zegt dat er niets in staat en dat het dus niet uitmaakt. Zou het waar zijn? Als er echt geen enkele opmerking in staat die een spoor geeft, is het dan minder erg dat ze het verborgen heeft gehouden?

Kyra wil het graag zelf beoordelen, maar haar vader heeft het boekje meteen gepakt en is ermee in zijn werkkamer verdwenen. Ze veegt een traan weg. Papa is altijd de rust en redelijkheid zelve geweest. Pas de laatste tijd verschijnen er barsten in zijn harnas. De manier waarop hij tekeerging tegen de post omdat die kaarten van Sarina na vier jaar pas werden bezorgd was ongewoon voor hem. En nu staarde hij naar het boekje met een wit gezicht en een vertrokken mond. Hij zei niets. Hij keek niet eens meer naar haar moeder, pakte het boekje en liep weg. Voordat hij de keuken uit was zag Kyra zijn gezicht vertrekken en de tranen komen. Kyra knijpt haar ogen dicht en weer rollen de tranen vanzelf naar beneden. Ze snuift.

Het boekje was klein en dik. Het bevatte te veel papier voor het omslag, waardoor het kaft omhoog stond. Waarschijnlijk zaten er toegangskaartjes in, gedroogde bloemen en blaadjes met tekeningen of zo, misschien foto's. Sarina was altijd sentimenteel. Romantisch. Een groot deel van haar wereld bestond uit fantasie. Ze was idioot en bewonderenswaardig. Een keer had ze een boek gevonden met yogaoefeningen. Die deed ze in haar kamer, tussen de troep die daar altijd op de grond lag. Kyra kwam binnen en Sarina leek bevroren in een idiote houding.

'Help,' piepte ze. 'Ik kan niet meer bewegen.'

'Wat is er?' Kyra begon eerst te lachen, maar toen ze merkte dat het serieus was ging ze naast haar zitten. Ze durfde haar niet aan te raken.

'Ik deed de cobra,' fluisterde Sarina. 'En daarna de boog, maar het schoot in mijn rug.'

Kyra moest toch lachen. ‘Dat is iets voor oude mensen, Saar. Als je zestien bent schiet het niet in je rug, hoor.’

‘Ik kan niet meer bewegen. Mijn hele rug, zit in een kramp.’

Kyra lachte weer. ‘Sorry,’ zei ze. ‘Je bent een cobra van niks.’

Sarina begon ook te lachen. ‘Het is niet leuk,’ hikte ze.

‘Nee,’ beaamde Kyra. ‘Helemaal niet. Ik trek je naar je bed, oké?’

Heel voorzichtig had ze haar grote zus bij haar benen gepakt en naar haar bed gesleept. Met veel overleg had ze Sarina op het bed gekregen. Ze leken wel een paar verhuizers. Pas op dit en pas op dat en hier iets meer naar rechts. Kyra mocht niets tegen hun ouders zeggen.

‘Laat me gewoon even liggen,’ zei Sarina. ‘Alles komt goed.’

‘Wat zal ik met dit boek doen?’ vroeg Kyra.

‘Weggooien.’

– 31 –

Londen

Het is koud, maar de zon schijnt en Mabel zet de tuindeur open.

'Ik weet niet of je van groen houdt,' zegt ze. 'Maar ik vond dit een prachtige jas. Het is een Tenson en daar ga je echt jaren plezier van hebben.'

Ze trekt de kraag goed om Jane's hals en kijkt tevreden naar het meisje. Ze ziet er beter uit tegenwoordig. Toen ze haar vonden was ze vel over been. Zo mager dat het bijna onmogelijk was om haar leeftijd te schatten. Nu weten ze dat ze ongeveer vijfentwintig jaar oud is, zijn haar haren mooi geborsteld, en heeft haar gezicht weer wat kleur. Haar ogen, die een prachtige kleur blauw hebben, staan minder verwilderd dan bij haar bevrijding uit de spelonk en ze zijn minder dof dan die eerste paar weken in het ziekenhuis.

'Het is een heerlijke ochtend,' zegt Mabel opgewekt. Ze probeert er niet aan te denken dat Jane misschien wel helemaal niet naar buiten wil. De arts heeft gezegd dat ze alles rustig aan moet doen, maar het lijkt haar dat er nu eindelijk eens iets gebeuren moet.

'Een vertrouwensband ontwikkelen,' zei de vrouw. 'Dat is nu het belangrijkst. Bij kinderen met selective mutism *nemen we soms hun stemmen op. Zij spreken wel, maar alleen in een veilige omgeving, dus bijvoorbeeld thuis. We laten dan hun stem horen in een voor hen onveilige omgeving, zoals bijvoorbeeld op school. Dat werkt goed, maar dat kunnen we in Jane's geval niet doen.'*

Jane bukt en trekt haar laarzen aan. Het zijn kleine stapjes die haar vooruitgang kenmerken, maar heel langzaam wordt ze zelfstandiger.

'Ik ben begonnen met een cursus Frans,' zegt Mabel tegen Jane. 'Maar ik durf nog niets tegen je te zeggen want ik ben bang dat ik het

helemaal niet goed uitspreek met dat rare Engelse accent van mij.' Ze gniffelt verlegen. 'Nou, ik wilde een rondje om de vijver lopen. Wat vind je daarvan?'

Jane ontwijkt zoals altijd haar blik, maar kijkt wel naar buiten. Toen ze in het ziekenhuis lag, staarde ze de hele dag uit het raam. En nu, in de kliniek, vindt Mabel haar vaak in een van de recreatieruimtes, op een stoel, ook bij het raam. Toch ziet ze een verschil. Het is geen staren meer, maar observeren.

Dit moet toch werken, samen wandelen. Jane hoeft geen oogcontact te maken, maar als ze met haar mee zou lopen dan zou dat al een hele overwinning zijn.

'Ben je klaar?' vraagt Mabel en ze reikt naar de deur, duwt de klink naar beneden, en heel voorzichtig duwt ze tot er een kier ontstaat. Ze kijkt naar Jane om te zien wat haar reactie is, maar het meisje staat roerloos in haar dure winterjas te wachten.

'Is dit goed, Jane?' vraagt Mabel. 'Ik wil graag wandelen, maar ik wil jou niet bang maken natuurlijk. Vind je dit goed?'

Er komt geen enkele reactie – het meisje heeft in al die maanden nog nooit, op geen enkele manier, echt contact met iemand gemaakt. Als je een bord eten voor haar zet dan eet ze het op. Een kop thee, en ze drinkt. Ze geeft op geen enkele vraag antwoord, lijkt totaal opgesloten te zitten in haar eigen wereld. De kliniek heeft haar gehoor getest, heel gemeen door plotseling iets te laten vallen of ineens een hoge piep te laten horen, en daar reageert ze op haar eigen manier op. Ze reageerde een paar maanden geleden ook op de stemmen die die buitenlandse taal spraken. Ze schreeuwde en riep en kroop weer terug in de cocon waar ze net een beetje uit aan het komen was.

Haar hartslag verandert wanneer er bepaalde soorten muziek worden gedraaid. Ook dat hebben ze getest, Joost mag weten waarom. Ze houdt van dansen. Ze doucht zelfstandig, poetst haar tanden, en sinds enige tijd bestudeert ze zelfs af en toe een Engels-Frans woordenboek voor kinderen, dat Mabel voor haar heeft meegenomen. Met haar intelligentie lijkt niets mis.

Mabel zet de deur wijder open. Nu is het de vraag of Jane mee wil, uit de veilige omgeving van de kliniek de grote grimmige wereld in.

'Ruik je de frisse winterlucht, Jane?' Mabel snuift de lucht diep op. 'Ik houd ervan.'

Jane staat nog steeds roerloos voor de open deur. Mabel vraagt zich af of ze het meisje bij de hand moet nemen, maar ze durft haar niet aan te raken. Ze besluit een paar minuten te wachten.

'Ik ga vast hier staan,' zegt Mabel. 'In het zonnetje, recht voor de deur, oké? Als je er klaar voor bent, kom je dan naar buiten?' Ze neemt een paar stappen en gaat op het terras staan, nog geen meter van de deur af. Ze wendt haar gezicht naar de zon en sluit tevreden haar ogen.

– 32 –

Het monster is met hem meeverhuisd van de ene naar de andere kooi. Deze kooi is veel kleiner en het monster is gegroeid tot een grizzly, een verschrikkelijke sneeuwman maal twee – Godzilla zit hier grommend en grauwend bij hem in zijn kooi.

Tommy ligt met zijn wang op de gevlochten ijzeren bodem van zijn verblijf en als de vrachtwagen een bocht maakt of over een kleine hobbel rijdt doet alles in zijn lichaam pijn.

Waarom?

Hij kan nergens anders meer aan denken. Wat gaat er gebeuren? Waarom? Wat willen ze met hem en met hen allemaal? Hij wordt gek van die vraag. Wat heb je er trouwens aan om het te weten, want je kunt er toch niets tegen doen.

Hij schreeuwde als een dolle toen hij ineens in het binnenste van de vrachtwagen stond. De binnenkant was veel kleiner dan de buitenkant en hij hapte naar adem toen hij meteen dacht aan geluid. Aan géén geluid. Ze hadden ervoor gezorgd dat niemand hen ooit meer zou kunnen horen. Hij schreeuwde en schreeuwde en probeerde zich naar buiten te vechten want hij wist zeker dat als ze hier opgesloten zouden worden ze er nooit, maar echt nooit meer uit zouden komen. Hij schreeuwde naar de anderen dat ze daar moesten blijven, de vrachtwagen niet in moesten gaan, en hij bedacht dat hij nog liever doodging op die kloteboerderij, in de blubber, op de grond, dan dat hij in zo'n klein kuthok ging zitten. Hij kreeg meteen een harde klap tegen zijn hoofd, viel op de bodem van de laadbak en zag dat de onderste rij kooien volgepropt was met flessen water, koekjes, rollen wc-papier en een ontelbare hoeveelheid babydoekjes.

Hij werd omhoog gesleurd en er werd tegen hem geschreeuwd

dat hij zijn vuile bek moest houden, maar hij bleef schreeuwen en vechten. Boven de met voorraden gevulde kooien waren er nog eens twaalf, allemaal leeg, twee rijen van zes boven elkaar, en ze waren zo klein dat je er eigenlijk alleen in kon liggen.

'Klootzak!' schreeuwde hij. 'Ik ga niet!'

Hij probeerde zich weg te draaien en schopte die kerel tegen zijn enkels, waarbij hij hem zo hard mogelijk op het bot probeerde te raken. Hij zat niet voor niets op voetbal. Jake had hem geleerd hoe je je tegenstander kon treiteren door hem hard met een vinger tussen zijn ribben te porren. Hij zwaaide met zijn vingers in het rond maar raakte niks. De man schroefde zijn arm om zijn keel en hij kreeg geen lucht meer.

'Ik ga niet!' wilde hij nog een keer schreeuwen maar er kwam alleen een soort gerochel uit zijn mond. Hij maaide met zijn armen om zich heen. De man gaf geen kik en hij werd opgetild en in de eerste de beste kooi gepropt. Hij stootte zijn hoofd zo hard dat hij sterretjes zag en probeerde zich vast te houden aan de rand, maar toen de man de deur dichtdeed en zijn vingers tussen het harde ijzer geplet werden en de pijn zo hevig werd dat hij dacht dat zijn vingers eraf zouden vallen, liet hij los en hijgend lag hij daarna in zijn kooi te denken dat hij liever dood was. Daarna kwamen de anderen.

– 33 –

Londen

'Ik houd van regen.' Mabel stapt naar buiten en Jane blijft roerloos staan. Het is de zoveelste keer dat Mabel probeert Jane naar buiten te krijgen. Ze geeft niet op, ook al zegt de psychiater dat het niet zal werken. Ze voelt zich langzamerhand behoorlijk idioot. De afstand tussen de twee vrouwen is nog geen twee meter. Jane blijft binnen staan, bij de deuropening.

Mabel keert haar gezicht naar de hemel en voelt de koude druppels haar kapsel en make-up verknoeien. Ze herinnert zich de zeilboot van haar ouders. Ze was klein, vier jaar, misschien vijf, en haar moeder zeepte haar blote lijf in. Het rook naar bloemen en op haar buik ontstonden grote witte zeepbellen.

'Kom,' riep haar vader lachend vanuit het meer. Hij lag in het midden van tientallen kleine cirkels in het donkergroene water. Het regende als een gek.

'Toe maar,' zei haar moeder geruststellend en ze schoof zwembandjes om haar armen. 'Lekker afspoelen.'

Heel even stond Mabel op het puntje van de steiger. Toen sprong ze.

De regen valt spetterend en sputterend op haar gezicht en Mabel lacht. De laag make-up die haar gezicht altijd bedekt – omdat het zo hoort, omdat je perfect moet zijn, omdat je kennelijk je wijsheid moet verbergen – spoelt weg.

'Eigenlijk moet je naakt zijn,' zegt Mabel met haar ogen dicht en haar gezicht nog steeds naar boven gericht. 'Helemaal bloot, zodat er niets tussen jou en de natuur is, zodat je helemaal vrij bent en je nergens ook maar iets van aan hoeft te trekken. Vrij,' zegt ze. 'Ik zou willen dat ik helemaal vrij was.'

Wat bezielt haar in vredesnaam? Ze probeert Jane gerust te stellen en dan begint ze over bloot in de regen lopen. Idioot.

Beschaamd opent ze haar ogen en ze wrijft haar gezicht droog met een papieren zakdoekje. Als ze zich omdraait ziet ze dat Jane naast haar staat. Buiten. Met haar ogen dicht, haar gezicht opgeheven naar de regenwolken.

– 34 –

'Van wie is deze boerderij?' vraagt Maud.

'Wordt aan gewerkt,' zegt Tijssen.

Ze zijn aangekomen in de keuken van het woonhuis, waar de tafel vol staat met plastic bekertjes, half in elkaar gedeukte colablikjes en volle asbakken. Overal liggen lege verpakkingen van koek, snoep en chocolade. Op de muren zijn met zwarte stift tekeningen gemaakt van allerlei tribal patronen, alsof het steen getatoeëerd is. Aan het plafond brandt een kaal peertje.

'Genoeg sporen,' gromt Tijssen.

Maud kijkt om zich heen en probeert de chaos van verveling in te schatten. Minimaal twee, misschien drie of vier handtekeningen ziet ze. Het aanrecht staat vol plastic bakjes van de Chinees, er liggen lege Febo-zakjes, een stapel dozen van Domino's. Iemand heeft plastic bekertjes in reepjes zitten scheuren en een ander heeft ijslollystokjes in stukjes gebroken.

'Deze groep is niet al te groot,' zegt Maud. 'In elk geval een vrouw.' Ze staat over een asbak gebogen en komt weer overeind. 'Ik denk niet dat de kinderen die lui zouden herkennen als ze vrijkwamen.' Ze wijst naar een aantal zonnebrillen, mutsen en zelfs een skibril, die op een stoel in de hoek van de kamer liggen.

'Toen ze hier zaten misschien niet,' zegt Tijssen. 'Maar nu ze halsoverkop vertrokken zijn, tijdens het transport...'

Weer voelt Maud de woede omhoog kruipen. Net te laat, godsakke. Ze hadden ze klem. Met al hun mankracht en wapentuig hadden die gasten geen schijn van kans gehad om te ontkomen, maar op de een of andere manier hebben ze precies op tijd in de gaten gehad dat ze eraan kwamen. Waarschijnlijk doordat ze die dode jongeman hebben betrapt op het bestellen van het eten voor de kinderen.

Had ze iets anders kunnen doen? Had ze sneller moeten zijn? Heeft het telefoongesprek met de getuige, het controleren van de tip, ervoor gezorgd dat ze net te laat waren?

Ze loopt de keuken uit, naar buiten, het erf op. De geur van wanhopige dieren, mest en rotting hangt in de lucht. De onderkant van de gebouwen is bedekt met een laagje groen mos. Verderop hangt een deur scheef in de sponning.

Het arrestatieteam heeft een extra ronde gemaakt om zich ervan te verzekeren dat er echt geen achterblijvers waren. Maud ziet de leden nu een voor een de busjes weer in klimmen. De ene lading experts wordt vervangen door de andere, denkt ze terwijl ze staat te kijken hoe in zwart gehulde collega's langzaam worden vervangen door forensisch rechercheurs in witte pakken. Nu begint het monnikenwerk. Uiterst voorzichtig elk flintertje mogelijk bewijsmateriaal zeker stellen, onderzoeken en documenteren.

Als het zou leiden naar die klootzakken zou ze eigenhandig die hele boerderij met een pincet leegplukken.

Maud gaapt. Alle informatie dreigt in haar hoofd een grote brij te worden.

'Moet jij niet even een uurtje je bed in duiken?' vraagt Tijssen als hij naast haar komt staan. 'Volgens mij ben jij al meer dan vierentwintig uur in touw.'

Ik heb twee uur geslapen vannacht, wil Maud zeggen, maar ze doet het niet.

'Ik moet zo'n ketting hebben,' verzucht ze, 'zo een als Hermelien heeft in *Harry Potter*. Waarmee je de tijd terug kunt draaien zodat je dubbele uren tot je beschikking hebt.'

'Stap in,' zegt Tijssen. Hij beent terug naar zijn auto. Maud kan hem niet bijhouden en na een paar passen geeft ze het op. Bedachtzaam loopt ze achter hem aan, draait zich om en loopt een paar passen achteruit, loopt zijwaarts en blijft even staan. Ze pakt haar zaklantaarn en schijnt op de grond.

'Erik!' roept ze. 'Kom eens.'

Geïrriteerd, maar nieuwsgierig loopt Tijssen terug.

'Ik vraag me af,' zegt Maud en ze wijst naar brede, grove bandensporen in de modder naast het beton, 'of dit sporen zijn van een tractor van lang geleden, of dat ze nog vers zijn, van zwaar vervoer van het een of ander.'

'Interessant,' zegt Tijssen. 'Ziet er vers uit. Ik zet er meteen iemand op. Lijkt me van een vrachtwagen, of in elk geval iets groots en zwaars.'

Hij wenkt een rechercheur en legt uit wat hij wil. Daarna rijden ze weg, de donkere nacht in. Nog voor ze bij Landsmeer zijn valt Maud in slaap.

*

Kyra wordt wakker uit een diepe slaap. Even denkt ze dat ze nog een hele nacht voor zich heeft. Ze is zo moe, het kan niet later dan een uur of drie zijn. Dan herinnert ze zich de nacht. Haar moeder. Sarina.

Wat moet ze doen? Ze kan toch niet aan Maud Mertens opbiechten dat haar moeder zoiets belangrijks als het dagboek van haar zus heeft achtergehouden? Wat een afgang.

Maar ze kan dit toch ook niet voor zich houden? Van de politie verlangen ze openheid en dat ze op de hoogte worden gehouden van elk belangrijk feit en dan kan ze toch onmogelijk dit zelf verzwijgen? Ze vervloekt haar moeder. Waarom is zij ook altijd zo eigenwijs, zo egocentrisch?

Maar wat zou er in het dagboek staan? Er moet toch iets in staan waar ze iets aan hebben.

Kyra pakt haar mobiel en trekt een vies gezicht. Halfzeven al. Ze dacht dat ze nog uren kon blijven liggen. Ze doet haar ogen dicht en stelt zich voor dat ze slaapt. Uitrust, zelfs. Dan wordt ze straks wakker, helemaal fris en fit, en is het een fluitje van een cent om door te hebben wat de toedracht van de moordzaak op school is – sterker nog, ze is zo helder en fit, ze gaat met het dagboek van Sarina op de bank zitten en leest daar... Ja, wat eigenlijk?

Ze rolt op haar zij en kijkt naar de foto van haar zus aan de muur. Lang blond haar, net als zij. Vreselijk dun, niet net als zij. Dave Kowzinsky, de jongen die Sarina een keer bij het uitgaan had ontmoet. De jongen van wie Kyra de naam was vergeten omdat Sarina wel vaker dramatisch deed over jongens en omdat het hele gebeuren met Dave een paar weken voor haar verdwijning plaatsvond. Trouwens, ze had ook niet serieus overwogen dat die opmerking in haar eigen dagboek over Sarina's verliefdheid een echte aanwijzing voor haar verdwijning was. Dan had de politie dat toen ook wel serieus genomen. Niet alleen haar ouders waren verbijsterd geweest over het bericht dat Sarina op de ansichtkaart had geschreven, zijzelf ook.

Dave, de megaromantische Amerikaan. Ze hadden gedanst, had Sarina verteld. Ze hadden door de straatjes rond het Leidseplein gedwaald. Hij had een roos voor haar gekocht. Ze hadden tot het licht werd samen op een bankje zitten kletsen. Kyra geloofde er geen barst van. Daar gaan we weer, dacht ze.

Een paar dagen later lag Sarina grienend op bed. Ze had twee uur op hem zitten wachten bij het Blauwe Theehuis in het Vondelpark, maar hij was niet gekomen.

'Sms hem dan even,' had Kyra geïrriteerd gezegd. Zie je wel.

Haar zus slaakte een kreet.

'Wat?' snauwde Kyra.

Hysterisch gesnotter.

'Wat?!'

Ze had geen telefoonnummer, geen mailadres, alleen een naam.

'Nou, jezus, dan word je vrienden op Facebook!'

Had hij niet. Kyra was sprakeloos. Van al haar vrienden had alleen Marte geen Facebook, verder iedereen, al deden veel mensen er niet echt iets mee. Ze ging op de rand van het bed van haar zus zitten.

'Dus je bent verliefd op een jongen die je één keer hebt gezien,' zei ze.

'Een hele nacht!' protesteerde Sarina.

'Oké, een hele nacht,' vervolgde Kyra. 'En je hebt geen enkele manier om met hem in contact te komen?'

'Zijn vader is rijk, die doet iets in computers en beveiliging en hij wil geen digitale sporen, weet ik veel. Ik heb hem mijn nummer gegeven,' zei haar zus snikkend. 'En we hebben afgesproken. Hij zou komen.'

Kyra dacht na.

'En je hebt hem op internet gezocht en je kunt hem niet vinden?'

'Nergens.'

Ze streelde het lange haar van haar zus. Probeerde er een vlecht in te maken.

'Het lijkt erop dat die prince charming van jou niet gevonden wil worden,' zei ze. 'Misschien klopt er gewoon iets niet met hem. Ik vind het een raar verhaal.'

Kyra slaat het dekbed van zich af en rilt. Snel schiet ze in haar joggingbroek en een sweater. Ze trekt dikke sokken aan en sluipt de trap af naar het souterrain. Naast de slaapkamer van haar ouders – de kamer aan de tuin, die een paar maanden geleden nog van haar broer was – ligt de werkkamer van haar vader. Voorzichtig trekt ze de deur open en ze bevriest als ze haar vader achterover in zijn bureaustoel ziet liggen. In één stap is ze bij hem. Ze buigt voorover en luistert goed. Zijn borst beweegt. Goddank.

Op het bureau ligt het dagboek van haar zus. Ze grist het weg en sluipt de kamer weer uit.

*

Maud schiet overeind als haar telefoon gaat. Ze kijkt hoe laat het is. Zeven uur. Haar moeder. God, daar gaan we weer.

'Ik neem vandaag een ei, maar zonder spek want dat had ik gisteren.'

'Klinkt lekker, mam. Ei.'

'Ze zeggen dat spek niet goed voor je is, maar vroeger at ik altijd brood met reuzel.'

'Dat klinkt dan weer iets minder.'

'Dus misschien moet ik ook gewoon weer spek nemen.'

'Ik denk niet dat het nog veel uitmaakt, mam.'

'Dan doe ik dat.'

Haar moeder hangt op. Maud vraagt zich af of ze dit weekend wel tijd zal hebben om bij haar langs te gaan.

Ze krabbelt overeind. Ze heeft last van haar rug en haar bovenbenen branden. Spierpijn. Waarvan in godsnaam? Ze hoort de douche aangaan en besluit een ontbijt te maken voor haar dochter. Misschien moet ze een abonnement nemen op die sportschool van Roos. Samen sporten. Heel slecht idee. Roos zal zich kapot schamen voor die grote moeder van haar en zij zal zich diep ongelukkig voelen met al die fitte mensen om zich heen die ze nooit bij zal kunnen houden, hoe hard ze het ook probeert.

'Hoe is het met oma?' vraagt Roos als ze twintig minuten later een boterham met hagelslag naar binnen propt.

'Gisteren was ze wel helder, maar vandaag ging het weer alleen over het ontbijt.'

Roos haalt haar schouders op. 'Ze is oud, dan krijg je dat.'

'Eet je vanavond thuis?' vraagt Maud. 'Ik kan proberen vroeg hier te zijn.'

Haar kind trekt haar jas aan en ze kijkt niet om als ze wegloopt.

'Ga jij nou maar doen wat je doen moet,' zegt ze en ze loopt de deur uit.

– 35 –

Niemand zegt meer iets en bijna iedereen huilt. Ze rijden een heel stuk en dan staan ze een tijdje stil. De deur gaat open, een kerel stapt heel snel naar binnen, weer onherkenbaar vermomd met een pet en een bril. Hij propt een nieuw geblinddoekt en verdoofd kind in een kooi en hup, weg is hij weer.

'Ik moet plassen,' huilt Jesse. 'Ik moet heel nodig.'

Het slimme jongetje lijkt vertrokken en voor hem in de plaats is een kleuter gekomen. Piepen heeft geen zin. Huilen heeft geen zin. Hij moet nog maar een keer in zijn broek piesen, ook al staat er in de hoek van de vrachtwagen een echt toilet.

Niemand bemoeit zich met de nieuwe jongen, die bewusteloos in zijn kooi ligt. Met een enorme brom start de wagen weer en ze kermen allemaal als het gevaarte weer in beweging komt.

Daar begint het weer. Zijn hoofd. Zijn gedachten. Waarom? Tommy zou willen dat hij zijn hoofd op stil kon zetten. Waarom zitten ze hier? Wat gaat er gebeuren?

Met zijn vingers loopt hij de randen van zijn kooi af. Het ijzer is dik en stevig, nergens zit beweging in. In de schuur kon je door het randje licht eromheen zien waar de deur was, maar hier is de deur een hermetisch afgesloten poort. Toch kunnen ze elkaar zien want langs het plafond is een strip met ledlampjes geplakt die zachtgeel gloeien. Deze vrachtwagen is iets heel anders dan die smerige schuur. Het ruikt hier naar verf. Misschien is het hele ding pas net gemaakt. Ze hebben allemaal een flesje water gekregen en een rol koekjes uit de voorraad. En een handvol babydoekjes om zich schoon te wrijven.

Dat er zo goed over nagedacht is maakt hem misselijk. Iemand heeft dit zitten plannen. Iemand wist al een hele tijd dat ze hem te pakken zouden nemen en hij wist van niets, fietste naar school en naar voetbal zonder ook maar om zich heen te kijken.

Voor de zoveelste keer schudt Tommy aan de deur van zijn kooi. Ook dit keer zit er een hangslot, maar de enige hoop die ze hadden – het houtje met het ijzeren puntje van zijn beugel – is in de schuur achtergebleven.

Hij kan niet weg.

Niemand kan weg.

Wat ze ook van plan zijn, hij kan er niets, helemaal niets tegen doen.

Het monster in zijn kooi zwelt op en hij wordt bijna platgedrukt. Hij kan niet meer inademen. Er past gewoon geen lucht in zijn longen. Plotseling trekt zijn maag samen alsof hij een verrot ei heeft gegeten of zo. Hij opent zijn mond en voelt zijn hoofd in brand staan. Hij spuugt tot zijn maag leeg is, en er niets meer is om naar buiten te gooien. Gelukkig zit er niemand in de kooi onder hem. Uiteindelijk heeft hij een heel klein beetje bitter sap in zijn mond en er hangt een lange sliert aan zijn lip.

Hij veegt zijn mond niet eens schoon en krult zich op, zo klein als mogelijk is.

– 36 –

Jason Pierson, negen jaar, Scheveningen.

Elke nieuwe vermissing is een klap in haar gezicht. Maud zit met haar team in hun gedeelte van de fabriekshal. Ondanks het feit dat elke groep een afgezonderd stuk heeft gekregen horen ze de stemmen, het rammen op toetsenborden en het heen en weer lopen van hun collega's. Geruststellend, maar tegelijk angstaanjagend. Het team wordt steeds groter, de sfeer steeds grimmiger. De burgerinitiatieven zijn in volume toegenomen, maar ook het publiek begint te beseffen dat het geen kwestie is van een paar weilanden of stukken bos doorkammen. Hier is iets heel anders aan de hand.

Er zijn twee zenders die continu het nieuws over de kinderen uitzenden. Of eigenlijk moet ze zeggen: die het nieuws steeds herhalen, want wat valt er precies te vertellen? Er blijven kinderen verdwijnen en ze hebben een inval gedaan in een boerderij in Den Ilp. Daar zijn geen kinderen gevonden, wel een dode.

Moeders, houd je kinderen binnen, dat is eigenlijk het enige wat er te zeggen valt en de discussies zijn losgebarsten over wel of niet geoorloofd schoolverzuim, over wel of niet in je dagelijkse leven toegeven aan terroristen. Of zijn het geen terroristen? Zijn het gewone criminelen? Kinderrovers? Wat is het verschil?

Er zijn ouders die zich organiseren als buurtwacht, die de wacht houden op het schoolplein als er pauze is, die hun eigen tiplijnen beginnen. Als 17 miljoen Nederlanders samenwerken moet het toch mogelijk zijn die klootzakken te pakken te krijgen?

Haar mobiel gaat. Shit, het is de vader van Kyra. Meteen neemt ze op.

'Ik wil graag weten of er al wat nieuws is over Sarina.' Zijn stem klinkt vermoeid. 'Het is al weer een tijd geleden dat we iets gehoord hebben. Het spijt me, ik wil niet...' Hij valt stil.

'Ik begrijp het,' zegt Maud en ze staat op. Ze loopt tussen de verrijdbare wanden door – soms zie je een paar schoenen aan de andere kant van een muur heen en weer lopen, maar ze zijn te hoog om overheen te kunnen kijken – en loopt langzaam in de richting van de keuken. Dat joch dat het hier ingedeeld heeft, heeft het toch nog niet zo gek bekeken, denkt ze en ze probeert een antwoord te formuleren op de vraag van Hanno Slagter.

'Ik heb bericht gekregen,' zegt ze ten slotte. 'Over de familie Kowzinsky. Nadat ik in september akkoord had op het heropenen van de zaak is het eerste wat ik heb gedaan informatie aanvragen bij Interpol over Dave. Amerikanen zijn het, zoals Sarina al tegen Kyra had gezegd.'

'Dat is...' Weer valt Hanno Slagter stil.

'Ik denk dat het goed nieuws is,' zegt Maud. 'We kunnen nu weer verder nadat het toch een tijdje stil heeft gelegen. Veel informatie heb ik nog niet. Alleen dat bekend is wie het zijn, en dat er een dossier is. Dat vragen we nu op en het zal weer even duren voordat ik dat krijg. Ik ben natuurlijk net als u erg benieuwd naar Dave en wat de plannen van Sarina en hem waren.'

'Geldt hij als verdachte?' vraagt de man gretig. Ze weet hoe de familie over Dave denkt. 'Dat er een dossier is zegt toch wel iets.'

'Nee.' Maud wil de verwachting van de vader meteen temperen. 'Ik vind het te vroeg om dat te zeggen. We weten niet of Sarina echt met hem is meegegaan of wat er onderweg gebeurd is. Ze kan wel ergens van boord zijn gegaan. We moeten eerst weten wat zijn verhaal is. Ik heb het verzoek om contact met de familie te kunnen opnemen al ingediend, net als de aanvraag voor het dossier.'

'Fantastisch.' De man klinkt ineens verheugd. 'En wanneer verwacht u iets?'

'Ik zit midden in het onderzoek naar al die verdwenen kinderen...' antwoordt ze.

'Ik kan me goed voorstellen hoe hun ouders zich voelen,' zegt Hanno Slagter en Maud knijpt haar ogen dicht. Wat kan ze tegen hem zeggen? Dat zijn kind niet belangrijk is?

Ze draait zich om en ziet dat Niels haar wenkt. Haar team zit klaar.

'Ik heb ook de naam van een rechercheur gekregen die de familie kent,' zegt ze. 'Ik zal een korte mail sturen en hem op de hoogte stellen van het feit dat we onderzoek doen naar Sarina en dat we de naam van de familie in dat onderzoek tegenkwamen en zodoende informatie hebben opgevraagd.' Ze zwijgt even. 'Dat beloof ik.'

Niels staat te zwaaien dat ze moet komen. Maud draait haar rug naar hem toe.

'Zodra ik meer weet bel ik u,' zegt ze.

'Dat is heel fijn,' zegt de vader van Sarina en Kyra. 'Ik begrijp dat u onder grote druk staat met de verdwijning van al die kinderen, het is ook vreselijk, echt...'

'Ik moet nu gaan,' onderbreekt Maud hem. 'Mijn team wacht op me. Ik bel u weer.'

Ze hangt op en loopt terug naar haar team.

'Dat was de vader van Sarina en Kyra Slagter,' zegt ze tegen Niels.

'O jee,' zegt Niels en hij knikt veelbetekenend.

'Ik zou echt veel meer voor die mensen moeten doen,' verzucht Maud.

'Richt je nou maar even op dit onderzoek,' zegt Niels. 'Eén ding tegelijk.'

Niels gaat aan de vergadertafel zitten en Maud blijft voor de tafel staan.

'Ik moet nog een mailtje sturen voordat we kunnen starten,' zegt ze verontschuldigend. Ze moet het doen en het moet nu, anders komen er weer twintig dingen tussen. 'Twee minuten alsjeblieft.'

Ze gaat achter haar computer zitten en schrijft een ultrakort mailtje naar de rechercheur in Amerika. Ze neemt niet de tijd om de mail te controleren op spelfouten en klikt op 'Verzenden'. Gehaast staat ze op.

Ze haalt adem om meteen de aftrap te kunnen doen.

'Is er al een ID voor die dooie bij de boerderij?' vraagt John ineens. Maud ademt weer uit.

'Inwoner van West,' zegt Jolanda. 'Jonge gast. Geen bekende van ons. Woonde nog thuis. Zijn ouders zijn volledig in shock en wisten van niks.'

'Zeggen ze.' John lacht smalend.

'We zullen zien, John,' zegt Maud. 'Dat wordt goed onderzocht.' Even tikt ze met haar vingers op tafel en dan gaat ze verder. 'Goed,' zegt ze een beetje te hard. 'Onderzoek naar de sporen op de boerderij heeft voorlopig nog niets opgeleverd, behalve dan dat er recent zware vrachtwagens hebben gereden. Er zijn twee bandensporen veiliggesteld. Er wordt onderzocht of we kunnen vaststellen om welke banden het gaat. De boerderij staat iets apart van de overige huizen, maar de buren ten zuiden hebben verklaard dat gisteren rond etenstijd in elk geval een vrachtwagen het terrein op gedraaid is. Het vermoeden is dus nu dat de kinderen in een vrachtwagen vervoerd zijn naar een nieuwe schuilplaats.'

'Gisterenavond,' zegt Niels. 'Dus ze kunnen inmiddels overal in Nederland zitten.'

'Of daarbuiten,' bromt John.

'De grenzen worden wel extra in de gaten gehouden,' zegt Maud en ze zwijgt en denkt aan de duizenden grensovergangen in Europa die helemaal niet meer gecontroleerd worden.

'Thomas?' zegt ze. 'Wat zijn jullie resultaten?'

'Wij kunnen niets ontdekken wat de kinderen gemeen hebben,' zegt Thomas. Hij haalt zijn hand door zijn halflange haar. Vroeger droeg hij het in een staartje, maar sinds hij kinderen heeft is het iets korter en draagt hij het los. Hij rolt zijn pen tussen zijn vingers door. 'Medische geschiedenis – voor zover wij die nu hebben – geeft geen overeenkomsten. Ook geen onderzoeken door of bezoek aan een specifieke arts. Geen gemeenschappelijke cursussen, bijvoorbeeld een Kanjertraining of zoiets. We hebben een uitgebreide lijst van mogelijke overeenkomsten – hij hangt daar, trouwens – en er is er niet één die voor alle kinderen geldt.'

Thomas wijst mismoedig naar een lijst die aan een van de wanden hangt.

'Ook in uiterlijke kenmerken is er niks wat ze gelijk hebben. Haarkleur, oogkleur – het is allemaal anders.'

Iedereen staart naar de foto's aan de wand.

'Ze zijn niet allemaal bijzonder knap of zo,' zegt Thomas. 'Of... ja...'

'Zijn ze allemaal gezond?' vraagt Maud.

'Ja.'

'Iets gemeenschappelijks in de medische geschiedenis van de familie? Dus niet de kinderen zelf, maar iets erfelijks of zo?'

'Niet dat ik weet,' zegt Thomas en hij maakt een aantekening.

'Zijn ze geadopteerd? Via ivf geboren?'

Thomas schudt zijn hoofd.

'Toch moet er een reden zijn dat specifiek deze kinderen ontvoerd zijn,' zegt Maud. 'Als ze gewoon een paar kinderen wilden hebben dan waren ze wel gewoon een school binnengedrongen en hadden ze een hele klas mee kunnen nemen.'

'Zoals Boko Haram,' zegt Myrna zacht. 'Bijna driehonderd meisjes in een gewapende overval uit school gehaald. Dat soort dingen gebeuren gewoon.'

'Je hebt gelijk.' Jolanda heeft een vastberaden trek om haar mond. Haar blik is fel. 'Er moet iets bijzonders zijn met dit stel.'

Iedereen staart naar de wand met foto's en aantekeningen. Ze brainstormen nog een tijd en uiteindelijk is er wel een lijst met zaken die onderzocht moeten worden, maar geen lijst met antwoorden die ze ergens naar op weg helpt.

Een van de andere teamhoofden komt gehaast binnenlopen.

'Fenne Zwiers,' zegt hij bijna buiten adem. 'Elf jaar. Uit Wassenaar. Maar dit keer hebben we geluk. Ze is gechipt.'

'Wat?' Maud gaat staan. 'Gechipt? Als een huisdier?'

'Gechipt als in dat ze een signaal heeft dat ze kunnen tracken. Alle teamhoofden graag naar het centraal overleg. Kom je?'

'Doen ze dat?' vraagt Niels. 'Nee, dat kan toch niet.'

Maud laat haar verbijsterde team achter en loopt zo snel ze kan naar de centrale vergaderruimte, waar Tijssen al klaarstaat om te briefen.

'Bij het laatste slachtoffer, Fenne Zwiers, is gisteren een tijdelijke chip ingebracht. De ouders zijn vermogend.' Erik Tijssen verspilt geen moment. 'Het signaal wordt niet standaard uitgelezen want dan zou je iemand vierentwintig uur per dag kunnen volgen. Het wordt alleen gepeild als het aan de orde is, dus bij bijvoorbeeld een verdwijning. Daar zijn ze nu mee bezig. Het arrestatieteam wacht op de exacte locatie. Ik verwacht elk moment bericht. Maud, wij vertrekken straks onmiddellijk. Ik wil dat de rest gewoon doorgaat met het werk.' Hij kijkt op zijn horloge. 'Ver weg kunnen ze niet zijn. Het meisje is drie kwartier geleden verdwenen uit de nogal ruime achtertuin van de woning dus ze zijn maximaal een kilometer of zeventig van het woonhuis.'

Hij neemt zijn mobiel op. De groep valt stil.

'We gaan.' Tijssen wenkt Maud. 'Het signaal is gespot op de A4 en beweegt noordwaarts.'

– 37 –

'Ik heb een chip.'

Ze hoeven niet meer bang te zijn om te praten want nu ze in de vrachtwagen zitten komt er niemand meer als ze geluid maken, zelfs niet als ze schreeuwen. Niet dat dat zo fijn is. Het betekent gewoon dat niemand ze kan horen.

'Wat bedoel je?' Tommy kijkt het meisje, dat in de kooi naast hem terecht is gekomen, verbijsterd aan. 'Wat bedoel je met "een chip"?'

'Gisteren heb ik een chip gekregen. Dat moest ineens van mijn vader omdat hij bang was dat ik misschien ook zou worden meegenomen. Dus toen heeft-ie dat snel voor me geregeld omdat hij een bedrijf heeft dat van die chips maakt.'

Ze kijkt triomfantelijk om zich heen en trekt dan haar wenkbrauwen op.

'Heel Nederland staat op zijn kop, hoor,' zegt ze. 'Omdat jullie allemaal weg zijn. Het is de hele dag op tv en iedereen zoekt.'

Kat kruipt zo dicht mogelijk naar de kooi van het nieuwe meisje en ook Jesse heft zijn hoofd op.

'Dus ik heb een chip,' vervolgt ze. 'Waarmee ze kunnen zien waar ik ben. En ik heb les gehad over wat je moet doen als je ontvoerd bent.'

'Wat dan?' vraagt Kat en Tommy beeldt zich in dat het meisje getraind is in ontsnappen, in sloten openmaken en in andere slimme dingen.

'Gewoon rustig blijven,' zegt ze en ze haalt haar schouders op. 'Maar ik weet ook niet hoe je dat moet doen.' Ineens barst ze in huilen uit.

'Dan zullen ze nu wel op weg zijn,' zegt Tommy.

'Waar was je?' vraagt Jesse. 'Toen je ontvoerd werd, bedoel ik.'

‘Thuis,’ zegt het meisje tussen haar snikken door. ‘Ik mocht niet weg, alleen in de tuin spelen, op de trampoline. Toen pakte ik de bal die ik uit de trampo had geschopt en ineens pakte iemand me en meer weet ik niet.’

‘Hoe heet je?’ vraagt Tommy.

‘Fenne,’ zegt ze snikkend. ‘Fenne Zwiers.’

‘Hé Fenne.’ Jesse lijkt weer een beetje de oude. ‘Dan zijn we nog vlak bij jouw huis. Je bent hier nog niet zo lang, toch? Dus dan zijn we nog niet zo ver en als het waar is wat je zegt, dan zijn ze al onderweg en dan duurt het echt niet lang of je bent weer thuis.’

Het wordt stil.

Thuis.

Tommy wil graag in zijn eigen bed slapen. Met Kom’es bij hem, opgerold op de dekens. Dat je je hand uitsteekt en ze dan begint te spinnen. En dan douchen en een broodje met ei krijgen van mama, en daarna een kopje warme chocolademelk.

Hij heeft het nog steeds koud, maar omdat de laadbak kleiner is en zulke dikke muren heeft en de deur zo goed dichtzit is het er warmer dan in de schuur. Hij kan niet rechtop zitten. Hij kan liggen en op handen en knieën kruipen, meer niet. Hij probeert niet te denken aan hoe klein de kooi is, want dan wordt hij gek.

Sinds ze weg zijn van de boerderij heeft hij de bolle niet meer gezien. Gek, dat je zo iemand kunt gaan missen. Hij kwam met dekentjes de schuur binnenlopen, maar toen kwam de zonnebril en begonnen ze te schreeuwen. De zonnebril gooide de dekens op de grond en ze verdwenen naar buiten. Vlak daarna werden ze uit hun kooien gehaald. Jesse zegt dat de bolle neergeschoten is. Hij was de laatste die in zijn nieuwe kooi werd gestopt, en hij zag de man met de leren schoenen samen met de zonnebril teruggaan naar de schuur, waar de bolle een vuurkorf probeerde te doven met een emmer water, en op het moment dat hij de wagen in werd getild hoorde Jesse een schot en zag hij de bolle achterovervallen. Zou het waar zijn? Zou die jongen daar nu liggen met een kapotgeschoten lijf? Hij weet niet of hij hem dat moet gunnen of niet.

‘Hoe is het hier?’ vraagt Fenne met een dun stemmetje aan Tommy en hij schrikt op uit zijn overpeinzingen. Even weet hij niet precies wat hij moet zeggen, maar dan vertelt hij haar hoe het gaat. Over de mannen, de zonnebril en de bolle, en dat ze eerst bij een boerderij waren. Dat ze soms iets te eten krijgen. Dat ze soms op de emmer mogen, of nu op de wc. Hoe ze uit de schuur werden gehaald en de vrachtwagen in werden geduwd.

'In de schuur kreeg je meteen een mep als je schreeuwde,' zegt Tommy. 'Maar hier doen ze niks, ik denk dat het geluidsdicht is.'

'Hoe werkt dat met die chip?' vraagt Tim. Alle kinderen zijn wakker. Tommy ziet de gezichtjes geïnteresseerd hun kant op kijken.

'Ze hebben hem hier in mijn onderarm gedaan met een dikke naald,' vertelt Fenne en ze wijst naar haar pols. 'Het is niet goed voor je als het lang in je lichaam zit, maar een tijdje, een paar maanden of zo, is niet erg. Er zit een minizendertje in. Een soort sim van je mobiel. En dan kunnen ze zien waar je bent, tot op drie meter nauwkeurig.' Haar gezicht betrekt. 'En ik mag er natuurlijk eigenlijk niks over zeggen. Tegen niemand. We worden hier toch niet afgeluisterd, hè?'

'Ik weet het niet,' zegt Tommy. 'Daar heb ik nooit iets van gemerkt. Maar het zou wel kunnen.'

'Maakt niet uit,' zegt Edo. 'De politie komt er al aan. Wedden? O yes, ze komen eraan.'

'Hebben ze jou niet onderzocht dan?' vraagt Kat. 'Mij hebben ze volgens mij helemaal onderzocht, ook bloot, want mijn kleren zaten verkeerd toen ik wakker werd.'

'Bij mij ook,' zegt Tommy. Het is een ramp dat ze nu in die veel te kleine kooien in de steeds rondrijdende vrachtwagen zitten, maar ze kunnen tenminste gewoon praten. Het voelt heel erg goed dat er toch nog iets een heel klein beetje normaal is. Alle kinderen beamen dat hun kleren gek zaten toen ze wakker werden.

'Ik denk dat die mannen heel slim zijn,' zegt Tommy. 'In elk geval die met die leren schoenen. Ik denk dat hij de baas is en ik denk dat hij heel precies weet wat hij doet.'

'Wat dan?' vraagt Jesse.

'Ik weet het niet,' geeft Tommy toe. 'Ze ontvoeren ons gewoon op klaarlichte dag, zomaar van een gewone plek, niet uit een donker steegje of zo.'

De kinderen om Tommy heen knikken.

'Dan onderzoeken ze ons helemaal, als we nog bewusteloos zijn, en daarna stoppen ze ons in een vrachtwagen, die speciaal hiervoor gemaakt is, dat kan niet anders.'

Iemand begint te huilen.

'Ik weet niet of ze mij onderzocht hebben,' zegt Fenne. Ze slaat haar jas open en bekijkt haar trui. 'Volgens mij zit dit allemaal gewoon goed.'

'Misschien hebben ze die chip niet ontdekt,' zegt Jesse. 'Heb je een litteken?'

'Alleen een pleister,' zegt Fenne en ze trekt haar mouw omhoog. Op haar arm zit een heel kleine snee, met een enkele hechting. De pleister is weg. Dan stopt de vrachtwagen.

– 38 –

Voor de tweede keer binnen vierentwintig uur zit Maud in de auto bij Erik Tijssen.

'Er staat een team hulpverleners paraat om de kinderen op te vangen,' zegt hij. 'We bieden ze langdurige, gespecialiseerde zorg, maar ik wil dat jij straks de eerste opvang doet. Jij weet alles van al die kinderen.'

'Hoe zeker is het dat die chip werkt?' vraagt Maud.

'Het is een omstreden methode,' zegt Barbara Ruigbot, die naast haar zit. 'Maar voor zover ik het begrijp is hij heel accuraat.'

'Benno Zwiers houdt al jaren de ontwikkelingen op het gebied van *personal locator devices* in de gaten,' zegt Tijssen. 'Hij werkt samen met Positive-Id, voorheen VeriChip, een Amerikaanse firma die dit soort systemen maakt. Vandaar dat hij toen de verdwijningen begonnen meteen heeft geregeld dat zijn enige dochter een chip kreeg. VeriChip is in 2007 op een negatieve manier in het nieuws gekomen. De chip – zo groot als een rijstkorrel – was goedgekeurd door de FDA, maar toen bleek dat een groot aantal gechipte dieren – ze werden bijvoorbeeld gebruikt bij fokhengsten van een paar miljoen – tumoren ontwikkelden.'

'Dus zijn ze ermee gestopt?' vraagt Maud.

'Toen wel,' legt Tijssen uit. 'Maar ze zijn onder een nieuwe naam verder gegaan. Dit soort techniek ontwikkelt zich natuurlijk snel. Verder heeft Zwiers sinds een jaar of tien een bedrijf in *sports betting*-informatie. Hij heeft in India een zaal vol jongens zitten die realtime bijhouden wat er in alle grote sportwedstrijden op de wereld gebeurt en die informatie verkoopt hij aan goksyndicaten. Daarmee is hij nog rijker geworden.'

'En de andere ouders?' vraagt Maud. 'Weten die dit al?'

'Die hebben we nog niet op de hoogte gesteld,' zegt Tijssen. 'Er worden voorbereidingen getroffen om ze centraal op te vangen zodra we de kinderen hebben.'

Ze rijden met een absurde snelheid over de A10.

'Ja?' Barbara Ruigbot neemt haar mobiel op. 'Oké,' zegt ze en ze hangt op. 'De parkeerplaats bij de haven van IJmuiden. Kennemerboulevard.'

Tijssen geeft gas, neemt de afslag naar de A9. Zijn bijrijder voert het adres in het navigatiesysteem in. 'Zevenentwintig minuten,' zegt hij en Tijssen trapt het gaspedaal in, als om te laten zien dat het ook sneller kan.

*

Je kunt geen televisiezender opzetten of het gaat over de verdwenen kinderen. Nieuws, talkshows, *Opsporing Verzocht*, *Vermist*, alles en iedereen speculeert er maar op los en een groot deel van de tijd wordt er gesproken over preventie. Maar hoe voorkom je dat kinderen zomaar worden meegenomen? De zieke geest is altijd in het voordeel. Bovendien kun je toch moeilijk elke seconde van de dag alert zijn en je kind aan de hand houden. Zeven, tot nog toe. Twitter, Facebook, nieuwssites, kranten, alles staat er vol mee, en terecht. Alleen wordt ze er zo naar van. Kyra slaat het dagboek van haar zus dicht. Ze heeft het boekje even snel doorgebladerd en heeft zichzelf toen gedwongen bij het begin te beginnen en alles grondig door te nemen, maar ze merkt dat haar gedachten afdwalen. Saai, zo'n puberleven. School. Vriendinnen. Je ouders. Liefde. Dat is het wel zo'n beetje en dan nog de rode draad door het verhaal: de onzekerheid van Sarina over haar lichaam en het eeuwige gevecht met eten. Er waren dagen bij dat haar zus leefde op een sinaasappel. De caloriebalans stond ver in het rood want tegenover die ene sinaasappel stonden dan wel vijf kilometer hardlopen en duizend sit-ups in de ochtend en duizend sit-ups in de avond.

Soms dwong ze haar zus iets te eten. Een stuk kaas of een appel. Dan weigerde ze haar kamer uit te gaan voor het op was, maar het hielp allemaal niks. Sterker nog, het onderwerp eten raakte steeds heviger beladen, werd steeds negatiever, steeds meer een reden voor ruzie dan een reden voor gezelligheid.

'Ik praat er niet meer over met jou,' had Kyra tegen haar zus gezegd. 'Maar ik ga het wel tegen papa zeggen.'

'Als je dat maar laat.'

'Luister eens, Saar, als jij jezelf dood wilt maken door te hongeren dan kun je niet van mij verwachten dat ik gewoon helemaal niks doe. Ik doe niet aan ik-stond-erbij-en-ik-keek-ernaar. Echt niet. Begrijp je dat?'

Sarina had geen antwoord gegeven. Ze weigerde Kyra aan te kijken en trok zwijgend haar hardloopkleren aan. De lange broek met de schuine zakken. Het jack met het hoog sluitende kraagje. De outfit van Nike waar ze zo trots op was.

Kyra ging vlak voor haar staan.

'Begrijp je dat?' herhaalde ze, maar Sarina liep zonder iets te zeggen de deur uit.

Kyra kijkt op de klok. Halfzeven. Haar vader is naar een congres over multidisciplinaire aanpak van ziektebeelden. Alles om zijn geesteskind het Universal Health Center voor te bereiden. Haar moeder is natuurlijk weer laat, na een middag channeling met haar vriendinnen van de spirituele club waar ze sinds een paar maanden lid van is. Het is of werk, of hobby, of sport, of met vriendinnen eten, maar niet thuis zijn en een beetje koken of kletsen met je kind.

'Ik heb een aantal jaren in te halen,' zegt ze dan. 'Ik heb vier jaar stilgestaan na de verdwijning van Sarina. Ik kan mijn leven niet langer op de pauzeknop leven.'

Nu de pauzeknop eraf is, is haar moeder in overdrive gegaan, maar dat zegt ze maar niet. Bovendien, ze is negentien. Dan moet je geen problemen hebben met een avond alleen zijn. Als ze niet in Amsterdam gewoond had, was ze misschien ergens in de stad op kamers gaan wonen. Dan was ze ook alleen geweest.

Ze pakt het dagboek van Sarina en stopt het bij haar laptop in haar rugzak. Ze heeft besloten het boekje pas terug te geven als ze tweehonderd procent zeker weet dat er niets in staat wat tot de oplossing van Sarina's verdwijning kan leiden.

– 39 –

Tommy maakt zich klein als de deur van de vrachtwagen opengaat. Boven zijn oor, waar hij zijn hoofd stootte toen hij zo hard de kooi in werd geduwd, zit een snee en zijn haar is aan elkaar gekoekt door het bloed. Hij had geprobeerd zijn voeten tegen het ijzer te zetten zodat die kerel hem niet naar binnen kon duwen en toen dat niet hielp had hij de randen van het ijzer vastgepakt en hij had niet meer losgelaten. Zelfs niet toen Kat binnengebracht werd en hij hoorde hoe iemand een pistool ontgrendelde. Hij stootte zijn hoofd en zijn been werd in een onmogelijke hoek geduwd en het voelde alsof hij zou splijten en hij keek alleen maar naar Kat en het pistool tegen haar hoofd. Ze kneep haar ogen dicht van angst en liet zich zonder verder protest in de kooi stoppen. Hij stribbelde niet meer tegen. Alleen zijn vingers bleven om het ijzer geklemd. Op de een of andere manier had hij ze niet meer los kunnen krijgen. Tot die man het deurtje zo hard dichtduwde dat hij het uitgeschreeuwd had.

In het schemerlicht ziet Tommy twee mannen binnenkomen met mutsen, sjaals en zonnebrillen. Ze zeggen niets. In twee stappen zijn ze bij Fenne, ze maken het slot van haar kooi open en trekken haar eruit.

Snel kijkt Tommy naar buiten, maar hij ziet niets anders dan een betonnen grond. De rest van de wereld is zwart en koud, want er stroomt weer een soort poolwind naar binnen. Ze staan op een parkeerplaats. Ergens buiten, ver weg van alles en iedereen. Het regent als een gek. Hij ruikt vuilnis. Hierbinnen ruikt het naar schoonmaakmiddel.

De mannen nemen Fenne mee en de grote laaddeuren van de vrachtwagen sluiten geruisloos achter haar. Hij slikt. Wat gaan ze met haar doen? Gaan ze haar onderzoeken, zoals ze met hen allemaal hebben gedaan? Of is zij de eerste met wie ze iets van plan zijn? Maar wat? Wat? Daar gaat hij weer met al zijn vragen en meteen is het monster terug in zijn kleine gevangenis.

– 40 –

De woonwijken maken plaats voor een industrieterrein. Maud zit met een vreemd soort zenuwachtigheid achter in de auto. Hier staan niet alleen de gebruikelijke fabrieksgebouwen, maar ook veel opslagloodsen. Het is een gebied waar nooit een consument komt. Niemand heeft hier enige aandacht aan de buitenkant besteed, alles draait om de producten die binnen opgeslagen liggen. De weg kronkelt. Sommige zijstraten zien eruit alsof ze al langer dan een dag, misschien wel een week, verlaten zijn.

De haven van IJmuiden. Jaren geleden is ze hier met Edwin en Roos geweest omdat haar ouders weleens met vrienden gingen eten bij een visrestaurant dat uitzicht bood op de zeemonding en de immense fabriek aan de overkant, toen nog Hoogovens geheten. Roos vond het prachtig. Paling-rechtop-in-het-pannetje voor je neus, en buiten het zwart met de honderden lampen, de stomende schoorstenen en een enkel verlicht, in het donker zwevend schip.

Het begint te regenen. Het roffelen op het dak neemt snel in volume toe.

'Is er iets open?' vraagt Maud. 'Een cafeetje, een restaurant? Kan ik met de slachtoffertjes straks ergens naar binnen?'

'In de zomer is hier van alles te doen,' zegt Ruigbot. 'Ik kwam hier vroeger wel met de kinderen. Maar in de winter is het een dooie boel.'

Barbara Ruigbot en kinderen. Maud kan zich er niets bij voorstellen. De kille officier van justitie met emmertjes en schepjes op het strand.

'Wij hadden hier een zeewaardig jacht liggen,' verklaart ze. 'Maar dat hebben we vijf jaar geleden verkocht, toen het niet meer ging vanwege de MS van Dennis.'

Maud slikt. Ze wist niet dat haar man ziek was.

'MS,' zegt Maud zacht. 'Dat is verschr...'

'We zijn er,' onderbreekt Tijssen haar. 'Het arrestatieteam is er al.'

Ze rijden een lange, rechte weg op. Het havengebouw rechts, links een groot en verlaten parkeerterrein. Maud twijfelt of ze terug moet komen op de ziekte van Barbara's man, maar omdat de officier van justitie stug uit het raam blijft staren besluit ze het onderwerp maar te laten rusten. Misschien wil ze er liever niet over praten, in elk geval niet nu.

Ze scheuren over de weg, naar het verste stuk van het terrein, dat direct achter de duinen ligt. In de verte ziet Maud een haag van politiebusjes. Ze tuurt door het raam van de auto, gaat meer rechtop zitten. Tijssen slaat links af, rijdt hard over het donkere parkeerterrein, komt met piepende banden tot stilstand, en meteen springt hij de auto uit. Maud gooit de deur open en rent achter hem aan. Haar lichaam doet overal pijn, maar ze rent alsof haar leven ervan afhangt. Ze schiet tussen twee busjes door. Als ze de kinderen hier maar niet gedumpt hebben, het zal toch niet zo zijn dat er aan de andere kant van de rij busjes een paar kleine, dode lichamen liggen?

In een flits is ze terug in de autopsiezaal. De gevlekte, losse romp. Het kleine handje op de stalen tafel. Het hoofdje, waarvan de neus, de oren en de lippen waren weggesneden, de tanden waren stukgeslagen en – wat haar op de een of andere vreemde manier nog het meest had geraakt – dat zo slordig was kaalgeschoren. *Zóveel blauwe plekken had ze nou ook weer niet.*

Hijgend zigzagt Maud Mertens tussen de zwijgende rechercheurs door. Ze staan met getrokken wapens in een halve cirkel, met zwarte kogelvesten aan, helmen op en grote, beschermende kappen voor hun gezicht. Ergens in de verte hoort Maud een helikopter. Het geluid wordt langzaam harder en verstoort de zware stilte die op het parkeerterrein hangt.

Maud schiet uit de haag van zwaarbewapende rechercheurs. Op het verder geheel verlaten terrein staat een meisje in een dikke winterjas. Om haar hoofd zit een blinddoek en ze staat met haar handen voor haar borst, alsof ze iets van zich af wil duwen. Heel langzaam steekt ze haar armen omhoog, de handen in de lucht, alsof ze zich overgeeft, alsof zij de crimineel is.

*

Hardloopkleding van Sarina, het Nike-pak. Kyra staat met haar hand op de deurknop om naar buiten te gaan en ineens bekruipt haar een heel unheimisch gevoel. Ze bijt op haar onderlip en probeert zich de dagen vlak na Sarina's verdwijning te herinneren. God, al vier jaar geleden. Vierenhalf, bijna. Net vijftien was ze toen, het soort van vijftien dat in bomen klimt en een beugel heeft en een te lange pony. Ze draait zich om en loopt terug, de hal in. Toen haar ouders en Jarno terugkwamen van Texel hadden ze niets van Sarina bij zich. Al haar persoonlijke spullen waren voor onderzoek meegenomen door de recherche. Pas maanden later kregen ze alles terug. Pas toen ook had Kyra zelf de spullen doorgenomen en ze had een gigantische ruzie met haar moeder gekregen omdat ze gezegd had dat er naar haar gevoel kleding ontbrak.

'Ik weet heus wel wat ik elke week aan wasgoed heb,' had haar moeder diep beledigd gezegd. 'Zeg niet dat ik mijn kind niet ken!'

Diezelfde avond had Kyra de kledingkast van haar zus doorgespit. Ze wist het niet zeker, maar er ontbraken dingen. Een trui? Een broek? Haar zus hechtte niet aan kleding. Of eigenlijk, ze hechtte bij vlagen aan dingen die ze had en dan ook meteen heel heftig. Dan liep ze wekenlang in dezelfde trui rond en als het klaar was, dan kon dat ding ook meteen de prullenbak in.

De kleren waar haar zus op dat moment een heftige relatie mee had zaten allemaal in de rugzak. Dat had ook Kyra vastgesteld. Maar dat pak van Nike, waar was dat gebleven?

Kyra gooit haar jas op de trap en sprint naar boven. Ze stapt de kamer in die sinds vier jaar dienstdoet als haar eigen slaapkamer en trekt de kledingkast – wel nog steeds van haar zus – open. Binnen een paar minuten ligt de inhoud op de grond. Geen Nike-pak. Shit.

Als het hier niet is, dan heeft Sarina het nog. Kan niet anders. Ze loopt terug naar haar eigen kamer en kijkt voor de zekerheid naar de wand met aantekeningen over haar zus. Ze kan elk woord dromen, maar toch. In de getuigenverklaringen wordt gesproken over een meisje in een paars haltertopje en een zwarte driekwartbroek, een zwart truitje om haar middel geknoopt. Dat paars met zwarte setje was haar zomeroutfit. Het zwarte Nike-ding was haar kleding bij koud weer. Omdat ze zo mager was, was het voor Sarina heel vaak winter, maar die dag in juni was het uitzonderlijk warm geweest. Het bestaat niet dat Sarina het pak niet bij zich had, maar ze weet zeker dat het niet met de spullen is teruggekomen. Kyra staat te midden van de kleding van haar zus en vloekt. Zie je wel, ze heeft altijd tegen haar moeder gezegd dat er kleding ontbrak, maar niemand wilde haar geloven. Wat ontzettend stom, hoe kan het dat ze dit niet eerder heeft bedacht? Aan de andere kant, hoe vaak kom je van jezelf niet een geliefde trui of T-shirt tegen achter een stapeltje kleding in je kast waarvan je zelf helemaal was vergeten dat je hem had? Snel vouwt Kyra de kleren van haar zus op en legt ze terug in de kast. Ze ruiken naar wasverzachter, niet naar Sarina.

*

'Geen explosieven,' stelt het hoofd van het arrestatieteam vast, nadat het meisje is gecontroleerd. Het team heeft haar omsingeld, de bewapende rechercheurs staan inmiddels met hun wapens op de duinen gericht, niet meer op Fenne. De blinddoek is afgenomen.

'Mag ik?' vraagt Maud.

Ze krijgt toestemming.

Voorzichtig loopt ze op het meisje af. Achter zich hoort ze instructies om de omgeving te controleren. De sirene van een ambulance komt langzaam dichterbij, terwijl het geluid van de helikopter weer zachter wordt. Ze bedenkt dat het duingebied uitgekamd zal worden en dat er een team moet komen om hier op de parkeerplaats sporen – als die er zijn – te verzamelen.

'Fenne?'

Het meisje knikt. Ze staat doodstil, meer alsof ze onzeker is dan bang. Haar haren zitten in een warrige vlecht. Ze draagt gevoerde plastic laarzen en een gewatteerd kort jack. Maud strekt haar arm uit en hurkt als ze vlak voor haar staat.

'God, kind...'

'Waar is papa?' vraagt het meisje. Ze beweegt niet.

'Die komt eraan. Je ziet hem straks.'

Fennes gezicht is wit en Maud kan zien dat ze gehuild heeft. Toch hangt er een verbeten trekje om haar mond en ligt er een vastberaden blik in haar grijze ogen.

'Was je erg bang?' vraagt Maud. 'Je bent nu veilig, dat begrijp je toch, hè?'

Fenne knikt en dan drukt ze zich tegen Maud aan en verbergt haar gezicht in Mauds wollen jas. Ze zegt iets wat Maud niet kan verstaan.

'Wat zeg je, Fenne?'

Nog een murmel.

'Fenne.' Maud zet haar strenge stem op. 'Weet je waar de andere kinderen zijn?'

Het meisje schudt haar hoofd.

'Heb je iemand gezien, een naam gehoord, kun je me iets vertellen zodat ik de anderen kan helpen?'

Weer schudt Fenne haar hoofd en huilend duwt ze haar gezicht tegen Mauds jas.

'Ik weet niks,' zegt ze snikkend. 'Ik weet niet waar ze zijn. Toen ik wegging waren ze allemaal oké. Ik heb het zo koud...'

Het kind huilt met gierende uithalen.

'Weet je wat?' Maud komt overeind en pakt haar telefoon uit haar jaszak. Tijssen knikt haar toe en hij loopt naar Ruigbot, die met de teamleider van het AT staat te overleggen.

'Ken je het nummer van papa uit je hoofd?' vraagt Maud. Ze trekt haar jas uit en hangt die over de schouders van het kind. Meteen voelt ze de kou bijten.

Het meisje knikt.

'Bel hem dan maar even.' Ze geeft haar mobiel en het meisje toetst het nummer in.

'Papa?' Ze snikt. 'Kom je?' Ze luistert en Maud hoort de stem van haar vader geruststellend brommen. 'Ja.' Fenne fluistert bijna. De opluchting is in haar stem te horen. Ze hangt op en geeft de telefoon terug aan Maud.

'Heb je ergens pijn?' vraagt Maud als ze in haar ooghoek de ambulance ziet stoppen.

'Nee.'

'Is er iets gebeurd, iets...'

'Nee.'

Maud twijfelt. Ruigbot, die verderop met Tijssen staat te overleggen, zal ongetwijfeld willen dat het meisje van top tot teen onderzocht wordt. Ze kijkt om zich heen. Zelf zou ze willen dat ze ergens binnen kon zitten om rustig met het kind te praten.

'Zullen we in de ambulance gaan zitten?' vraagt Maud. 'Daar is het warmer en kunnen we even praten. Wacht even.' Ze bukt en pakt een rol Mentos met dropsmaak uit haar jaszak. 'En een beetje vies smakken.'

Fenne glimlacht door haar tranen heen en samen lopen ze naar de ambulance.

'Ik vind je erg stoer,' zegt Maud als ze binnen zitten. Ze heeft tegen de broeders gezegd dat alles goed is met het meisje en dat ze haar nog even met rust moeten laten. 'Ik wil je even een paar vragen stellen.'

Fenne knikt.

'Heb je je ontvoerders gezien? Weet je wie het zijn?'

'Nee.'

'Heb je gezien waar ze heen gingen?'

'Ze hadden me een blinddoek omgedaan toen ze me uit de vrachtwagen haalden. Ze zetten me hier neer en toen ze weggingen zei die man dat ze me dood zouden schieten als ik hem afdeed.'

Maud vloekt in gedachten hartgrondig. Klootzakken.

'Vertel me eens wat er gebeurd is. Heb je de andere kinderen gezien?'

'Ja,' zegt Fenne. Ze steekt nog een Mentos in haar mond en praat smakkend verder. 'Al die kinderen waren daar. En ze zijn allemaal oké. Wel verdrietig en zo, maar niemand was gewond of zo.'

'Hoeveel kinderen heb je gezien?'

'Zes.'

'Tommy en Jesse,' somt Maud op en Fenne knikt. 'Edo, Katinka, Tim en Jason?'

'Katinka, ja, die heb ik gezien. En Tim. En Tommy. Jesse. Van de rest weet ik niet hoe ze heten, maar ik weet zeker dat er zes kinderen waren. Ik heb geteld. Een meisje en vijf jongens.'

*

Kyra loopt met Lot over de Nieuwendammerdijk. Het is al laat en ze heeft geen zin om het donkere Vliegenbos in te gaan. De herder moet het doen met een wandeling door de straat, met als kers op de taart even rennen in het gras verderop. Op de terugweg komt ze langs het huis van Myrthe Gaullier, de weduwe van haar kunstdocent Marc Gaullier, die een maand of vijf geleden dood aan een lantaarnpaal bij de pont naar het Centraal Station hing. Het huis is donker en Kyra blijft even staan bij de oprit die naar het atelier leidt.

Arme Marc. Slachtoffer geworden van een gefrustreerde man die verteerd werd door woede. Die bezeten was van het idee om iedereen die hem de laatste jaren een rotgeintje had geflikt op spectaculaire manier van het leven te beroven. Bizar hoe omstandigheden je kunnen vormen.

'De meeste moorden worden uit ellende gepleegd,' zei Maud Mertens in mei tegen haar. 'We worden allemaal belazerd, bestolen,' had ze gezegd. 'We zijn allemaal gefrustreerd, kwaad. Iedereen doet weleens iets wat niet goed is.'

De enige reden om een dader te begrijpen, had ze in dat gesprek zelf geargumenteerd, is omdat het kan helpen andere daders sneller te pakken. Je moet geen begrip tonen, bedoelde ze, maar alleen maar hebben zodat je ze zo goed leert kennen dat je ze sneller kunt pakken. Het mededogen van Mertens ergerde haar.

Nu ze een paar maanden verder is begrijpt ze iets beter wat de politievrouw bedoelde. Jeroen van Vliet was van succesvol zakenman afgegleden naar iemand waar je beter met een boog omheen liep. Op een hele crue manier verlaten door zijn vrouw, die de dag voor haar vertrek zoveel geld van de bankrekening had 'geleend' dat zijn bedrijf failliet ging en waarvan hij na jaren procederen maar een fractie had teruggekregen. Belazerd door een zakenpartner die ervoor had gezorgd dat hij een klus kreeg bij de grootschalige inrichting van een voetbalstadion dat vervolgens failliet ging, de rekeningen niet betaalde, waardoor Jeroen voor de tweede maal de stekker uit zijn bedrijf zag vliegen. Buiten een deal gehouden door Marc, een deal die hij voor zijn gevoel had bedacht en gefaciliteerd – iets met luxe prints van wereldberoemde kunstwerken. En ten slotte beroofd van een baantje als makelaar door Jurgen IJzer. Hij had een punt bereikt waarop hij niet anders kon, vond hij zelf, dan wraak nemen. De wereld bevrijden van de klootzakken en het was Marc als eerste duur komen te staan. Alleen maar omdat Van Vliet een fantasie had, een beeld van Marcs lijk aan een lantaarnpaal aan het IJ, op de plek waar in de achttiende eeuw het Galgenveld van Amsterdam lag en waar Marcs held Rembrandt een schets maakte van de jonge Elsje Christiaens. Het meisje was ter dood veroordeeld voor de moord op haar huisbazin en aan de overkant van het IJ tentoongesteld om andere misdadigers af te schrikken. Het had Van Vliet juist geïnspireerd. Hij vereenzelvigde zich met Elsje. Zij was ook een slachtoffer, had hij later tegen Maud Mertens gezegd. Net als hij. En net als hij had zij het niet meer gepikt. Ze had haar treiterende herbergierster, nadat die haar met een bezem had geslagen, met een bijl het hoofd ingeslagen.

Kyra roept Lot, die de parkeerplaats naast het donkere huis van Gaullier uitgebreid aan het onderzoeken is. Ze draait zich om en loopt door. Net als ze langsloopt vliegt het licht in de woonkamer aan. Ze ziet Myrthe door het raam heen en groet haar. De vrouw groet terug. Gelukkig zijn ze weer on speaking terms. De dijk is een soort dorp. Je komt elkaar telkens tegen, op straat, bij de buurtbarbecue, bij de bakker. Ze heeft haar excuses aangeboden voor haar misplaatste gedrag. Natuurlijk had ze haar neus nooit in de zaken van Marc Gaullier mogen steken, maar ze was van streek door de schilderijen die Marc had gemaakt van haar vriendinnen en van Sarina. Sarina, die zo vreselijk onzeker was over haar lijf. Gaullier was bekend geworden met naaktportretten van jonge meiden, of misschien was berucht een beter woord. David Hamilton op schildersdoek werd hij genoemd. Was het nou kinderporno of niet? Die hele discussie had ze aanvankelijk lollig gevonden. Op school vond iedereen het stoer dat ze een controversiële, bekende kunstenaar als docent hadden. Het gaf je het gevoel dat je zelf ook bijzonder was. Totdat ze het idee kreeg dat haar vriendinnen de dupe dreigden te worden van het poseren voor Gaullier. Totdat Marc ineens dood aan het IJ hing.

Kyra rilt en loopt achterom naar de keukendeur van de baasjes van Lot. De herder sjokt een beetje onwillig voort.

'Sorry Lot,' zegt ze terwijl ze de deur openduwt. 'Morgen gaan we weer langer, het bos in, goed?'

'Morgen,' zegt Nine, een van de drie oude dames die nog in hun oude ouderlijk huis wonen. 'Heel goed dat je dat donkere bos niet in bent gegaan, Kyra.'

'Dat met al die kinderen die zomaar verdwijnen,' beaamt Mina, de jongste van de drie hoogbejaarde zussen. Ze zitten rond de grote keukentafel, die vol ligt met bollen wol, breinaalden en stapels sjaals en mutsen.

'Die zijn wel iets jonger dan ik, hoor,' zegt Kyra. Ze gaat aan de keukentafel zitten omdat Ella, de oudste van de drie, al een kop thee voor haar inschenkt.

'Maar toch,' zegt Mina terwijl ze haar breiwerk aan de kant legt. 'Het is doodeng. Ik kan er niet van slapen. Het is zo onvoorstelbaar, zo ongelooflijk tegen alle wetten in. Het hoort niet.'

Nine staat op en pakt een fles cognac uit een antieke wereldbol die dienstdoet als drankenkast. Ze schenkt een bodempje van de goudkleurige drank in vier bolle glaasjes en deelt die uit.

'Natuurlijk is het afschuwelijk,' zegt ze. 'Ik vraag me af wat het lot van die kinderen heeft bepaald. Is het toeval? Waren ze op het verkeerde moment op de verkeerde plek? Of zit er iets achter?'

Zwijgend drinkt Kyra haar thee en ze neemt een slok van de cognac. Onmiddellijk voelt ze de brandende warmte haar lijf binnenstromen.

‘Hoe is het met de ouders van Jesse?’ vraagt Mina. ‘Die arme mensen.’

‘Sophie is nog een paar maal bij ze geweest,’ vertelt Kyra. ‘Het is een ramp. De moeder is helemaal ingestort en ligt huilend in bed. Ze wil alleen nog maar slapen.’

Ze neemt nog een slok cognac. Ze kan moeilijk aan de wanhoop van de ouders denken zonder een enorme knoop in haar maag te krijgen. Dit heeft haar moeder ook meegemaakt. Dit heeft ze zelf meegemaakt.

‘Het is afgrijselijk,’ zegt Ella. ‘Maar sommige levens lopen nu eenmaal heel anders dan verwacht. Soms is de levensdraad veel korter dan eerlijk is.’

‘Ik bid dat die kinderen veilig zijn,’ zegt Mina en ze slaat haar cognac in één keer achterover.

– 41 –

Londen

De kliniek heeft een prachtige tuin en zoals altijd regent het. Het heeft die nacht gevroren en de natuur heeft een mysterieus wit laagje gekregen.

'Ik draag vandaag geen make-up,' zegt Mabel. 'Ik heb mijn haar niet geföhnd, alleen geborsteld.' Ze trekt haar schoenen uit, zet die met de punten naar de muur netjes naast elkaar naast de tuindeur en stapt in een paar regenlaarzen.

'Het voelde alsof ik in mijn onderbroek de deur uit ging,' giechelt ze. 'Maar ik heb het gewoon gedaan. Ik hoef me niet te schamen voor wie ik ben, tenslotte.'

Uit gewoonte kijkt ze naar Jane en tot haar schrik kijkt de jonge vrouw haar aan. Snel glimlacht Mabel.

'Ik ben er klaar voor,' zegt ze om haar schrik te verbloemen. 'Zullen we?'

Ze opent de tuindeur en stapt naar buiten. Onmiddellijk komt Jane achter haar aan. Even staan ze allebei stil, om te wennen aan de koude, aan het gevoel van de ijzige waterspatten op hun gezicht.

'Ben je al eens bij die grote eik geweest?' vraagt Mabel. Ze kijkt naar de gigantische boom die de tuin domineert en begint voorzichtig te lopen. 'Ik zal eens vragen hoe oud hij is want een boom van die omvang moet honderden jaren oud zijn. Als je eronder gaat staan en dan naar boven kijkt zie je een waas van takken, zo prachtig.'

Ze lopen over het grindpad naar de boom toe, die aan de rand van de vijver staat. Rond het water ligt een pad, en op enkele plekken staan bankjes, strategisch opgesteld zodat je nooit precies recht tegenover elkaar zit.

'In Zweden,' zegt Mabel als ze onder de majestueuze boom staan,

'staat in de bergen van Fulufjälet een boom van meer dan negenduizend jaar oud. Old Tjikko heet hij, genoemd naar de hond van de ontdekker. Hij is maar vijf meter hoog en ziet er een beetje triest en bijna weggewaaid uit omdat hij duizenden jaren een struik is geweest en pas de laatste honderd jaar, nu de aarde opwarmt, is hij op die berghelling, in de wind en de sneeuw, uitgegroeid tot een boom.'

Terwijl de regendruppels ruisend neervallen, staan Mabel en Jane naar boven te kijken naar de witte boomtakken.

'Het lijkt wel of hij weer blad heeft,' zegt Mabel. 'Allemaal minieme witte blaadjes en ze zingen.' Ze sluit haar ogen even. 'Hoor je?'

Het ijs op de boom kraakt zachtjes.

'Beautiful,' *zegt Jane en Mabel houdt haar adem in.*

– 42 –

Fenne is veilig met haar ouders mee naar huis. Het gezin zal de komende tijd volledig worden afgeschermd voor de pers en het meisje wordt later nog door een gespecialiseerd team ondervraagd. Maud loopt rondjes om de vergadertafel waaraan haar team zit.

'Helemaal niks,' zegt ze. 'Er is helemaal niks waarop we door kunnen gaan. Geen enkel spoor.'

'Ik kan bijna niet geloven dat ze niet één van die kerels heeft gezien,' zegt Niels Bingsten.

'Ze liep naar de achterkant van de trampoline omdat de bal waarmee ze speelde – ze vertelde dat ze altijd met haar broertje voetbalt op de trampoline – uit het net was gevlogen. Het broertje is zeven en nogal kinderachtig, vertelde Fenne, dus zij moest de bal halen want het was haar schuld dat die over het net vloog. Ze rent tussen de struiken door – er staat een hegje en daarachter begint de moestuin van haar moeder – en vanaf dat moment weet ze niets meer. Vervolgens komt ze bij in een van de kooien in de vrachtwagen.'

'Dus jouw vermoeden klopte,' zegt Myrna. 'Dat ze in een vrachtwagen vervoerd worden.'

'De sporen die ik vond op de boerderij klopten,' zegt Maud. 'Gewoon bewijsmateriaal, maar die zijn dus inderdaad van een vrachtwagen waarmee de kinderen worden vervoerd.'

'Maar op zo'n manier,' zegt John gruwend. 'Walgelijk.'

'Ze worden als beesten behandeld,' zegt Maud. 'Letterlijk, maar wat me nog het meest opvalt aan het verhaal van Fenne is het feit dat er zoveel tijd en geld aan besteed is. Die vrachtwagen is speciaal omgebouwd voor dit eh... project. Er is een toilet in aangelegd. Er is een wasbak in gemaakt.'

'Er moet dus ook een watertank in die wagen zitten,' stelt Thomas.

Een van zijn zoons studeert engineering en hij heeft het graag over techniek. 'En een container waarin het water en dergelijke wordt opgevangen.'

'Myrna,' zegt Maud. 'Ik wil dat jij morgenochtend gaat uitzoeken welke bedrijven in Nederland een dergelijke wagen zouden kunnen maken, en al die bedrijven belt. Stem dat ook even af met het team van Frans Schepens, dat met het sporenonderzoek bezig is.'

Myrna knikt.

'Weten we iets over de buitenkant van de vrachtwagen?' vraagt Niels. 'Een kleur? Een merk? Grootte?'

'Nog niet.' Maud zucht en gaat zitten. 'Er wordt gekeken naar welke bandenprofielen er zijn gevonden en welke vrachtwagens bij die banden horen, maar daarover hebben we nog geen uitsluitsel. Maar laten we bij de les blijven. Wij hebben de taak om ons op de kinderen te focussen. En hoe graag ik ook de hele nacht door zou gaan, ik stel toch voor om even een paar uur rust te nemen. Het is al twee uur. Laten we morgenochtend om zeven uur weer starten, eens?'

Maud loopt de donkere parkeerplaats op. Ze negeert de journalisten die daar hun kamp hebben opgeslagen en loopt naar de kade, waar haar auto staat. Zo direct aan het water waait het hard en ze rilt. Snel stapt ze in haar auto en slaat de deur met een klap dicht. Haar telefoon piept en ze kijkt naar het bericht dat ze heeft ontvangen.

De rechercheur uit Amerika. Voelt zich zeker lullig omdat hij die laatste mail vergeten was en probeert het nu goed te maken. Sarina komt niet voor in het dossier van Dave Kowzinsky, schrijft hij. Ze hebben wel vakantiefoto's van Dave gezien en op een daarvan stond hij met een meisje. Dat zou Sarina kunnen zijn. Hij wil graag contact hierover. Wat hij aan informatie heeft is dat Dave een afspraak had met een schipper die de overtocht van het pas aangekochte klassieke zeiljacht van zijn vader later dat jaar naar het Caribisch gebied zou verzorgen. Dave was met het schip op pad, zoals hij wel vaker een paar weken met een jacht van zijn vader zeilde. De jongen wilde graag ooit een solozeiltocht rond de wereld maken. Het kennismakingsgesprek met de schipper was op Ameland en Dave had daarover nog contact gehad met zijn vader. Na Ameland zou de tocht verder gaan naar Norderney, een van de Duitse Waddeneilanden. Maud kijkt even op en tuurt over de donkere parkeerplaats naast het verlaten fabrieksgebouw. Dus Sarina is naar Ameland gegaan, en vandaar door naar Duitsland.

Vanaf Ameland heeft Dave nog een mailtje naar zijn ouders gestuurd. Daarna begon de stilte. Vier weken later spoelde zijn lichaam aan bij Fanø, het meest noordelijk gelegen Waddeneiland aan de kust van Denemarken.

*

Kyra heeft de lamp maar weer aangedaan. Ze kijkt op de klok. Twee uur en alweer wakker. In haar tweepersoonsbed liggen een aantal boeken. *The Serial Killer Files* ligt gemoedelijk naast *The Anatomy of Evil* en aan haar andere kant ligt het dagboek van Sarina.

Ze heeft het boekje nu tweemaal gelezen en knarsetandend moet ze haar moeder gelijk geven: er staat niets in waar iemand iets mee kan. Wat wel opvallend is, is dat Sarina's toon de laatste week anders is. Ze klaagt minder, is minder verongelijkt en misschien zelfs iets zelfverzekerder. Was dat omdat ze wist dat ze weg zou gaan? Omdat ze Dave weer had gesproken? Maar als dat zo was, waarom heeft ze daar dan helemaal niets over opgeschreven? Ze schrijft over de eerste keer dat ze Dave zag in Dansen bij Jansen in de Handboogstraat. Zelf gaat ze daar ook weleens uit. Druk, gezellig – een plek waar je altijd wel een bekende tegenkomt, maar waar je ook zomaar een nieuw iemand kon leren kennen. Of de liefde van je leven, zoals Sarina al een paar keer eerder beweerd had. Toch was de manier waarop ze over Dave schreef anders dan hoe ze over die andere jongens dacht. Ingetogener, rustiger. Serieuzer.

Misschien, dacht Kyra, was ze toen voor het eerst echt verliefd geweest. Niet halsoverkop hysterisch verliefd, als getroffen door de bliksem, maar juist heel rustig en gloeiend als een ondergrondse veenbrand. Misschien was al dat verdriet omdat Dave niet op was komen dagen geen aanstellerij geweest, maar echt verdriet. Wanhoop.

Shit. Waarom heeft ze haar zus toen niet serieuzer genomen? Zou dat de reden zijn dat Sarina niets tegen haar gezegd heeft over dat ze weg zou gaan? Dat is waar ze het moeilijk mee heeft. Dat Sarina haar niet vertrouwd heeft. Dat het verbond dat ze altijd samen hadden totaal weg was geweest.

Goed, ze zit dus met een dagboek waarin helemaal niets staat over vertrekken met Dave. Dave die ze niet vertrouwt maar over wie ze niks kan vinden. En naar wie ze geen onderzoek mag doen van haar ouders en Maud Mertens. En wat zal ze doen met het boekje? Aan Maud geven? En daarmee haar ouders voor lul zetten?

Ze rolt op haar zij, weg van het dagboek want ze wordt gek van dat gepieker. *The Serial Killer Files*. Ook al zo opbeurend. Gadver zeg. Net heeft ze een stuk gelezen over de Atlanta Child Murders. In twee jaar tijd verdwenen negenentwintig kinderen. Ze werden teruggevonden, vermoord. Een twaalfjarig meisje werd zes dagen na haar verdwijning gevonden, vastgesnoerd aan een boom, een elektriciteitssnoer om haar nek en iemands slipje in haar keel gepropt. Er was geen herkenbare modus operandi. De slachtoffers waren van allerlei leeftijden, meisjes, jongens, de wijze waarop ze werden vermoord was telkens anders. De klopjacht die volgde leidde tot niets. Atlanta was in paniek. Tot op een ochtend de politie bij toeval een luide plons hoorde bij een brug over de Chattahoochee-rivier en Wayne Williams aanhield. Ze lieten hem weer gaan en toen twee dagen later een lijk uit de rivier werd gevist, haalden ze hem opnieuw op. Hij werd veroordeeld op basis van forensisch bewijs – hondenharen en andere vezels die op enkele slachtoffers werden gevonden kwamen overeen met Williams' automatten, vloerbedekking en bedsprei.

Kyra duwt de boeken van haar bed af. Ze wil hier even helemaal niet aan denken. Misschien moet ze weggaan. Terug naar Texel, naar de plek waar het spoor van haar zus ophoudt. Haar moeder haat het eiland inmiddels, maar zelf begreep ze goed waarom Sarina daar een paar dagen met vriendinnen had geboekt na haar eindexamen. De wind, het strand, het winkelstraatje van De Koog met zijn kroegjes en clubs. Het had iets, zo'n Waddeneiland. Kyra doet het licht uit en start de meditatiemuziek die ze een jaar geleden van haar moeder kreeg. Dr. Wayne W. Dyer, *I Am, Wishes Fulfilled*. De hoge, zingende toon en de mysterieuze fluit irriteren Kyra. De zingende zaag, denkt ze. Nee, niet doen. Zeur niet. Geef je over. Ze kalmeert. Focust zich op haar ademhaling en dan ineens stroomt er een soort warmte door haar heen en heeft ze het gevoel dat ze door een groen, levend bos loopt, waar ze iemand hoort zingen. Ze probeert de zangeres te vinden en als ze vlakbij is gaat ze tevreden in het mos liggen. De kleine plantjes vangen haar met duizenden handjes op en ze ziet het zonlicht dat door de boomblaadjes gefilterd wordt en boven haar hoofd vliegt een libelle, van de ene naar de andere kant van de open plek waar ze ligt.

– 43 –

Fenne is niet meer teruggekomen en in de vrachtwagen is het koud geworden omdat ze ergens een klepje hebben opengezet. Tommy heeft zich opgerold en ligt tegen de achterwand van zijn kooi, zodat hij zo warm mogelijk blijft. Toch bibbert hij. Ze rijden nog steeds. Het gebrom is irritant en het gehobbel is nog irritanter en hij kan niks bedenken om te doen. Misschien zou hij een liedje moeten zingen, ook om de anderen op te vrolijken, maar hij kan niet bedenken wat. Of hij zou een verhaal kunnen vertellen, een sprookje of zo, met grappige dingen en een goede afloop, maar hoe hij zijn best ook doet, er schiet hem helemaal niks te binnen.

Hij is de oudste, voelt zich de oudste, en ook omdat hij er het langste zit heeft hij het gevoel verantwoordelijk te zijn voor de rest. Hij heeft een klein zusje waar hij voor moet zorgen. Hij is aanvoerder van het voetbalteam. Er moet toch iets zijn wat hij kan doen?

Ineens wordt de wagen stilgezet. De motor stopt met een rochel en het wordt stil. Iemand begint te huilen.

Tommy maakt zich nog kleiner. Hij probeert te negeren dat de deuren opengaan. Hij wil het donker buiten niet zien, wil de kou die binnen komt vallen alsof het een sneeuwlawine is, niet voelen. Hij wil hier niet zijn. Hij wil thuis zijn, in zijn kamer, bij zijn computer, zijn PlayStation. Hij wil dit niet.

'*You*.' De man maakt het slot van zijn kooi los en opent de deur. '*Here*.'

Als hij naar beneden geklommen is wordt hij naar de wc geduwd, die tegen de achterwand van de laadbak staat. De man staat hem gewoon aan te staren met zijn domme muts en sjaal en zijn zonnebril en toch maakt Tommy zijn broek los en hij gaat zitten. Meestal doen ze dit maar een of twee keer in de vierentwintig uur en hij heeft wel geleerd die kans te pakken.

Hij plast en probeert of hij moet poepen maar er komt niks. Straks moet hij als hij weer in de kooi zit en er niet uit kan. Het is niet eerlijk. Kom op, spoort hij zijn buik aan. Nu kan het.

'Hop hop!' zegt de man chagrijnig. '*Quick*.'

Het lukt niet, denkt Tommy en dan lukt het ook niet, natuurlijk.

'*Go*.' De man trekt hem overeind en terwijl hij haastig probeert zijn broek op te trekken wordt hij naar de wasbak geduwd.

'*Wash*,' beveelt de man.

Tommy wast zijn handen en zijn gezicht met ijskoud water en meteen daarna wordt hij al weer in zijn kooi gepropt.

'*You*.' De man is aangekomen bij Kat. Zonder iets te zeggen, zonder de man een blik te gunnen, klimt ze naar beneden en gaat op de wc zitten. Ze stinkt enorm en Tommy verbergt zijn glimlach.

Kat veegt zich af, steekt hautain haar neus in de lucht, maakt haar toilet bij de wastafel en klimt terug haar kooi in terwijl de man zich staat te verbijten.

'*You*.' De volgende is aan de beurt. Weer een stinklucht. Mooi zo.

Als de man weg is begint Tommy te lachen.

'Sorry dat ik niet kon poepen,' zegt hij en Kat lacht met hem mee. 'Ik wilde wel, maar het ging niet en die kop van die kerel was echt heel grappig.'

'Ik had diarree,' zegt Jesse en daarop barsten ze allemaal keihard in lachen uit en nog geen minuut later is het lachen omgeslagen in huilen.

– 44 –

Kyra heeft de hond bij de drie zussen opgehaald en is een flink stuk gaan lopen. Ze moet eruit. Alles beklemt haar. Haar vader vroeg of ze een vergadering van het Universal Health Center wilde notuleren, maar ze moest er niet aan denken. Het pand waar het centrum moet komen wordt inmiddels verbouwd. De financiering is rond en ze zijn bezig met het aannemen van personeel. Sinds die vergadering waar ze met Jeroen van Vliet zat – die ze toen nog helemaal niet op het oog had – heeft ze nog één keer genotuleerd en verder heeft ze zich er steeds met een smoes onderuit gewurmd. Eigenlijk moet ze gewoon zeggen dat ze niet meer wil, maar ze wil haar vader niet teleurstellen.

Ze loopt de dijk af en steekt over naar het Florapark. Als ze het park in komt begint ze te joggen. Ze is ermee begonnen omdat Sarina het deed. Ze wilde voelen wat haar zus voelde toen ze over het strand op Texel rende. Sarina kon het uren volhouden, geobsedeerd als ze was door het verbranden van calorieën. Rennen tot je erbij neervalt. Dat kon haar zus. Letterlijk.

Kyra jogt in een rustige pas door het park en steekt een van de nieuwe bruggen over naar de Buiksloterdijk. Ze rent over de lange, hobbelige weg tot ze bij de sluis komt en daar slaat ze rechts af. De weg langs het Noordhollands Kanaal is een hardlopershemel en ze voegt in. Lot vindt het prachtig om zo'n stuk te rennen. Het is koud. Over het gras naast de weg hangt een wit waas. Een prachtige dag voor de sinterklaasintocht. Als er tenminste niet zoveel discussie over was. Stonden tot een week geleden de kranten nog vol met de Zwarte Pietdiscussie – of de stroopwafel- en sinaasappelpietdiscussie – nu gaat het over niets anders dan de kinderen. Want hoeveel kinderen zullen er vandaag verdwijnen? Weer twee of drie, zoals de voorgaande dagen? Of meer, nu tijdens de sinterklaasintocht overal kinderen buiten zijn? Of zou het ineens stoppen? En moet je wel met je kinderen naar buiten gaan als er zoveel gevaar dreigt?

Als ze bij de Buiktuin komt vertraagt Kyra haar pas. Ineens bedenkt ze dat ze Maud Mertens helemaal niet meer heeft gesproken over de plek in de speeltuin waar je met gemak een kind over het hek kon tillen. Maakt het iets uit? Vast niet. Alles is hier uitgebreid onderzocht, en natuurlijk ook de speeltuin en dat hek. Of moet ze het toch zeggen? Nee, alsof Mertens dat niet zelf kan bedenken. Beter om de rechercheur maar niet meer lastig te vallen. Ze moet zich er niet mee bemoeien, niet dit keer, ook al wil ze nog zo graag dat Jesse gevonden wordt.

Lot wordt zenuwachtig van de loslopende kippen en trekt aan de lijn. Kyra begint weer te rennen. Ze rent onder het viaduct van de IJdoornlaan door en komt uit op het fietspad naast de wijk waar Jesse en Sophie wonen. Ook hier is gezocht, weet ze. Het kanaal is gedregd, maar ook de sloot aan de andere kant van het fietspad. Ze probeert er niet te veel over na te denken en rent door. Iets verderop trekt Lot ineens woest aan de lijn als ze op een reiger af springt.

'Hola!' De visser waar de reiger bij zat wuift Lot lachend weg. 'Doe je voorzichtig met mijn vriendin?'

Kyra stopt. 'Sorry Henk,' zegt ze. 'Ik had het even niet in de gaten.'

'Geeft niks hoor, moppie,' zegt Henk den Fries. 'Daarvoor heppie vleugels.'

'Hoe is het?' vraagt Kyra. 'Nog steeds ruzie met je buren over het voeren van de reigers?'

'Nee, die heb ik niet meer gehoord. Sinds die Rijdende Rechter-toestand is het stil. Nou ja, soort van. Ze klagen nog wel, maar anders.'

'Gelukkig maar.'

'Hoe is het met mijn kleine vriend?' vraagt Henk. 'Jij kent hem toch ook?'

'Wie bedoel je?'

'Jesse. Ik zag een man met hem lopen woensdag. Ik dacht dat-ie ziek was.'

Op Kyra's armen ontstaat kippenvel.

'Wacht even, Henk,' zegt ze nog meer buiten adem dan ze al was. Ze veegt wat zweet van haar voorhoofd. 'Jij hebt Jesse gezien met een man?'

'Hij werd gedragen door een man. Ze liepen hierlangs, heel snel. Ik dacht dat Jesse misschien ziek was geworden, of gevallen was of zo. Ik dacht nog: het ziekenhuis is de andere kant op.'

'Jesse is een van de kinderen die op de eerste dag ontvoerd zijn, Henk.'

De man laat zijn hengel zowat in het water vallen. Hij draait zich nu helemaal naar Kyra toe, zijn ogen opengesperd. 'Jesse?' zegt hij. 'Jesse?'

'Jesse is uit de Buiktuin ontvoerd, op die woensdagmiddag.'

'Ga weg. Jesse? Waarom Jesse?'

'Geen idee. Heb je de kranten niet gelezen, geen tv gezien?'

'Ik ben woensdagavond naar mijn zus gegaan. Die moest naar het ziekenhuis voor een operatie aan d'r pols en ik heb op de dieren gepast. Die zus van mij heeft helemaal niks in d'r huis, geen tv, geen internet, geen krant. Ik snap niet hoe ze het volhoudt. Ik ben maar vroeg naar bed gegaan. En de volgende dag heb ik haar gehaald en heb ik voor d'r gekookt. Ik ben net vanochtend teruggekomen. Ik hoorde wel over die kinderen, iedereen heb het over, maar ik wist niet dat Jesse d'r bij zit.' Hij schudt zijn hoofd. 'Wat moeten ze nou met Jesse? Het is zo'n lief joch...'

Kyra pakt haar mobiel uit haar broekzak. 'Ik bel de recherche,' zegt ze. 'Dit is belangrijk, Henk. Je bent dus getuige.'

'Zoveel heb ik niet gezien. Alleen een kerel, die Jesse droeg. Tenminste, ik denk dat het Jesse was.' Hij begint te twijfelen.

'Maakt niet uit,' zegt Kyra. 'Ze moeten dit weten. Maud? Hallo, met Kyra.'

Ze legt uit wat ze heeft ontdekt.

'Ik zal het zeggen,' zegt ze tegen Mertens als die haar uitlegt dat er direct iemand aan komt. 'Hij gaat nergens heen.' Ze knipoogt naar Henk, die haar verbijsterd aankijkt.

'Ik heb iets ontdekt over je zus,' zegt Maud Mertens en Kyra voelt een steek door haar buik gaan. 'Ze is met Dave naar Ameland gevaren en van Ameland zijn ze naar Norderney gevaren, een van de Duitse Waddeneilanden. Ik zal je vader hier ook nog over bellen.'

'Norderney?' vraagt Kyra. Waar ligt dat in godsnaam?

'Ameland en Norderney, ja. Meer weet ik op dit moment nog niet. Ik krijg nog meer informatie en ik moet de recherche nog spreken.'

'Weet je het zeker?' vraagt Kyra. 'Kan ik het mijn ouders vertellen?'

'Natuurlijk. Ik krijg ook nog een dossier. Als ik dat binnen heb zal ik je vader bellen.'

'Oké,' zegt Kyra en ze heeft het gevoel dat Maud niet alles vertelt. Ze besluit niet aan te dringen. Voorlopig heeft ze genoeg. Haar moeder kennende zal die er wel op staan dat haar vader Maud meteen belt. 'Dank je.'

'Ik spreek je nog wel,' zegt Mertens en ze hangt op.

*

Misschien had ze het niet moeten zeggen, denkt Maud. Maar voorlopig heeft ze geen tijd om met de familie Slagter te praten en daar voelt ze zich al zo slecht over. Niet vergeten, maakt ze een mentale aantekening, om die rechercheur terug te mailen. Hoe meer informatie zij geeft, hoe meer ze misschien krijgt. Misschien moet ze gewoon bellen. Het dossier over Dave moet dik genoeg zijn. Dat de arme jongen dood is heeft ze Kyra nog maar niet verteld, want dat levert natuurlijk ook weer een stormvloed aan vragen op. Alles op zijn tijd.

Ze parkeert haar auto op het parkeerterrein naast het brede water van het IJ en slaat haar sjaal nog een keer om haar nek. God, wat is het koud. Echt al winterweer. Zie de maan schijnt door de bomen, makkers, staakt uw wild geraas. Vandaag de intocht. En wat nog meer? Zullen er weer kinderen verdwijnen? En wanneer houdt het in godsnaam op? Te snel rent ze de trap op naar de eerste verdieping en hijgend loopt ze naar de koffiemachine.

Het is al druk. Hier wordt dag en nacht gewerkt, door een ongekend grote groep mensen. Ze ziet de analisten aan het begin van de hal. Het team dat de coördinatie van de technische gegevens doet. In verschillende labs in Nederland wordt onderzoek gedaan. Het team van Rob Franssen is ook al aanwezig. Zij hebben zich op de verdwijning van Tommy gestort en coördineren alle getuigenverhoren. Ook van de andere teams, die elk een kind doen en nog een andere verantwoordelijkheid hebben, zijn al leden aanwezig. Achter in de zaal ziet ze Erik Tijssen en een paar andere hoge piefen vergaderen.

Zo moeten wij boeven vangen, denkt ze. Niet buiten op straat, met een wapen in de hand, maar binnen, achter een beeldscherm. Whatever. Alles wat nodig is.

Ze groet Niels, die als enige van haar team aanwezig is. Hij zit naar het televisiescherm te kijken waarop de verhalen over het verdwijnen van de kinderen steeds wordt herhaald. Er is een nieuw item over de gevaren van de sinterklaasintocht.

'Ik wil alle kinderen doornemen,' zegt Maud. 'Er is een deelverzameling, iets wat ze gemeen hebben, maar ik zie het niet. Zijn de gegevens van de laatste gesprekken met de ouders al binnen?'

'Hier zijn ze.' Niels overhandigt haar een stapel papier. Hij grijnst naar haar. Ze zijn een goed team, denkt Maud. Ze houdt van zijn stugge manier van doen en zijn rechtlijnigheid.

'Al naar gekeken?' vraagt Maud.

'Net gekregen.'

'Oké.' Maud hangt haar jas op de kapstok – zelfs daaraan heeft dat joch dat de inrichting deed gedacht, iedere ruimte een eigen kapstok. 'Laten we beginnen.'

Samen met Niels legt Maud de informatie per kind op een stapeltje. Naast elk stapeltje legt ze een leeg blaadje en een pen.

'Goed,' zegt ze. 'Jesse. Lees voor, wat valt je op?'

Niels gaat zitten, neemt een slok van zijn koffie en begint de antwoorden voor te lezen die de ouders gegeven hebben. Eetgewoonten, slaapgewoonten, hobby's, uitstapjes, vakanties – alles is aan bod gekomen, alles van dit jaar januari tot nu.

'Ze zijn vegetariër,' zegt Niels nadat hij de belangrijkste dingen van een paar blaadjes heeft opgelezen. 'Dat zal wel niets zijn, maar het valt me op. Niet met skivakantie geweest, een weekend naar Center Parcs in het voorjaar, kamperen in Italië aan het Gardameer in de zomer, thuisgebleven in de herfstvakantie, voor de kerst geen uitjes gepland. Jesse zit op zwemles, voor zijn B-diploma, verder geen sport, daar houdt hij niet van. Kanjertraining gedaan. Verder lid van een soort kinderclub voor slimme kinderen.'

'Hoogbegaafd,' zegt Maud met een vies gezicht.

'Hoogbegaafd, hooggevoelig, hyperactief – vandaag de dag heb je geen gewone kinderen meer,' bromt Niels. Hij leest nog wat dingen voor over de dagelijkse routine van het gezin.

'Vader en moeder werken allebei,' zegt Maud en ze kijkt naar de wand met de informatie. 'Maar dat hadden we al.' Geen van de ouders heeft eenzelfde beroep of werkgever, dus dat is ook al geen overeenkomst.

Maud loopt een rondje om de tafel, gek wordt ze van dat stilzitten, dat hangen aan de bureaus en het bladeren in papier. Ze moet naar buiten, iets doen, iemand redden. Ze pakt het vel papier op dat Niels net neerlegt.

'Vegetariër,' leest ze voor. 'Center Parcs, Italië, zwemles staat al op het bord en die slimme club ook.' Ze legt het papier terug.

'Verder nog?'

'Ik zie niks,' zegt Niels en hij neemt nog een slok van zijn koffie.

'Volgende,' zegt Maud. 'Tommy.'

'Niet vegetarisch.' Niels zet zijn koffie neer en Maud loopt naar het raam. 'Wel biologisch, staat hier.' Hij kijkt op. 'Opschrijven?'

Maud haalt haar schouders op. 'Lees eens verder.'

Niels somt de hobby's van de gezinsleden op, iets over de oma's en de opa's.

'Reislustige types,' zegt Niels. 'Wintersport, met oud en nieuw en ook in het voorjaar. Toe maar. Weekendje Center Parcs, in de meivakantie zijn ze naar Griekenland geweest, in de zomer naar Spanje, hebben ze in een huurhuis gezeten. Alleen in de herfstvakantie waren ze thuis. Tommy zit op voetbal.' Hij kijkt op. 'Maar dat staat ook al op het bord.'

Maud loopt terug naar de tafel en trekt een leeg vel naar zich toe. Biologisch, schrijft ze op. En ten slotte: reislustig.

Ze legt het papier terug en blijft met twee handen op het hout leunen. Ineens voelt ze zich doodmoe. Ze kan dit niet meer, dagenlang doorgaan en amper slapen. Die ochtend heeft ze zelfs het telefoontje van haar moeder niet aangenomen en het is maanden geleden dat ze een van haar dagelijkse belletjes oversloeg.

'Zal ik maar even wat te drinken halen?' vraagt Niels.

*

Norderney, waar ligt dat in godsnaam?

Kyra is thuis. Het rennen ging op de terugweg ineens veel makkelijker en sneller dan eerder die ochtend. Ze zet haar Mac aan en trekt haar schoenen uit. Ameland en dan naar Norderney.

Ze typt haar wachtwoord in en zoekt op Google naar het Duitse eiland.

Het ligt in Ostfriesland. Boven de plaats Norden. Grappig, denkt ze. Dus ons Groningen ligt ingeklemd tussen een Nederlands en een Duits Friesland. Nedersaksen. Ze herkent alleen de plaatsnamen Bremen en Hamburg, maar die liggen nog een eind van de Noordzeekust af. Norderney, wat moest Sarina daar nou? Of waarschijnlijk moet ze zich afvragen wat Dave daar moest.

De site van het eiland lijkt op die van elk ander Waddeneiland. Zee, strand, een vuurtoren. Ze klikt op 'Webcams' en staart een tijd naar het beeld van de Kurzplatz, waar niets bijzonders te zien is. Een grasveld, voetgangers, gebouwen.

Misschien is Sarina op deze webcam te zien geweest. Of zou die er vier jaar geleden nog niet gehangen hebben? Vast wel, maar die beelden zijn natuurlijk nergens meer.

Ze staat op. Ameland en Norderney. Jarenlang stopte het bij Texel en nu zijn er ineens nieuwe namen, nieuwe plaatsen, nieuwe beelden.

Kyra gooit haar kleren in de wasmand en stapt onder de douche. Wat betekent dit? Wat moet ze met deze informatie?

*

'Oké, volgende.' Maud zit met een nieuwe bak dampende koffie aan tafel. Myrna komt net binnenlopen.

'Edo Schilder,' zegt Niels. Hij begint weer met de gewoontes van het gezin, de familie. 'Zit niet meer op zwemles, ook niet op voetbal, maar speelt tennis en zingt in een koor.' Hij kijkt op. 'Hebben we nog meer zangers? Koren?'

Myrna schudt haar hoofd. 'Zijn dit jaar helemaal niet op vakantie geweest,' zegt ze. 'Alleen een weekend weg in het voorjaar.'

'Waarheen?' vraagt Maud.

'Center Parcs,' antwoordt Niels.

Maud trekt haar wenkbrauwen op. Ze tikt met de pen op tafel.

'Tja,' zegt Niels terwijl hij in zijn papieren bladert.

'Wat?' vraagt Myrna. Ze kijkt Maud verbaasd aan. 'Wat?'

'Kijk eens naar de data.' Maud komt achter Niels staan, al weet ze dat hij er een bloedhekel aan heeft dat ze met hem meekijkt.

'Vier tot en met zes april,' zegt Niels.

'Allemaal?'

Niels bladert nog fanatieker door de papieren.

'Verdomd,' zegt hij.

Hij legt de papieren neer en Maud gaat zitten.

'Wat?' vraagt Thomas, die met een verse kop koffie komt binnenlopen. 'Wat?'

'Ik denk dat we een verband gevonden hebben,' zegt Maud bedachtzaam.

'Ik hoor net dat er weer iemand vermist is,' zegt Thomas mat. 'Vlinder Steenders, acht jaar, uit Delft.'

– 45 –

'Wat kunnen we doen om hieruit te komen?' Tommy heeft besloten een soort vergadering te beleggen over ontsnappen. 'Heeft er iemand nog iets in zijn zak, of iets aan zijn schoen? Iets scherps aan zijn jas of zo?'

'Wat zouden ze met die Fenne hebben gedaan?' vraagt Vlinder. Ze is nieuw en nog een beetje in shock. 'Misschien is ze vrijgelaten. Er was niks over op tv. Denk je dat ik ook snel vrijgelaten word?'

Er valt een stilte.

'Misschien willen ze geen meisjes,' zegt Vlinder. 'Zag Fenne er jongensachtig uit?'

Vlinder is opgesloten in de kooi waar Fenne zat, naast Tommy, en hij heeft gezien dat het een heel mooi meisje is. Grote ogen, lange, blonde krullen en een pruilmondje met volle lippen. Precies zoals je op tv in van die series ziet.

'Ik ben er toch ook nog,' zegt Kat. 'Mij hebben ze ook niet vrijgelaten, hoor, dus ik denk niet dat het er iets mee te maken heeft.'

'Jongens,' probeert Tommy nog een keer. 'Onze enige kans is als we het slot openmaken. Heeft er iemand iets aan zijn jas, kunnen we nog iets van een metalen rits pulken, of zit er een ijzeren ringetje aan je jas of zo dat we kunnen gebruiken? Of iets aan je schoenen of laarzen?'

'Ik heb niks,' zegt iemand van achter in de vrachtwagen. 'Ik heb alles al drie keer nagekeken.'

'Ik heb ook niks.'

'Ik ook niet.'

Niemand heeft iets bruikbaars. Hij weet trouwens ook wel dat die kooien helemaal niet open te maken zijn, maar op de een of andere manier kan hij het niet accepteren. Moedeloos laat Tommy zijn hoofd op zijn armen rusten. Hij is voor de verandering op zijn buik gaan liggen. Als hij zich strekt raken zijn voeten en ellebogen de kooi, zijn armen kan hij niet eens helemaal omhoogsteken. Hij heeft het gevoel dat zijn hele rug bont en blauw is. Als hij een beetje overeind gaat zitten doet binnen twee minuten alles pijn.

'Ik heb zo'n honger,' klaagt Edo. 'Waarom brengen ze niets te eten?'

Nog iemand begint te huilen, en nu begint Vlinder naast hem ook te snikken. Tommy grijpt het koude ijzer vast. Hij trekt en schudt aan de kooi en wil zo graag zijn arm om haar heen slaan, om iedereen heen slaan, en hij zou willen dat ze allemaal bij elkaar konden zitten in een grote groep, tegen elkaar aan konden kruipen en het eindelijk weer warm hebben.

– 46 –

Londen

'Wil je thee?' vraagt Mabel. 'Of koffie?'

'Koffie,' zegt Jane.

'God, ik ben zo blij dat ik het nu gewoon kan vragen, Jane,' Mabel staat op om de koffie te halen. 'Eerder moesten we maar een beetje gokken wat je wilde hebben.'

Ze loopt naar de pantry in de recreatiezaal en schenkt twee kopjes in.

'Wat zul je veel dingen hebben gekregen waar je helemaal geen zin in had,' zegt ze lachend.

Jane knikt en doet een schepje suiker in de koffie. Voorzichtig roert ze en dan kijkt ze Mabel glimlachend aan.

'Lekker,' zegt ze.

Het zijn nog geen conversaties die ergens over gaan. Of waar iemand iets aan heeft in de zoektocht naar haar identiteit, maar ze maakt oogcontact en af en toe zegt ze iets. Het behandelend team was stomverbaasd en Mabel had haar best moeten doen om niet als een klein kind te staan glimmen en glunderen van trots.

Had zij het voor elkaar gekregen? Eigenlijk wist ze het niet. Misschien had de natuur het wel voor elkaar gekregen, die met ijs bedekte boom in de tuin van de kliniek. Misschien had ieder ander persoon die zoveel moeite voor Jane deed het voor elkaar kunnen krijgen. Waarschijnlijk had de moeder van het meisje dit ook kunnen bereiken, als ze haar hadden kunnen vinden.

Ze twijfelt of ze zal vragen of het meisje haar familie wil zien. Of er iemand is die ze mist, die ze graag in haar armen zou sluiten. Die moeten er toch zijn, maar ze zegt er niets over. Stel je voor dat ze door zo'n vraag weer helemaal terugkruipt in haar schulp. Haar evenwicht is nog zo wankel.

'Mijn moeder dronk vroeger alleen maar cappuccino,' zegt Mabel. 'Dat was voordat iedereen het dronk en voordat je overal latte macchiato's en weet ik wat allemaal voor koffie met siroop kon kopen.'

Mabel kijkt of er iets gebeurt bij Jane, maar die roert onbewogen in haar koffie.

'Mijn moeder was er heel specifiek over,' vervolgt Mabel. 'Een zeurpiet, als ik eerlijk ben, wij moesten er altijd heel hard om lachen. Ze wilde cappuccino en de melk moest precies zo opgegoten worden dat je er een hartje van kon maken. Ze kon zeuren, die moeder van mij, maar aan de andere kant was ze dan zo gelukkig met haar koffie en haar hartje dat het gewoon aandoenlijk was.'

Mabel zwijgt en drinkt haar koffie. Zo onopvallend mogelijk probeert ze de reactie van Jane in de gaten te houden, maar het meisje zegt niks. Ze heeft haar koffiekopje voor haar lippen, blaast niet, drinkt niet, maar staart uitdrukkingsloos voor zich uit.

– 47 –

'Ameland,' herhaalt Kyra. 'En daarna Norderney.'

Jarno is meteen naar huis gekomen en ze zitten met zijn vieren rond de keukentafel.

'Maar waarom weten we dat pas nu?' Haar moeder lijkt het allemaal niet te begrijpen.

'Omdat we al die jaren niks wisten van die hele Dave, mam,' zegt Jarno geïrriteerd. 'Omdat die Mertens het ook pas net weet.'

'Is die jongen al gelokaliseerd?' vraagt haar vader. 'Ik wil hem spreken. Vandaag nog, als het kan. En zijn ouders ook.'

'Maud Mertens heeft verder niets over de familie Kowzinsky gezegd, maar ik denk dat je gelijk hebt, pap,' Kyra pakt een stuk ontbijtkoek van het bord dat midden op de tafel staat. 'Die informatie kan alleen maar van de familie komen.'

'Ik kan het niet begrijpen,' zegt haar moeder voor de zoveelste keer. 'Een zeilboot. Sarina had helemaal niets met zeilen.'

'Dat weet je niet, mam.' Jarno trommelt met zijn vingers op tafel. Nu hij het huis uit is lijkt hij minder geduld te hebben met zijn ouders. Alsof hun eigenaardigheden hem nu pas opvallen. 'Heb je daar ooit met haar over gesproken dan?'

Haar moeder staat op en klappert met de keukenkastjes, rommelt met het koffieblik en pakt kletterend de koffiemokken. Niemand zegt iets. Er valt een loodzware, onverteerbare stilte in de keuken. Het soort stilte dat toch al een tijdje niet meer in huis rondspookt. De stilte die voor Sarina in de plaats is gekomen.

'Ik zal Mertens straks bellen,' zegt haar vader.

'Straks,' schampert haar moeder. Ze zet de koffiemokken met een klap op tafel en blijft bij het aanrecht staan.

'Oké, dan bel ik nu wel.' Mopperend staat Hanno Slagter op en met enige moeite vist hij zijn mobiel uit zijn broekzak. Hij gaat met zijn rug naar zijn gezin toe staan en kijkt uit het keukenraam terwijl hij wacht op verbinding.

Tot Kyra's verbazing neemt Maud op en ze hoort aan hoe haar vader enigszins ongemakkelijk zijn zin probeert door te drijven.

'Dat begrijp ik,' zegt hij. 'Dat begrijp ik helemaal, maar...' Hij luistert enige tijd. 'Bedankt,' zegt hij dan. 'Heel erg bedankt.'

Hij stopt zijn telefoon weer in zijn broekzak en blijft onbeweeglijk staan. Buiten schijnt de zon. De lucht is blauw, hier en daar hangt wat witte sluierbewolking.

'Dave Kowzinsky is dood,' zegt hij en hij draait zich om. 'Een paar weken nadat ze op Norderney zijn geweest is zijn lichaam aangespoeld in Denemarken, op Fanø, een eiland voor de westkust.'

Haar moeder draait zich om en zet de kraan open. Ze zoekt een glas, maar lijkt te zijn vergeten in welk kastje de glazen staan.

'Jezus,' zegt Jarno. Hij wrijft met zijn handen door zijn haar. 'Jezus, dat is slecht nieuws.'

'We hadden haar niet moeten laten gaan,' zegt haar moeder bitter. 'Ze was te labiel, ze zat niet goed in haar vel. We hadden haar niet moeten laten gaan.'

'Holly.' Haar vader loopt naar haar toe. 'Zeg dat nou niet. Het was Texel, gewoon in Nederland. Ze had het verdiend. Ze was op de goede weg, met haar baantje en alles.'

'Dat zeg jij maar steeds,' valt haar moeder uit, 'omdat je haar die kliniek niet in kreeg.'

De kraan loopt nog steeds en weer gaat haar moeder op zoek naar een glas. Haar vader doet niets. Hij staat lamgeslagen na te denken over wat zijn vrouw heeft gezegd, zijn mond vertrokken tot een smalle streep.

Kyra staat op, pakt een glas, vult het met water en zet het voor haar moeder neer. Ze kan er niet tegen om haar moeder zo te zien. Verward. Boos. Beschuldigend. Het irriteert haar, maar ze wordt er ook zo vreselijk verdrietig van. Het gevoel dat ze er niets aan kan veranderen maakt haar onrustig.

Ze schenkt een mok koffie voor zichzelf in en pakt die op.

'Ik ga naar boven,' zegt ze.

*

Mauds team is compleet. Aan de wand met de gegevens van elk vermist kind hangt inmiddels bij elke foto een wit A4'tje met daarop: *Center Parcs, 4-6 april 2014*.

'Myrna, John,' zegt Maud. 'Ik wil dat jullie de families bellen om te vragen welk park het was.'

Ze ijsbeert voor de wand met de kinderen heen en weer.

'Jolanda, Thomas, kunnen jullie achter Center Parcs aan gaan om te vragen of er in dat weekend opvallende boekingen zijn geweest, groepen of zo, iets? Wie, wat, waar, waarom – dat soort dingen.'

Maud loopt terug naar de tafel en blijft voor haar team staan.

'Niels, wij gaan naar de ouders van Jesse en vragen naar dat weekend. Ik wil alles weten van dat uitje. Of ze pizza gegeten hebben, of ze zijn wezen bowlen, of ze bitterballen hebben gegeten, de hele flikkerse zooi.'

Ze kijkt op haar horloge.

'Uurtje,' zegt ze. 'Dan zijn we weer terug en wil ik alles compleet hebben.'

'Moet je niet even langs de leiding?' zegt Niels als ze hun jassen van de kapstok grissen en weglopen.

'Ik bel Erik wel in de auto.' Ze rennen de trap af. Zodra ze de deur uit stappen worden ze aangevallen door de wind.

'Is er nieuws, Maud?' vraagt een van de journalisten die een vaste post hebben bij hun nieuwe hoofdkantoor. 'Ontwikkelingen? Nieuwe slachtoffers? Hoe is het met de voorbereidingen van de sinterklaasintocht? Zijn er echt undercoveragenten vermomd als piet?'

Ze schudt haar hoofd.

'Je weet best dat ik niets kan zeggen, Joris,' zegt ze. 'Sorry.'

In de auto belt ze met Tijssen.

'Heel interessant,' zegt hij. 'Laat het me weten als je terug bent, want dan schuif ik even aan.'

‘Goed.’

‘Ik krijg net bericht van een nieuwe vermissing, Maud.’ De anders zo onbewogen man klinkt terneergeslagen. ‘Rutger Bolhof uit Rotterdam, elf jaar. Dat maakt samen met Vlinder Steenders van gisteren negen kinderen, waarvan alleen Fenne is teruggekomen, dus acht vermisten.’

‘Niet te geloven,’ zegt Maud. ‘De andere keren sloegen ze pas veel later op de dag toe, toch?’

‘Ik vrees het ergste voor vanmiddag,’ zegt Tijssen. ‘Ik denk dat er toch heel veel mensen zijn die met hun kinderen naar Sinterklaas gaan.’

‘Ik spreek je over een uur,’ zegt Maud. Ze kijkt op de klok van de auto. Halfeen. Waarschijnlijk heeft ze niet lang nodig bij de ouders van Jesse.

*

Kyra hoort haar ouders en Jarno ruziën in de keuken. Ze kan niet horen wat ze zeggen, maar het interesseert haar ook niet. Het heeft geen zin om elkaar verwijten te maken, maar de emoties zijn te groot om dat niet te doen. Norderney, daar eindigt het spoor van haar zus. Fanø, daar eindigt het spoor van Dave. Gruwelijk. Zou hij overboord geslagen zijn? Misschien is Sarina daarna hulpeloos verdwaald met het schip. Ze moeten toch een radio aan boord hebben gehad? Ze had toch om hulp kunnen vragen? Het lijkt haar onmogelijk dat Sarina op de drukbevaren Noordzee niet gezien is door een ander schip. Als Sarina iets kon, was het dramatisch doen, dus die zou onmiddellijk de noodsignalen gevonden hebben en de ene na de andere lichtkogel naar de hemel hebben gestuurd. En er moet toch een radio aan boord zijn geweest?

Zou het schip teruggevonden zijn? Hoe heette het eigenlijk? En was Dave gewond? Wat staat er in zijn autopsierapport? Zijn er aan boord nog andere aanwijzingen gevonden? Een nieuw dagboek van haar zus misschien? Nee, dan had het spoor van Dave naar Sarina geleid, en Mertens zei dat de familie van niets wist. Chagrijnig wordt ze van zoveel vragen waarop ze onmogelijk snel een antwoord zal vinden. Ze is afhankelijk van Maud. En die is afhankelijk van de Amerikanen en bovendien heeft ze nu wel wat anders aan haar hoofd.

Ze vloekt, staat op en begint wat kleren in een tas te gooien. Norderney. De ferry pakken in Norddeich. Drieënhalf uur rijden.

*

'Het was een aanbod,' zegt de vader van Jesse. Zijn vrouw zit naast hem op de grote leren bank. Waar ze eerder deze week nog strijdbaar was, lijkt ze nu volledig uitgeblust. Haar gezicht is bleek. Zelfs haar lippen zijn wit.

'Een weekend naar Het Heijderbos, volledig verzorgd door de stichting.'

'Welke stichting?' vraagt Maud.

'De Stiching Talentbevordering Nederland.'

'Ken ik niet,' zegt Niels.

'Ik kende ze ook niet.' De vader van Jesse kan zijn handen niet stilhouden. Hij legt ze op zijn benen, dan weer over elkaar, dan weer wrijft hij aan zijn neus.

'Hoe hebben ze u benaderd?' vraagt Maud.

'We kregen een brief,' zegt Ilonka van Dijk. 'Hij was gericht aan het hele gezin. Een uitnodiging om een weekend te ontspannen in een bungalowpark, met de mogelijkheid andere gezinnen met een talentvol kind te ontmoeten en ervaringen uit te wisselen.'

Terwijl ze praten bekijkt Maud snel de inrichting van de kamer. Modern. Lichte kleuren, veel boekenkasten en een grote flatscreen aan de muur.

'En waarom werd Jesse uitgenodigd?' vraagt Niels.

'Hij is hoogbegaafd,' zegt Ilonka. 'Daar zijn we een tijdje geleden achter gekomen en dat is best lastig. Mensen behandelen hem als een klein kind, maar hij begrijpt veel meer dan je denkt.'

'Ik wil de namen van de instanties waarmee u te maken heeft gehad,' zegt Maud. 'Of stond er in de uitnodiging hoe ze aan uw adres zijn gekomen?'

‘Nee.’ De vader van Jesse kijkt steeds benauwder.

‘Heeft u de brief nog?’

‘God, nee,’ zegt Ilonka. ‘Die heb ik lang geleden al weggegooid.’ Ze begint te huilen. ‘Ik had geen idee dat dat van belang zou zijn.’

‘Heeft u een adres, telefoonnummer of een contactpersoon van die stichting?’ Niels heeft pen en papier in de aanslag.

‘Nee, dat is het gekke, we hebben in dat weekend helemaal niemand van die stichting gezien. We kregen een brief met een uitnodiging voor het weekend en vlak daarna kregen we de papieren van Center Parcs. Waarom niet, dachten we. Alles is betaald. De kinderen vinden zo’n tropisch zwemparadijs altijd geweldig. Bij aankomst lag er een soort leaflet in het huisje met een verhaaltje van de stichting en dat was het.’

‘Het was allemaal wel raar,’ verzucht de moeder van Jesse. ‘Nu we het er weer over hebben. Maar we hebben er verder niet te veel bij stilgestaan. We hebben gewoon met ons gezin lol gemaakt. Het was een enorm leuk weekend. Ik heb er helemaal niet meer aan gedacht.’

‘En de andere kinderen die verdwenen zijn,’ zegt Maud. ‘Die kent u niet van dat weekend?’

‘We wisten helemaal niet wie ook uitgenodigd waren,’ zegt de vader. ‘We zijn nog naar de receptie geweest om het te vragen, of er andere mensen waren die via de stichting waren gekomen en in welk huisje die zaten, maar die mensen wisten ook van niks.’

‘Ik heb het niet gevolgd de laatste dagen,’ geeft de moeder van Jesse toe. ‘Ik kan er niet tegen, al die nare berichten. Alles op tv is zo negatief, het is allemaal zo verschrikkelijk. De krant, tv, ik wil het niet.’

Niels begint de namen op te sommen, maar de familie Van Dijk kent ze geen van alle.

Bleek en ernstig zit het echtpaar op de bank. Maud staat op.

‘We komen erop terug,’ zegt ze. ‘Voorlopig weten we genoeg. Ik zou u willen vragen om alles wat u zich kunt herinneren van dat weekend te noteren. Ook alles van de stichting. Alles. Ook zo veel mogelijk informatie over iedereen met wie u contact heeft gehad over de hoogbegaafdheid van Jesse.’

‘Waarom heb ik daar niet eerder aan gedacht?’ zegt de moeder van Jesse verwijtend. ‘Steef, waarom hebben we daar nou niet eerder aan gedacht?’

‘Het komt vaak voor, mevrouw,’ probeert Niels haar te sussen. ‘Het gebeurt bijna altijd dat iets wat onbelangrijk lijkt dat achteraf niet is. Het is ook heel moeilijk dat te herkennen.’

‘Ik begrijp het,’ zegt de vader. ‘We gaan meteen aan de slag met uw vragen. Ik stuur het u vandaag nog.’

– 48 –

Ze rijden. De vrachtwagen bromt en hobbelt. Elke keer als ze stilstaan gaat de deur open en wordt er een kind naar binnen gebracht. Gister was het Vlinder, nu weer Rutger. Tommy probeert telkens te kijken waar ze zijn, of hij iets van de buitenwereld kan opvangen, maar hij ziet weilanden, bos, een muur. Geen bijzondere dingen waaraan hij kan zien waar ze zijn.

De mannen lijken haast te hebben gekregen. Hij kan niet verstaan wat ze zeggen, maar ze zijn boos, gehaast, ze maken ruzie met elkaar. Soms hoort hij ze in het Engels op elkaar schelden.

De nieuwe kinderen vertellen over het nieuws op televisie.

'Alles en iedereen is naar jullie op zoek,' vertelt Rutger. Hij is elf en komt uit Rotterdam. 'Er zijn allemaal gekke verhalen op tv over een sekte die kinderen steelt. Over een soort Boko Haram of zo, dat is die Afrikaanse groep die die meisjes heeft gestolen, en dat er dan zo'n misdadige groep in Nederland is en dat ze een heleboel geld voor jullie eisen zodat zij door kunnen gaan met hun terreur.'

'Voor ons,' zegt Kat. 'Jij hoort er nu ook bij.'

Die Rutger is een irritant ventje. Het lijkt wel alsof hij het stoer vindt dat hij ontvoerd is. Hij heeft nog geen klap gekregen en hij zit hier nog maar net. Heel even was hij vreselijk in de war toen hij wakker werd. Hij huilde, maar nu gaat hij steeds stoerder doen.

'Vandaag komt Sinterklaas,' zegt Rutger. 'En er is al twee dagen lang gedoe over of dat nou wel of niet door mag gaan en of je daar wel naartoe moet gaan en zo. Wel heel cool dat er zwarte piet-agenten zijn bij de intocht.'

'En?' vraagt Jesse. 'Was je gegaan?'

'Nee.' Rutger haalt zijn neus op. 'Sinterklaas. Dat doen wij thuis niet meer.'

'Maar waar ben je dan ontvoerd?' Jesse heeft een missie.

'Ik fietste van voetbal naar huis.'

'Mocht je daar wel heen dan?'

'Wij laten ons niet bang maken.' Rutger doet heel nonchalant. Tommy snuift. 'Nou lekker dan,' zegt hij. 'En nu zit je hier.'

De vrachtwagen is nu al een hele tijd onderweg. Tommy vraagt zich af waar ze helemaal heen rijden. Je zou denken dat ze al ver buiten Nederland zijn, maar Rutger, die de laatste was, is in Rotterdam ontvoerd. Misschien rijden ze rondjes. Gewoon twintig keer over de ringweg rond Rotterdam of zo.

'Hoe laat is het?' vraagt Rutger.

'Geen idee,' zegt Tommy. 'Als iemand het weet dan ben jij het. Hoe laat werd je ontvoerd?'

'Eh...' zegt de jongen. 'Mijn wedstrijd was om twaalf uur afgelopen, dus dan douchen en zo. Ik weet het niet, ik denk dat ik om kwart voor een wegging.'

'Dan is het nu misschien iets van twee uur,' zegt Jesse.

'De meesten zijn nog een minuut of tien bewusteloos als ze hier binnenkomen,' licht Tommy toe. 'Maar bij jou duurde het lang. Wel een halfuur denk ik.'

'Oké,' zegt Rutger. Hij ziet nu toch een beetje witjes.

Eindelijk, denkt Tommy.

– 49 –

Terug op het hoofdkantoor, zoals ze het crisiscentrum tegenwoordig noemen, lopen Maud en Niels gehaast tussen de schotten van de andere teams door naar hun plek.

'Heijderbos,' zegt Thomas meteen. 'Ze waren allemaal in park Het Heijderbos, dat ding met die jungle.'

'Zonder het van elkaar te weten,' zegt Maud. 'Heb je al bericht van Center Parcs? Weten ze al iets van de boekingen van dat weekend?'

'Ze zijn ermee bezig,' zegt Jolanda. 'Ze zijn er meteen in gedoken na onze vraag.'

Erik Tijssen komt binnenlopen.

'En?' vraagt hij.

'Alle gezinnen zijn in Het Heijderbos geweest,' zegt Maud. Ze zou Erik moeten uitnodigen te gaan zitten, maar ze moet lopen, bewegen.

'De ouders van Jesse zijn uitgenodigd door Stichting Talentbevordering Nederland.'

'De anderen ook,' zegt Thomas.

'Maar tijdens het weekend hebben ze niets van de stichting gezien of gehoord.'

'Net als bij de anderen,' vult Thomas weer aan.

'Dus we zitten met een groep ouders en kinderen,' zegt Erik, 'die kennelijk allemaal met een smoes naar een bungalowpark zijn gelokt.'

'Daar lijkt het op,' zegt Niels.

'En een halfjaar later worden er van die gezinnen kinderen ontvoerd.'

'Ja.' Maud hangt haar jas op en trekt een stoel naar achteren, maar blijft staan.

'Jesse van Dijk is hoogbegaafd,' zegt ze. 'Dus ik neem aan dat hij daarom is uitgenodigd door die stichting.'

'Hoogbegaafdheid zou ik geen talent noemen,' bromt Niels.

'Oké, maar ik kan me herinneren dat Tommy heel goed is in voetbal, toch? Was hij niet gescout door Ajax?'

'Hij is gevraagd om mee te trainen,' zegt Myrna. 'Maar hij speelt nog gewoon bij Swift.'

'IQ,' zegt Maud. 'Schrijf op. En: voetbal.'

Myrna gehoorzaamt braaf en schrijft de woorden met grote letters elk op een apart vel en hangt ze bij de profielen van de twee kinderen op de wand.'

'Katinka van den Berge speelt heel mooi piano,' zegt Myrna. 'Ze is pas acht, maar speelt al Bach. Of Mozart. Of weet ik het, zo'n bekende componeur.'

'Componist,' verbetert Tijssen haar. 'Schrijf maar op: piano.'

'Fenne Zwiers doet aan ballet,' zegt Jolanda. 'Zit ook al in een of ander programma voor getalenteerde danseressen.'

Myrna heeft geen nieuw bevel nodig. Snel hangt ze het papier bij het meisje op.

'Edo Schilder,' zegt Thomas terwijl hij door de papieren bladert. 'Tennis.'

'En die zingt ook,' zegt Jolanda. 'In een koor, schijnt een heel mooie stem te hebben. En Vlinder Steenders is jeugdmodel. Junior Miss Pageant Nederland was ze dit jaar.'

'Hoe?' vraagt Maud.

'Ik weet ook niet wat dat is,' moppert Jolanda. 'Maar gewoon, zo'n missverkiezing. En verder is ze Nederlands kampioen schaken, trouwens.'

Na een paar minuten hebben ze van elk kind een woord op het bord hangen.

IQ

VOETBAL

ZANG/TENNIS

PIANO

VOETBAL

TEKENEN
BALLET
SCHOONHEID/SCHAKEN

'Stichting Talentbevordering Nederland.' Erik Tijssen hangt achterover in zijn stoel, vouwt zijn handen in elkaar en legt ze op zijn hoofd. Onder zijn oksels zijn grote donkere vlekken te zien in zijn blauwe overhemd. Toch blijft hij ongegeneerd zitten. De geneugten van man zijn, denkt Maud. Als ik dat doe ligt iedereen in een deuk.

'Wat weten we van die stichting?' vraagt hij.

'Niets te vinden op internet,' zegt John. 'Niets in het stichtingenregister en niets in het register van de Kamer van Koophandel. Nietbestaande onzin, dus.'

'Die boekingen moeten door iemand betaald zijn,' zegt Maud. 'Zoek uit door wie.'

Er valt een stilte waarin iedereen nadenkt over wat er ontdekt is.

'Jezus,' zegt Maud ineens. 'Vraag als de sodemieter aan Center Parcs wie er allemaal nog meer door die stichting een weekend aangeboden hebben gekregen. We moeten al die mensen onmiddellijk waarschuwen.'

'Dat is prioriteit één,' zegt Tijssen. 'Ik haal het team van Rob Franssen erbij. Maud, jij duikt in die andere gezinnen. Nu meteen. De stichting zelf, daar zet ik Rob nu op.' Hij denkt even na. 'En ik zet het team van Willem op de groepsboekingen die kennelijk gemaakt zijn.'

'Maak een A4'tje voor de overdracht van waar je nu mee bezig bent,' zegt Maud. 'Nu meteen. Telegramstijl graag want zij moeten meteen aan de slag en wij moeten meteen achter die gezinnen aan. Jolanda?'

De kleine blonde vrouw knikt. Ze ziet eruit als de ideale buurvrouw, als een soort caissière, zo een van vroeger, uit de tijd dat er nog een prijsstickertje op een rol biscuitjes zat, die alle prijzen van alle artikelen van de hele supermarkt uit haar hoofd kende. Maar liever krijg je het niet met haar aan de stok, weet Maud, want als Jolanda haar tanden ergens in zet verandert ze in een pitbull.

*

God, wat is dat landschap saai. Plat en groen. Weiland na weiland flitst voorbij. De wieken van de tientallen windmolens die ze voorbijrijdt draaien hun trage rondjes. Noord-Duitsland is bezaaid met scheve kerktorens, constateert ze. Het ene na het andere dorp heeft hier zijn eigen toren van Pisa. Kyra gaapt. Ze voelt haar ogen zwaar worden, maar ze mag niet in slaap vallen. Ze zet de blazer van de auto op koud en richt het ding op haar gezicht.

Haar moeder zal wel weer woest zijn omdat ze zonder overleg ineens vertrokken is. Soms vraagt ze zich af of haar moeder wel wil weten wat er met Sarina is gebeurd. Ze lijkt eerder verongelijkt omdat ze het hoort te weten, omdat het absurd is dat je als moeder de details van het leven van je kind niet kent, maar ze lijkt ook een weerstand te hebben tegen de waarheid.

Misschien heeft ze gelijk. Hoeveel ouders zijn er niet op de wereld die moeten leven met een afschuwelijke wetenschap? De vijftienjarige Tammy Homolka werd door haar twintig jaar oude zus en haar vriendje Paul uitgenodigd voor een gezellig pre-kerstetentje op 23 december. Karla gaf haar zusje drankjes met een verdovend middel dat ze gejat had uit de dierenkliniek waar ze werkte. Om het meisje onder zeil te houden terwijl Paul haar verkrachtte, drukte Karla een doek met het middel tegen haar gezicht. Het meisje stikte in haar eigen braaksel. Het stel hing een verhaal op over dat Tammy ineens niet lekker was geworden. Niemand doorzag de leugen. De schouwarts vond de grote, knalrode vlek op haar wang niet verdacht. Karla en de serieverkrachter Paul vermoordden nadien nog minimaal twee andere meisjes, tot ze gepakt werden en Tammy opgegraven moest worden voor onderzoek. Wat is de prijs die vader en moeder Homolka betaald hebben voor de waarheid? Die moet onmenselijk hoog zijn geweest.

Wat gaat de prijs zijn die haar ouders, zijzelf en Jarno straks moeten betalen? Ze rilt en beseft dat ze het ijskoud heeft gekregen door de lucht van de blazers. Weg ermee.

De slaap is meteen weer terug.

Ligt ze verdomme hele nachten wakker en dan wordt ze nu slaperig. Op ongeveer het ongelukkigste moment ooit. Ze kijkt op de routeplanner. Nog een uur, iets minder.

*

Er hangt een nerveuze energie in de fabriekshal. Erik Tijssen zit in overleg in zijn kamer-met-uitzicht. De ene na de andere hoge pief loopt door de hal. De burgemeester, de minister, Barbara Ruigbot, iedereen is er.

Maud is naar het toilet geweest en ze staat in de koude ruimte in de spiegel te kijken terwijl ze het water over haar handen laat stromen. Weer niet naar huis vanavond. Weer geen avondeten met haar gezin, met Roos, de dochter die een paar maanden geleden nog zo dwars was en inmiddels onrustbarend rustig lijkt. Ze vertrouwt het niet, maar Edwin zegt dat ze spoken ziet.

Ze pakt haar telefoon om haar kind een berichtje te sturen, maar ze weet niet wat ze moet schrijven. Wat heeft haar dochter vandaag gedaan? Ze weet het niet. De sportschool misschien?

Ze ziet dat Edwin twee uur geleden heeft gevraagd of alles goed is en ze schrijft hem terug dat alles oké is. We hebben iets, wil ze schrijven, maar ze doet het niet. Beter niet.

Weer voelt ze zich zo ontzettend moe dat ze niet weet hoe ze dit vol moet houden. Misselijk is ze, van vermoeidheid. Ze heeft niet eens zin om terug te lopen, over dat koude trapportaal, door die lange hal, naar haar eigen team, waar ze als ze aankomt meteen weer opgeslokt zal worden door de hectiek. Ze strekt haar rug, tilt haar kin iets hoger op en loopt terug.

'Weten we al iets van de groepsboekingen?' vraagt Maud als ze terug is.

Jolanda schudt haar hoofd en direct gaat haar telefoon.

'Daar zal je ze hebben,' zegt ze.

Jolanda luistert geconcentreerd naar de persoon aan de andere kant van de lijn en Maud moet zich beheersen om niet te vragen of de telefoon op de luidspreker kan.

'Er waren verschillende groepsboekingen,' zegt Jolanda als ze opgehangen heeft. 'In elk geval drie van grotere groepen. Ze zijn nu de bijzonderheden aan het opzoeken. Hij zei dat er een groep uit Saudi-Arabië was.'

'Wat deden die in een mossig bungalowpark?' vraagt John. 'Dat zijn meer van die lui die een hele verdieping van het Krasnapolsky huren.'

'Duik erin,' beveelt Maud. 'Ik wil alles van ze weten. Namen, paspoortnummers, mailadressen, alles. En ook van die andere groepen die er waren trouwens, want laten we niet te snel conclusies trekken.'

Rob en zijn team proberen de financiële gegevens van de boekingen boven water te krijgen, maar het lijkt erop dat hij is vastgelopen op een bankrekening in de Filipijnen. Ze hoort hem aan de andere kant van de verrijdbare muur bellen met internationale instanties, maar weet zelf heel goed dat dat allemaal zo gemakkelijk niet gaat. Misschien moet hij de minister om hulp vragen. Of de minister-president. Dat soort dingen willen nog weleens helpen als er belachelijk veel haast is.

'De lijst van Center Parcs komt net binnen,' zegt Niels.

'Hoeveel zijn het er?' vraagt ze en ze ziet aan het gezicht van Niels dat ze het antwoord niet wil weten.

'Zesendertig,' zegt hij.

'Wat?' Ze klinkt fel. Zesendertig, acht vermisten en één teruggevonden, dus er lopen nog zevenentwintig kinderen direct gevaar? 'Alle contactgegevens beschikbaar?'

'Van de meesten wel,' zegt Niels. 'In elk geval adressen. Ik heb lang niet alle telefoonnummers.'

'Ik ga even overleggen met Erik,' zegt ze.

*

Kyra parkeert haar moeders auto op de parkeerplaats bij de afvaart van de ferry en slaat de deur achter zich dicht. Ze hijst haar rugzak iets hoger op haar schouder en loopt naar het loket om een kaartje te kopen. Drie kwartier tot een uur duurt de overtocht, heeft ze op de site gelezen. Dat is even wat anders dan de overvaart naar Texel, die duurt nog geen kwartier.

Terwijl ze wacht op de afvaart stuurt ze haar ouders een berichtje. Ze zullen wel weer woedend worden, maar dat is niks nieuws. Even later krijgt ze een bericht van haar broer binnen.

Had mij even gevraagd, schrijft hij. *Dan was ik meegegaan.*

Hij heeft gelijk. Ze is zo gewend dat ze de dingen alleen moet oplossen dat ze vaak vergeet dat ze tegenwoordig een toffe broer heeft.

Ze pakt haar telefoon en filmt de donkere zee en de verlichte veerboot die klaarligt voor vertrek.

Nu voel ik me ineens alleen, antwoordt ze. *Ik zal je morgen filmpjes en foto's sturen.*

Jarenlang was het Sarina en Kyra. De oudste en de jongste van het gezin. Jarno, die er precies tussenin zat, vond zijn zussen vooral irritant. Zodra ze over mode begonnen, of over muziek, of – erger nog – jongens, dan kwam hij eerst sputterend in het verweer met zijn cynische grappen en meestal verdween hij na een minuut of vijf naar zijn kamer, waardoor Kyra het gevoel had dat ze haar oudere broer altijd op een of andere manier de baas was. Tot de dag dat Sarina verdween. Toen mocht Jarno mee naar Texel om te zoeken – want hij was al bijna zeventien – en moest zij ineens thuisblijven van haar moeder omdat ze met haar net vijftien jaar alleen maar in de weg zou lopen.

'Jij bent een meisje,' had haar vader haar bezwaar dat Jarno wel mee mocht weggewuifd. 'Dat is anders.'

Daarmee waren de rollen voor eens en voor altijd omgedraaid en dat had ze geweten ook. Alles werd in die maanden overschaduwd door verdriet, maar toch zag puberbroer Jarno kans zijn positie te claimen.

'Zal ik wat boodschappen voor je halen, mam?' bood hij dan ineens aan en Kyra liep dan brakend de keuken uit. Hij leerde koken, ook zoiets. Pasta, niks bijzonders, maar toch. Mister megaperfect groeide in zijn glansrol. Het ergste was nog wel dat hij dat jaar niet bleef zitten op school en zij wel.

Na een jaar was Jarno zijn nieuwe rol zat. Wat later haalde hij zijn diploma en schreef zich in voor rechten. Hij was steeds minder vaak thuis en op de een of andere manier ging hij meer op Sarina lijken. Hij werd dwarser. Maakte ruzie als zijn ouders zeurden over het tijdstip waarop hij thuiskwam. Kyra zag het tevreden aan en het contact tussen Jarno en haar verbeterde. Sterker nog, ze zou nu niet meer weten wat ze zonder hem moest.

Op de veerboot gaat ze op een rustige plek zitten, in de hoek bij de boeg, waar ze goed uit het raam kan kijken. Het is drukker dan ze had verwacht, maar het is dan ook zaterdagavond. Waarschijnlijk zijn er mensen op weg naar hun weekendhuisje, of naar hun hotelkamer. Ze heeft nog niets geboekt, bedenkt ze ineens en ze zal vanavond echt niet meer terug kunnen. Ze checkt een boekingapp. Inselhotel Vier Jahreszeiten heeft nog een kamer. Zeventig euro. Inselhotel König ook, maar dat is duurder. Er zijn een paar Ferienhäuser, maar die zijn allemaal vol. Stik, ze loopt straks gewoon naar dat König, ziet er in elk geval aan de buitenkant mooi uit en ze heeft een spaarrekening – onder andere door dat domme notuleren – waarop haar geld al een hele tijd staat te niksen. What the fuck. Gewoon doen.

Kyra haalt iets te eten en staart uit het raam naar het zwarte water. Heeft Sarina zo gezeten met Dave? Het was zomer, en ongekend warm voor half juni. Hebben ze samen aan dek gezeten? Onder een mooie sterrenhemel, waardoor je aandacht naar boven wordt getrokken, in plaats van naar het donkere water, waar onzichtbare beesten onder je cirkelen. Keken ze omhoog, naar de oneindigheid van alles wat is, de ontelbare lichtpuntjes en de dromen die zich daartussen bevinden?

Als de veerboot heel langzaam aanmeert, ziet ze weinig van de omgeving. De nacht lijkt hier wel donkerder dan thuis. Morgen zal ze de haven bezoeken, en het café of het restaurant daar. Heel misschien, als ze daar staat, dat ze iets voelt, dat ze kan zien hoe Sarina daar ooit liep.

– 50 –

'We moeten al die gezinnen ophalen en ergens onderbrengen,' zegt Maud tegen haar gehoor. Het is zaterdagavond laat en ze heeft het gevoel dat ze echt een verschil kunnen maken, kinderen kunnen redden. Ze probeert er niet aan te denken dat de aandacht van al die hoge ambtenaren op haar en haar alleen is gericht. 'We hebben een lijst met namen en adressen en ik stel voor dat we naar elk adres een wagen sturen om die mensen zo snel mogelijk op te halen.'

'Waar wil je ze naartoe brengen?' Barbara Ruigbot is weer terug in haar oude rol van kribbige criticaster.

'Ik weet het niet. Een hotel of zo? Iets wat we kunnen bewaken.'

'Het marinecomplex hier in Amsterdam?' vraagt de minister.

'Kazernes genoeg,' zegt de burgemeester. Ze overleggen kort en besluiten de gezinnen in elk geval naar Amsterdam te brengen.

'Wat is er bekend over de stichting?' vraagt Ruigbot als de orders om de gezinnen in veiligheid te brengen zijn gegeven.

Willem en Rob geven een toelichting.

'Die stichting bestaat niet,' zegt Rob. 'De boekingen zijn betaald van een rekening op naam van Soraya GmbH. Dat is kennelijk een Duitse firma met roots in Azië. Voor zover ik nu begrijp is het echter een lege rekening, die alleen voor deze boeking is gebruikt. De eenmalige storting kwam van een rekening van de Filipijnen. Maar ook dat was een storting van een andere rekening. Het financiële spoor loopt nu dood op een buitenlandse rekening in Syrië op naam van Soruya. Verschillende buitenlandse rekeningen, om eerlijk te zijn. Allemaal iets met Sor-huppeldepup-ya. Ik heb al aan heel wat touwtjes getrokken, maar ik krijg niets in beweging. Geen idee wat of wie erachter zit.'

'Syrië,' zegt de minister. 'Weet je dat zeker?'

'Ja,' zegt Rob. 'Maar ik ben ervan overtuigd dat het geen Syriërs zijn. Voor hetzelfde geld zijn het Eskimo's uit Alaska die hierachter zitten. Dit zijn allemaal dwaalsporen.'

'Goed gekozen,' verzucht de minister. 'Syrië is nou niet een land waar je even gemakkelijk informatie loskrijgt op het ogenblik. Geef me de rekeningnummers en de banken en ik vraag het de minister-president.'

De minister is gelukkig daadkrachtig en tot Mauds opluchting besluit hij niet eerst zelf te bellen. Meestal heb je met dit soort dingen maar één kans.

'Maar ik vrees dat we daar niet verder komen,' zegt de man somber. Hij zucht zachtjes. 'Niet snel althans.'

'Verder nog iets?' vraagt Tijssen alsof hij een bakker is die hoopt nog een brood te verkopen. Rob schudt zijn hoofd.

'De groepsboekingen?' vraagt Tijssen. Het onderzoek naar de groepsboekingen is aan Willem gegeven. Maud fronst als Willem opstaat. Het is niet haar fijnste collega en ze ergert zich vaak aan de manier waarop hij dingen aanpakt.

'Er was dat weekend de jaarlijkse reünie van een smartlappenkoor uit Beijerland,' zegt hij. 'Een koor bestaande uit eenenvijftig vrouwen uit heel Nederland, een uit Frankrijk en een uit Hongarije.'

Niemand reageert.

'Verder een familiereünie van een familie waarvan een gezin over was uit Australië. Samen tweeëndertig man.' Willem bouwt de spanning op en Maud klemt haar kaken op elkaar. Ze haat het als mensen niet meteen to the point komen in dit soort situaties. Zeg het maar, denkt ze en dan komt het.

'En er is de groep van vijftien gezinnen uit Saudi-Arabië, India en Nigeria.'

Willem wacht even tot iedereen het nieuws in zich heeft kunnen opnemen. Maud telt tot drie.

'Bij het boeken zijn de meest luxe huisjes gevraagd, dicht bij elkaar. De huisjes in de directe omgeving zijn ook betaald, maar die zijn leeg gebleven. Ik vermoed als een soort buffer, veiligheidsmarge.'

Tijssen knikt.

'De gezinnen hadden eigen beveiligers mee, die in de huisjes om de lege ring heen verbleven. De groep kwam zaterdag in de loop van de dag. Allemaal apart. De mannen zijn die middag gaan zwemmen en de hele groep heeft later die dag samen gegeten in een van de restaurants, dat ze voor de gelegenheid hadden afgehuurd.'

'Welk restaurant?' vraagt Maud.

'Geen idee,' antwoordt Willem narrig. 'De pizzeria of zo.'

'Zoek dat uit,' zegt Tijssen. 'En geef die informatie door aan Maud. Dan kan zij de families ondervragen.'

'Namen, geboortedata, adressen?' vraagt Tijssen.

'We zijn ermee bezig,' zegt Willem iets rustiger. 'Maar de eerste twee die we onderzochten waren fake, dus ik vermoed dat het allemaal niets oplevert. Waarschijnlijk allemaal valse namen en doodlopende sporen.'

Er wordt op de deur geklopt en Niels komt binnenlopen. Zijn haar zit rommelig en de wallen onder zijn ogen zijn erger geworden.

'Ab van Dongen,' zegt hij. 'Tien jaar, uit Den Haag.'

Hij blijft in de deuropening staan en ziet er verloren uit.

'Godver,' zegt Willem. 'Elke keer hoop ik dat het stopt.'

Tijssen schudt zijn hoofd.

'We kunnen in ieder geval constateren,' zegt Barbara Ruigbot, 'dat er op de een of andere manier veel mensen bij betrokken zijn en dat dit allemaal goed voorbereid is.' Ze klinkt vermoeid, en zonder de felrode lippenstift die ze altijd draagt ziet ze er verschoten uit. 'Er is goed over nagedacht om ons buiten de deur te houden.'

'Dus nu...' zegt Maud. Ze voelt een golf van verontwaardiging door haar lijf trekken. Wie denken die klootzakken wel niet dat ze zijn. Een stel verwende Hollanders die niet geleerd hebben ergens voor te vechten? Echt niet. Ze merkt dat ze haar kaken nog steviger op elkaar klemt. Iedereen in de kamer kijkt haar aan.

'Dus nu,' herhaalt ze, 'gaan wij een zijdeurtje vinden.'

– 51 –

Kyra hijst haar rugzakje op haar schouder en loopt de voordeur van het statige pand uit. Het is zondagochtend en ze heeft een paar uur om het eiland te verkennen, dan wil ze de boot weer nemen en naar huis rijden. Even kijkt ze om. Gisterenavond zag het er best gezellig uit, het witte pand met de toren boven de ingang, de dakkapelletjes en de boogramen. De naam van het hotel stond in zachtgele lichtgevende letters op de gevel. Ze heeft er nog een foto van naar Jarno gestuurd. Overdag is het licht harder en steken de moderne winkels veel meer af tegen de klassieke gebouwen, maar toch heeft de bouwstijl van witte panden met talloze veranda's en serres iets gemoedelijks.

Het is een omgeving waar je hoop van krijgt. Ze draait zich om.

Langzaam loopt ze over het pleintje met de grote boom, langs het witte houten hek van het hotel, en ze draait een rondje op de kruising. Strandstraße. Strand. Daar zou haar zus naartoe zijn gegaan. Ze loopt de straat helemaal uit en met zicht op de zee blijft ze staan. De wind is koud, maar ze heeft er geen last van. Sterker nog, het is alsof de prikkelende luchtstroom haar hoofd leegmaakt, haar geest openstelt. Het strand heeft iets stoers. De weg is verhoogd en de dijk is versterkt met stenen blokken die als legostenen schuin opgestapeld zijn. Er staan flatgebouwen, zoals overal aan de kust spuuglelijk en misplaatst, maar er staan kleine witte huizen tussen met gele zonneschermen en puntdaken waardoor ze eruitzien als huisjes uit kindertekeningen. De zee ligt als een grijze reuzin rustig te wachten tot ze weer mag bewegen. Eb, vloed, langzame deining of storm, haar is het om het even.

Ze loopt de dijk af en aan de waterlijn draait ze zich om. Ze maakt een foto van een rond gebouwtje met een puntdak op een duin –

KONDITOREI CAFE staat er op de gevel – en stuurt het plaatje naar Jarno. Ze maakt nog een foto, ditmaal van het strand en de zee, en ook die stuurt ze op. Even denkt ze na en dan stuurt ze de foto's toch ook naar haar ouders.

Heel veel zand op een klein eiland, schrijft ze erbij. *De stranden zijn hier eindeloos, en de taart ook :)*

Het zal hier best fijn zijn in de zomer, maar dat durft ze niet aan haar ouders te schrijven. Norderney is blijkbaar een heel populaire vakantiebestemming. Ze had gisterenavond een van de laatste kamers op het eiland. Dat verbaasde haar, maar nu ze zo rondloopt begrijpt ze het wel.

Even twijfelt ze, maar dan loopt ze toch het duintje op en stapt de banketbakker binnen. Ze pakt de foto van Sarina uit haar tas en klemt die in haar handen. Kansloze missie natuurlijk. Toch moet ze het vragen. Je weet nooit. Stel je voor dat iemand iets gezien heeft en dat ze er niet naar zou vragen, terwijl ze speciaal voor Sarina hiernaartoe is gekomen. Het ronde gebouw is binnen veel ruimer dan je vanbuiten zou denken en toch heeft de eigenaar het volgepropt met zo veel mogelijk met groen fluweel beklede zitjes als hij kon vinden. In het midden van de ruimte staat een enorme, maar verlepte palm. Ze stapt op de protserige toonbank af, die vol grote stukken gebak ligt.

'Ik zoek mijn zus,' zegt ze in haar beste Duits en ze laat de foto zien. 'Ze is hier vier jaar geleden geweest en verdwenen.'

Het meisje achter de toonbank schrikt en haar stralende glimlach verdwijnt. 'Jemig,' zegt ze. 'Is ze hier verdwenen, op Norderney? Daar weet ik niets van.'

'Nee,' haast Kyra zich te zeggen. Voor je het weet staat er iets in de krant, of zwerft er een spookverhaal op internet. 'Ze is voor het laatst gezien op Texel.'

'Ach, *die Niederlände*.'

'Ja. Maar nu lijkt het erop dat ze daarna nog hier is geweest. Met een zeilboot. Na Norderney houdt het spoor dat ik nu heb op.'

'Och hemel.' Het meisje kan niet ouder zijn dan vijfentwintig, maar ze praat als iemand van vijfenvijftig. Ze denkt even na. 'Je zou de havenautoriteiten kunnen proberen,' zegt ze. 'Weet je de data? Misschien staat er iets in de administratie over het schip. Misschien weet de havenmeester nog iets. Of je zou naar de politie kunnen gaan. Wie weet zijn er webcams op het eiland die iets geregistreerd hebben, of beveiligingscamera's.' Ze buigt zich over de toonbank heen, een stukje naar Kyra toe. 'Ik houd van thrillers,' fluistert ze. 'Ken je de boeken van Nele Neuhaus of van Sebastian Fitzek? Die zijn top.' Dan herstelt ze zich en ze gaat weer rechtop staan. 'Wat verschrikkelijk voor jou.' Ze kijkt nog eens naar de foto. 'Het spijt me, maar ik kan me niet herinneren dat ik haar heb gezien. Wil je misschien iets lekkers?' Ze wijst naar de zoetigheid in de vitrine.

'Nee, bedankt.' Kyra schudt haar hoofd. 'Ik ga maar eens verder. Bedankt voor de tips.'

Kyra loopt over de weg langs het strand en verwijt zichzelf dat ze haar huiswerk niet beter heeft gemaakt. Inderdaad, wanneer waren Sarina en Dave hier precies? Als ze van Texel vertrokken zijn, dan zijn ze diezelfde dag nog aangekomen in de haven van Ameland, zo ver is dat niet. En dan in één keer door naar Norderney, dat kan best, of niet? Eigenlijk heeft ze geen idee. Ze weet niets van reizen per schip. Wat komt ze hier eigenlijk doen? Denkt ze echt dat iemand zich Sarina nog herinnert? Ze had niet moeten komen. Chagrijnig loopt ze door naar de noordkant van het eiland, over het wandelpad zonder wandelaars, langs gesloten restaurantjes en massa's strandstoelen die opgestapeld en vastgesnoerd liggen te wachten op het volgende seizoen, onder dikke plastic beschermhoezen.

*

Als Maud zondagochtend heel vroeg terugkomt in het crisiscentrum heeft Niels een groot papier aan de muur gehangen met daarop het aantal in veiligheid gebrachte gezinnen. Boven aan het vel staat in grote cijfers zesendertig. Schuin ernaast staat een negen: het aantal vermiste kinderen. En daarnaast weer het getal één: Fenne, het enige teruggevonden kind. Eronder het aantal resterende gezinnen: zevenentwintig, met daarnaast een reeks doorgehaalde aantallen. Af en toe lopen er collega's binnen om te kijken hoe ver men met de operatie is. Voorlopig blijft de teller hangen op achttien.

'Weer een antwoordapparaat,' moppert John terwijl hij uitgebreid gaapt. Hij is de hele nacht doorgegaan. 'Die lui zijn zeker allemaal naar de kerk of wandelen of zo.'

De operatie gaat trager dan ze gedacht hadden.

'Ik snap het niet,' zegt Jolanda. 'Het is geen vakantieperiode. De meeste mensen met kleine kinderen zijn toch thuis, zou je denken. Kinderen mogen hun schoen zetten. Het is toch zondag?'

'Blijkbaar zijn er toch veel mensen de hort op,' moppert John.

'Probleem is,' zegt Thomas, 'dat we niet alle mobiele nummers hebben. Als ze al een telefoonnummer hebben ingevuld bij het inchecken, dan is het soms een vast nummer.'

'Is daarachter te komen?' vraagt Maud. 'We kunnen toch via het adres opvragen bij de providers welk mobiele nummer daar staat geregistreerd?'

'Vast wel,' zegt John en hij trekt een toetsenbord naar zich toe.

Jolanda staat op en streept het getal achttien op het bord door en schrijft er negentien onder.

'Wat is de update over de restaurants?' vraagt Maud.

'De ouders van Jesse en nog een paar andere ouders hebben aangegeven dat ze zaterdagavond in het grillrestaurant hebben gegeten,' zegt Jolanda. 'Een groot etablissement waar een Mexicaanse avond was. Allemaal een sombrero op en een zanger die de avond opleukt, dat soort dingen.'

'Heb je het park gesproken over die avond?'

'Ik heb ze gebeld, maar niemand kan zich iets bijzonders herinneren.'

Maud schudt haar hoofd. Het was zo veelbelovend allemaal, maar ze heeft nu toch het gevoel dat ze weer vastlopen. Waarom zijn de gezinnen uitgenodigd voor een weekendje weg, inclusief diner? En waarom worden hun kinderen vervolgens een halfjaar later ontvoerd?

– 52 –

'Zijn ze weg?' fluistert het nieuwe jongetje. Het is de vijfde dag en er blijven kinderen bij komen.

'Shit,' zegt Kat, die in de kooi naast hem zit. 'Ik schrik me rot.'

'Ja, ze zijn weg,' zegt Tommy. 'We zullen zo wel weer gaan rijden.'

De jongen begint te huilen.

'Hij is ineens wakker,' zegt Kat tegen Tommy, alsof hij dat niet zelf kan zien. 'Ik schrik, man.'

'Ik heb gedaan alsof ik nog bewusteloos was,' zegt de jongen met verstikte stem. 'Maar dat was ik al een hele tijd niet meer. En toen gingen ze alles controleren, mijn zakken, maar ze gingen me ook uitkleden.'

Voor het eerst is Tommy blij dat hij een tijd bewusteloos is geweest, want hij kan zich voorstellen dat het allemaal nog veel enger is als je wakker bent als je bij de ontvoerders bent.

'Ik wou ontsnappen,' zegt hij snikkend. 'Maar dat kon niet.'

'Hoe heet je?' vraagt Tommy.

'Ik versta wat ze zeggen,' zegt het jongetje en hij verbergt huilend zijn gezicht.

'Ik ben Tommy.' Tommy draait zich naar de jongen, die twee kooien verderop zit, toe. 'Hoe heet jij?'

'Ab van Dongen,' zegt de jongen.

'Wat zeggen ze dan?' vraagt Kat.

'Ze zijn kwaad omdat ze iemand missen die piano kan spelen.'

'Wat?' Iedereen gilt door elkaar heen. 'Piano? Wat? Piano?'

'Ze missen piano en ze missen nog iemand die zingt.'

'Flikker op, man.' Tim zegt niet veel, maar nu begint hij te schelden. 'Zijn ze een band aan het maken of zo? Tering, hé.'

Ab begint op nieuw te huilen, hij snikt en snuift en haalt gierend adem.

'Ze gaan ons ergens heen brengen,' zegt hij. 'En dan gaan we weg, naar het buitenland, maar ik weet niet waar naartoe. Ze maken de hele tijd ruzie over wie wie belt en over op welk forum de berichten staan en over waar ze heen zullen rijden.'

Zie je wel dat ze maar wat doen, denkt Tommy. Ze rijden gewoon in het wilde weg om een dwaalspoor te maken.

'Hebben ze iets over Fenne gezegd?' vraagt hij. Hij wil zo graag horen dat het allemaal goed met haar is.

'Niks,' zegt Ab en weer huilt hij alsof hij een peuter is.

'Hé!' roept Kat. 'Hé, dat helpt niet, hoor!'

'Laat hem met rust,' zegt Vlinder met een zachte stem. 'Hij moet even wennen. We moesten allemaal wennen.'

'Waar komen ze dan vandaan?' vraagt Tommy. 'Waar kom jij vandaan dat je ze kunt verstaan?'

'Ik weet het niet, een spreekt Arabisch met een andere man en de rest spreekt slecht Engels,' zegt de jongen. 'Mijn moeder komt uit Tunesië en ik kan dat Arabisch verstaan.'

'Appie van Dongen,' zegt Tim smalend. 'En jij komt uit Tunesië?'

'Ab,' zegt de jongen boos. 'Niet Appie. Mijn moeder komt uit Tunesië en mijn vader is in Nederland geboren. En eigenlijk heet ik Abdel, maar dat wilde mijn moeder niet als roepnaam omdat je met de naam Abdel een nadeel hebt als je werk wilt. Ik heet Abdel Hendrik van Dongen.'

Kat begint te lachen.

'Wat?' zegt Vlinder kattig.

'AH van Dongen,' zegt Kat. 'Appie heet eigenlijk AH.' En ze lacht nog harder.

'Jij bent echt gek,' zegt Tommy lachend. 'Echt gek.'

'Ik snap er niks van,' zegt Vlinder. 'Waar hebben jullie het over?'

'Ze hebben een reservelijst,' zegt Ab. 'Daar maakten ze ook ruzie over. Iemand had zijn huiswerk niet goed gemaakt en de leider was daar woest over. Hij mopperde dat hij beter alles zelf kon doen en nu moeten ze de reservelijst gebruiken.'

‘Reservelijst,’ fluistert Tommy.

‘Ik ben bang,’ zegt Ab en er valt een stilte. Hij is de eerste die het zegt.

– 53 –

Londen

Mabel heeft krullen. Normaal trekt ze die er waarschijnlijk uit met een stijltang, maar nu ze minder strikt is met haar kapsel schiet het in de krul alsof het al die tijd heeft gewacht op vrijheid.

Ze noemt haar Jane. Eerst zei die naam haar niets. Toen kreeg ze er een hekel aan. Nu is hij vertrouwd. Wil ze haar oude naam nog wel terug?

Ze haalt een glas water en loopt terug naar de tafel waar ze meestal zit. Die met het uitzicht op de tuin en het verst weg van de pantry, zodat niemand zomaar langs je loopt.

Zorgvuldig legt ze het woordenboek neer. Les mille premiers mots, *maar dan in het Engels. Zo'n boek had ze vroeger. Het paste niet in je tas, zo groot was het. In het midden zaten stickervellen en je kon alle woordjes plakken bij de kamers in het huis, de dieren van de boerderij, vliegtuigen, auto's, schepen. Nu oefent ze dezelfde dingen met andere woorden.* Airplane. Bathroom. Cow.

Misschien moet ze nooit meer een woord Frans spreken. Nooit.

Mag je zoiets wel denken? Haat ze haar verleden?

Ze herinnert zich haar jonge jeugd. Ze is buiten. De zee is in de buurt. Je ruikt het in de lucht. Je voelt de zeewind op je huid. Papa rechts en mama links. Hand in hand in hand.

'Een, twee,' zegt papa. En ze vliegt. Omhoog naar het blauw. Veilig terug naar het groen.

Zo kunnen vliegen en weten dat je altijd, altijd veilig op twee benen landt. Wat is dat lang geleden.

Mabel komt zo. Ze weet niet of ze moet zeggen dat ze Beatrice heet. Dat ze uit Bretagne komt. Er is iets met dat verleden.

Maar wat?

Ze weet dat thuis niet het probleem is, maar er zit iets in de weg, waardoor ze niet verder terug kan dan naar vorige week. Of naar vorige maand. Wacht even. Pak dit nou eens goed aan. Hoe lang is ze hier? Ze weet het niet.

Ze werd gevangen toen het koud was, maar soms ook warm. Voorjaar. Nee, ze werd niet gevangen, ze werd gevonden. Ze was niet meer gevangen, ze was weggelopen. Ontsnapt.

Ze mag hier ook niet zomaar weg, maar het is toch anders dan gevangenschap. Hier is niet die angst. Hier is niet het gevoel dat je op je tenen moet lopen, dat het nooit goed is, dat je een smerige kus krijgt, een onwelkome streling en dan meteen die klap waardoor je neus breekt.

De deur van de recreatiezaal gaat piepend open en Jane krimpt ineen.

– 54 –

'Dus het zijn Arabieren,' zegt Tim.

'Twee spreken Arabisch,' zegt Ab. 'Dat is wat anders.'

'Het zijn mensen die Arabisch spreken,' zegt Tim overdreven duidelijk. 'Pfff...' blaast hij erachteraan.

'En een van hen spreekt met een accent,' zegt Ab. 'Maar ik weet niet wat voor accent.'

'Hoe bedoel je?' vraagt Kat.

'Nou, het is net als een Engelsman die heel goed Nederlands praat. Je hoort dat het anders is.'

'Maar het is geen Engels accent?'

'Ik weet het niet. Ik denk... Nee, ik weet het niet, niet Engels, denk ik. Alhoewel... Ik weet het niet.'

De vrachtwagen stopt.

'Elke keer schrik ik me rot,' zegt Tommy.

Jesse begint te huilen. Hij steekt de rest aan en langzamerhand neemt het snikken in volume toe.

De deur gaat open en ineens komen er drie mannen naar binnen. Een draagt een meisje over zijn schouder. Ze wordt in een van de onderste kooien gestopt. De man let niet goed op en hij stoot heel hard met haar hoofd tegen de zijkant van de kooi. Ze kreunt, maar wordt niet wakker. Nu zullen ze de kooien wel weer openmaken voor een rondje plassen en poepen. Misschien handen wassen. Dat zou Tommy wel willen want op de een of andere manier krijgt hij steeds smerige handen van het ijzer van de kooien. En hij zou willen dat ze eindelijk weer eens iets te eten kregen.

Verbijsterd kijkt Tommy toe hoe ze de kooi van Ab openmaken.

'Nee,' schreeuwt het jongetje. 'Nee!'

'Niet bang zijn,' roept Tommy, maar hij ziet dat Ab hem niet hoort. Of misschien hoort hij hem wel, maar het komt niet binnen.

'Nee!' Het gillen van Ab is hoog en schril. Hij probeert zich aan de kooi vast te houden. Ineens is het monster er weer. Alleen zit het nu niet in Tommy's kooi, maar staat het erbuiten, bij de mannen, en het is zo ontzettend groot dat hij bijna niet durft te kijken en geen adem durft te halen omdat hij dan de stank ruikt van het beest, een lucht van modder en stront en smerigheid waar geen woord voor is.

Ab roept iets in het Arabisch en dan worden de mannen nog veel kwader dan ze al zijn. Ze schreeuwen naar elkaar en de zonnebril is woest. Echt woest. Dan trekken ze Ab los en nemen hem mee naar buiten. De deur van de vrachtwagen gaat dicht en Tommy zit hijgend in zijn kooi. Het monster staat er nog. Kwijlend en dampend. De deur van Abs kooi staat nog open.

– 55 –

Kyra slentert een stuk noordwaarts langs de zee en als ze er genoeg van heeft loopt ze terug naar de zuidkant van het stadje, naar de haven waar Dave aangemeerd moet hebben.

PILSSTÜBE UM SÜD ziet ze ergens staan en ze loopt naar binnen om een koffie te halen en warm te worden. Het is nog vroeg en ze wil de boot van zes uur hebben dus ze heeft nog even. Ze gaat aan een tafeltje met een babyblauw kleedje bij het raam zitten en drinkt een waterige koffie. Even verderop ligt de jachthaven. Er is een zeilschool, heeft ze in een informatiemap in het hotel gelezen. En een surfschool. Er is plek voor tweehonderdvijftig schepen en het is best duur om voor een nachtje aan te meren. Het kost al snel dertig euro om een touw rond een bolder te mogen slaan, las ze in de map. De familie Kowzinsky is niet arm, dat is een ding dat zeker is. Een jongen van in de twintig die een jacht tot zijn beschikking heeft en ook nog heeft geleerd hoe hij ermee moet varen, hoe vaak zie je dat?

Ze rekent de vieze koffie af en loopt de deur uit. Ergens wil ze het moment uitstellen. Wat als ze straks in de haven staat en helemaal niets vindt, zich zelfs niet kan voorstellen dat Sarina hier ooit was? Stel dat het haar niks zegt, die plek. Is ze dan helemaal voor niets hiernaartoe gekomen?

Ze maakt een foto en stuurt die naar Jarno.

In de verte de haven, schrijft ze erbij.

Ze steekt de weg over en loopt langs een natuurgebied aan de Waddenzijde van het eiland. Hier is het water rustiger, en ondiep, zo te zien. Iets verderop is weer een strand te vinden. Daar worden de surflessen gegeven. Er hangen nog aanmoedigingen om les te nemen. In de zomer zal het vast heel gezellig zijn, maar eind november oogt het strand troosteloos. Ze versnelt haar pas. Ineens heeft ze zin om door de haven te lopen, over de steigers te slenteren en daarna weer warm te worden in het Bootshaus. Ze negeert het bordje 'verboden voor onbevoegden' en loopt de lange steiger recht voor het Bootshaus op. Er liggen maar twee schepen. Tot wanneer duurt het zeilseizoen eigenlijk? Of gaat de echte zeiler ook in de winter op pad? Vast wel.

Ze blijft staan. Hier dus.

Hier.

Ze kijkt om zich heen. Probeert zich voor te stellen dat de lucht helderblauw is en dat de zon schijnt. Het is warm en de haven ligt vol. Mensen lopen heen en weer met nieuwe proviand. Op het achterdek van een jacht zitten mensen een glas wijn te drinken.

Kyra rilt. De wind is gemeen koud hier aan zee. Ze draait zich om, gaat met haar gezicht uit de wind staan en kijkt naar de andere kant van de haven.

Nee. Het is waar ze al bang voor was. Ze kan zich geen enkele voorstelling maken van haar zus, die hier waarschijnlijk is geweest. Kyra ziet haar niet. Niet het schip, niet Dave, niet haar zus die zich verheugt op het grote avontuur. Er is niets, alleen maar kou en wind en een grijze hemel.

Ze maakt wat foto's van de verlaten haven, van de ene kant en de andere kant, ze fotografeert het Bootshaus en de gebouwen aan de overkant. Ze moet toch iets doen, nu ze hier eenmaal is. Dan loopt ze snel terug naar de wal.

*

'O, mijn god.' Maud slaat haar handen voor haar gezicht. 'Alsjeblieft niet,' zegt ze tegen Erik Tijssen, die in de doorgang tussen de mobiele wanden staat. De man ziet grauw.

'Hij is nog maar net vermist,' protesteert Maud. 'Hij is pas een paar uur weg... We hebben de informatie net op het bord hangen. Dit past helemaal niet in het patroon.'

'Hij is gevonden bij Noordwijk,' zegt hij. 'Ik wil je vragen met me mee te gaan.'

Maud knikt en op de automatische piloot pakt ze haar jas en haar tas.

'Jij ook, Niels,' zegt Tijssen en ook Niels pakt zwijgend zijn jas. In de hal hangt een geladen stilte, alsof ieder moment een hevig onweer los kan barsten. Maud heeft het gevoel dat ze in een vliegtuig zit dat in een luchtzak is terechtgekomen. Ze probeert de trap af te lopen, maar moet zich vastgrijpen aan de trapleuning, anders valt ze. Het lijkt alsof ze naar beneden wordt gedrukt en haar hoofd in een onzichtbare bankschroef terecht is gekomen die steviger en steviger wordt aangedraaid.

Hou op.

Hou daar alsjeblieft mee op.

Niet nog een keer.

Ze had beter haar best moeten doen. Harder moeten werken. Ze had eerder die tips moeten doornemen, dan waren ze misschien wel op tijd in Den Ilp geweest. Waarom is ze vannacht naar bed gegaan? Als ze doorgegaan was, dan... Ja, wat dan eigenlijk? Had ze dan ineens geweten welke van de duizenden vrachtwagens in Nederland, of in Europa zelfs, zijn sporen daar op die boerderij had achtergelaten? En is dat dan de wagen waar de kinderen nu nog steeds in zitten, of zitten ze inmiddels in een andere?

Zóveel blauwe plekken had ze nou ook weer niet.

Hij had het nog geen uur nadat ze was vertrokken gedaan. Welke rol de moeder had gespeeld was nooit helemaal duidelijk geworden. Stompen in de buik, had de autopsie uitgewezen. Heel veel stompen in de buik, die tot inwendige bloedingen hadden geleid.

Zóveel blauwe plekken had ze nou ook weer niet.

Terwijl Maud naar huis reed – in Kralingen woonde ze toen, op een steenworp afstand van de weidse Maas – sloeg de man het meisje van vier met zijn grote vuist, nadat hij haar uit de hondenbench had gehaald waar ze al maanden dagelijks in werd gezet omdat ze stout was. Hij stompte haar zoals hij haar zo vaak stompte.

Maud zat aan tafel en schepte macaroni met pastasaus en kleine gehaktballetjes op voor Roos. Meteen wilde ze een balletje uit de saus vissen.

'Huh?' vroeg Maud voordat de kleine vingertjes het balletje te pakken hadden. 'Wat is dit voor ding?' Ze hield de lepel omhoog.

'Een lepel!' Roos was duidelijk trots. 'Míjn lepel!'

Maud had samen met de moeder van Gijs een eigen bestekset gekocht voor de eerste verjaardag van Roos. Niet dat ze toen al met vork en mes at, maar het leek haar schoonmoeder een prachtig cadeau en ze was erin meegegaan. *Roos*, stond er in krullerige letters in gegraveerd. Van zilver was het niet want het moest wel in de vaatwasser kunnen, vond haar schoonmoeder. Gek genoeg had Roos het setje heel mooi gevonden en ze had er jaren mee gegeten.

Terwijl Maud tevreden toekeek hoe haar dochter erin slaagde de macaroni over de hele tafel te knoeien en pastasaus tot naast haar oor te smeren, trok de stiefvader van het meisje het kind uit de bench en hij zette haar voor de verandering maar onder een ijskoude douche. Want ze klaagde zo over buikpijn.

'Wie wil er een toetje?' vroeg Maud opgewekt.

'Ik!' riep Edwin.

'IJsje!' riep Roos en Maud kon de verleiding niet weerstaan.

'Vooruit dan,' zei ze. 'Een raketje.'

Roos glom van blijdschap toen ze het geel-oranje-rode waterijsje zag.

Maud duikt ineen om de kou minder te voelen als ze naar de auto van Tijssen loopt. Haar oren lijken verstopt. Ze voelt de druk toenemen, alsof ze aan het duiken is en niet goed kan klaren. Ze hoort de fotocamera's van de altijd wachtende journalisten flitsen.

Hou op.

Toen ze dood was had de man het kind in de vriezer gestopt. Een paar dagen had ze daar gelegen. Hoe kun je als moeder aan je bord andijvie zitten met je man en je jongste dochter als je weet dat je oudste kind in de vriezer ligt? Die vraag nam levensgrote proporties aan in Mauds hoofd nadat ontdekt was van wie het hoofdje was en wat er met het meisje was gebeurd.

Ze stappen in de auto en slaan de deuren dicht. De stilte overvalt Maud. Ze kucht.

‘Hij is gevonden op het strand bij Noordwijk,’ herhaalt Tijssen. ‘Langevelderslag. Een schot in het hoofd.’

*

Het café in het Bootshaus is alleen van twaalf tot twee open en na vijven. De eigenaar, een vriendelijke man met donker haar en donkere ogen, moppert glimlachend dat er in de winter zo weinig te doen is. Hij heeft de zaak twee jaar geleden overgenomen, zegt hij. In de zomer is het geweldig, veel mensen en altijd reuring.

‘Ik hou van mensen,’ ratelt hij in het Duits. De mensen spreken hier op 78 toeren, heeft ze ontdekt. ‘Ik wil er veel om me heen.’ Hij staart mismoedig door het raam naar de zo goed als verlaten haven.

‘Toch is het druk op het eiland, bijna alle hotels zaten vol,’ probeert Kyra.

De man knikt. ‘Maar ze komen niet naar de haven. Niemand komt in de winter naar de haven. Ik denk dat ik volgende winter maar sluit.’ Hij kijkt Kyra nadenkend aan. ‘Op Norderney komen meestal wat oudere mensen. In het hoogseizoen zijn er gezinnen met kinderen. Maar daarbuiten schiet de gemiddelde leeftijd strak omhoog.’

‘Ik zoek mijn zus,’ zegt Kyra.

De man kijkt haar verbaasd aan.

‘Nou ja, ik zoek de voetstappen van mijn zus,’ probeert ze te verduidelijken, maar hij fronst nu nog harder.

‘Vier jaar geleden is mijn zus vermist geraakt,’ legt Kyra uit. ‘Ze was op Texel met vriendinnen.’

‘Texel,’ zegt de man. ‘Dat ken ik.’

‘Ze verdween zonder een spoor, maar dit jaar bleek dat ze met een jongen is meegegaan die met een schip op Texel was.’

De man schudt zijn hoofd.

‘Dat is erg,’ zegt hij. Hij steekt zijn hand over de bar heen. ‘Ik ben Andreas.’

Kyra schudt zijn hand. ‘Kyra Slagter,’ zegt ze. ‘Mijn zus heet Sarina. Ik heb deze week gehoord dat ze van Texel via Ameland naar Norderney is gevaren.’

‘Veel mensen doen dit eiland aan op hun rondgang langs de Waddenzee. We krijgen veel Nederlanders, veel Duitsers en ook Denen, Noren en Engelsen, naast de gebruikelijke groep zeilers die verre reizen maken.’

‘Maar als ik het goed begrijp was u hier vier jaar geleden nog niet?’

‘Ik werkte wel in de haven, maar ik had het café nog niet. Nu wil je zeker weten of ik me je zus herinner.’

Kyra pakt haar tas en haalt er een foto van Sarina uit.

‘Ik heb haar wel meegenomen,’ zegt ze als ze de foto laat zien.

– 56 –

Er is iets met het monster. Het is aan de verkeerde kant van de kooi blijven staan. Nee, de goede kant, verder weg van hem. Hij moet plassen. Hij moet zo nodig plassen dat hij met zijn voeten als een debiel heen en weer moet zwaaien, anders doet hij het in zijn broek. Hij is Jesse en hij is zeven en hij plast in zijn broek. Nee, hij is Tommy en hij is elf en hij houdt het op. Hou het op.

Shit, wat stinkt dat monster. Niet te harden. Het is gegroeid en het neemt de hele ruimte naast de kooien in beslag met zijn harige aanwezigheid. Het is heel dicht bij me geweest, weet Tommy. Het zat in mijn kooi met zijn stinkende bek en het heeft me besmet. Langzaam word ik ook een monster en dan ben ik sterk genoeg om het ijzer van mijn kooi te breken. X-men. En ik steek zo met mijn hand door de zijkant van de vrachtwagen, snijd er een deur uit en ik kan weg.

De blauwe lucht.

Wolken.

Stel je voor dat je buiten kon lopen. Een voetbalveld op.

Groen.

Gras.

Stel je voor dat je een patatje kon halen. Gewoon de kantine in en zeggen: een patatje met. Stel je voor.

De lucht van frituur.

Stel je voor dat je naar de winkel moet voor je moeder.

Melk.

Brood.

Kaas.

En dat je dan iets lekkers mag halen voor jezelf.

Roze cadillacs.

Bounty.

Maltesers.
De blauwe lucht.
Wolken.
Stel je voor dat je daglicht had. Dat je weg kon.
Stel je voor dat je bij je moeder was.

– 57 –

Londen

'Ik zou graag Engelse les willen,' zegt Jane.

De psychiater leunt achterover in haar stoel.

'Dat je je wilt ontwikkelen is fantastisch, Jane. Hoe voel je je sinds de aanpassing van de dosering?'

'Goed.'

'Droom je nog veel?'

Ze knikt. Het zal niet lang meer duren of ze komen erachter wie ze is.

'Ik lees hier dat je enthousiast meedoet met de creatieve therapie.'

Dit keer reageert ze niet. Ze heeft een vraag gesteld en wacht op antwoord.

De psychiater blijft door haar papieren bladeren.

'Je hebt er echt talent voor,' zegt ze over haar bril kijkend. 'Dat zegt de therapeut en ik zie hier ook wat foto's van de schilderijen. Mooi hoor.'

Mooi hoor. Die relatief hoge stem. Alsof ze tegen een kind praat. Mooi hoor.

Ineens realiseert ze zich dat ze altijd een hekel heeft gehad aan psychiaters. Ze denken dat ze beter zijn, terwijl ze toch alleen maar de mechanische kant van een ziekte bekijken en daarvoor technische oplossingen zoeken. Pilletjes. Elektrostimulatie. Terwijl het echte werk veel moeilijker is, het graven in iemands geest, in de verhalen die je vormen, wat de psycholoog doet.

Psychologie, dat heeft ze gestudeerd. Dat is het. Ineens is ze in een collegezaal. Groot. Weids. Theateropstelling. Ze zit achterin omdat ze bang is om op te vallen. Jaar één, introductie in de psychologie. Ze heeft er zo naar uitgezien om te gaan studeren.

Mama vond niets, zoals altijd. 'Onzin, zonde van het geld en de tijd,' had ze gezegd.

Daar zat ze dan in een echte collegezaal, op een echte universiteit, met een eigen kamer ergens bij een hospita die strikt in de gaten hield hoe laat ze thuiskwam en of ze niet stiekem iemand meenam, maar alla. In die tijd was ze vrij. Ze zag een klein beetje op tegen de werkgroepen. Dan zou de groep klein zijn en zou ze zich niet kunnen verschuilen. Ze zou er niet aan kunnen ontkomen om af en toe iets te zeggen. Ze moest zich blootgeven met woorden. Mensen zouden haar aanstaren als ze haar mening zou moeten geven over een onderwerp. Was ze wel slim genoeg voor deze studie? Was ze niet aan een hopeloze missie begonnen die ze nooit, maar dan ook nooit tot een goed einde zou kunnen brengen?

'We zouden nog een extra sessie creatieve therapie in het weekprogramma kunnen opnemen,' zegt de psychiater en langzaam trekt Jane zich terug uit haar overpeinzingen over haar studie. Dat ze een studie heeft gevolgd, wat fantastisch. Ze herinnert zich zelfs haar afstudeerproject. Ze heeft onderzoek gedaan naar de invloed van emoties – angst – op de effectiviteit van psychologische behandelingen. Cognitieve therapie, gedragstherapie, groepstherapie, schematherapie.

'Vind je dat een goed idee?' vraagt de psychiater, maar ze kijkt haar niet aan en maakt een aantekening in het dossier.

Vandaar de angstremmers, denkt ze. Als ik minder bang ben denken ze beter tot me door te kunnen dringen. Het is waar. Dat is goed.

'De dosering is beter zo,' zegt Jane en ze knikt instemmend. 'Goed gedaan. Echt.'

De psychiater slaat het dossier dicht en glimlacht.

'Nou, dat is dan afgesproken,' zegt ze.

– 58 –

Het lichaam van het kind ligt voorover in het zand, aan de voet van een duin, een arm onder de buik, de andere hulpeloos naast hem. De handpalm wijst naar boven, de vingers zijn licht gekromd.

Maud staart naar de kinderhand.

Rondom het hoofd van de jongen is het zand bloederig en ze kan er niet aan denken hoe het gezicht van de jongen eruit zal zien. Ze sluit haar ogen en vraagt zich af of de ouders wel afscheid zullen kunnen nemen van hun zoon. Ze slikt. De jongen draagt een spijkerbroek en gympen. Zijn korte zwarte winterjack zit een beetje gedraaid en Maud ziet de blote rug van het kind omdat zijn T-shirt een stuk omhooggeschoven is. Ze bedwingt de neiging het shirt naar beneden te trekken en het jongetje tegen de koude wind te beschermen.

Samen met Niels blijft Maud op een paar meter afstand staan, maar Tijssen loopt over het speciaal daarvoor aangelegde pad van plastic platen naar de collega's. TGO is al bezig. Het is druk op de smalle route naar het kind toe. Iedereen doet zijn best eventuele sporen in het zand niet te besmetten.

Maud hoort Niels diep inademen. 'Ik ga wat anders doen,' had hij tegen haar gezegd bij zijn vertrek van Rotterdam naar Amsterdam. 'Ik ga me bezighouden met geweld tussen gelijkwaardige partijen. Volwassenen tegen volwassenen.'

Hij was ervan overtuigd geraakt dat het vermoorde en in stukken gesneden kind slachtoffer van georganiseerd misbruik was geworden, en hij was er ook van overtuigd geraakt dat zijn onderzoek door onzichtbare vijanden gedwarsboomd werd. Hij zag spoken, dacht Maud toen. Dat soort dingen gebeurt niet in Nederland. Toch?

Van de duinen tot aan de zee is door de politielinten een strook van zeker twintig meter strand afgezet. De agenten die her en der bij het lint staan hebben het moeilijk. Verschillende wandelaars zijn woest dat ze er niet langs mogen. Het strand is hun eigendom. Niemand heeft het recht hun wandeling te verstoren.

Maud knikt naar Niels en loopt naar voren. Met elke stap die ze zet groeit de klont in haar maag.

Ze dwingt zichzelf goed naar het kind te kijken. Mooie, donkere krullen. Ze loopt om de jongen heen en hurkt naast zijn gezicht. Ze staart naar de fijne lippen. Naar de huid die nog decennialang vrij van rimpels had zullen zijn. Glad en jong is hij. En bebloed. Ze trekt een handschoen aan en haalt voorzichtig een paar krullen opzij. Deze kant van zijn gelaat is onbeschadigd. En zo ontzettend bleek.

'Het klopt,' zegt ze, alsof ze op de een of andere manier verwacht had dat het niet zou kloppen. 'Abdel Hendrik van Dongen, roepnaam van zijn ouders Ab, van zijn vriendjes Appie. Tunesische moeder en Nederlandse vader. Mensen met een missie. Moslim en christen in één gezin. Westers en oosters in verbinding.'

'En nu met zoveel verdriet,' zegt Niels met een zware stem achter haar. Ze laat de krullen los en steunt met haar hand op de grond.

Hoe kom je erbij om een kind in zijn hoofd te schieten? Wat voor mens ben je dan?

Toen het meisje uit de vriezer werd gehaald – dagen later, het moet rond de tijd zijn geweest dat Roos haar eerste zwemles had – sneed de stiefvader haar in stukken. Heeft de moeder meegeholpen? Het stond niet in het dossier en Maud was niet meer in staat om dat soort details nog op te vragen. Ze was weggelopen tijdens het verhoor, toen de moeder verbolgen uitsprak dat haar dochter nou ook weer niet zóveel blauwe plekken had. Wat later duidelijk werd, was dat de moeder en haar man na het ontleden van het kind hun spullen pakten, de jongste dochter in de huurauto zetten en op weg naar het buitenland door Nederland reden om de resten van het meisje op verschillende plaatsen te dumpen.

'Dag liefje, zwaai maar naar je zusje, dáág!'

Maud wacht tot ze zich iets minder wankel voelt en komt voorzichtig overeind. Ze haalt adem om te vloeken, om de daders uit te schelden, of om iets zachts en verstandigs te zeggen, iets wat het kind eer aandoet, maar ze kan niets bedenken.

*

'Het spijt me vreselijk,' zegt de café-eigenaar, 'maar ik herinner me haar niet.' Hij staart naar de foto.

'Ze had net eindexamen gedaan,' zegt Kyra. 'Ze was op examenreis met vriendinnen.'

De man schudt zijn hoofd.

'Tragisch,' zegt hij. 'Wat verschrikkelijk voor jou en je ouders.'

Kyra steekt haar hand uit om de foto van haar zus terug te krijgen.

'Was ze wel gezond?' vraagt de man, die nog naar Sarina staart. 'Ze ziet er kwetsbaar uit.'

'Ze had een eetstoornis,' zegt Kyra.

Het begon met een jongen uit haar klas, Delano, op wie ze verliefd was geweest. Hij had een opmerking gemaakt over haar figuur. Vanaf dat moment was het onbezorgd snoep halen in de kantine – roze koek, gevulde koek, stroopwafel, Snickers – over. Het nam geen ernstige vormen aan, maar na de rampzalige logeerpartij – met het incident met Gino waarover haar zus nooit met haar had willen praten – ontwikkelde Sarina een enorm talent voor het bedenken van smoesjes. Ze had een afspraak om te gaan sporten, ze at later wel iets. Ze had last van haar maag. Ze had bij een vriendin al iets gegeten. Ze had toevallig net een broodje döner gehaald met een vriendin. Het verbijsterende was dat haar ouders niets door leken te hebben. Dat ze alsmaar magerder werd verborg ze thuis onder truien met een grote col, sjaals en wijde joggingbroeken.

'Ingewikkeld,' zegt de barman. 'Mijn zus heeft dat ook gehad. Kan ik je misschien een kop koffie aanbieden?'

Ze lacht.

'Graag,' zegt ze. 'En ik wilde straks ook iets eten als het kan.'

'Voor jou maak ik een fantastische lunch.' Hij glimlacht terwijl hij de koffie inschenkt. 'Let maar eens op.'

Als ze even later aan een tafeltje bij het raam zit brengt hij haar de lunchkaart.

'Hoe heette de boot waarmee ze hier was?' vraagt hij. 'Je zou de havenmeester eens om informatie kunnen vragen.'

'Ik weet het niet,' geeft Kyra toe. 'Toen ik hoorde dat haar spoor hier eindigde ben ik nogal halsoverkop hiernaartoe gegaan. Er is heel veel wat ik nog niet weet. Ik neem aan dat de politie nog verder onderzoek zal doen. Ik wilde alleen... Ik weet het niet. Kijken waar ze is geweest, denk ik.'

Kyra bestelt een hamburger met friet en sla. Ze kan zich niets voorstellen bij niet eten. Zelf eet ze eerder te veel dan te weinig. Op een dinsdagavond, een paar maanden voor ze verdween, was Sarina vergeten de badkamerdeur op slot te doen. Ze douchte altijd thuis na de hockeytraining. Kyra trok de deur open en zag haar zus naakt. Haar ribben en heupen staken uit. Haar schouders leken te groot voor haar lijf, sterker nog, het leek alsof ze alleen maar uit een hoofd op schouders bestond en alsof de rest van haar lichaam was verdwenen.

Geschrokken trok Sarina een handdoek naar zich toe en ze vervloekte haar zus omdat die zomaar was komen binnenlopen.

'De deur was open,' verdedigde Kyra zich.

'Ik douch altijd op dit moment!'

'Jezus, Saar, ik lette gewoon niet op. Doe normaal.' Even stonden ze elkaar aan te kijken.

'Maar Saar,' zei Kyra zacht. Ze wees naar de spiegel. 'Dit gaat zo niet langer. Kijk dan.'

'Bemoei je er niet mee.'

Ze had al eens eerder met haar zus proberen te praten, maar ze ontweek het gesprek categorisch.

'Het gaat niet goed,' zei Kyra. 'Laat me je...'

Sarina sloeg de handdoek om haar magere lichaam en stormde zonder iets te zeggen de badkamer uit. Even later stond Kyra zelf naakt voor de spiegel. Rond, niet dik, maar gewoon, een klein randje vet rond haar buik. Volle billen. Cup B-borsten.

Stel je voor, je kijkt in de spiegel en je ziet een vrouw met een afzichtelijk lichaam en je denkt: slecht, slecht, ik moet harder mijn best doen om dat perfect te krijgen. Nog minder eten. Nog meer trainen.

Ze bleef naar zichzelf staren, lang blond haar, rond gezicht, rode lippen, atletisch, ze deed er geen moeite voor, maar was toch gespierd. Ze draaide rond en rond en haalde haar schouders op. Niks bijzonders.

*

Behoedzaam loopt Maud een rondje buiten het met politielinten afgezette terrein. Het waait zacht en ze vraagt zich af hoe je aan een strand ooit op een goede manier sporen kunt veiligstellen. Aan de voet van het duin, ten zuiden van de dode jongen, blijft ze staan. Hoe hebben ze hem hier gekregen? Lopend. Maar hoe? Over het strand? Vanuit het zuiden of het noorden? Ze pakt haar mobiel en kijkt op de kaart waar ze staat. Er zijn verschillende paden tot dicht bij dit strand. Aan het einde van de weg, vlak achter de duinen, is een parkeerterreintje waar ze gemakkelijk met een auto naartoe gereden kunnen zijn.

Maar waarom, in godsnaam waarom, is het jongetje omgebracht? Waarom hij, van al die kinderen, waarom voldeed hij niet meer? En waarom nu ineens?

Ze loopt omhoog. Boven op het duin blijft ze staan. Hierboven lijkt het wel alsof de wind harder is, de kou ijziger, de zee groter.

Ze slaat haar armen voor haar borst over elkaar, zet haar voeten op schouderbreedte en ademt diep in. Verschoning. Koele, zuivere wind vanuit zee, amper besmet door mensenhanden, industrie of verkeer. Hoop je. Ze staart naar de grijsblauwe grootheid die rustig voor haar deint. Eén keer had ze Gijs nog gezien, in zijn nieuwe boerderij in de Pyreneeën. Ze had Roos meegenomen in de trein, een eindeloze hoeveelheid uren boemelen, overstappen, wachten op aansluitingen en verder boemelen totdat ze uiteindelijk met de taxi waren komen aanrijden bij het kleinste boerderijtje dat ze ooit had gezien. Gijs was er niet. Ze viste de sleutel van de plek die Gijs haar aangegeven had en zette haar spullen binnen. Daarna bleef ze buiten op hem wachten omdat het niet goed voelde in zijn huis te zijn zonder hem. Maud had een uur met Roos op de grond zitten spelen. Met grind kon je heel aardige kunstwerkjes maken, bleek het. Daarna was het meisje in slaap gevallen in haar wagentje en toen Maud daar zo zat, op de berghelling, bij het gammele gebouwtje, omhuld door de geur van de kruiden die er groeiden en met de ondergaande zon in het dal, bedacht ze dat het ook als haar voormalige geliefde, de vader van haar kind, niet zou thuiskomen van zijn werkdag als herder, de moeite waard was om hier te zijn. Zo was het met Gijs. Hij geloofde in het laten stromen van dingen. In het leven in het hier en nu en als dat betekende dat hij nodig was op de berg, dan bleef hij daar. Of er beneden op hem gewacht werd of niet. Op dat moment, in de rust van de natuur, warm en tevreden in de avondzon, met Roos vol vertrouwen in slaap in de kinderwagen, begreep ze het. Maar ze kon er niet mee leven.

Wat is hij klein, de dode jongen aan de voet van het duin. Van hieruit is hij nog kleiner dan de tien jaar die hij is. Een klein lichaampje omringd door handenvol volwassenen. Zijn stilte tegenover de grimmige energie van de mensen die alles om hem heen onderzoeken en zich langzaam in grote cirkels naar hem toe werken, zodat hijzelf straks vanbuiten en vanbinnen uitgeplozen kan worden. Pas op, zou ze willen roepen. Sta op en ren weg.

– 59 –

Hij had aan Appie moeten vragen of er iets op televisie is geweest over Fenne. Nu is hij weg en kan het niet meer. Als het goed is gekomen met Fenne, betekent dat dan dat het ook goed komt met Ab? Ab verstond die mannen. Misschien heeft hij iets gehoord wat hij niet mocht horen.

Hij zou willen dat hij kon bidden. Tommy slaat zijn handen ineen en denkt aan Fenne en aan Ab. Laat ze veilig zijn, zegt hij tegen wie dan ook. Wat zou het prachtig zijn als er iemand is die voor je zorgt. Die je gebeden verhoort en die over mensen waakt. Zijn ouders geloven niet en hij weet weinig van het geloof. Alleen wat hij op school heeft gehad, maar die verhalen waren altijd zo raar, hij begreep het vaak niet eens. Of misschien kwam het door de manier waarop ze werden verteld.

De vrachtwagen stopt en met een boze zucht komt de motor tot rust. Tommy kruipt weg, in het verste hoekje van zijn kleine kooi. Zijn lichaam is nog meer pijn gaan doen. Hij is één grote blauwe plek en hij weet van ellende niet meer hoe hij moet liggen, maar op dit moment interesseert het hem niet. Als hij maar weg is van de deur. Als hij maar zo onzichtbaar mogelijk is.

Hij houdt zijn adem in en ziet tussen zijn bijna gesloten oogleden door dat er twee mannen binnenkomen. Een van hen draagt een meisje over zijn schouder. Ze stoppen haar in de kooi van Ab, vlak bij hem, en roerloos ligt Tommy te kijken hoe ze het deurtje dichtdoen en zich uit de voeten maken.

Eikels, zou hij willen schreeuwen. Gore klootzakken.

Maar hij durft niet eens adem te halen.

– 60 –

'Een enorme tragedie,' spreekt Tijssen het hele team toe. Ze staan buiten de werkruimtes in de grote fabriekshal en er hangt een bedrukte stilte. 'Even ter bevestiging van wat jullie al weten: het slachtoffer is Abdel Hendrik van Dongen, tien jaar, uit Den Haag, twee nationaliteiten, tweetalig, een tennistalentje.'

De politiemensen luisteren allemaal met een sombere blik naar hun baas.

'Vanochtend om kwart voor tien is hij gevonden door wandelaars. Het onderzoek ter plekke is nog bezig en duurt in elk geval tot vanavond laat. Op dit moment kan ik niet veel meer zeggen dan dat het klopt wat de eerste media al berichtten: hij is met een vuurwapen in het hoofd geschoten.'

Onmiddellijk ontstaat een boos geruis van stemmen.

'Een uiterst agressieve daad,' beaamt Tijssen met harde stem. 'Ongekend zeker gezien het feit dat het slachtoffer een kind is, zoals jullie weten.'

Hij spreekt zijn mensen toe over het vervolg van het onderzoek en sluit af met het verzoek door te gaan met waar ze mee bezig waren. Het vinden en in veiligheid brengen van de gezinnen die kennelijk op de lijst van de stichting staan heeft prioriteit. Daarnaast het achterhalen van de identiteit van de mensen achter de stichting en bovendien het uitvinden wie de leden zijn van de groep die tegelijk met de talentvolle kinderen in het bungalowpark was.

'Maud,' zegt Tijssen. 'Hoeveel gezinnen hebben we nu binnen?'

'Tweeëntwintig,' zegt Maud.

'Rob, Willem.' Tijssen knikt de heren toe. 'Ik weet dat het niet gemakkelijk is om tegen internationale muren aan te lopen, of rookgordijnen moet ik misschien zeggen, maar ik weet dat jullie niet voor één gat te vangen zijn. Laten we creatief zijn.'

Hij kijkt rond, alsof hij iedereen van het team individueel aan wil moedigen.

'Bedankt,' zegt hij en meteen ontstaat een kakofonie van overleggende collega's. Iedereen vertrekt naar zijn plek, bezeten van drang om deze waanzin te stoppen. Maud voelt zich te moe om op te staan.

'Dit gaat heel moeilijk worden,' zegt ze als iedereen weg is. 'De daad tegen Ab laat wel zien dat we de optie dat het iemand uit de omgeving van de kinderen is definitief kunnen wegstrepen, maar we krijgen geen grip op de groep die erachter zit.'

Tijssen gaat aan tafel zitten.

'Blijf nog even zitten, Maud,' zegt hij. 'Ik verwacht elk moment de forensisch psycholoog, verder Sam van Zweden, die leiding geeft aan het team Georganiseerde Misdaad. We willen in kaart brengen wat de achtergrond van de vermissingen kan zijn.'

'Is goed,' zegt Maud. 'Ik loop even naar mijn team en kom zo weer terug.'

Ze dwingt zichzelf om op te staan, loopt naar de deur en draait zich om.

'Weten we al iets meer van de transportmiddelen?' vraagt ze. 'Ik bedoel, de kinderen zijn met een vrachtwagen vervoerd. Weten we al meer, een type, grootte? Hoe is Fenne naar IJmuiden gebracht en Ab naar Noordwijk? In die vrachtwagen of in personenwagens? Waar zijn ze naartoe op weg? Blijven ze in Nederland of worden ze naar het buitenland vervoerd?'

Barbara Ruigbot en Erik Tijssen zien er vermoeid uit, alsof ze in een paar dagen tien jaar ouder zijn geworden. Het slaapgebrek begint zijn tol te eisen. Ook bij haar, al heeft ze een paar uur geslapen vannacht, en ze onderdrukt een gaap.

'Er is een team bezig,' zegt Ruigbot, 'met alle beelden van camera's langs de routes waarvan we zeker weten dat ze die genomen hebben. De vrachtwagen moet door Landsmeer of langs Purmerend zijn gekomen, dat kan niet anders. IJmuiden, Noordwijk – daar zijn ook een aantal wegen die we bekijken. Zijn de interviews met al die gezinnen al gepland?'

Maud knikt. Als ze wegloopt hoort ze Ruigbot en Tijssen overleggen over de aankomende persconferentie. Op straat – buiten in de wereld, die ze al dagen niet meer gezien heeft zoals ze die normaal gesproken ziet, gewoon, als klant bij de bakker, of als fietser langs het kanaal, of als moeder voor haar kind – gebeuren vreemde dingen nu de paniek steeds harder om zich heen slaat. Gisterenavond nog werd een grootschalige zoekactie georganiseerd in een bos bij Rosmalen, nadat wandelaars een man met een jongetje hadden zien lopen en enkele minuten later alleen de man – zonder het jongetje. Helikopter, speurhonden, mobiele eenheid, niets was te gek. De hele nacht werd gezocht. De volgende ochtend vroeg meldde de vader zich met het jongetje. Niks aan de hand. Hij had geen idee dat hij de oorzaak van al die paniek was, hij was gaan wandelen met zijn kind omdat het zo huilde.

Langzaam loopt Maud terug. Ze loopt voorbij de ruimte waar haar team werkt en haalt koffie. De collega's die ze tegenkomt praten over hun theorieën, over wat prioriteit heeft, welke stap op welke stap moet volgen. Het is prettig dat ze met zovelen zijn, en tegelijkertijd is het angstaanjagend dat deze grote groep deze waanzin niet kan stoppen. Ze loopt naar het raam en staart over het dak van het aangrenzende pand. Hoeveel kinderen zullen nog verdwijnen? Maximaal vier. Als hun lijst klopt. Als er niet onverhoeds nog meer lijsten zijn.

Ze voelt zich moe. Het liefst zou ze naar huis toe gaan en op de bank kruipen. Een film huren, en haar man en haar kind dicht bij zich hebben. Is Roos wel veilig, vraagt ze zich af. Ze is zeventien en valt niet binnen de leeftijdscategorie van de tot nog toe verdwenen kinderen. De oudste is elf. Nee, kom op, Roos valt niet in de categorie.

Met de koffie in haar hand loopt ze terug naar haar team, legt uit dat ze voorlopig nog in overleg blijft en dan loopt ze terug naar de kamer van Tijssen. Het lijkt alsof ze een stalen bal aan een ketting met zich meesleept, zoals gevangenen vroeger hadden. Ze komt amper vooruit.

*

Kyra staat op en betaalt de hamburger aan de bar. Ineens is ze het eiland spuugzat. Die verdomd lieflijke huizen, de glans van vroeger die nog een beetje rondhangt, de illusie van vakantie. Hier is haar zus geweest en wat er ook gebeurd is, er is een moment geweest dat haar idylle omsloeg in haar nachtmerrie.

Dave, was hij een creep? Of zat hij vol goede bedoelingen en dromen? Als Sarina echt serieus voor hem is gevallen moet het een bijzondere jongen zijn geweest. Of niet? Was haar zus niet alleen aan de oppervlakte, maar ook diep vanbinnen hysterisch? Nee, ze kan het niet accepteren, dan zou ze zelf toch ook zoiets moeten hebben.

Sarina, vol hoop en opwinding. Weg van een vader die je in een kliniek wil opsluiten. Weg van een moeder die alles beter weet en op de een of andere manier altijd laat weten dat wat je doet niet goed genoeg is, dat alles in je leven vele malen beter kan. Je school. Je vrienden. Je toekomstplannen.

Sarina wilde naar de modeacademie. Mama had het verboden. Haar oudste dochter zou niet ten onder gaan in een keiharde wereld vol idioten, nee, ze zou rechten gaan studeren en een topadvocaat worden bij een of andere internationale firma. Tussen beschaafde mensen. Toen Saar niet wist welk profiel ze moest kiezen was haar moeder ineens haar loopbaanadviseur geworden. Ze nam het ene na het andere testje af en daar kwam maar één mogelijk pad uit: advocatuur. Sarina had zelfs nog een tijdje geloofd dat dat inderdaad het beste was.

'Ga je maar naar huis?' vraagt de eigenaar van het café.

'Eerlijk gezegd weet ik niet meer precies waarom ik gekomen ben,' zegt Kyra glimlachend.

'Dat gevoel ken ik.' De man lacht terug en schudt meewarig zijn hoofd.

'Ik ga nog even naar het toilet,' zegt Kyra.

'Daarachter.' Hij wijst.

Naar huis. Ze zal blij zijn als ze straks op de boot zit. Bij de toiletten kijkt ze in de spiegel. Haar haar zit rommelig en haar neus is roder dan ze zou willen. De kou en de wind doen haar uiterlijk geen goed. Jammer dan. Ze trekt de wc-deur open en besluit voorlopig gewoon niet in de spiegel te kijken. Slechte uitvinding ook. De mens is een gefrustreerd hoopje ellende geworden sinds hij zichzelf kan zien. Nooit mooi genoeg. Zelfs de mooiste Hollywoodsterren laten zich verminken tot onherkenbare griezels nu ze beheerst worden door hun spiegelbeeld.

En Sarina dan.

Kyra staart voor zich uit, naar de deur met de tientallen stickers en namen en tekeningetjes, en bevriest. Ze gaat rechtop zitten. Nee. Onmogelijk. Snel veegt ze zich af, trekt haar broek omhoog en buigt zich voorover.

Een blauwe sticker met een rode hockeystick. AMHC Fit Amsterdam. De club van Sarina. Hoe komt dat ding hier?

Zonder haar blik van de sticker af te halen pakt ze haar mobiel uit haar broekzak en ze neemt een foto. Wat moet ze doen? De politie bellen? Die sticker eraf halen? De deur mee naar huis nemen?

Ze trekt door, gaat weer op de wc zitten en probeert na te denken. Een sticker van een hockeyclub uit Amsterdam-Noord op een toilet in de haven van Norderney. Absurd.

Dat moet van Sarina zijn. Of is er een andere junior hier geweest? Het liefst wil ze de sticker los pulken, maar ze durft het niet te doen. Ze bestudeert de namen op de deur, een wirwar van teksten. *Johan was here. Maxim liebt Danesha. Illias. Anniko.* Een sticker van een strandfeest van drie jaar geleden. Een sticker van de Seglerverein hier op Norderney.

De deur wordt intensief gebruikt. Er zal vast geen vingerafdruk van Sarina meer op te vinden zijn.

Ze staat op en haalt de barman erbij.

'Dat is de hockeyclub van mijn zus,' zegt ze.

De man bestudeert de sticker. '*Grausam*,' zegt hij.

'Wordt deze deur ook schoongemaakt?' vraagt Kyra.

'Dat moet ik mijn vrouw vragen,' zegt de man. 'Die regelt hier de schoonmaak. Maar toen wij twee jaar geleden deze tent overnamen heeft ze een schoonmaakploeg ingehuurd en toen is letterlijk elke centimeter chemisch ontsmet of iets dergelijks want ze wilde de lucht van die andere mensen eruit hebben, zoals ze zelf zei. Dus ik denk niet dat hier nog een vingerafdruk te vinden is, als het je daarom gaat.'

Kyra knikt. 'Jammer,' zegt ze.

'En anders gaf ik je ook weinig kans,' zegt de man. 'In de zomer is het hier druk. Die toiletten worden heel goed gebruikt. Heb je er foto's van gemaakt?'

'Ja,' zegt ze terwijl ze haar mobiel pakt. 'Maar nog niet genoeg.'

Ze maakt foto's van de hele deur en uiteindelijk zelfs een 360-gradenfoto van het hele toilet.

'Probeer hem eraf te halen. Neem hem mee, als bewijs. Zal ik een plastic zakje halen?'

Kyra staart naar de deur.

'Zou ik hem niet moeten laten zitten voor de politie?' vraagt ze.

'Denk je dat die komen voor een sticker?'

Ze weet het niet. Natuurlijk vindt ze dat de politie elk flintertje bewijsmateriaal moet onderzoeken, maar in werkelijkheid zijn ze vooral druk met andere zaken.

'Ik kan het proberen,' zegt ze.

Voorzichtig zet ze haar nagel achter de rand van de sticker en ze probeert het velletje los te trekken. Het materiaal is stevig en ze pulkt net zo lang tot de randen los zijn. Dan begint ze het ding beetje bij beetje los te trekken. De eigenaar van het café staat er roerloos bij.

'Hij zit niet zo erg vast,' zegt Kyra zonder op te kijken. Ze blijft pulken, trekt uiteindelijk de sticker los en staart verbijsterd naar de deur.

*

In de korte tijd dat Maud weg is geweest hebben Tijssen en Ruigbot de kamer aangekleed met gegevens. De rolborden van verschillende teams staan langs de wanden opgesteld.

Zodra ze aan tafel plaatsneemt gaat Tijssen van start.

'Alle kinderen hebben een bepaald talent,' begint hij zijn samenvatting.

Maud kijkt om zich heen terwijl ze luistert naar de gegevens die ze al kent. Rob is er, en Willem, iemand van het team georganiseerde misdaad, en er is een forensisch psycholoog. Vlak nadat ze begonnen zijn komt er nog een financieel expert binnen, iemand die meer kan vertellen over de geldstroom van de stichting en de boekingen bij het bungalowpark.

'Talentvolle kinderen, die met een gratis weekendje naar een centrale locatie zijn gelokt door een stichting die niet bestaat, en gefinancierd door een geldstroom die via verschillende landen vast lijkt te lopen in Syrië.'

Tijssen loopt naar het volgende bord.

'Tien kinderen, in de leeftijd van zeven tot elf jaar, jongens, meisjes, verschillende uiterlijke kenmerken en diverse talenten, in een periode van vier dagen ontvoerd van openbare plekken, een achtertuin, gewoon op straat.'

Maud bekijkt het bord dat ze maar al te goed kent. Negen angstige kinderen, één overleden, tien doodongelukkige gezinnen.

'Een duidelijk waarneembare richting in de locaties waarvan de kinderen zijn meegenomen,' vat Tijssen het volgende bord samen.

Maud staart naar de kaart van Nederland, waarop de nummers een tot en met tien zijn geplakt. Het spoor loopt van Amsterdam over Noord-Holland naar de kust en dan in zuidelijke richting, langs de Noordzee naar Rotterdam. Ernaast hangt een lijst met de omschrijving van de locatie per nummer.

'Even door naar een aantal andere locaties,' zegt Tijssen. 'En inzoomen op wat meer details.' Hij loopt naar een volgend bord.

'Den Ilp,' zegt hij. 'Leegstaande boerderij. Eigenaar is oud en dement, zit in een instelling. Zijn kinderen wisten niet dat iemand de boerderij in gebruik had. Het ding staat kennelijk al een tijd te koop, er is binnen de familie onenigheid over de vraagprijs.' Hij wijst naar beelden van de hokken, de rommelige keuken. 'Er zijn sporen van ten minste zeven mensen gevonden. Alleen de sporen van dit slachtoffer' – hij wijst naar de foto van de gedode jongeman – 'zijn herkend. Verder niemand uit een van onze databases.'

Hij vertelt iets over de vermoorde jongeman.

‘Interessant is,’ zegt hij, ‘dat hij tegen zijn moeder heeft gezegd dat hij zijn paspoort nodig had en dat hij een maand of twee weg zou gaan op een klus. Hij heeft daarbij zijn moeder ervan verzekerd dat hij niet met het vliegtuig zou gaan. Ze heeft kennelijk vliegangst. Hij vertelde zijn moeder dat hij niet kon zeggen waar ze heen gingen, maar in elk geval was het niet naar Afrika, want dat heeft ze gevraagd. Verder weg, had de jongen gezegd. We zijn nog bezig om in kaart te brengen met wie hij allemaal contact heeft gehad dit laatste jaar. Wellicht heeft hij via een sportschool of een opleiding of iets dergelijks contact met de groep gekregen. Hierover is nog geen duidelijkheid.’

Tijssen vertelt dat er niets bijzonders is gevonden bij de locatie in IJmuiden waar Fenne Zwiers is achtergelaten. Geen enkel spoor.

‘Het onderzoek rondom de dood van Ab van Dongen loopt nog volop,’ sluit hij af. ‘In het zand zijn verschillende sporen gevonden. Diverse voetstappen, onder andere van de wandelaars die hem gevonden hebben, maar ook enkele andere. We onderzoeken of er een match is met een van de sporen op de boerderij, maar gezien het grote aantal materialen zal de uitkomst nog wel even op zich laten wachten. Overigens heeft het buitenland hulp aangeboden. Zowel België als Duitsland stelt forensisch rechercheurs beschikbaar. Grote uitdaging is om alles beheersbaar te houden.’

Maud probeert zich te concentreren, patronen te zien in het verhaal dat Erik Tijssen vertelt, maar het duizelt haar. Haar blik gaat terug naar het eerste bord en aandachtig bekijkt ze alle informatie op de hele wand, totdat haar blik weer terug is bij Tijssen.

De expert in georganiseerde misdaad, een grote man die zeker een meter negentig lang is en rond de honderd kilo zal wegen, staat op en begint te vertellen.

‘Bij het ontvoeren van de kinderen kunnen verschillende belangen spelen,’ zegt hij. ‘Meestal treffen we in dit soort zaken een netwerk aan. Pedofilie, prostitutie. Als we het breder trekken dan is er wereldwijd ook sprake van kinderhandel voor arbeid, en voor adoptie, alhoewel dat laatste beslist minder voorkomt dan vroeger.’

De man, die zich heeft voorgesteld als Samuel van Velzen, vouwt zijn handen in elkaar en fronst. Zijn ogen zijn donker en hebben iets kouds.

'In alle gevallen is het uiteindelijke doel geldelijk gewin,' besluit hij.

De forensisch psycholoog neemt het woord.

'Ik vrees dat ik in dit soort gevallen heel weinig kan toevoegen,' zegt ze. 'Mijn naam is Maryam Assaoudi. Meestal kijk ik naar zaken waarin één, heel soms twee daders opereren. Van de daders weten we niet veel. In elk geval wordt er waarschijnlijk Arabisch en Engels door ze gesproken. Fenne Zwiers heeft gezegd dat er verschillende mannen waren en dat ze 'een soort Marokkaans' spraken. Dat zijn haar letterlijke woorden, dus wij gaan uit van Arabisch en daar schieten we niet zo heel veel mee op, want dat wordt wereldwijd door tweehonderdtachtig miljoen mensen gesproken. Dat er ook ontvoerders Engels met een accent spreken helpt ons ook niet veel verder, behalve dan dat dit kennelijk een groep is die uit diverse nationaliteiten bestaat, waaruit we kunnen afleiden dat het in elk geval een internationale operatie is. Wat ik verder uit haar getuigenverklaring opmaak is dat er een duidelijk onderscheid is tussen de leiding en de rest. Er is één man die zich afzijdig houdt van de dagelijkse gang van zaken en de boel lijkt te controleren.'

Ze vertelt aan de hand van de getuigenverklaring van Fenne over de gang van zaken in de schuur en de vrachtwagen.

'Ze heeft niemand gezien,' zegt Maryam. 'Zelfs niet de persoon die haar ontvoerde uit de tuin. Ze werd van achteren benaderd en werd daarna wakker in de kooi in de vrachtwagen. Bij het afzetten op het parkeerterrein in IJmuiden was ze geblinddoekt.'

Maud kijkt naar het bord waarop de gegevens van de daders zijn vastgelegd. Een foto van de dikke jongen. Levend en dood. Daarboven zes schaduwen van gezichtloze mensen.

'Over de daders kan ik zeggen dat ze kennelijk goed georganiseerd zijn. Deze operatie is lang van tevoren voorbereid. Ze zijn slim, er zit geld achter want er is geïnvesteerd in het weekend in het bungalowpark, de schuur is verbouwd om de kinderen te kunnen huisvesten en ook de vrachtwagen is speciaal verbouwd. Dat duidt erop dat er grote belangen zijn.'

Ze laat even een stilte vallen.

'Sam en ik hebben gekeken naar mogelijke scenario's, maar wat het ook is, het is een motief waar geld een grote rol speelt. Adoptie, kinderroof – dat is meer iets wat we zien bij heel jonge kinderen. Bovendien zijn de opbrengsten niet zo hoog als ze vroeger waren want de mogelijkheden voor legale adoptie zijn veel beter geworden.'

'Prostitutie, pedofielennetwerken, dat komt ook voor,' vult Sam van Velzen Maryam aan. 'Maar dan zien we nooit operaties op een dergelijk niveau. Vaak zijn het arme kinderen, in achtergebleven gebieden, die worden geronseld of geroofd. Die komen terecht in bordelen, waar ze onder erbarmelijke omstandigheden leven. Het gros van dit soort gevallen komt in Azië voor en de financiële opbrengsten zijn aanzienlijk, maar meer door de hoeveelheid kinderen die erin omgaat. De opbrengst per kind is niet hoog genoeg voor dit soort operaties.'

Rob Franssen zucht hoorbaar.

'Dus we vermoeden een geldelijk gewin?' vraagt Maud. 'Het is gewoon een commerciële operatie, denk je?' Ze richt zich tot Maryam.

'We denken van wel,' zegt de vrouw. Ze is begin dertig en opvallend mooi. Haar gladde huid, haar prachtige bruine ogen en de volle, roze geverfde lippen lijken benadrukt te worden door de zwarte hoofddoek die ze draagt.

'Maar dan moet het een operatie zijn waarmee bijzonder veel geld wordt verdiend, want er zijn flinke kosten gemaakt,' zegt Maud.

'Klopt,' zegt Maryam. 'En de bedragen die daarbij horen kunnen niet van de ouders gevraagd worden. De ouders van Fenne Zwiers zijn vermogend, en er zijn nog een of twee kinderen die uit een bovenmodaal gezin komen, maar losgeld is niet geëist en lijkt ook niet aan de orde.'

'Dus, orgaanhandel?' probeert Maud. 'Klonen?'

Willem snuift.

'Klonen,' zegt hij. 'Dat lijkt me sciencefiction. En orgaanhandel, tja, waarom dan deze kinderen? Dan kun je toch elk kind van de straat trekken? En waarom hier, in Nederland?'

Maryam knikt.

'Of het worden slaven,' zegt Maud. 'Zoals de zaak van Natascha Kampusch. Of die vent in Amerika vorig jaar, met die vrouwen in zijn kelder. Zo zijn er heel veel meer zaken waar wij allemaal niets van weten.'

'Maar als je seksslaven zoekt, want daar hebben we het over,' zegt Maryam, 'waarom dan zo vreselijk ingewikkeld doen? In de gevallen die je noemt hebben de daders in hun nabije omgeving toegeslagen. Zulke daders nemen hiervoor soms hun eigen kinderen, zoals die Jozef Fritzl. Wereldwijd worden dagelijks kinderen gestolen of voor een klein bedrag van hun ouders "geleend". Kinderen in Nederland halen is veel risicovoller.'

'En wat is er dan zo bijzonder aan die kinderen?' zegt Willem chagrijnig.

'Dat ze een talent hebben?' probeert Maud.

'Dat ze jonger zijn dan twaalf?' suggereert Barbara.

'Dat ze Nederlands zijn?' Maud denkt hardop. 'Dat ze hun talen spreken? Een beetje Engels?'

Sam van Velzen pakt een stift en schrijft de genoemde steekwoorden op een nieuw vel papier.

TALENT

< 12 JAAR

NEDERLANDSENGELSE TAAL?

'Wat hebben ze nog meer gemeenschappelijk?' vraagt hij.

'Inentingen,' zegt Barbara. 'Ehm... school. Zwemdiploma.'

'Ze zijn wel allemaal hartstikke wit,' zegt Willem. 'En die Ab dus niet.'

Tijssen kijkt hem vuil aan.

'Ja, ik denk gewoon hardop hoor,' zegt Willem. 'Die Appie was anders dan die andere kinderen, met zijn Tunesische moeder. Trouwens, zou hij geen Arabisch hebben gesproken?'

'Misschien heeft hij iets gehoord wat hij niet had moeten horen,' zegt Maryam nadenkend. 'Je zou gelijk kunnen hebben.'

'Of hij was niet wit genoeg,' zegt Willem. 'Dat kan ook.'

Sam vult de lijst met steekwoorden aan. Aan de rechterkant van het vel papier maakt hij nog een lijstje. Slaven, schrijft hij. Prostitutie. Adoptie. Medisch.

'Niet normaal,' zegt Willem. 'Waar hebben we in jezusnaam mee te maken?'

*

Dave †

Kyra staart ernaar. De naam van de jongen is in slordige letters uit het hout gekerfd. Eronder staan de letters gekrast. SAS.

'Sarina Allette Slagter,' fluistert Kyra. 'Ze wist dat Dave dood was. Maar hoe kan ze dat weten als ze hier in de haven ligt? Waarom is ze niet naar de politie gegaan of naar een arts of... Wat is er in godsnaam...'

'Misschien moet je toch de Nederlandse politie maar bellen,' zegt de barman. 'Ik zal in elk geval de politie hier op het eiland een belletje geven. Ik weet niet wat ze ermee doen, maar... Christus.'

De mogelijke scenario's buitelen in Kyra's hoofd over elkaar heen. Ze probeert rustig te blijven.

'Ze was hier, op het eiland,' zegt ze hardop in het Nederlands. De barman kijkt haar verward aan. 'Ze was hier, in de haven, ze ging naar het toilet. Ze had iets scherps, iets hards. En ze schreef iets op de deur, plakte de sticker van hockey erop.'

Ze zwijgt even.

'Die sticker moet ze in haar trainingspak hebben gehad. Nog van de sponsorloop, die was in februari. Misschien wel het Nike-pak. Zie je wel.'

Weer is ze even stil. Mijn god, wat betekent dit?

Sarina. Ze heeft een boodschap achtergelaten. Misschien wel speciaal voor haar. Ze was in gevaar, dat kan niet anders. Alles ademt ineens gevaar.

– 61 –

Er is een nieuw meisje, maar het interesseert hem niet meer. Leonie heet ze en ze roept de hele tijd *oh my God* en ze huilt als een achterlijke.

Tommy draait zich om in zijn ijzeren doodskist. Rechtop zitten kan niet. Hij zou een heel klein beetje op handen en knieën kunnen, maar die energie kan hij niet meer opbrengen.

De anderen praten over eten.

Pannenkoeken.

Patat.

Knakworstjes.

Drop.

Stroopwafels.

Kaas.

Gebakken aardappels.

Spaghetti bolognese.

Hij heeft zo'n honger dat hij denkt dat zijn maag gescheurd is. Dat honger zo'n pijn kon doen, dat wist hij niet.

Aardbeien met slagroom, denkt hij. Dat vergeten jullie steeds met je patat. Hij denkt aan het lekkerste toetje van de wereld. Rode, verse zomerkoninkjes. Dat zegt zijn oma altijd. Zomerkoning. Winterkoning.

Het is koud in de vrachtwagen.

Hij heeft honger en ze gaan maar door over eten.

'*Oh my God*,' zucht het nieuwe meisje weer.

Hij zou willen dat ze haar bek hield.

Zijn rug doet pijn, maar als hij op zijn zij gaat liggen wordt de pijn alleen maar erger.

'Hou je bek,' fluistert hij.

Niemand reageert. Hij heeft Jesse al een hele tijd niet meer gehoord. Hij tilt zijn hoofd op en kijkt naar de kooi waar het kleine jongetje in ligt. Hij ligt naar de ledlampjes te staren. Omdat hij af en toe met zijn ogen knippert weet Tommy dat hij niet dood is. Toch ziet hij er levenloos uit. Zijn lippen zijn gebarsten en hij heeft wallen onder zijn ogen. Waarschijnlijk slaapt hij niet. Net als hij. Waar het ook is waar ze heen gaan, wat er daar ook gebeuren gaat, hij wilde dat hij er was. Alles beter dan in deze kooi liggen wachten.

– 62 –

'Jolanda,' zegt Maud. 'Ze controleren toch alle beelden van de camera's op de route die de vrachtwagen en de vluchtauto afgelegd kunnen hebben?'

Jolanda knikt.

'Maar ze moeten ook tanken.' Maud kan bijna niet meer nadenken, zo moe is ze. Misschien dat daarom juist het ene na het andere waanzinnige idee uit de mossige grond van haar brein schiet.

'Vraag of ze alle tankstations op de route van IJmuiden naar Rotterdam willen controleren. Laat ze zoeken op de combinatie van een vrachtwagen en een of twee personenwagens die tegelijk aankomen en ook tegelijk weggaan. Als de bestuurders met elkaar praten is het nog beter. Dat zijn ze. Langs de A4 bedoel ik. Misschien de A44. Begin met de grote tankstations. Met grote parkeerplaatsen. Of met een restaurant. Ze moeten ook eten.'

'Maud, ik begrijp je,' zegt Myrna. 'Ik vraag aan Tijssen welk team dat doet en ga er meteen achteraan.'

'Fijn,' zegt Maud. Ze blijft roerloos in haar stoel zitten, maar zou haar hoofd op haar arm willen leggen.

'Een nieuwe naam op de lijst,' zegt John somber. 'Had je het gehoord? Leonie Schepens, twaalf jaar. Uit Rotterdam.'

Twaalf, ze worden ouder. Ook dat nog.

'Nee,' zegt ze. 'Ik wist het nog niet.'

'Uurtje geleden ontvoerd,' zegt John.

'Een van onze lijst?' vraagt Maud.

Hij knikt.

'We hebben er nog twee niet binnen. Van Vloten nog niet en ook Dirksen nog niet. De rest allemaal. Naast de familie Steenders dus.'

'Waar zaten die lui in godsnaam?' zegt Maud kwaad.

'Ze zijn verhuisd,' zegt Niels rustig. 'Ze hebben een nieuw huis gekocht en zolang dat verbouwd werd zaten ze in een vakantiehuisje in de buurt. Voor twee maanden. De moeder had ook een nieuw mobiel nummer, vandaar dat we ze niet konden vinden.'

'En die andere twee gekken dan?'

Ze kan zich niet inhouden. Waarom hebben die mensen hun zaken niet op orde?

'Eén gezin lijkt van de aardbodem verdwenen,' zegt Niels. 'En van het andere zijn de ouders gescheiden en de moeder is ondergedoken met haar kind en we hebben haar nog niet getraceerd. Hopen dat die bende dat ook niet kan.'

Zóveel blauwe plekken had ze nou ook weer niet.

Maud werd destijds gebeld door Dick Louwe, haar baas. Ze hadden een identiteit voor het in stukken gesneden meisje. Ze voelde zich misselijk worden toen hij haar naam zei.

Zóveel blauwe plekken had ze nou ook weer niet.

Maud kon niet meer slapen. Ze dacht de hele tijd aan de grote handen van die kerel en het kleine, losgesneden handje op de autopsietafel. Het had jaren geduurd voordat ze Roos' hand weer vast kon houden.

'Check de autoverhuurbedrijven,' zegt Maud. 'Zoek op de namen Van Vloten en Dirksen en de paspoortnummers.'

'Goed,' zegt Niels. 'Gaan we doen. En nu ga ik jou naar huis brengen.'

'Nee, nee. Echt niet. Ik ga even koffie halen.'

*

Kyra heeft nog meer foto's gemaakt, van de wasbak, zelfs van het plafond, alles. Ze moet opschieten. Net had ze nog tijd genoeg, maar nu moet ze haast maken om de boot te halen.

'Ik breng je naar de ferry,' zegt de politieman. Hij heeft de maatschappij die de veerdienst verzorgt al gebeld. Ze zullen tien minuten wachten, maar geen seconde langer. Het is de laatste afvaart en ze wil naar huis.

'Hartelijk dank,' zegt ze als de politieman het kleine stukje naar het dok van de veerboot met loeiende sirenes aflegt.

Even later staat ze bij de loopbrug naar het schip. Er hangen al passagiers over de reling die met nors gezicht aanschouwen hoe ze het schip op stapt.

'Ik heb je gegevens,' zegt de politieman. 'We houden je op de hoogte. Bedankt voor alle informatie en de medewerking.'

Ze heeft ook de gegevens van Maud Mertens achtergelaten. Ze heeft de naam van Dave Kowzinsky genoemd, en dat hij in Denemarken aangespoeld is. Weer voelde ze zich stom toen ze aangaf dat ze de naam van het schip niet kende, noch de woonplaats van de Kowzinsky's.

Ze zwaait naar de Norderneyse politieman en loopt het schip in. Warme chocolademelk. En straks nog ruim drie uur rijden.

*

'Kyra Slagter belde net.' Maud zit aan tafel met Roos en Edwin. Niels Bingsten heeft haar gedwongen thuis te gaan eten en ze is hem er dankbaar voor. Als ze midden in een klus zit vergeet ze weleens hoezeer ze haar man en kind nodig heeft. En zij haar. Hoopt ze.

'Had ze weer iets ontdekt?' vraagt Roos grijnzend. Roos heeft Kyra nog nooit ontmoet maar ze heeft een soort sympathie voor het meisje ontwikkeld die gebaseerd is op het feit dat ze haar moeder met haar bestaan kan pesten. Altijd leuk als je leeftijdsgenoten je moeder verslaan. Dat het Maud is die Kyra uiteindelijk gered heeft is dan weer van minder belang natuurlijk.

'Ze is naar Norderney gegaan,' zegt Maud. 'Een Waddeneiland ten noorden van Duitsland, waar Sarina waarschijnlijk naartoe is gegaan met die Dave en zijn schip.'

'Cool,' zegt Roos. 'Zou ik ook doen.'

'Dan ben ik maar blij dat jij je rijbewijs nog niet hebt,' zegt Maud lachend.

'En wat heeft ze ontdekt?' vraagt haar dochter met een uitdagende blik in haar ogen.

‘Er zat een sticker van de hockeyclub van Sarina op de wc-deur van het havencafé.’ Als ze eerlijk is baalt ze ervan dat Roos gelijk heeft: Kyra heeft weer iets ontdekt.

‘Echt?’ Haar dochter kijkt gelukkig toch verbaasd.

‘Onder die sticker zat een tekst. De initialen van Sarina en de naam van Dave, met naast de naam van de jongen een kruisteken.’

‘Dus hij is dood,’ zegt Roos zacht.

‘Ja, dat wist ik. Hij is aangespoeld in Denemarken, maar het bijzondere is dus dat Sarina wist dat hij dood was en dat ze toch op Norderney was, naar een café ging en daar een aanwijzing heeft achtergelaten.’

Edwin volgt met een geschokt gezicht het gesprek tussen de twee vrouwen.

‘Dus ze zat in de problemen,’ zegt Roos, duidelijk enthousiast over het feit dat ze mee kan denken.

‘Dat denk ik ook.’ Maud schenkt nog een glas rode wijn in. Wat is het goed om hier even zo te zitten, met haar gezin, aan een goede maaltijd met een glas wijn. Als spanning echt van je af kon vallen, dan lag er een behoorlijke berg rondom haar stoel.

‘En de kinderen?’ vraagt Roos. ‘Hoe is het daarmee?’

‘Je weet dat ik daar niet over mag praten,’ zegt Maud. ‘Ook niet over die dingen van Kyra en Sarina trouwens, maar ja.’

‘Ik zeg er nooit iets over, mam.’

‘Dat weet ik.’ Maud neemt nog een slok wijn. ‘We schieten niet erg op. Er zijn allerlei aanwijzingen, maar we missen nog dat ene concrete detail waardoor we ze echt in ons vizier kunnen krijgen.’

‘Jullie staren in de kijker, maar je ziet niets,’ zegt Roos.

‘Weet je dan al waar je kijken moet?’ vraagt Edwin.

‘Nee,’ zegt Maud. ‘Dat is het. We hangen als een soort regenwolk boven Nederland en ik zie van alles, maar niet gedetailleerd genoeg, nog niet op een plek waarvan ik denk: daar moeten we zijn.’

Edwin staat op en begint de tafel af te ruimen.

‘Heb je nog cijfers terug?’ vraagt Maud.

Roos speelt met het puntje van haar paardenstaart.

‘Wiskunde,’ zegt ze. ‘Een zesenhalf. En kunst, een negen.’

'Goed zeg.'

Roos staat op en schuift haar stoel naar achteren.

'Ik ga naar de sportschool,' zegt ze.

Niet te laat terug zijn, zou Maud willen zeggen. En blijf bij elkaar. Doe voorzichtig. Pas op voor enge mannen. Maar ze zegt niks.

Ze geeft Roos een kus en helpt Edwin de vaat weg te werken. Terwijl hij de keuken schoonmaakt gaat Maud terug naar de woonkamer. Ze heeft geen rust meer om te gaan zitten en loopt wat rond.

'Ze worden naar het buitenland gebracht,' zegt Maud hardop. 'Dat kan niet anders. De route loopt richting Rotterdam. Dus naar de haven. Of het spoor, kan ook. Over het spoor naar België, Frankrijk misschien.'

Ze loopt voor de schuifpui met uitzicht op de tuin heen en weer.

'Waar loop je de minste kans om op te vallen? Geen idee. Het spoor misschien. Wat als ze die trailer zo van de vrachtwagen op een trein zetten? Dat zou slim zijn. Ja. Aan de andere kant: hoeveel containers gaan er wel niet door de haven? Rotterdam is niet voor niets de grootste haven van Europa.'

'Zeg, zou jij niet weer gewoon naar je werk gaan?' Edwin staat voor haar met een kop dampende koffie. Hij zoent haar. 'Hoewel ik het gezellig vind als je blijft, hoor. Of kan ik meehelpen met denken?'

Ze lacht. Het is een grote man met blonde, beetje rossige krullen. Hij begint een buikje te krijgen en eigenlijk vindt ze dat wel charmant. Het past bij zijn goedmoedige karakter. Hij werkt als bioloog bij het waterschap. Hij weet alles van ratten. Waterkonijn, zeggen ze in België. En van alle andere wezentjes die je rond sloten vindt.

'Ja, ik moet gaan,' zegt Maud en ze neemt een slok koffie. 'De tijd dringt. Ik denk dat ze met die kinderen naar het buitenland gaan.'

'Dat lijkt me ook logisch.'

'Echt?'

'Ja,' zegt Edwin. 'Wat wil je in Nederland met ze doen? Of je moet ze op willen sluiten, voor eigen eh... gebruik of zo. Maar, ik weet het niet, dan zou het geen groep zijn, toch? Dat zou eerder het werk van een eenling zijn. Of een stel dat knettergek is, maar niet een hele groep. Als ze in een groep werken, dat werd tenminste op het nieuws gezegd, dan is het dus een georganiseerd iets.'

Nog even en alles wat zij nu weten is in het nieuws en als ze al een voorsprong hadden dan is die snel verloren. Of is dit een groep die helemaal geen acht op ze slaat? Die ijskoud zijn eigen gang gaat ook al zouden ze hun vlak op de hielen zitten? Zo voelt het wel.

'Als we nou maar iets eerder in Den Ilp waren geweest,' zegt Maud. 'Als ik die tips iets eerder doorgenomen had, als we...'

'Ho!' Edwins stem klinkt hard. 'Wie heeft dit veroorzaakt?'

Ze blijft stil.

'Maud, wie is hier de dader?'

'Die lui, die groep.'

'Juist.' Hij pakt haar lege mok aan. 'En wat is jouw rol?'

'Ze op het spoor komen, ze pakken.'

'Maakt dat jou verantwoordelijk voor hun daden?'

Ze schudt haar hoofd. Ze weet het wel, maar hoe kan ze haar werk goed doen zonder die verantwoordelijkheid te voelen?

'Jij bent goed in wat je doet, Maud. Altijd geweest. Het is je karakter, je ervaring, wie je bent dat je goed maakt. Maar als je het je weer laat opeten, laat verteren, zoals toen met dat meisje – dan gaat het tegen je werken. Dat moet niet.'

Ze knikt.

'Ja,' zegt ze. 'Ik ga.'

'Ja,' zegt hij glimlachend. Hij geeft haar nog een zoen. 'Jij gaat. En ik ga op de bank met *True Detective*.'

*

'Ben je thuis?' Kyra heeft helemaal geen zin om naar huis te gaan.

'Yes.' Sophie klinkt een stuk vrolijker dan de laatste keer dat ze elkaar spraken.

'Ik kom zo nog even langs, oké?'

'Hoe laat?'

Ze kijkt op de routeplanner. Het is al tien uur, maar ze moet haar verhaal even kwijt en liefst niet meteen aan haar ouders. Ze ziet er tegen op om – alweer – ter verantwoording te worden geroepen.

'Ben er bijna, over tien minuten.'

'Is goed, wat is er dan?'

'Ik vertel het zo wel.'

Ze neemt de afslag richting Amsterdam en laat het gaspedaal iets los. Nu niet gaan racen.

Even later parkeert ze de auto van haar moeder op het parkeerpleintje om de hoek bij Sophie. Ze stapt uit, slaat de autodeur dicht en trekt haar jas stevig om zich heen. Als ze de hoek om komt blijft ze staan. Het smalle straatje wordt verlicht door tientallen, misschien wel honderden kaarsjes. Voor de deur bij Jesse, en langs de andere huizen – omdat het er niet meer bij past – liggen bossen bloemen, knuffels, tekeningen. Een ode aan het verdwenen kind. Even kan ze niet bewegen en niet ademhalen. Het is prachtig, sprookjesachtig, maar het is hier om de totaal verkeerde reden.

Het waait zacht en de kaarsjes flikkeren. Er staan potjes, plastic houders en allerlei soorten lantaarntjes. Kyra zet twee stappen en even is het alsof ze de warmte van al die vlammetjes kan voelen, alsof er een zomerbriesje door het straatje waait. De oude buurvrouw van Jesse komt naar buiten, ze loopt naar het eind van het straatje en met een speciale, langwerpige aansteker begint ze de uitgewaaide kaarsjes weer aan te doen. Soms vervangt ze een opgebrand waxinelichtje door een nieuwe. Zwijgend werkt ze zich de straat door, totdat ze vlak bij Kyra aanbeland is.

'Het is het enige wat ik kan doen,' zegt ze tegen Kyra en eindelijk kan ze weer bewegen. Nog steeds verwonderd loopt ze langs de lichtjes en de pluchen beesten.

'De hele dag door komen er mensen iets brengen,' zegt Sophie als ze de deur opendoet. 'Al sinds eergisteren. Ik zag op het nieuws dat ook bij de andere ouders van de verdwenen kinderen hele bergen bloemen en knuffels liggen.'

Kyra trekt de deur achter zich dicht en de meiden gaan in de woonkamer zitten. De moeder van Sophie zet thee.

Kyra vertelt wat ze op Norderney heeft gevonden.

'Jezus...' Sophie zucht het meer dan ze het zegt. 'Wat betekent dat?'

‘Ik weet het niet.’ Kyra blaast over de hete thee. ‘Ik wil niet te snel conclusies trekken. Voor je het weet zit je vast in een gedachte die niet klopt.’

Ze moet aan Antoine denken. Eigenlijk zou ze het hem eens moeten voorleggen. Hij is scherp, slim. Misschien dat hij een heel ander scenario ziet dan zij kan bedenken.

Ze praten een tijdje over Sarina, over school. Linda brengt een schaaltje drop en Kyra valt aan op de zachte, zoete kokindjes.

‘Ik ga naar huis,’ zegt ze. ‘Anders eet ik ze allemaal op.’

‘Duik jij maar lekker je bed in,’ zegt Linda. ‘Sophie is doodmoe sinds woensdag. De emoties spelen toch een rol.’

Kyra knikt. Ze moet haar ouders nog onder ogen komen. Als je wilt dat ze er zijn dan zijn ze op stap, maar als je ze wilt ontlopen zitten ze natuurlijk thuis.

Opnieuw loopt ze door de haag van lichtjes en knuffels, ze stapt de auto in en rijdt naar huis.

De dijk ziet er ineens kaal en donker uit en hun huis al helemaal. Ze parkeert en blijft staan. Het is koud. Hier geen kaarsjes, geen pluchen dieren, geen tekeningen. En toch is ook hier iemand weg.

– 63 –

Londen

'Ze heet Beatrice Régal, ze is zesentwintig jaar en ze komt uit Brest.'

De psychiater loopt heen en weer met kopjes thee en Phil ziet aan Mabel dat ze zou willen dat het mens eindelijk eens ging zitten.

Sinds Jane – nee, Beatrice zal hij dus vanaf nu moeten zeggen – weer spreekt is er iets met Mabel. Ze föhnt haar haren niet meer elke dag, ze laat haar krullen toe. Ze smeert niet meer dagelijks een dikke laag lichtbruine make-up op haar huid. Ze lacht vaker.

'Haar moeder – haar vader leeft niet meer – heeft drie jaar geleden aangifte gedaan van haar vermissing en daarna nooit meer iets van de politie gehoord.' Ze roert voorzichtig in haar thee en zet haar leesbril op. 'Voor zover ik heb begrepen is moeder eh... laten we zeggen, aan lagerwal geraakt nadat de vader overleed. Dat is...' – ze zoekt in het dossier – 'nu twaalf jaar geleden. Ik begrijp dat Beatrice een broer heeft, maar die zit op dit moment vast. Moeder is voor zover ik hier lees niet helemaal gezond.'

'Wat gebeurt er nu?' vraagt Mabel. 'Heeft haar moeder haar opgeeist of hoe gaat dat in dit soort zaken? Heeft u hier ervaring mee?'

'Beatrice is meerderjarig, en nu ze weer spreekt en niet langer wilsonbekwaam is mag ze in principe zelf bepalen wat ze wil. Ik heb haar het nieuws nog niet verteld. Dat wilde ik eerst met u overleggen.'

Mabel zwijgt en pakt haar kopje thee. Ze blaast en neemt een voorzichtige slok. Ze leest mensen, weet Phil. Snel en zonder fouten. Hoe ze het doet weet hij na al die jaren nog steeds niet en hij bewondert haar erom. De meeste hoge managers die hij kent volgden stervensdure opleidingen om eenzelfde instinct te kunnen veinzen en nog steeds maken die er een potje van.

'Wat is uw indruk van de vooruitgang die ze hier maakt?' vraagt Mabel.

'Ze maakt een wonderbaarlijke progressie door.' De psychiater lacht tevreden. 'Werkelijk ongekend. Haar spraak wordt bijna dagelijks beter. Ze begint nu soms zelfs spontaan te praten, en wacht niet meer alleen maar totdat ze uitgedaagd wordt om een antwoord te geven.'

'Fantastisch.' Mabel knikt. 'Ik heb er geen verstand van, maar wij vinden het natuurlijk ook allemaal heel indrukwekkend.'

'Vooral in de creatieve therapie doet ze het goed.' De psychiater wordt steeds enthousiaster. 'Ze kan heel geconcentreerd werken en ze maakt echte afbeeldingen, waar ze eerder alleen maar strepen schilderde, en vlakken. Ik begrijp trouwens dat ze zich heeft ingeschreven voor een online cursus Engels.'

Phil ziet Mabel ongewild grijnzen.

'Een geweldig resultaat van u en uw team,' zegt ze terwijl ze haar gezicht snel weer in de plooi trekt.

'U speelt daarin zelf ook een belangrijke rol,' zegt de psychiater.

'Maar vanzelfsprekend kunnen ze in Frankrijk eenzelfde kwaliteit zorg bieden,' zegt Mabel. 'Waarschijnlijk is het heel belangrijk voor haar herstel om snel met haar moeder en haar overige familieleden herenigd te worden.'

'Ja,' zegt de psychiater aarzelend. 'Dat wilde ik met u overleggen. Misschien is het goed als u het nieuws brengt over haar identiteit en over haar familie. Of wij kunnen het ook doen, tijdens de therapie.'

Mabel knikt bedachtzaam, maar Phil herkent het begin van een nieuwe grijns.

'Misschien wel, ja,' zegt Mabel. 'Ik zal zien of ik het ter sprake kan brengen. Beatrice, zegt u. Mooie naam. Beatrice Régal. En hoe heet de moeder?'

'Geraldine van Damme,' zegt de psychiater. 'Oorspronkelijk uit België. Ik weet niet of we haar hier snel kunnen verwachten.'

'O?' zegt Mabel, oprecht verbaasd.

'Er staat hier dat ze aan de rechercheur die haar het nieuws kwam brengen heeft gevraagd of de verzekering de reis vergoedt.'

– 64 –

De vrachtwagen stopt. Tommy opent zijn ogen. De hoop dat hij iets te eten krijgt heeft hij opgegeven. Tegenwoordig grommen en grauwen ze alleen maar. De koekjes staan nota bene vlak onder hem. Verschillende kinderen hebben in hun broek geplast omdat ze gewoonweg niet meer komen om ze op het toilet te laten.

Tommy ligt op zijn zij en kijkt naar de toiletpot in de hoek van de vrachtwagen. En naar de wasbak ernaast.

Poets je tanden, Tommy. Twee minuten. Niet korter. Tel maar tot honderdvijftig.

Dat gezeur zou nu heerlijk zijn.

Waarom bouw je een wasbak in de vrachtwagen als je hem bijna nooit gebruikt? Slaat nergens op.

Niks slaat nu nog ergens op.

Murw geslagen kijkt hij toe hoe een van de mannen een jongen in de laatste kooi propt en weer vertrekt. Een paar kinderen huilen. Hij weet niet wie en ook dat maakt hem niets meer uit.

Huil maar. Als het lekker voelt moet je dat doen. Zelf huilt hij niet, praat hij niet, hij probeert zelfs niet meer te denken.

Het heeft allemaal geen zin.

– 65 –

Maud parkeert haar auto zo dicht mogelijk bij de kade en stapt uit. Ze loopt tussen een paar grote betonblokken door en bij de waterrand blijft ze staan. Misschien verbeeldt ze zich het, maar even lijkt het alsof de wind de zilte zeelucht meeneemt van het eind van het Noordzeekanaal en ze denkt aan het jonge dode kind op het strand. Aan de meedogenloze moordenaars die de andere kinderen nog in hun greep hebben. Ze spant haar kaakspieren, probeert te focussen op haar tegenstanders. Koud, hard, egocentrisch. Mensen voor wie geld en eigenbelang hoog boven aan hun persoonlijke Maslow-piramide staan, aan wier voeten de rest van de wereld mag creperen teneinde hun potsierlijke rijke leven mogelijk te maken. Word je met zo'n ijskoud hart geboren, of ontwikkelt zich dat?

Ze laat haar blik langs de appartementen aan de Sumatrakade gaan. Bij het Mövenpick Hotel ligt een immens cruiseschip aangemeerd. Het drijvende vakantiedorp is zo groot als een op zijn kant gelegd flatgebouw. Een tijdje staart ze naar de gemotoriseerde vakantiedroom, zich verbazend over wat er allemaal rondvaart in de Nederlandse wateren, en dan neemt ze een besluit.

'Niels,' roept ze, als ze binnen in het crisiscentrum is. Hij komt naar haar toe lopen. 'Ik ga naar de gezinnen die binnen zijn om wat vragen te stellen. Ga mee.'

'Goed idee,' zegt hij. 'Ik word gek van dat binnen zitten en gegevens analyseren.'

Ze kondigen hun bezoek aan en even later rijden ze het zwaarbeveiligde terrein van de marinekazerne aan de Kattenburgerstraat op, begeleid door de speciaal voor hen opgetrommelde begeleider van de gezinnen.

'We hebben voldoende onderkomens,' zegt de man. 'Vroeger

hadden we hier een opleiding waarbij ze intern zaten, dus slaapkamers genoeg. Eetzaal, recreatiezaal, dat soort dingen. Luxe is het niet, maar het volstaat.'

Hij loopt voor Maud en Niels uit.

'Trouwens, die Leonie Schepens kan erg goed pianospelen,' zegt Niels als ze naar een donker, bakstenen gebouw lopen. 'En die laatste jongen, Lucas Verbeek, is een tennistalentje, net als Appie van Dongen.'

'Dus alles draait om de talenten van die kinderen,' zegt Maud. 'Maar wat willen ze daarmee doen dan? Zijn ze zo ontzettend goed dat er geld mee te verdienen is?'

'Dan nog,' zegt Niels. 'Als je daarmee geld wilt verdienen zul je in de openbaarheid moeten komen. Op een tennistoernooi of iets dergelijks. Dan worden die kids toch meteen herkend?'

Ze lopen een paar treden op naar de voordeur van het gebouw en de volgende twee uur schudden ze handen en verhuizen ze van kamertje naar kamertje en horen ze steeds dezelfde verhalen over de uitnodiging van de stichting en het vreemde weekend in het bungalowpark, wat een heerlijk uitje was, maar niets te maken had met talentvolle kinderen.

'Nu we hier zo met zijn allen zijn,' zegt een van de moeders als ze uiteindelijk in de kantine zitten en thee drinken met een aantal van de ouders, 'heb ik steeds het idee dat ik deze mensen ken. De gedachte dat we toch allemaal op diezelfde plek waren een paar maanden geleden... Daar komt dat door, denk ik. En we hebben bijna allemaal samen gegeten, zonder dat we het wisten, en nu zijn we weer allemaal hier. Het is heel...'

'Wat herinnert u zich van dat etentje?' vraagt Maud.

'Niet alle ouders waren er,' vertelt de moeder. 'Daar zijn we achter nu we allemaal bij elkaar zitten. Iedereen heeft het erover. Maar wij zijn wel gegaan. Het was gratis, dus ja...'

Maud knikt begripvol.

'Het was bij dat restaurant aan de zijkant van het centrum, aan het water. Het is heel groot en in het midden staan plantenbakken, dus je ziet niet iedereen. Ik denk dat ze ons heel slim over die tafels hebben verdeeld, zodat we niet met elkaar aan de praat raakten. Er was een soort Mexicaanse feestavond. We kregen allemaal zo'n grote hoed op en de kinderen kregen sambaballen en er was een zanger, die heel vals zong trouwens. We hebben het erg gezellig gehad. Ze deden hun best, hoor. De kinderen hebben een dansje gedaan, een soort polonaise door het hele restaurant. De kinderen die meededen kregen nog een soort presentje, ik weet niet meer wat, eerlijk gezegd.'

'Die mochten hun hoed houden,' zegt een andere moeder.

'O ja, dat is waar ook. En alle kinderen gingen op de foto, je weet wel, met zo'n bord waar je je hoofd door moet steken. De een was dan een Mexicaan, geloof ik, en de ander een ezel of zo. Of een cactus.'

'Heeft u die foto nog?' vraagt Niels.

'Die kon je later ophalen, maar dat zijn wij vergeten.'

'Bij de receptie?' vraagt Maud. 'Dus in het park zelf?'

De vrouwen knikken.

Maud kijkt Niels even aan, die de hint begrijpt en meteen zijn telefoon pakt. Misschien hebben ze de foto's nog? Ze nemen met de groep de rest van het verblijf door, tot aan het uitchecken en het wegrijden van de parkeerplaats en het thuiskomen in hun eigen huis, maar er komt niets bijzonders uit.

'Die huizen zijn ook allemaal gecontroleerd, neem ik aan?' Maud heeft moeite om Niels bij te houden. Hij is lang, zijn benen lijken wel twee meter en Maud heeft het gevoel dat ze drie stappen moet doen als hij er een zet.

'Ja,' zegt Niels beslist. 'Niks gevonden. Geen afluisterapparatuur, geen verborgen camera's, niks. Toch moeten in elk geval de gezinnen van de slachtoffertjes goed gemonitord zijn want ze wisten precies waar en wanneer ze moesten toeslaan.'

'Misschien was het alleen een kwestie van wanneer,' zegt Maud.

'Hoe bedoel je?'

'Ik heb het idee dat de ontvoerders gewoon een schema hebben gemaakt en dat ze de kinderen hebben 'opgehaald' op een moment dat het hun uitkwam, waar ze op dat moment dan ook waren.'

Niels zwijgt. Als ze bij de auto aankomen zegt hij: 'Daar zou je weleens gelijk in kunnen hebben.' Hij opent de deur en gaat achter het stuur zitten. 'Dat betekent dat ze geschaduwd zijn in de periode voor de ontvoering. Is dat niemand opgevallen? Zijn daar geen getuigenverklaringen van?'

*

Haar vader en moeder en haar broer zitten op haar te wachten en voor de tweede keer in korte tijd zit Kyra aan de keukentafel om over Sarina te praten.

Op tafel ligt de sticker van de hockeyclub, keurig in een plastic zakje, al weet Kyra heel goed dat het bijna onmogelijk is dat er nog een spoor van Sarina op te vinden is.

'Ik wil niet dat je dat soort dingen doet,' zegt haar moeder.

'Ik moest gewoon naar die plek toe, dat eiland zien. Een beetje gevoel krijgen voor Sarina, daar, op het laatst...'

'Het is gevaarlijk,' zegt haar moeder snel. 'En je had je helemaal niet goed voorbereid.'

'Ik ben blij dat je gegaan bent,' onderbreekt Jarno het gemopper van haar moeder. 'Nu weten we dat ze daar is geweest.'

'Kan die sticker niet van iemand anders zijn geweest?' zegt haar moeder.

'Doe normaal,' valt Jarno uit. 'Sarina's club. Sarina's initialen, en de mededeling dat Dave dood is.'

'Het lijkt me duidelijk dat het een boodschap van Sarina is,' zegt haar vader.

'Alleen jammer dat we hem nu pas gevonden hebben,' zegt Kyra, die nogmaals die ellendige postbode vervloekt die al die zakken post op zolder heeft gezet.

'Aan de andere kant...' zegt ze. 'Ook als we hem eerder hadden gevonden was ze toch verdwenen geweest.'

'Het maakt inderdaad niks uit,' zegt Jarno. 'Het had allemaal niets veranderd. Ze wilde blijkbaar gewoon weg. Maar ergens onderweg, tussen Texel en Norderney, is het helemaal misgelopen.'

'Wat moeten we daar nou mee?' zegt haar vader. 'We weten dus dat Dave dood was en Sarina in die haven was.'

'En dat ze daar ook weer vertrokken is,' zegt Jarno.

'Hoeft niet,' protesteert Kyra.

'Bedoel je dat ze daar nog is?' Haar broer kijkt haar met een spottende blik aan.

'Dat kun je niet uitsluiten,' stelt Kyra.

'Goed,' zegt Jarno. 'Je hebt gelijk. Dan moet dat eiland dus uitgekamd worden.'

'Dat zal ook wel gebeuren,' zegt Hanno Slagter. 'Maar ik kan me niet voorstellen dat ze daar nog ergens is.'

'Dat ben ik met je eens.' Kyra pakt de theepot en schenkt zichzelf het laatste beetje thee in. 'Vooral omdat het lichaam van Dave in Denemarken is aangespoeld. Ik weet niet precies hoe de stromingen daar staan, maar ik denk dat zijn lichaam dus ergens uit de kust in zee is beland.'

'Ik ga naar bed,' zegt haar moeder ineens. 'Ik heb morgen al vroeg een cliënt en ik ben doodmoe.'

Ze zet haar mok in de vaatwasser en gooit een kushand in de lucht.

'Welterusten.'

Een uurtje later ligt Kyra ook in bed. Er viel niet veel meer te zeggen. Eindeloos speculeren, soms wordt ze er doodmoe van. Ze kijkt naar de sticker die ze van de deur heeft gepulkt en samen met de café-eigenaar in een zakje heeft gestopt. Het eerste bewijsmateriaal uit een echte zaak dat ze veilig heeft gesteld. Bizar.

*

'Wat ik nu graag zou willen doen,' zegt Maud, 'is langsgaan bij de moeder van die dode jongen die in Den Ilp gevonden is.'

'Nee,' zegt Niels bot. 'Het is halfeen, dus dat gaan we niet nu doen, maar morgenochtend.'

'We kunnen ze toch bellen,' sputtert Maud tegen.

'Geen denken aan. Die mensen hebben het al moeilijk genoeg.

Morgenochtend, Maud, dan ga ik meteen met je mee, maar nu laten we die mensen met rust en ik denk dat het slim is om zelf ook eens een keer een nacht wat langer dan twee uur te slapen.'

'Waar woont Tommy?' vraagt Maud. 'Henri Polaklaan, toch?'

'Die mensen laten we ook met rust.' Niels schudt zijn hoofd.

'Ik wilde alleen even langs dat huis rijden,' zegt Maud. 'Ik weet niet waarom.'

Dit keer stapt ze zelf achter het stuur en ze zet koers naar de Plantagebuurt. Het huis van Tommy's ouders ligt op nog geen twee minuten rijden van de marinekazerne. Als ze de straat in rijden is al van een afstand te zien dat rond de voordeur van Tommy een zee van bloemen en lichtjes is ontstaan. Stapvoets rijdt Maud door de straat en bij het huis van de jongen stopt ze. Ze stappen uit en staan een paar minuten peinzend naar de bloemen, knuffels, tekeningen en kaarsjes te kijken.

Maud was naar de begrafenis van het meisje gegaan. In december, het was net zo koud als nu. De moeder zat vast, net als de stiefvader. De jongste dochter werd van pleeggezin naar pleeggezin gesleept omdat de instanties het er niet over eens waren of ze nu wel of niet terug kon naar haar eigen vader of eventueel bij haar opa en oma kon worden geplaatst. Met een zwaar gemoed had Maud de ceremonie bij het grafje gevolgd. Onherstelbaar, dat woord bleef terugkomen die dag. Onherstelbaar leed was er aangericht en ze vond dat zij daarin een rol had gespeeld.

– 66 –

Ineens staan ze stil en er gebeurt niks.

Tommy ligt op zijn rechterzij omdat die het minst pijn doet. Of misschien is het wel beter om op zijn linkerzij te gaan liggen. Waarschijnlijk. Maar dan moet hij zich omdraaien, zich omhoogduwen met zijn handen, zijn ellebogen, en alles, elke millimeter, van zijn lijf doet pijn. Degene die deze kooien heeft bedacht is een debiel.

Zijn vader is helemaal niet handig in dingen maken, maar de buurman wel. Die komt weleens om iets handigs te doen met planken, of met een boormachine, en dan ineens werkt iets weer wat het al heel lang niet deed. De badkamerlamp of zo. Zijn vader is zo iemand die dan gewoon ergens een lampje met een snoertje vandaan haalt en op de kast zet. Dan heb je ook licht.

Dit is een kooi die is bedacht door iemand die niet nadenkt. Over wie erin moet zitten bijvoorbeeld. In moet liggen, want voor zitten is-ie te laag.

Waarom hebben ze geen matrasje op de bodem gelegd? Waarom is de bodem niet gewoon van hout, waarom moet hij de hele dag op een ijzeren rooster liggen?

Oh my God zit recht onder hem en hij wordt gek van dat kind. *Whiehiehie,* huilt ze de hele fokking dag.

'Hou je bek,' zegt hij, maar hij is schor en er komt alleen een soort raar gemurmel uit zijn mond.

Laat ook maar zitten.

Hij kijkt naar de deur. Ze staan stil en de deur gaat niet open. Waarom niet? Hij wil de lucht zien. Iets blauws. Iets wits. Hij wil de frisse lucht en het vage idee dat je weg zou kunnen lopen, naar buiten kon gaan, de vrachtwagen uit, de kou in, onder de blauwe hemel en dan het gevoel hebben dat je gewoon kon lopen, en doorlopen en weglopen, alsmaar door en ver, heel ver weg gaan van deze kutzooi.

– 67 –

Als Maud thuiskomt is het huis donker, net als alle andere huizen in de straat. De fiets van Roos staat voor de deur. Goddank. Of het zin heeft of niet, ze blijft zich zorgen maken om haar dochter.

Ze loopt de woonkamer in en blijft bij de schuifdeur naar de tuin staan. De grootste attractie van de nieuwbouwwijk was de tuin geweest. Je eigen stukje aarde. Ze wilde een kruidentuin en rozen. Een terras met een grote hoekbank en een pot met bamboe. Een overkapping zodat je net niet in de schaduw zat, maar wel een hoekje met bescherming en gezelligheid kon maken. Een klein stukje gras en dan iets van zomer- en herfstbloemen in de borders. Alleen het terras en de hoekbank zijn gelukt. Voor de rest bestaat de tuin nog steeds uit donkere aarde. Ze heeft geen tijd gehad. Edwin heeft het terras aangelegd, daar kan ze niets van zeggen, Roos interesseert het amper.

Volgend voorjaar, serieus, dan koopt ze een tuincentrum leeg en propt ze die veertig vierkante meter vol. Ze pakt de shag en het zakje wiet uit een van de bovenste keukenkastjes, trekt de schuifdeur open en gaat buiten zitten. Het is helder en daarom stervenskoud.

Rokend zit ze op de bank en ze fantaseert over klimrozen, bramen, aalbessen, tijm en lavendel, over boomgaarden en rotstuinen en watervallen en bergtoppen en weidse vergezichten en vooral over de gemoedsrust en de tijd om van dat alles te genieten.

*

Kyra schrikt wakker uit een droom die ze zich niet goed kan herinneren. Even probeert ze zich het verwarrende beeld voor de geest te halen, maar al snel geeft ze het op. Beter niet te lang bij stilstaan. Ze kijkt op de klok. Zes uur. Ze zou nog even moeten gaan slapen.

Voorzichtig pakt ze het zakje met de sticker uit Duitsland van het nachtkastje en ze staart naar de rode hockeystick op de blauwe achtergrond. Witte letters, een beetje in art-decostijl. Massa's van die dingen hingen er een paar jaar geleden op school. Zelfs nu kwam je er nog weleens een tegen. Ze hadden een of ander zoveeljarig bestaan gehad, inclusief groot feest. Sarina had met haar team het stadsdeel volgehangen met posters voor de sponsorloop, op school waren de stickers in groten getale opgedoken, tot wanhoop van de conciërge.

Pas toen de trainer van Sarina's team met haar ouders had gesproken over het kwetsbare gestel van haar zus, en over het feit dat hij er geen goed gevoel over had, hadden haar ouders toegegeven dat er iets aan de hand was.

'Ik zal extra lekker en gezond gaan koken,' zei haar moeder, volkomen naïef.

'Ik ken een goede kliniek,' zei haar vader. 'Daar zal ik eens informeren.'

'O nee.' Haar moeder was daar toen nog heel stellig in. 'Hoe moet ik uitleggen dat mijn dochter opgenomen moet worden? We lossen het zelf wel op.'

Een paar maanden later maakte ze ruzie met haar vader over dat hij haar nog steeds die kliniek niet in gekregen had.

Dus Sarina komt aan boord van het schip van Dave in de problemen. Of eigenlijk: ze komen allebei in de problemen. Dave overlijdt. Sarina weet dat. Toch gaat ze in de haven naar het café en plakt een sticker van de hockeyclub op de deur. Om een boodschap te verbergen, en om die tegelijkertijd voor de speurneus, die iets van haar weet, op te laten vallen. Voor haar zusje.

Het kan maar één ding betekenen: er is iemand anders aan boord gekomen, vervolgens is er iets met Dave gebeurd. Sarina werd in de gaten gehouden. Misschien is Dave door een of ander bizar ongeluk overleden en durfde noch Sarina, noch die andere persoon daar iets over te zeggen. Was het hun schuld misschien? Was haar zus niet vermist, verloren, verdwenen, maar op de vlucht omdat ze een of andere stommiteit had begaan?

*

'Ik word er zo verdrietig van.'

'Dat snap ik, mama. We doen allemaal erg ons best.'

'Doe je wel je best?'

'Heel erg.'

'Ik denk dat ik het ontbijt oversla.'

'Hebben ze geen spek?'

'Ik voel me niet lekker. Doe je wel je best?'

'Ga maar lekker nog even slapen, mama.'

Ze heeft al opgehangen. Maud zucht en schenkt nog een bak koffie in. Haar moeder was altijd een mooie vrouw. Ach, ze is het nog steeds, maar ook aan de buitenkant is te zien dat de binnenkant niet meer is wat het was. Toen haar broer Ton doodgereden werd door een spookrijder – het woord alleen al, het is een ongelooflijk gegeven – was ze zo sterk geweest. Iedereen had haar erom bewonderd. Maar na de dood van haar vader was ze gebroken. Ach, ze was ook al zoveel ouder toen dat gebeurde.

Maud dekt de ontbijttafel voor haar man en kind, legt een briefje met het woord 'kus!' op elk bord en vertrekt naar het crisiscentrum.

Een uurtje later belt Kyra Slagter om te vragen hoe laat ze de sticker moet brengen. Maud zit aan haar bureau en kijkt naar het afgebladderde plafond van de fabriekshal in een poging zich te concentreren op een heel andere zaak.

'Het heeft geen haast,' zegt ze. 'Bel me maar even als je tijd hebt en dan spreken we iets af. Ik ga nu de deur uit, maar vanmiddag kan het wel.'

Het meisje moet naar school. Forensisch onderzoek doet ze tegenwoordig. Prima keuze, al is de kans dat je een baan vindt minimaal. Ze komen hoofden en handen tekort, de opleiding levert enkele tientallen goed opgeleide en gedreven mensen per jaar af, maar personeel aannemen is niet toegestaan. 'Niels,' zegt Maud, die het ineens benauwd heeft. 'Zullen we gaan?'

Voor het eerst is de koude winterwind die vol zuurstof over het IJ komt aanvliegen verfrissend in plaats van huiveringwekkend. Ze heeft het gevoel dat er iets gebeuren gaat, dat de kansen gaan keren. Dat moet toch, met zoveel mensen die er hard aan werken? Een goede nachtrust doet wonderen, besluit ze. Als ze in de auto stapt probeert ze heel hard de gedachte dat er feitelijk niets veranderd is en dat er vandaag opnieuw twee of drie kinderen zullen verdwijnen te blokkeren.

*

'Bizar dat je op Norderney ook echt iets gevonden hebt,' zegt Antoine. De meiden van de werkgroep zijn naar het toilet en koffie halen. Kyra heeft in het kort aan Antoine en de docent verteld wat ze het weekend heeft gedaan.

'Je zei dat je het vanmiddag aan de recherche gaat geven,' zegt de docent. 'Heb je het bij je?'

Kyra knikt.

'Laat eens zien dan,' zegt Antoine gretig.

Ze vist het zakje tussen de bladzijden van *Evil* van Michael Stone vandaan.

'Lees jij dat boek?' vraagt de docent.

'Ja,' stamelt Kyra, die zich ineens opgelaten voelt. Ze wil niet overkomen als een streber. Snel houdt ze het zakje omhoog. 'Kijk.'

Antoine pakt het zakje voorzichtig aan en bestudeert de sticker.

'En je weet zeker dat dit van Sarina is?' vraagt hij.

'Ik heb er geen fysiek bewijs voor,' zegt Kyra mat. 'Ik kan het niet zelf onderzoeken natuurlijk. Waarschijnlijk staan er geen vingerafdrukken meer op.'

'Waarschijnlijk staan er honderd vingerafdrukken op,' zegt de docent laconiek.

'Dat bedoel ik,' zegt Kyra. 'Maar kijk' – ze zoekt de foto's op haar telefoon –, 'dit zijn echt haar initialen en de naam van Dave staat daar ook niet voor niets natuurlijk.'

De docent bestudeert de foto en steekt daarna zijn hand uit naar de sticker. 'Mag ik?'

Antoine beweegt het zakje heen en weer om het licht er goed op te laten vallen. 'Volgens mij zit hier een haar,' zegt hij.

Kyra's mond valt open. Nee. Dat kan ze niet gemist hebben.

'Hij is bijna niet te zien,' zegt Antoine. 'Was ze blond? Heel lichtblond? Lichter dan jij?'

'Ja,' fluistert Kyra.

Antoine geeft het zakje aan de docent, die zijn bril afzet en de achterkant van de sticker door het plastic heen bestudeert.

'Je hebt gelijk,' zegt de docent. 'Die zou dan van jouw zus moeten zijn, Kyra. Ga ik van uit.' Hij wijst naar de plek waarop de haar op de sticker geplakt zit.

'Dat heeft ze expres gedaan,' zegt Kyra zacht. 'Ik ken Saar. Ze heeft een bewijs voor me achtergelaten.'

'Het zal niet gemakkelijk zijn om hier DNA uit te halen,' zegt de docent. 'Dat kan alleen als er nog een haarwortel aan zit en dat lijkt me sterk.'

'Voor mij is het al bewijs genoeg,' zegt Kyra.

'En als je een rechter zou moeten overtuigen?' vraagt de docent terwijl hij het zakje teruggeeft aan Kyra en een slok van zijn koffie neemt.

'Wettig en overtuigend bewijs,' herhaalt Kyra het motto van de lessen.

'Morfologisch onderzoek kan wel aantonen dat deze haar op een significant aantal punten identiek is aan dat van je zus,' stelt de docent. 'Zijn er vier jaar geleden haren van Sarina veiliggesteld?'

Kyra knikt.

'Dan zal het waarschijnlijk niet waterdicht bewezen kunnen worden, maar wel waterproof. Ik hoop het maar, want dat geeft toch meer zekerheid, ook voor je ouders.'

Hij loopt terug naar zijn bureau.

'Toch even snel wat te drinken halen?' vraagt Antoine.

'Goed idee.' Kyra stopt het zakje met de sticker zorgvuldig terug in het boek en bergt dat in haar tas.

'Shit, wat ben ik stom, zeg,' verzucht ze als ze snel naar de koffiehoek lopen. 'Ontzettend stom dat ik dat niet heb gezien. Als het een tentamen was dan was ik dik gezakt.'

'Ik weet het niet, hoor, maar jij hebt die sticker gevonden. Dat heet speurwerk. En je intuïtie volgen. Dikke voldoende dus.'

'Hm,' zegt Kyra. Tegen Antoine kun je beter niet ingaan als hij eenmaal een doos met argumenten heeft gevonden. 'Doe mij maar een jus d'orange, ik kan wel wat vitaminen gebruiken.'

*

'Het spijt me vreselijk dat uw zoon dit is overkomen,' zegt Maud.

'Hij is altijd met verkeerde vrienden geweest,' zegt de moeder van de dode jongeman. Ze moeten haar Esra noemen, zei ze toen ze zich voorstelden. Haar man is naar zijn werk. Ze zet een goudkleurig dienblad met kleine theeglazen met gouden krullen en een schaaltje vol goudbruine koekjes neer op de lage tafel die voor de immense leren bank staat.

'Een lieve jongen,' zegt ze. 'Heel lief. Kon goed leren. Maar gevoelig.'

De woonkamer is klein, waardoor de beige driezitsbank veel te groot lijkt. Naast het witte televisiemeubel staat een vitrinekast vol met kleine kristallen beeldjes. De wand erachter is behangen met wit papier met crèmekleurig reliëf. Alles in het huis is wit, goud en keurig opgeruimd.

'Hij heeft u om zijn paspoort gevraagd,' zegt Maud en Esra knikt. 'Wat zei hij precies over wat hij ging doen?'

'O, ik was zo bang dat hij ging vliegen. Er is zoveel oorlog in de wereld. Zeker als je naar het oosten gaat. Kijk naar dat vliegtuig bij Rusland. Heel eng.'

'Hoe wist u dat hij naar het oosten zou gaan?'

'Ik vroeg: "Afrika"? Maar hij zei van niet. "En Amerika"? Toen moest hij lachen. Hij zei: "Ik ga niet vliegen, mama." Hij weet dat ik doodsbang ben daarvoor.'

'Het klinkt alsof hij erg om u gaf,' zegt Maud.

'Hij pest mij altijd!' De vrouw lacht door haar verdriet heen. 'Altijd grapjes maken omdat ik dom ben. "Zo'n grote container kan niet in een vliegtuig," zei hij en hij lachte de hele avond.' Ze veegt een traan van haar wang. 'Hij lachte veel.'

'Sprak hij over een container?' Niels kijkt Maud even aan.

'Hij zei dat: "Zo'n grote container kan niet in een vliegtuig."' Ze klinkt heel beslist.

'Wanneer zouden ze vertrekken?' Maud kijkt de moeder bezorgd aan. Wat het ook is dat je kind heeft gedaan, of waar hij ook in verzeild was geraakt, het was haar zoon en ze moet hem begraven.

'Dat weet ik niet.' De vrouw klinkt vermoeid. 'Wilt u nog thee?'

Maud lacht vriendelijk. 'Nee, dank u. Heeft hij gezegd hoe lang hij weg zou gaan?'

Esra schudt haar hoofd. 'Niet lang,' zegt ze en de tranen wellen op in haar ogen. 'Hij zei: "Ik ben terug voor je het weet, mama."'

Ze stellen nog een paar vragen aan de vrouw in de gouden woonkamer, maar ze lijkt geen informatie meer te hebben waar ze iets mee kunnen.

'Sterkte mevrouw,' zegt Niels.

Maud schudt haar beide handen.

'Ik houd u op de hoogte,' zegt ze.

'Ik durf niet naar buiten,' zegt Esra als ze bij de deur staan. 'Er zijn mensen boos op mij.'

'Als we u ergens mee kunnen helpen moet u het zeggen.' Maud kijkt om naar de vrouw in de lange jurk die verscholen gaat achter haar voordeur. Ze loopt terug en geeft haar visitekaartje. 'Belt u me alstublieft.'

Esra knikt en sluit de deur.

'Een container,' zegt Niels. 'Niet verbazingwekkend, maar wel nieuw dat hij het gezegd heeft. Ze blijven dus in die container tijdens het vervoer buiten Nederland.'

Maud knikt bedachtzaam.

'Vervoer per trein of per vrachtwagen dus,' zegt Niels.

'Ik dacht meer aan een schip.' Maud drukt de afstandsbediening van de auto in en ontgrendelt het portier.

'De meeste van die dingen gaan per spoor of over de weg Europa in, hoor. En ze zitten nu toch ook op een vrachtwagen?'

'Of via een zeeschip Europa uit,' zegt Maud. 'Ik had niet de indruk dat die kinderen in de buurt blijven – eerder dat ze ver weg gaan.'

'Oost-Europa is ook ver,' moppert Niels.

'Wilde jij vroeger soms vrachtwagenchauffeur worden of zo?' vraagt Maud grijnzend. 'Of treinmachinist?'

'Ja, nou, ja...' Haar collega klinkt kribbig en ze beseft dat ze hem onbedoeld beledigd heeft.

'Ik trakteer op een broodje van Van Willes,' zegt Maud als ze terugrijden naar het crisiscentrum.

'Dan wil ik wel zo'n groot broodje,' zegt Niels grijnzend. 'Zo'n dubbele pistolet met filet americain met ei en ui. En een gevulde koek.'

*

'Loop je straks mee met de stille tocht?' vraagt Antoine.

'Ja,' zegt Kyra terwijl ze er nog geen seconde over heeft nagedacht. De stille tocht voor de vermiste kinderen. Het protest van heel Nederland tegen wat er gebeurt. Even denken aan Jesse en de anderen. 'Dat lijkt me eigenlijk wel goed.'

Ze zitten in de grote, door felle lampen verlichte kantine van de hogeschool. Kyra heeft afgesproken met Maud, maar op de een of andere manier kan ze maar moeilijk afstand doen van Sarina's sticker. Het voelt alsof ze daarmee een draadje doorknipt. Wat als ze hem kwijtraken? Of wat als de sticker straks maandenlang in een donker laatje op zijn beurt ligt te wachten?

'Ik ga met je mee,' zegt Antoine. 'Laten we afspreken voor de ingang van Artis, dat is vlak bij het huis van die jongen, waar ze starten.' Hij kijkt op zijn horloge. 'Jij gaat nu eerst naar huis, toch?'

Kyra knikt.

'Kwart voor vijf afspreken?'

Thuis gaat Kyra achter haar Mac zitten. Ze heeft al eerder gekeken, maar de deur van het toilet wil ze nog beter bestuderen. Ze wil zeker weten dat ze niets mist, net als die haar. Ze mag met haar domme hoofd niet weer ergens overheen kijken.

Ze vergroot de foto's en schuift het beeld heen en weer. Honderden namen en boodschappen en tekeningen en stickers zijn het. Iets wits, iets wat gekerfd is, niet geschreven. Ze wordt duizelig van het heen en weer schuiven van de vergrote foto's en hangt even achterover.

Daar, in de hoek – iets lichts. Ze zoemt iets in om het beter te kunnen lezen. Een naam. Jerry. Haar hartslag versnelt. Dit lijkt op het gekras van Saar. Shit. Snel opent ze de foto van de boodschap die Sarina heeft achtergelaten en ze vergelijkt de letters. Ja, de e's lijken op elkaar. Jerry, wat betekent dat? Shit zeg. Ze gaat meer rechtop zitten, zoomt nog iets uit en bekijkt de rest van dat stuk van de deur. Het woord staat aan de onderkant, op kniehoogte ongeveer.

Ja. Ze zoomt in, tot ze de letters kan lezen. Hastings. Een achternaam? Jerry Hastings. Met ingehouden adem zit ze naar het computerscherm te staren. Ze kijkt nog eens goed, terwijl ze het gevoel heeft dat haar hartslag keihard in haar oren bonst. De a's lijken ook op elkaar. Dit is het. Nog een boodschap van haar zus en ze heeft hem gevonden. Een halfuur bekijkt ze de rest van de beelden, maar ze vindt niks meer. Ze moet weg, anders komt ze te laat voor de tocht.

Razendsnel kleedt ze zich om en ze springt op de scooter om zich naar Maud Mertens te haasten. Om de hoek van restaurant Stork, waarboven Mauds crisiscentrum schijnt te zijn, zet ze de brommer tegen de grote fabriekshal. Ze voelt zich bekeken door de handvol journalisten die bij hun busjes rondhangen, hopend op een doorbraak.

Snel trekt ze de zware deur open en glipt naar binnen, waar ze zich meteen bij iemand van de beveiliging mag melden.

'Waarom heb je het eigenlijk van de deur gehaald?' vraagt Maud. 'Let je wel op op school?'

Kyra staat bij de koffiemachine en verbaast zich over de schaal van de operatie. Hoeveel rechercheurs lopen hier wel niet rond? Misschien wel alle mankracht die ze in Nederland überhaupt hebben. En dit is nog lang niet alles, zei Maud Mertens net. Er zijn nog labs aan de slag, mensen die videobeelden bekijken, mensen die buurtonderzoek doen, getuigenverklaringen opnemen en ga zo maar door.

'Die sticker zit al vierenhalf jaar op die deur,' zegt ze tegen de rechercheur. 'De cafébaas vertelde dat de hele inboedel twee jaar geleden gepoetst en ontsmet is door een schoonmaakbedrijf. Ze wilden de deuren allemaal vervangen, maar die eigenaar vond het wel authentiek al die namen erop. Moet je nagaan: anders had ik helemaal niks gevonden. Maar door dat schoonmaken denk ik echt dat daar geen spoortje meer te vinden is. Alleen die sticker zelf. Dus ik dacht: die neem ik mee. Ik heb wel veel foto's gemaakt. Van de hele deur. En daar heb ik nog iets gevonden.'

Maud bekijkt de sticker grondig en knikt. 'Wat dan?' zegt ze afwezig.

'Een naam,' zegt Kyra. Waarom is Maud niet geïnteresseerder?

'Een naam,' herhaalt Maud terwijl ze de haar op de achterkant probeert te ontdekken.

'In dezelfde gekerfde letters,' zegt Kyra nors. '"Jerry Hastings", staat er. Ik weet het zeker.'

Maud kijkt haar eindelijk aan. 'Zegt die naam jou iets?'

'Helemaal niks. Ik heb snel op internet gekeken, maar alleen al op LinkedIn staan er een heel stel. Maar Saar heeft het echt niet voor niks in de deur gekerfd.'

'Heel goed, Kyra,' zegt Maud.

'Het stond er eigenlijk gewoon naast,' zegt Kyra. 'Schuin eronder. Ik begrijp niet dat ik het niet eerder heb gezien.'

'Soms ben je te gefocust,' zegt Maud. 'Dan kijk je waar iedereen kijkt en mis je een belangrijk detail.'

'En nu?' vraagt Kyra.

'Ik stuur dit materiaal naar het lab voor onderzoek.'

'Enig idee...'

'Hoe lang dat gaat duren?' vult Maud aan. 'Toch wel een aantal maanden. Ik weet niet precies wat de wachttijd is op dit moment.'

'Ik begrijp het.' Kyra werpt een blik op de sticker alsof het een goede vriend is van wie ze afscheid neemt. Maud Mertens ziet er moe uit, en Kyra voelt de haast die ze heeft, de nerveuze energie die in de hal hangt. Verlangend kijkt ze om zich heen. Kon ze maar iets doen.

'Ik ga naar huis,' zegt ze. 'Straks naar de stille tocht.'

'Heel goed,' zegt Maud Mertens. 'Als deze zaak is afgerond praten we een keer bij, Kyra. Goed?'

Kyra knikt en steekt haar hand op.

'Succes,' zegt ze, maar Maud is al weg.

*

'De moeder van de jongeman in Den Ilp weet zeker dat hij over een container heeft gesproken. Hij grapte dat een container niet per vliegtuig wordt vervoerd.'

Maud spreekt haar team toe en het valt haar op dat iedereen er bleek en vermoeid uitziet. John heeft kleine oogjes en zijn wallen hebben een bijzondere kleur bruin. Zelfs Myrna, de jongste van het stel, moet af en toe een gaap onderdrukken.

'Nou wisten we natuurlijk al dat ze in een vrachtwagen worden vervoerd. Van de bandensporen in Den Ilp,' vervolgt Maud. 'En ook van Fenne Zwiers.'

Door het raam achter haar teamgenoten ziet Maud een donkergrijze lucht komen aandrijven en de eerste natte sneeuwvlokken plakken tegen het raam. Straks de stille tocht vanaf het huis van Tommy, via de Prins Hendrikkade naar de achterkant van het CS en met extra ingezette veerponten naar Noord, richting het huis van Jesse. Weer een hoop collega's op de been, en kinderen die beschermd moeten worden. Maar wel een mooi gebaar.

'Het belangrijkste is nu dat Jolanda met de gegevens komt over de camerabeelden, en dat wij nogmaals de verklaringen van de ouders en de andere kinderen door lopen op zoek naar sporen van eventuele personen die de gezinnen geschaduwd kunnen hebben. Ik krijg straks een update over wat er uit de financiële voetstappen is gekomen.'

Maud kijkt naar de donkere wolken buiten, de dreigende massa schuift langzaam over de stad.

'Hoe laat is het?' zegt ze ineens.

'Drie uur,' antwoordt Thomas.

'En nog geen kind vermist?'

Iedereen schudt verbaasd zijn hoofd.

'Ik weet niet of dat een goed teken is,' zegt Maud, 'of slecht.'

'Maud!' Jolanda komt de ruimte binnenvliegen. Haar ogen staan alert en haar appelwangen lijken wel geschilderd. Iedereen veert op.

'We hebben iets,' zegt ze. 'De beelden worden nu doorgezet naar Tijssen en naar jou.'

'Vertel!' gromt Niels.

Jolanda trekt haar jas uit, gooit die over een stoel en loopt naar Maud aan de kop van de tafel.

'De beelden van alle benzinestations zijn bekeken en op de dag dat Fenne en Jason verdwenen zijn is er door een vrachtwagen met een grote oplegger getankt bij Shell aan de A4, richting zuiden, en daar zijn twee personenwagens te zien – een Golf en een Peugeot – waarvan de bestuurders eerst met elkaar praten en dan met de chauffeur van de vrachtwagen. Ze lopen samen naar binnen en een van de mannen betaalt alle drie de rekeningen. Jij had erom gevraagd, Maud, maar ze waren al bezig met het bekijken van de beelden van tankstations.'

John fluit.

'Dezelfde wagens,' vervolgt Jolanda, 'zijn op zaterdag te zien in de buurt van Rotterdam, en ook dan maken de chauffeurs een praatje. Een van de mannen is een lange man, in het zwart gekleed, en hij draagt een zonnebril.'

'Kentekens?' vraagt Maud.

'Ja, alles wordt nu gecheckt. Er wordt bekeken of ze nog elders gespot zijn, de pasjes, de rekeningen, de nummerborden.' Ze kijkt opgetogen en ook de rest van het team leeft op. 'Eindelijk beet,' verzucht ze.

Tijssen komt de kamer binnenlopen.

'We hebben een spoor,' zegt hij. 'De container achter op de vrachtwagen heeft een nummer en dat nummer duikt op bij een vervoerder op het spoor. Rotterdam, Brussel, Parijs, Marseille is het plan kennelijk.'

– 68 –

Ze staan al de hele tijd stil. Er is niemand gekomen om ze naar de wc te laten of om ze iets te eten te geven.

Hij is in slaap gevallen. Omdat de deur al zo lang niet open is geweest heeft Tommy geen idee meer hoe laat het is. Hij heeft behoefte aan daglicht, niet aan die kloterige ledlampjes in het hoekje.

Jason en Tim hebben het weer eens een keer over eten.

Leonie ligt nog steeds te grienen.

De jongen die het laatst werd binnengebracht, Lucas Zinkstal, is ook de hele tijd aan het huilen, al doet hij zijn best om dat zo zacht te doen dat niemand het hoort.

'Tom,' zegt Kat. Hij draait zijn hoofd naar haar toe. Daar is ze. Mooi en grappig en stoer en boos.

'Tommy,' zegt ze weer.

Hij weet niet of hij nog kan bewegen. Alles zit vast. Het is een wonder dat hij nog met zijn oogleden kan knipperen.

'Gaat het wel?'

Kat zit vlak bij hem. Iedereen zit vlak bij hem. De wereld is gekrompen. Het heelal is gekrompen en alles past in deze kamer. De kamer die de hele tijd bromde en hobbelde en bewoog en die nu ineens stil is.

Het heelal is van elastiek. Eerst wordt het helemaal uitgerekt, zo ver – zo ver – zo ver dat het niet verder meer kan zonder te breken, en dan – net voor dat punt dat je denkt: nu hoor ik 'pang', precies op dat ene moment dat er eigenlijk geen beweging is, niet verder weg en niet dichterbij, op dat punt gaat het weer terug, hup, de andere kant op, terug naar waar het allemaal vandaan kwam. Punt.

'Tommy?'

Hij knippert met zijn ogen.

Zijn we er? zou hij willen vragen. Ze staan stil. De brom is weg. Zijn we er?

– 69 –

Het spoor, dus dan had Niels toch gelijk. Het spoor, de weg, het water. Meer smaken zijn er niet, tenzij de ontvoerders een of ander privévliegtuig hebben gehuurd, maar dan nog. Ze moeten die kinderen aan boord van zo'n kist krijgen en dat gaat echt niet zomaar. Zeker niet nu heel Nederland angstig en alert is.

Blijft over alles wat rolt en alles wat vaart. De trein is zo gek niet. Nederland vervoert bijna 14 miljoen containers, las ze vanmiddag op het net toen ze even snel googelde op 'containervervoer'. Die kun je onmogelijk allemaal controleren.

Dus je sluit de kinderen op in een container, ieder in zijn eigen kooi zodat je ze makkelijk onder controle houdt, je rijdt rond om ze op te halen en dan zet je ze met container en al op een treinstel. Afgrijselijk. Uitgekookt.

Of leiden ze nu aan tunnelvisie? Zijn er meer mogelijkheden? Vergeet ze iets? Vertrekken ze straks toch op een andere manier?

Over de weg wordt moeilijk, sowieso wordt straks de beschrijving van de vrachtwagen en het nummerbord vrijgegeven. Knappe jongen die dan nog ongehinderd met dat ding in het buitenland belandt.

Per schip. Binnenvaart? Dat wordt wel ingewikkeld. Zelf zou ik de haven uit varen, denkt Maud, de zee op. Daar heb je veel meer vrijheid, veel meer mogelijkheden. Maar jezus, de immense haven van Rotterdam... Hoe vind je daar in vredesnaam een container? Of een paar goed verstopte kinderen? Toen Gijs daar werkte is hij de eerste weken een paar keer flink verdwaald. Hij werkte op kantoor toen ze hem leerde kennen, maar na een paar maanden nam hij zijn ontslag en kreeg via zijn beste vriend een baan in de haven. Hij wilde werken met zijn handen, zei hij, niet met zijn hoofd. *Zo zijn we niet gemaakt*, lispelde hij boven een glas bier, *om alleen maar te denken, we moeten vooral dingen doen*. Ongelooflijk, wat was ze toen onder de indruk van hem. Zo vast als zij zat in procedures en regelgeving met dat blauwe uniform van haar, zo vrij bewoog hij zich door het leven. Zijn werktijden, dat was zo'n beetje het enige waar hij zich aan hield. Het werk in de haven beviel hem. Met een sjekkie in zijn mondhoek en zijn gele helm op zijn hoofd een beetje sjouwen en sjorren. Filosofische grappen maken met zijn kameraden, die hem geen van allen goed begrepen, maar graag met hem samenwerkten. Op Gijs kon je bouwen. Zelf zag ze vooral dat goddelijke lichaam, die nonchalance, de romantiek van vrijheid. Dat dat ook een keerzijde had begreep ze pas na de geboorte van Roos.

Maud pakt haar telefoon en zoekt het nummer van Adil. Zou het nog hetzelfde zijn? Krijgt ze die vertrouwde stem aan de lijn als ze belt? De man die Gijs zijn baantje bij de haven bezorgde. Maar ook de man die hem gigantisch op zijn nummer zette toen hij Maud en Roos ineens verliet. Wat is dat lang geleden.

'Adil,' zegt ze.

'Maud. Hoe is het met jou? Met Roos?'

Ze sluit haar ogen even omdat de herinnering aan de tijd dat ze nog zo argeloos gelukkig was – met Gijs, haar dochter, die hele nieuwe wereld waarin ze terechtgekomen was – pijn doet.

'Het gaat goed met ons, Adil. Wat fijn om je stem te horen.'

Ze vraagt hoe het met hem en zijn familie is, maar al snel vraagt Adil waarvoor ze belt. Hij is niet gek. Nooit geweest ook.

'Stel,' zegt ze, 'ik wil een container de haven uit smokkelen. Hoe doe ik dat?'

Adil valt stil.

'Je bent toch nog steeds politie, hè?' vraagt hij.

'Ja. In Amsterdam. Recherche.'

'En in die container zit... spul? Artikelen, bedoel je dat?'

'Levende goederen,' zegt Maud. 'Ehm... iets wat leeft.'

'Dat stelt eisen aan je container,' zegt Adil. 'En aan het vervoer.'

Hij is even stil.

'Als alles volgens de richtlijnen gaat, en volgens alle procedures, en je richt die container een beetje slim in, ik bedoel dat niet meteen opvalt wat erin zit, dan kan het lukken. Maar als je uitgekozen wordt voor de controle – dat gaat steekproefsgewijs – dan is het moeilijk om eh... levende goederen verborgen te houden. Want die maken geluid, neem ik aan.'

Tenzij ze verdoofd zijn, tenzij ze verpakt zitten in iets geluidswerends, tenzij...

'Ja,' zegt ze. 'Laten we daarvan uitgaan.'

'Dus misschien wil je proberen de controle te vermijden.'

'Ja.'

'Oké.'

'Ik heb een nummer voor je,' zegt ze. 'Een containernummer. Kun je dat controleren?' Ze leest het nummer op.

'Ik kan het proberen,' zegt Adil. 'Maar waarom bel je mij? Waarom niet de gebruikelijke kanalen?'

'De gebruikelijke kanalen zoeken in een andere richting. Eerlijk gezegd weet ik het niet, Adil. Ik probeer een zijdeur.'

'Je weet nooit,' zegt hij. 'Dat zei je toen ook al altijd.'

'Dat is het. Rugdekking.'

'Ik bel je terug. Ik kijk een paar dingen na en ik bel je terug. Het moet zeker meteen?'

Ze lacht.

'Dat dacht ik al,' zegt die vertrouwde stem.

*

Snel haalt Kyra Lot op bij de buurvrouwen.

'Ik heb weinig tijd,' zegt ze tegen de dames. 'Ik wil naar de tocht, dus ik loop even snel een rondje.'

De hond kijkt haar kwispelend aan.

'We willen mee,' zegt Mina. Kyra kijkt haar verbaasd aan.

'Het is echt een eind lopen, hoor,' zegt ze. 'Helemaal vanuit de stad naar Noord.'

'Als het niet meer gaat nemen we wel een taxi,' zegt Ella. 'Ga jij maar met die hond lopen, dan kleden wij ons vast om.'

Kyra loopt met Lot naar haar eigen huis en belt aan. Haar moeder doet open.

'Mag ik je auto lenen?' vraagt ze. 'De buurvrouwen willen mee naar de stille tocht en dan kan ik beter met de auto daarheen gaan.'

Kyra staat naar haar moeder te kijken en besluit om de naam Jerry Hastings nog niet te noemen. Haar moeder heeft ook niet altijd open kaart gespeeld. Kyra voelt zich nog steeds schuldig dat ze niets over het dagboek tegen Maud heeft gezegd. Geheimen. Meestal leidt het tot gedoe.

'En hoe krijg ik dan mijn auto terug?' vraagt haar moeder.

Kyra staat na te denken over terugfietsen na de tocht en met auto en fiets terugrijden.

'Ik breng jullie wel,' zegt haar moeder. 'Dan loop ik een stukje mee en rijd daarna naar huis. Eventueel kan ik de dames ook in Noord weer oppikken, als het te ver voor ze is.'

'Oké.' Hier had ze helemaal niet op gerekend. Ze wilde gaan fietsen. Zou Antoine treffen. Maar nu willen er ineens vier oude vrouwen mee.

'Ik ga even snel een rondje met Lot rennen,' zegt ze. 'Ben zo terug.'

*

'Wij vertrekken naar Rotterdam,' zegt Tijssen tegen Maud en Niels. 'Ik heb geen plek in mijn auto, maar ik wil dat jullie ook komen.'

'Prima,' zegt Maud. 'We volgen je.'

'Ik laat het adres aan je doorzetten,' zegt Tijssen. Hij draait zich om en beent weg.

Niels pakt zijn jas.

Maud staat naar de borden met de informatie over de kinderen te kijken. Allemaal lachende gezichtjes. Net als de foto van het meisje dat in de pers was gekomen. Het hoofd een beetje schuin, een staartje boven op haar kruin, een timide lachje.

'Wacht even,' zegt Maud. 'Ik wil iets nakijken. Ik ben bang dat ik iets over het hoofd zie.'

Zóveel blauwe plekken heeft ze ook weer niet.

Een popje in de bench. Ze kijkt ernaar, maar ze ziet het niet, ze denkt dat het een hondenspeeltje is.

Niels staat verbaasd naar haar te kijken.

'Jolanda,' vraagt Maud. 'Heb je voor mij die beelden van de vrachtwagen? Van allebei de dagen graag.'

Ze moet het zeker weten. Details. Details zijn alles.

'Volgens mij heb ik ze al,' zegt de rechercheur. 'Toen ik er net was heb ik meteen gevraagd of ze die aan mij door wilden zetten.'

Maud schuift haar beeldscherm naast dat van Jolanda.

'Open er eens op elk scherm een,' zegt ze. Niels komt naast haar staan en ook de andere teamleden staan op en lopen naar hen toe.

'Wat ben je nou weer van plan?' vraagt John.

Jolanda opent een foto op haar scherm en logt in op de computer van Maud.

'Ik ben bang dat we iets over het hoofd zien,' zegt Maud. Het is zo makkelijk. Dat zie je maar aan Kyra die de haar op de sticker gemist had, en bijna ook de andere boodschap van Sarina. Jerry Hastings. Zijn naam stond zowat naast die sticker en toch had ze het eerst niet gezien.

'Zo,' zegt Jolanda. 'Bedoel je dit?'

Op elk beeldscherm is een vrachtwagen te zien, schuin van de zijkant gefotografeerd.

'Ja, dat bedoel ik. Zoom eens in op de nummers van de containers.'

Jolanda vergroot het beeld op haar scherm tot het nummer in vage cijfers en letters te zien is.

'SORA453356-8,' zegt Jolanda. 'Die code hadden we al, hoor.'

'En nu die ernaast,' zegt Maud.

Jolanda vergroot de code op de andere vrachtwagen.

'SORA453856-8,' leest ze op. De acht naast de drie is wat vervaagd.

'Godverdomme,' zegt John. 'Klootzakken.'

'We gaan,' zegt Maud en ze wenkt Niels. 'Ik bel jullie straks,' zegt ze tegen haar team en ze zijn vertrokken voordat iemand bezwaar kan maken.

*

Kyra rijdt de Hortus Botanicus voorbij en slaat links af naar Artis. Voor haar gevoel zijn ze ruim op tijd vertrokken, maar het is al ontzettend druk en er staat een rij voor het parkeerterrein van de dierentuin. Haar moeder en de drie buurvrouwen stappen vast uit om in de richting van Tommy's huis te lopen. Kyra is nauwelijks onder de slagboom door gereden of het terrein gaat dicht: vol. Onderweg naar de plek waar ze heeft afgesproken met Antoine, ziet ze naast een constante stroom voetgangers veel auto's rondjes rijden op zoek naar een parkeerplek.

'Kyra!' Antoine heeft haar al ontdekt. Hij staat bij de kassa's van Artis, recht tegenover de straat waar de deelnemers van de stille tocht verzamelen.

'Mijn moeder is ook mee,' zegt Kyra. 'En de buurvrouwen. We hebben... eh... dáár afgesproken.' Ze wijst naar de overvolle straat.

'Oké.' Antoine trekt zijn neus op. Die jongen is echt kampioen rare gezichten trekken. Hij heeft iets van een komiek, een bijna twee meter lange Ryan Gosling met een vleugje Mister Bean. Of andersom.

'Laten we dan maar gaan,' zegt hij en hij begint zich lachend en excuserend naar voren te duwen in de massa. Kyra volgt hem op de voet.

'Drie oudere dames,' zegt Kyra. 'Echt oud, hoor, kleine besjes, en dan mijn moeder, een blonde, verzorgde vrouw, make-up, gouden oorbellen en zo. Ook niet zo lang.'

Antoine strekt zich en probeert over de mensenmassa heen te kijken.

'Ik zoek dus Dolly Parton,' zegt hij. 'En haar drie moeders?'

Ze blijven zich naar voren werken. De mensenmassa staat losjes om het huis van Tommy heen. Ontroerd bekijkt Kyra de bloemen en knuffels die in en rondom de voortuin liggen. Iemand heeft een glazen plaat gemaakt met daarop een voetballend kind, aan weerszijden branden kaarsen.

De voordeur van het huis gaat open en twee jonge meiden verschijnen met een grote doos draagkaarsen, een waxinelichtje in een potje op een stokje.

'We vertrekken over tien minuten,' zeggen de meisjes als ze de kaarsen uitdelen. Kyra neemt er een aan. 'Straks aansteken, alstublieft.'

Van beide zijden stroomt de straat vol en hoewel Kyra het niet precies kan zien, lijkt het alsof in de andere straten ook een behoorlijke mensenmassa verzameld is.

'Kyra!' Haar moeder zwaait. Ze staat vlak bij de voortuin van het huis.

'Bij het huis, hadden we afgesproken,' zegt ze. 'Dus ik dacht: we lopen maar helemaal door.'

'Indrukwekkend,' zegt Kyra. 'Al die mensen, al die bloemen...'

Ze stelt Antoine aan de dames voor en samen wachten ze tot de stoet zal vertrekken.

Waar staan jullie? Kyra zet het bericht in de groepsapp die ze met Sophie, Chantal en Luna heeft.

Bij Artis, appt Sophie terug. *Komen niet verder, te vol.*

Als ze een paar minuten hebben gewacht gaat de voordeur van Tommy's huis open en Kyra houdt haar adem in als de ouders van Tommy, hun dochtertje, de ouders van Jesse en een aantal van de andere ouders en hun kinderen in spierwitte kleding naar buiten komen. Ze dragen brandende kaarsjes. De moeder van Tommy draagt een sjaaltje van Tommy's voetbalclub. Bij verschillende mensen lopen de tranen over hun wangen. Het is ongewoon stil in de straat en de stilte lijkt dikker te worden wanneer als laatste de ouders van Ab van Dongen naar buiten komen. De vrouw klein en tenger, de man groot en blond.

Kyra slikt. Hier te moeten lopen. Hoop te koesteren voor de andere ouders, terwijl je weet dat jouw kind nooit meer terugkomt, het is ondenkbaar zwaar.

De mensen beginnen hun lantaarns aan te steken. Veel mensen hebben zelf ook een kaarsenhouder meegenomen. Aanstekers wisselen van hand en vinden hun weg naar de rest van de stoet. De mensen aan de noordkant van de straat wijken uiteen en maken een erehaag voor de ouders, die vooropgaan in de tocht. Kyra, haar moeder, de oude dames en Antoine sluiten aan.

Niemand zegt iets en lange tijd is het enige wat Kyra hoort het geluid van ruisende kleding en voetstappen in de smalle straat. Als ze op de hoek van de Anne Frankstraat komen, schuift een bewoner van de nieuwe flats zijn raam open, zet een luidspreker op de vensterbank en speelt 'Tears in Heaven' van Eric Clapton. Kyra ziet haar moeder huilen en ze slaat haar arm om haar heen.

Om de hoek, bij de brandweerkazerne, vormen de mannen in uniform een rij langs de route, de wagens zijn buiten gezet. Een van de kinderen wil brandweerman worden, heeft Kyra in de krant gelezen.

Ze volgen de kade en overal waar ze komen staat een rij mensen te wachten, die aansluit als ze voorbij zijn gelopen. Kyra kan het einde van de stoet niet eens meer zien.

'Gaat het?' vraagt Kyra aan de buurvrouwen. 'Lopen we niet te snel?'

Mina glimlacht. 'Het gaat nog best hoor,' zegt ze.

Haar moeder zou teruglopen en de auto gaan halen, maar er hangt een verbeten trek om haar mond en Kyra durft niet te vragen wanneer ze om zal draaien. Zwijgend lopen ze door.

*

'Adil?' Maud zit in de bijrijdersstoel zodat ze kan bellen. Niels rijdt met grote snelheid over de snelweg richting Rotterdam.

'Het nummer dat je me gaf kan ik niet vinden,' zegt Adil. 'Die container staat niet hier in de haven.'

'Dat weet ik. Ik heb een ander nummer.' Ze leest het nummer op.

'Had je je vergist?' vraagt Adil.

'Bijna,' zegt Maud.

'Het is zeker belangrijk?'

'Anders zou ik je niet lastigvallen.'

Het is even stil.

'Ik begrijp het,' zegt Adil. 'Ik ga opnieuw het systeem in. Het duurt even. Ik bel je zo.'

‘Moet je Tijssen niet bellen?’ vraagt Niels.

‘Ga ik nu doen,’ antwoordt ze. ‘Ik weet niet wat hij gaat zeggen.’

Maud belt de chef en legt uit wat er aan de hand is.

‘Twee nummers?’ vraagt hij. ‘Weet je dat zeker?’

‘Ja.’

‘Luister, Maud, het lijkt me onmogelijk. Laat het nog eens controleren, alsjeblieft. Er zijn al mensen ter plekke en ze hebben de container gevonden. Ik heb een foto gezien en het is precies de container die we gezien hebben. Er wordt nu gezorgd voor vertraging van de trein. De eenheid is er bijna.’

‘Ik laat het nogmaals controleren,’ zegt Maud. ‘Maar ik...’

‘Bel me als je meer weet,’ onderbreekt Tijssen haar. ‘Ik ben er bijna.’

‘Ik vind dat we gewoon naar Tijssen en het team moeten rijden,’ zegt Niels.

‘Nee,’ zegt Maud simpelweg. ‘Ik zeg wel waar je naartoe moet. Ik ken de weg.’

Ze bracht Gijs regelmatig weg in die jaren. ’s Morgens zette ze hem af bij de haven – de Waalhaven, Delftshaven, Vondelingenplaat, waar hij ook maar moest zijn – en ’s avonds haalde ze hem op in de kroeg. Ze glimlacht wrang bij de herinnering aan late avonden met Gijs.

Ze rijden een tijd in stilte en Maud schrikt als haar telefoon gaat. Ze neemt op.

‘Maud.’ Het is Joris Verstraten. ‘Kun je bevestigen dat er verdachten zijn? Dat jullie een actie hebben?’

‘Sorry Joris, je weet dat ik je niet kan helpen. Bel de voorlichter maar.’

‘Die zegt nooit iets, Maud. Je bent toch niet vergeten dat ik je de vorige keer geholpen heb?’

‘Dat ben ik niet vergeten, Joris. Echt niet. Luister. Ik ben onderweg. Zodra ik iets weet en iets mag zeggen dan bel ik je, oké? Heb je een verhaal uit de eerste hand.’

– 70 –

De deuren gaan open en de wereld komt ijskoud en felwit binnen.

Bam.

Hallo.

Hij is dat licht niet meer gewend.

Er staan twee mannen bij de deur van de vrachtwagen en twee anderen maken alle kooien open.

Is dit het?

De hele tijd heeft Tommy van zichzelf niet mogen nadenken over wat er zou gebeuren als ze er waren, maar nu zijn ze er en gaat het dus gebeuren.

Dat waar hij niet over na mag denken.

Hij wil niet.

Beter maar om hier in de kooi te blijven want hier kent hij het tenminste en waar gaan ze dan heen?

Die man trekt aan zijn enkel. Zo hard dat hij het niet kan tegenhouden. Hij glijdt de kooi uit. Hij bonkt de kooi uit. Al zijn blauwe plekken schrapen hard over de dikke ijzeren richels en ploep, daar valt hij als een pasgeboren baby in de armen van een van die klootzakken.

Hij wilde niet.

Hij wilde blijven zitten.

De lucht is zo ontzettend koud en er zit zo ontzettend veel zuurstof in dat alles aan hem wakker schrikt en hij hapt naar lucht, of eigenlijk naar stilte.

En wat nu?

Tommy staat op zijn benen. Hij zwaait heen en weer en bedenkt dat hij moet lopen. Als een veulen. Met benen van twee meter lang en een centimeter dun.

Je kunt het.

Die eikel geeft hem een duw en hij valt naar voren. Hij kan zich nog net opvangen en dan strompelt hij door, naar de rand van de laadbak.

Moet hij naar buiten? Is het echt de bedoeling dat hij hun orders opvolgt?

Op school hebben ze een film gekeken over Treblinka. En over de mensen die daar met een trein aankwamen. Ze stonden in een kleine ruimte met zijn allen, de hele tijd, en ze wisten niet waar ze naartoe gingen en ze wisten niet wat er gebeuren ging en dan gaat de deur open. En dan moet je naar buiten. En je wil wel naar buiten want buiten was het eerder altijd leuk en je kon er ademhalen en je kon er voetballen en je kon er dingen. Nu moet je lopen waar ze zeggen dat je moet lopen en je weet niet zeker of je daar wel heen wilt gaan want wat is daar dan?

Hij krijgt een keiharde duw tegen zijn rib en hij hapt naar adem.

Vooruit.

Lopen.

Hij staat op de grond en eigenlijk moet hij kijken waar hij is, wat er om hem heen is, maar hij ziet alleen de lucht. Grijs en er vallen sneeuwvlokken uit.

Zie de maan schijnt door de bomen. Hij had vroeger een boek met sinterklaasliedjes en op de voorkant stond een dak met sneeuw en de sint in het rood op een wit paard.

Hij staat met zijn gezicht naar boven, voelt de koude sneeuwvlokken heel zacht op zijn wangen landen en zijn voorhoofd kussen en dan ineens voelt hij weer die vlammende pijn in zijn zij.

Doorlopen.

– 71 –

Achter het Centraal Station liggen twee veerponten klaar om de mensen naar de overkant te brengen, maar als de pont waar Kyra op staat wegvaart ziet ze dat de stoet enorm is en dat de veren voorlopig nog wel heen en weer zullen moeten varen. Het is ijskoud op het water.

Op het IJ, buiten de route van de pont, liggen verschillende sloepjes en andere bootjes. Hun verlichting weerspiegelt in het donkere water van het IJ. Voor de lantaarnpaal waar nog maar een paar maanden geleden haar docent Marc Gaullier levenloos tentoongesteld hing, ligt een lange platte boot, waarop een groep dik ingepakte mensen staat die drijfkaarsen in de vorm van waterlelies aansteken en in het water leggen. Een voor een drijven de lichtjes het koude water op, om zo hun eigen stille stoet te vormen.

Als ze aan de overkant komen, lopen Kyra, Antoine en de vrouwen een stuk naar links, en ze staan een tijd naar het water, de kaarsjes en de mensenmassa rond het IJ te kijken. Kyra steekt de stok van haar waxinelichtje tussen de tegels bij de lantaarnpaal waar Marc is gevonden en ze herinnert zich die mistige ochtend in mei, die een voorbode bleek van meer gruwelijkheden dan ze voor mogelijk had gehouden. Het voelt verkeerd om hier te zijn, voor deze gelegenheid, zonder ook even bij de dood van Marc stil te staan.

Hoewel na zijn overlijden de discussie over zijn naaktportretten van net niet te jonge meisjes weer was losgebarsten, en ook de politie lange tijd gedacht had dat zijn dood iets met zijn werk te maken had, was achteraf duidelijk gebleken dat zijn dood een wraakactie van een door razernij verblinde man was geweest. Een man die van plan was geweest zijn zakelijke kwelgeesten een voor een op spectaculaire manier om te brengen.

Na de arrestatie van Jeroen van Vliet was er discussie ontstaan over de geloofwaardigheid van zijn drijfveren, aangezwengeld door zijn raadsman. Wraak, werd er gezegd, kon toch nooit het motief zijn voor zulke zware misdaden?

Geïntrigeerd door dat argument was Kyra de boeken in gedoken. Woede, wraak, wrok, afgunst, frustratie – het waren juist bedroevend vaak motieven. In mei, rond de tijd dat Van Vliet zijn extreme daden uitvoerde, doodde de tweeëntwintigjarige Elliot Rodger in de Verenigde Staten uit woede zes mensen. Hij verwondde er dertien en schoot ten slotte zichzelf dood. Hij was woedend op vrouwen, omdat niemand hem wilde, en hij haatte seksueel actieve mannen omdat ze een beter leven leidden dan hij deed. Vlak voor zijn daad zette hij een filmpje over zijn motieven op YouTube en hij verstuurde een manuscript met zijn levensverhaal en motieven naar vrienden en bekenden.

Toch was het bizar wat Marc Gaullier was overkomen. Ook Kyra had een tijd gedacht dat zijn dood iets met zijn flirtpartijen met haar vriendinnen te maken had gehad. Later had ze aan Sophie, Chantal en Luna moeten toegeven dat ze te streng was geweest. Wat Marc had gedaan ging dan misschien wel over een bepaalde lijn, feit was dat hij niemand pijn had gedaan en geen van de vrouwen, ook zijn eigen echtgenote niet, had gekwetst.

Marcs werk en zijn gedrag hadden Van Vliet wel aangezet tot de manier waarop hij zijn daad uitvoerde, maar de reden lag elders.

'Ik neem de volgende pont terug,' zegt haar moeder ineens en Kyra schrikt op uit haar overpeinzingen. 'Dan haal ik de auto en als jullie willen pik ik jullie bij het Hagedoornplein weer op.'

Mina, Ella en Nine willen er niets van weten. Ze zijn nog fit genoeg.

'Ik hoor wel of ik jullie moet ophalen,' zegt Holly Slagter en voorzichtig begint ze tegen de stroom in te lopen naar de pont.

Kyra kijkt haar moeder na en samen met de buurvrouwen en Antoine sluit ze weer aan in de stoet.

*

'Mijn collega zoekt dat nummer nog voor je na,' zegt Adil tegen Maud. 'Maar ik heb wel iets anders voor je gevonden.'

'Oké.'

'Een aanvraag van een schip dat in een dok ligt en vier dagen eerder dan gepland wil vertrekken. Dat komt niet zo vaak voor. Meestal loopt onderhoudswerk uit. Je vroeg me naar manieren om een container de haven uit te krijgen. Schepen die in het dok liggen zijn vaak leeg en als ze vertrekken is er weinig controle.'

'Weet je wat de bestemming van het schip is?'

'Dat kan ik hier niet zien. Ik zie alleen dat ze de loods eerder hebben aangevraagd.'

'Wat kun je me nog meer vertellen?'

'Het vaart onder Syrische vlag.'

'Dat is interessant. Hoe heet het?'

'Het is de Soraya.'

'Soraya,' herhaalt Maud. 'Onder Syrische vlag.'

Niels kijkt haar met opgetrokken wenkbrauwen aan.

'Die rekeningen,' zegt hij.

'Ja,' antwoordt Maud. 'Soraya GmbH, rekeningen in Syrië, niet allemaal, maar wel waar het spoor doodliep. Adil, waar ligt dat schip? Ik rij bij Schiedam. Heb je een adres? Ik durf te wedden dat die container daar in de buurt is.'

– 72 –

Ze lopen in een rijtje. Kat gaat voorop en dan komt Jesse en dan Tim en hijzelf komt een heel eind erachteraan, maar hij is niet de laatste.

Hij loopt door omdat dat moet en zijn lichaam doet pijn, maar een ander soort pijn dan het liggen in de kooi deed. Als hij stopt met lopen, omdat er voor hem een opstopping is, krijgt hij een por. Opschieten, opschieten.

De vrachtwagen staat op een kade en aan zijn linkerhand is water.

Dat is het. Een haven.

Iedereen is zenuwachtig. De kinderen en vooral de mannen om hen heen. Het moet snel, ze moeten rennen, maar dat gaat niet want ze hebben al dagen niet op hun benen gestaan en ze hebben al een paar dagen amper wat gegeten en hij moet ook ontzettend nodig naar de wc.

Ze worden over de kade gejaagd. Het is ijskoud en donker aan het worden. Waterige sneeuwvlokken dwarrelen door de lucht. Hij is alle gevoel voor tijd kwijtgeraakt daar in die vrachtwagen.

Opschieten.

Rennen.

Ze gaan aan boord van een schip. Kat rent voorop en er staat een mannetje op het schip, naast de loopbrug die langs de zijkant van het schip hangt. Omhoog. Een hele sliert kinderen loopt omhoog, en hij moet ook omhoog. Hij wankelt, en valt tegen het touw, waardoor hij bijna van de brug kukelt en toch loopt hij door want hij wordt alweer naar voren gejaagd en hij moet opschieten.

Als ze boven zijn moet hij ineens wachten. Ze staan op het dek, naast hem staan de reddingsboten, een soort grote tonnen lijken het. Tommy staat beduusd om zich heen te kijken. Staal, overal ijzeren pijpen en trapjes en deuren en ramen en roest, heel veel roest.

De mannen praten boos. Ze zijn het ergens niet over eens, maar hij begrijpt niet wat er aan de hand is. De zonnebril heeft ruzie met een van die andere kerels. Ze staan met hun borst vooruit tegenover elkaar en weten het allebei beter. Zou het over geld gaan? Het lijkt erop dat de ene weigert iets te doen of zo. De zonnebril trekt zijn wapen en de kinderen staren verbijsterd naar het schouwspel. Tommy werkt zich naar achteren. Straks gaat het verkeerd. Straks schiet er een, straks schiet die ander. Hij is bang.

Een derde kerel bemoeit zich ermee, op een onderdanige manier. Hij praat zacht, glimlacht voorzichtig, een smerige, valse lach is het.

Niemand let op hem en hij stapt nog verder naar achteren. Kat gaat voor hem staan. Misschien ziet ze wat hij doet. Heel even, een moment dat een milliseconde duurt, twijfelt hij – is het niet onverstandig wat hij doet, is het niet juist gevaarlijk –, maar dan glipt hij tussen twee verroeste reddingsboten door en hij begint voorovergebogen te rennen over het pad naar de voorkant van het schip.

– 73 –

Londen

'We doen het alleen als je dit echt wilt, Jane.'

Mabel is haar Jane blijven noemen omdat de jonge vrouw een hekel lijkt te hebben aan haar echte naam. Ze heeft nog niet durven vragen waarom dat is. Dat komt wel. Jane praat, dat is al een wonder. Ze heeft aangegeven dat ze nog in de kliniek wil blijven, totdat ze zich zekerder voelt en zelfstandig kan gaan wonen. Ze wil therapie blijven volgen, intensieve therapie. En ze wil haar geheugen gaan trainen.

'Je moet me helpen,' heeft ze tegen Mabel gezegd. 'Ik wil praten over wat er gebeurd is, maar ik kan niet goed bij mijn herinneringen. Sommige lades krijg ik niet open. Misschien moet ik ook helemaal niet weten wat daarin zit.'

Mabel had beloofd haar te helpen.

'Ook als je het je niet bewust bent,' had ze geantwoord, 'zal de waarheid aan je knagen. Laten we hem dan maar voor een gevecht uitdagen.'

Ze hadden een pact gesloten.

'Ik wil dit,' zegt Jane tegen Mabel. 'Ik moet het doen.'

'Wat spreken we af voor als het niet gaat?' vraagt Mabel.

Jane kijkt haar onzeker aan.

'Laat het me weten als het je te veel is,' zegt Mabel nogmaals. 'Dan nemen we een pauze, of ik regel iets anders.'

Jane glimlacht en kijkt naar de grond. Ze knippert vaak met haar ogen en ze heeft ineens een zenuwtrekje om haar mond.

'Laat haar maar komen,' zegt Jane met zachte stem.

Mabel staat op om de moeder van het meisje te halen. Ze heeft de vrouw een uurtje geleden ontmoet, toen ze bij de psychiater een korte toelichting kreeg over de situatie van Jane. Er was een tolk bij want de vrouw spreekt geen woord Engels. Ze had Mabel argwanend aangekeken toen ze haar de hand schudde.

Als Mabel de deur opendoet staat de forse Française recht voor de deur. Ze werpt Mabel een norse glimlach toe en loopt haar voorbij.

'Ma chérie!' roept ze met luide stem en ze valt Jane om de hals. Het meisje verstijft. 'Beatrice, ma chéérie!'

'Koffie?' probeert Mabel in te grijpen. 'Thee?'

De moeder reageert niet. Ze ratelt aan één stuk door en Mabel begrijpt er geen woord van. Jane reageert niet op de omhelzing of de woorden van haar moeder. Ze staat daar maar en staart voor zich uit. Heel even zoekt ze de blik van Mabel.

Mabel pakt de schaal koekjes die ze mee heeft genomen. Ze is voor de gelegenheid langs de beste banketbakker gegaan die ze kent. Françaises, dacht ze, kun je niet een gewoon kaakje voorzetten. Macarons had ze gehaald, en diverse soorten roomboterkoekjes.

'Koekje?' vraagt Mabel terwijl ze de schaal voor zich uitsteekt.

De vrouw kijkt om. Even aarzelt ze, maar dan knikt ze en ze gaat aan de tafel zitten.

'Café,' *zegt ze gebiedend.*

Mabel schenkt een kopje vol met dampende zwarte koffie en zet het voor de vrouw neer. Ze weet zeker dat de rechercheur heeft verteld dat Phil en zij de onkosten van de vrouw betalen, maar tot nog toe heeft ze geen vriendelijk woord tegen haar gezegd.

'Het spijt me dat ik geen Frans spreek,' zegt Mabel. Ze dirigeert Jane voorzichtig naar de stoel schuin tegenover haar moeder. 'Desolée,' *zegt ze.* 'Non Français.'

Heel even ziet ze Jane reageren. Ze kijkt haar met een vage glimlach aan en dan is het moment weer verdwenen. Als dit bezoek haar maar niet weer terugzet. Ze boekte zo'n verschrikkelijk grote vooruitgang.

Er valt een stilte en Mabel glimlacht nerveus naar de moeder. Normaal weet ze wel wat ze moet doen, maar in dit geval voelt ze zich machteloos.

De moeder van Jane begint weer te praten. Hard. Beslist. Ze maakt handgebaren en het lijkt erop dat ze iets zegt in de trant van 'ik kan er ook niets aan doen'.

Nonchalant praat ze verder, monotoon en bijna zakelijk. Ze vraagt niets aan Jane. Het is een monoloog die ze besluit met een kort knikje van haar hoofd. Dat is dan geregeld, lijkt ze te zeggen.

'I am not coming home,' *zegt Jane ineens. Ze kijkt haar moeder niet aan, maar ze staart in de thee die Mabel voor haar heeft ingeschonken.*

'Pardon?' zegt de moeder.

Dat verstaat ze.

'I am not coming home.' *Jane staat op en loopt de kamer uit.*

'Elle...' *stamelt Mabel. 'Christus, hoe zeg je dat in het Frans? Ze wil niet.'*

Jane's moeder kijkt met open mond toe hoe Jane wegloopt. Mabel loopt achter haar aan en schiet een van de verzorgers aan.

'Die mevrouw in dat kamertje daar,' vraagt ze. 'Kunt u die naar buiten begeleiden? Ze is Frans. Ze spreekt geen Engels. Ik neem nog contact met haar op.'

Jane is in bed gaan liggen. Ze ligt op haar zij, met haar rug naar de deur, en staart door het raam naar buiten. Het is een mooie, koude dag. Een blauwe, wolkeloze hemel kondigt nachtvorst aan.

'Jane?'

Ze reageert niet. Mabel gaat op de stoel naast het bed zitten en wacht. Na een paar minuten hoort ze lawaai op de gang. Een schelle stem. Frans. Jane's moeder probeert haar dochters kamer te vinden.

Jane ligt onbeweeglijk op bed. Mabel staat op en sluit de kamerdeur. Als ze terugkomt bij haar stoel kijkt het meisje haar aan.

'Please call me Sarah,' *zegt ze zacht. 'Mijn nieuwe naam moet Sarah zijn, naar Saar, mijn liefste vriendin.'*

– 74 –

Tommy heeft geen idee waar hij precies is. Het schip is gigantisch en een doolhof van trappetjes die omhooggaan en omlaag en overal op het dek staat wel iets. Hij is weggedoken in een hoek, tussen een soort schoorsteen en een paar ijzeren balken. Bevrijd van zijn kooi is hij in een nieuw soort gevangenis beland. Een waarin het zachtjes sneeuwt.

Nu voorzichtig zijn.

Heel voorzichtig.

Hij durft zich niet te bewegen. Straks zien ze hem. Maar als hij blijft zitten vinden ze hem natuurlijk. Zenuwachtig kijkt hij om zich heen. Hij ziet niet veel, dat is het nadeel van een goede verstopplek, dat je zelf ook niets kunt zien. Hij zit met zijn armen om zijn knieën geslagen en zijn hele lichaam trilt. De pijn voelt hij niet meer.

De trap. De loopplank. Hij moet van het schip af, maar hij moet ook de anderen vinden en op dit moment weet hij niet eens aan welke kant de wal precies is. Achter hem, gokt hij. Hij moet gaan kruipen, heel voorzichtig, en dan... van het schip springen? Hulp halen?

Er schiet een trilling door het schip. Het komt tot leven, de motoren brullen. Ze gaan weg.

Geschreeuw. Ze hebben ontdekt dat hij weg is. Zie je wel. Nu moet hij iets doen. Voorzichtig leunt hij naar voren en meteen duikt hij terug omdat er een man aan komt rennen. Hij drukt zich plat in het hoekje waar hij zit, verstopt zijn gezicht in zijn armen en houdt zijn adem in. De man rent hem voorbij, richting de voorkant van het schip. Voor zijn voeten smelten de sneeuwvlokken zodra ze op het dek vallen.

Hij moet hier weg.

Moet.

Maar waar zijn de anderen?

– 75 –

'Nog drie minuten,' zegt Niels.

Als ze maar op tijd zijn. Als ze de kinderen maar kunnen vinden. Deze lui weten wat ze doen. Wat als ze in dat dok een of andere geheime ruimte hebben gemaakt, een moeilijk te vinden kamer, een ruimte speciaal om te smokkelen? Straks staan ze verdomme aan boord en kunnen ze niemand vinden. Details. Details zijn alles, maar je moet ze ook goed interpreteren. Het popje in de bench was geen hondenspeeltje. Dat had zij er zelf van gemaakt. Je ziet iets en je hersenen interpreteren het als iets wat voor de hand ligt. Hondenbench, hondenspeeltje. Niet kinderkooi, kinderpopje.

'Sneller,' zegt Maud.

Haar telefoon gaat. Gespannen neemt ze op. Als haar gevoel niet klopt, als de sporen weer doodlopen, als ze niet in de ene en ook niet in de andere container zitten, dan kunnen ze de kinderen zomaar kwijt zijn.

'Je had gelijk,' zegt Adil. 'De container is daar net afgeleverd.'

Maud knikt, ook al kan hij het niet zien. Ja. Goddank.

'Kun je de douane bellen?' vraagt Maud. 'Of de havenpolitie? Ik wil zo snel mogelijk mensen rond dat schip. Niemand mag aan of van boord.'

'Oké.' Adil klinkt bedachtzaam. 'Volgens mij staan ze op het punt om uit te varen. De loods is er al.'

'Hou ze tegen,' zegt Maud snel. 'Verzin een list, zorg dat de trossen niet los kunnen, weet ik veel, maar laat ze niet vertrekken.'

'Godsakke,' zegt Adil en ondanks haar spanning lacht Maud.

'Ja,' zegt ze. 'Godsakke. En hou ze tegen. Ik ben er bijna.'

Ze hangt op en belt Tijssen.

'Deze container is leeg,' zegt hij. 'Geen kooien of andere installaties. Gewoon een lege bak.' Zo gespannen heeft ze hem nog nooit gehoord. 'Waar zit je?'

Maud geeft het adres.

'Dat is vijf minuten rijden,' stelt Tijssen vast. 'Ik neem de eenheid mee.'

'Snel,' zegt Maud. 'Ze staan op het punt om uit te varen.'

'Als het moet houd ik ze op het water aan,' zegt Tijssen. 'Dat kan ook.'

'Snap ik,' antwoordt Maud. 'Ik hoop dat de kinderen nog in de container zitten. Maar als dat niet zo is dan wil ik specialisten hebben om aan boord te gaan. Ik ben bang dat ze heel goed verstopt zitten, dat dat hele schip binnenstebuiten moet, en we lopen ook het risico van een gijzeling met als eis een veilige aftocht.'

'Godverdomme,' vloekt Tijssen.

'Ja,' zegt Maud. 'Inderdaad.'

Even is het stil.

'We rijden al,' zegt Tijssen.

Maud hangt op en ze belt Adil terug.

'Laat ze niet met licht en sirenes naar dat schip gaan,' instrueert Maud Adil. 'We willen ze niet alarmeren. Ik ben er bijna. Laat de douane een onaangekondigde controle doen. Iets om ze bezig te houden, maar waarschuw ze niet. Alles moet heel kalm.'

'Ga je me nog vertellen wat er aan de hand is, Maud?'

'Natuurlijk.'

*

De stoet volgt de kortste route naar het huis van Jesse, langs het kanaal. Hier en daar hebben mensen drijfkaarsen in het water gelaten.

'Broodkruimels,' zegt Nine tegen Kyra. 'Een spoor van kruimels om weer thuis te kunnen komen.'

'Prachtig,' zegt Sophie met een brok in haar keel. Ze hebben elkaar gevonden en de oude buurvrouwen, haar vriendinnen en Antoine lopen samen op.

'Knappe jongen,' fluistert Chantal haar toe.

'Hè?' Kyra kijkt haar vriendin verbaasd aan. 'Vind je dat?' Ze gluurt opzij naar Antoine, die Mina een arm heeft gegeven. Haar vriendin ziet iets wat zijzelf niet ziet.

'Ga naast hem lopen dan,' zegt ze en ze geeft Chantal een zetje.

'Niet nu,' zegt zij tegen Kyra. 'Neem hem maar een keer mee naar Jansen.'

De stoet mensen steekt de dijk over en vervolgt de route tot langs de kinderboerderij. Overal langs het hek en het kanaal zijn fakkels in de grond gestoken. Tussen de fakkels liggen knuffels en papieren met boodschappen aan de kinderen. Hoe dichter ze bij het huis van Jesse komen, hoe meer kaarsjes en bloemen er liggen.

Ze ziet foto's van kinderen die ze niet kent, die al langer vermist zijn. Of die vermoord zijn. Ze ziet een foto van een meisje dat ze uit de pers kent. Verkracht en vermoord. Van een jongen die doodgestoken is tijdens het uitgaan. Ze blijft staan bij een foto van twee jongetjes die lachend in de camera kijken, de een uitbundig, de ander wat meer ingetogen, maar allebei onwetend van wat hun te wachten staat. De tocht is een protest tegen geweld tegen kinderen geworden. Allerlei vormen van geweld.

Kyra voelt haar ogen en haar neus prikken. Ze ademt diep in en denkt aan Sarina, die hier zo vaak hardgelopen heeft. Over precies deze weg, deze route was haar lievelingsloop. Rennen tot aan Landsmeer en dan terug. Jerry Hastings. Ze heeft de naam wel vaker herhaald vanavond. Ze klemt haar kaken op elkaar. Jerry Hastings. Als Dave toch niet de klootzak was, dan zal hij het wel zijn.

De stroom mensen slaat af naar links, golft over het bruggetje de wijk in. De kleine straatjes op de route naar het huis van Jesse liggen vol met knuffels en bloemen. Jesse's straat is nog steeds aangekleed met honderden kaarsjes. Langzaam schuifelen ze door de smalle straat.

De ouders van de vermiste kinderen staan voor het huis, als om de deelnemers van de tocht te bedanken. Er staat een cameraploeg en er staan verschillende fotografen.

'Geen interviews,' hoort ze de vader van Jesse zeggen. 'Niet vanavond. Niet nu.'

'Willen jullie iets drinken?' vraagt Sophie. 'We kunnen even bij ons thuis gaan zitten?'

'Ik ben kapot,' zegt Kyra. 'Eigenlijk wil ik gewoon naar huis. Ik bel mijn moeder, zij komt ons halen.'

'Ik kan nog wel een stukje lopen, hoor,' zegt Nine. 'Laat je moeder maar lekker thuisblijven.'

'Geen denken aan,' valt Antoine Kyra bij. 'We bellen Kyra's moeder en dan laten we ons lekker naar huis rijden.'

'De bussen staan verderop,' deelt een jonge vrouw de deelnemers van de tocht mee. 'Zij brengen u terug naar het centrum.'

Kyra kijkt naar Antoine. 'Volgens mij moet jij hier op de bus stappen,' zegt ze terwijl ze haar moeder belt. 'We passen niet met zijn allen in de auto.'

Ze ziet hem even twijfelen.

'Ik zie je morgen, op school,' zegt ze.

Hij knikt, maar staat erop te wachten tot Kyra's moeder er is. Als ze wegrijden kijkt Kyra achterom naar de kleiner wordende gestalte.

'Knappe jongen,' zegt Mina.

Kyra schudt verbaasd haar hoofd. De volgende keer moet ze echt beter naar hem kijken.

Jerry Hastings, denkt ze. Voor het eerst in tijden is ze zo moe dat ze erover nadenkt om meteen te gaan slapen als ze thuis is. Op de een of andere manier kan ze het vanavond niet opbrengen om achter een volgend spook aan te gaan.

*

Adil staat bij de poort te wachten en hij stapt in de auto.

'Hier rechtdoor,' instrueert hij Niels. 'Het is hier vlakbij. De douane is er nog niet.'

Niels trapt het gaspedaal diep in en scheurt over de kade. Aan weerszijden staan hoge kranen, ijzeren monsters in het donker. Verderop is de haven verlicht, maar hier wordt kennelijk niet gewerkt.

'Wat is er aan de hand?' vraagt Adil.

'Goed je te zien, Adil,' zegt Maud. De man is geen spat veranderd.

Alleen dat grijze haar bij zijn slapen is nieuw, maar hij ziet er nog net zo uit als al die jaren geleden. Een lange man met mooie bruine ogen, een rechte neus en een beetje spottende, licht arrogante – of is het plagende – blik.

'Ik vermoed dat de vermiste kinderen in die container zitten of al aan boord van dat schip zijn,' zegt Maud. Ze zit klaar om de auto uit te springen en het schip op te rennen. Als dat kan. Als dat verstandig is. Ze weet niet wat ze straks moet doen.

'Ik dacht het al,' zegt Adil. 'Klootzakken, die kinderen zoiets aandoen. Waarom denk je dat ze hier zijn? Hier rechts.'

'Verschillende sporen,' zegt Maud. 'Ze gaan naar het buitenland. Ze zitten in een container die met een vrachtwagen verplaatst wordt. Via camerabeelden kregen we de containernummers. Er is een link met Syrië en een link met de naam Soraya. Ik weet niet hoe het in elkaar zit, maar de sporen leiden ons hiernaartoe.'

'En Mauds vaste overtuiging dat ze per schip zouden gaan,' zegt Niels. 'Terwijl de rest van ons overtuigd was van containervervoer per spoor. De eenheid stond bij de verkeerde container, maar die komen nu hierheen.'

Maud hoort de spanning in zijn stem.

'Nog steeds zo eigenwijs,' zegt Adil tevreden.

Niels snuift.

'We zijn er.' Ook Adil klinkt gespannen. Hij pakt zijn telefoon. 'De douane is hier over een paar minuten,' zegt hij als hij ophangt. 'Dan is de kade afgesloten en kunnen ze niet zomaar weg. Wanneer zijn jouw mannetjes hier?'

'Ook over een paar minuten,' zegt ze.

'Hier is het,' zegt Adil. Hij wijst naar een groot blauw met wit schip dat aan de kade ligt. Niels mindert vaart en rijdt stapvoets verder.

In de verte zien ze talloze lichtjes en kranen die op hun trage, maar vastberaden manier bewegen. Het beton voor hen is donker, maar op het schip brandt volop licht. Aan dek ziet ze verschillende mannen heen en weer lopen. De hectiek van vertrek. Op de kade, een stuk van het schip af en met de neus naar ze toe, staat een vrachtwagen met een rode cabine en een container op de trailer. De lichten zijn uit en er is geen beweging te zien.

Niels stopt er vlak voor. Onmiddellijk stapt Maud uit. Ze rent naar de container, op de voet gevolgd door Niels en Adil. Deze operatie moet lukken. Dit keer worden ze gered. Het moet. Ze probeert de deuren van de container open te maken, maar het lukt haar niet.

'Die schuif omhoog,' zegt Adil tegen Niels.

Maud kijkt naar de boot. De kinderen zitten daar, wedden?

De achterste tros wordt al losgegooid.

Shit.

Niet dat ze zomaar Rotterdam uit zijn. Niet dat ze ze op het water niet kunnen aanhouden, maar elke seconde die het langer duurt is nadelig.

De loopbrug van het schip hangt nog tegen de zijkant. Het schip bromt en trilt. Ze rent naar de loopplank en kijkt omhoog. Boven haar rennen twee mannen over het gangpad. Achter zich hoort ze Niels vloeken. Zie je wel, die container is leeg.

Ineens komt de loopbrug met een schok een stukje omhoog. Ze springt erop en begint omhoog te lopen.

'Maud!' Niels staat onder haar te schreeuwen. Verderop kijkt een van de bemanningsleden naar de schreeuwende Niels op de kade. Dan kijkt hij naar haar.

De loopbrug komt tot stilstand en ze loopt door tot ze op het dek staat. Het bemanningslid, een grote kerel met donkere krullen, komt in beweging en ze twijfelt. Hij ziet haar nog niet, moet ze hem aanspreken?

'De douane,' hoort ze Adil roepen. Ze hoort autodeuren slaan. Mooi, dat zal ze wel even bezighouden.

Maud kijkt om zich heen en ze schiet een open ruimte op, waar verschillende reddingsboten langs de kant staan. Oude rommel, dit schip. Duidelijk toe aan meer onderhoud dan het in het dok heeft gekregen. Overal roest. Kruip-door-sluip-door. Ze rent naar de andere kant van het schip, om zich heen kijkend of ze andere bemanningsleden ziet.

'*Please allow entrance*.' Een blikkerige stem door een megafoon. Aan boord wordt geschreeuwd. Ze schiet een gangpad op naar de voorkant van het schip. Ze wil uit de buurt van de bemanning blijven – zolang dat lukt.

*

Kyra zit aan de keukentafel. Haar moeder zet thee.

'Je ziet er moe uit,' zegt ze.

'Ik ben ook moe,' geeft Kyra toe. Als ze nu maar niet weer met een of andere meditatie-cd aan komt zetten. 'Ik denk dat ik verkouden word.'

'Ik maak een grog,' zegt haar moeder en ze begint een citroen in plakken te snijden. 'Ga jij maar eens een keer vroeg naar bed vanavond. Met een gewoon boek in plaats van al die gruwelverhalen van jou. Of kijk een film. *Alles is liefde* of zo, iets luchtigs, iets vrolijks.'

'Ik heb nog iets op die deur gevonden, mam,' zegt Kyra. 'Ik heb al die foto's zitten bestuderen en ik heb een naam gevonden. Ik denk dat Saar die op die deur heeft achtergelaten.'

Haar moeder zet de honingpot op het aanrecht en staart Kyra aan.

'Jerry Hastings,' zegt Kyra. 'Maar dat zegt me niets.'

'Mij ook niet.'

'Op internet staan er een aantal. Ik heb nog niet heel goed gezocht, omdat de tocht begon.'

Haar moeder giet een scheut rum in de twee mokken thee die ze klaar heeft staan. Ze zet er een voor Kyra neer en gaat met de andere voor haar dochter zitten.

'Ik kan Maud Mertens bellen,' zegt haar moeder. 'Zij moet met die naam aan de slag.'

'Ja,' zegt Kyra, niet overtuigd. Even heeft ze het gevoel een belangrijk tentamen te moeten maken terwijl ze volledig de weg kwijt is in de stof, ze is te moe om het allemaal nog te begrijpen.

*

Zouden er cellen zijn? Er zal midden op zee toch ook weleens iets gebeuren waardoor een schipper zich genoodzaakt ziet om iemand vast te zetten? Misschien hebben ze de kinderen in die ruimte opgesloten. Wees sterk, zou ze hun willen toeschreeuwen. Wij zijn vlak bij jullie. Nog even.

Achter haar hoort ze geschreeuw, tussendoor de zware stem van Niels. Goed, hou ze maar bezig, leidt ze af.

Van achter iets wat op een schoorsteen lijkt, kijkt ze naar de kluwen schreeuwende mannen die zich aan dek verzameld hebben. Niels staat bovenaan de loopplank en wil aan boord, achter hem hoopt zich een groep douaniers op, voor hem weigert de bemanning hem de toegang. Ze ziet Niels zijn handen omhoog houden, ze hoort zijn geruststellende gebrom.

Het gangpad naar de punt van het schip is vrij en een beetje gebukt rent ze die kant op. Snel werpt ze een blik over de boeg. Enorme touwen lopen van het schip naar de immense ijzeren bolders op de kade. Godzijdank liggen ze nog vast. Nu nog de kinderen vinden. Zo snel mogelijk.

Ze kijkt om zich heen, er moet toch ergens een deur zijn zodat ze naar binnen kan gaan? Omdat ze niets ziet sluipt ze het dek over, naar de andere kant van de boot, waar ze bijna meteen naast een deur staat. Goed gegokt. Nu verder.

Aarzelend trekt ze de deur open, alert op de aanwezigheid van bemanningsleden daar binnen. Ze stapt naar binnen. De smalle gang is leeg. Ze ziet niemand. Hoort niemand. Als ze de deur langzaam achter zich sluit is het angstaanjagend stil. Geconcentreerd om zich heen kijkend begint ze te lopen. Ze zou de kinderen moeten horen. Of de bewakers, die de kinderen in bedwang moeten houden.

Aan weerszijden van de gang ziet ze een aantal deuren, als hutten in een ferry waarmee ze ooit de oversteek maakte naar Engeland. Misschien is dit het gedeelte waar de bemanning woont. Of misschien… ze spreekt zichzelf bemoedigend toe en trekt een deur open. Een badkamer. Rommelig. De stank van oud vocht en chemische zeep doet haar de deur weer dichtslaan. Ze loopt verder. Toiletten. Een aantal deuren die op slot zitten. Dit moet inderdaad het woongedeelte van de bemanning zijn. Hier zouden ze de kinderen vast niet opsluiten. Ze loopt door, probeert nog een aantal deuren, sluipt door de verlaten kantine en blijft bij een trappenhuis staan. Binnen in het schip is het een wirwar van gangen en deuren en trappen. Ineens beseft ze zich dat dit onbegonnen werk is. Vanzelfsprekend gaat zij de kinderen niet zomaar eventjes vinden.

Iemand grijpt haar bij haar arm en van schrik haalt ze raspend adem.

'He.' Felle zwarte ogen kijken haar aan. *'What you doing here?'*

De kidnappers zijn ook aan boord. Natuurlijk. Ze rukt zich los. Klootzakken. Of misschien is dit een bemanningslid dat van niets weet. Van goede wil is.

'Ik zoek kinderen,' zegt ze. *'Children.'*

De man kijkt haar vuil aan. Ze kan zijn lichaamsgeur ruiken, kruidig en zuur. Als de kidnappers hier zijn, als de bemanning van hun laffe plan weet, dan is er in elk geval een aantal gewelddadige mensen aan boord. In staat tot moord. Als…

Geschreeuw. Verderop in de gang staat een kerel te wenken. Hij roept iets in een onbegrijpelijke taal naar de man die naast haar staat. Even twijfelt hij, kijkt van die kerel naar haar en weer terug. Dan zetten ze het tegelijk op een lopen.

Maud rent terug naar de deur waar ze is binnengekomen, terug door de kantine, de lege gangen, het gedeelte met de hutten van de bemanning. Ze gooit de buitendeur open alsof die vent haar nog steeds op de hielen zit, wat niet zo is. Even blijft ze staan en probeert op adem te komen, dan loopt ze voorzichtig over het dek, maar nog voor ze bij de hoek van het gangpad is hoort ze al de stem van Niels.

'Easy! Easy!'

Ze staan daar nog steeds tegen elkaar te schreeuwen. Het zijn er meer geworden, aan beide kanten. Het volume van hun stemmen is ook toegenomen. Voorzichtig. Niels zou de confrontatie met de bemanning aan het arrestatieteam moeten overlaten. Moet zij zeggen. Net stond ze nog oog in oog met een van hen.

Ineens rennen een paar van het groepje weg naar de achterkant van het schip, waar een aantal mannen bezig zijn met het neerlaten van een boot. Weer kijkt ze om zich heen. Wat moet ze doen? Toch weer de kinderen zoeken? De gedachte dat ze daar binnen zijn en hulp nodig hebben, dat zij hier maar staat te staan, is ondragelijk.

Een schot. Ze bevriest. Meteen nog een schot. Geschreeuw. Ze zet een paar passen in de richting van de groep mensen. Niels ligt op de grond. Ook een van de bemanningsleden. Leden van het arrestatieteam houden de rest van de bemanning onder schot. Niels... die het geweld tegen kinderen niet meer verdragen kon. Hij bloedt uit een wond in zijn zij.

Ineens hoort ze een plons bij de boeg van het schip. Boven op de brug schreeuwt iemand.

Op de kade ziet ze drie zwarte busjes van het arrestatieteam staan. Een extra groep gewapende mannen rennen op de loopbrug af.

Nog meer geplons in het water. Ze rent naar de punt van het schip. Een van die lafbekken probeert te ontkomen.

'Daar!' roept ze. 'Pak hem!' Ze zwaait naar een van de leden van het arrestatieteam. Bij de vrachtwagen ziet ze Tijssen en Adil staan. Niemand ziet haar.

Ze kijkt naar de vluchteling. Ze ziet armen maaien. Wie is het? Klootzak, denkt ze. Verkramp jij maar daar in het water. Denk niet dat je kunt vluchten door gewoon maar weg te zwemmen. Gelukkig, ze zien hem. Twee leden van het AT lopen naar de wallekant. Met genoegen ziet ze de mannen hun wapens op de zwemmer richten. Ze kijkt nog eens goed. Die persoon is wel klein. Veel te klein voor een volwassene. O mijn god. Ze stapt naar voren. Een klein hoofd. Korte armen.

'Wie is daar?' roept ze. 'Wie ben je?'

Het kind heeft geen lucht meer om iets te zeggen. Het heeft moeite om vooruit te komen. In het donker kan ze niet zien of het een jongen of een meisje is.

Panisch speurt Maud de kade af om te zien of er een mogelijkheid is voor het kind om uit het water te klimmen.

'Daar,' schreeuwt ze. 'Daar is een ladder!'

Het kind spartelt. Godsakke. Dat gaat niet goed. De leden van het AT overleggen wat ze moeten doen: wapens neerleggen? Kogelvrije vesten uittrekken? Maud trekt haar jas uit, ze verbijt zich want ze heeft een broertje dood aan te koud water, maar dan springt ze.

God god god, wat koud. Jezus. Ze krijgt geen lucht. O god. Ze zwemt naar het kind toe, dat amper nog een arm kan optillen.

'Kom mee,' weet ze uit te brengen. 'Naar de kant.'

O man o man, het is alsof ze in een bad met ijs ligt. Doorzwemmen. Klein stukje maar. De ijzeren trap langs de kade is daar. Iemand klimt al naar beneden. Boven haar hoofd hoort ze een hoop geschreeuw. Weer een schot. Niels... breng hem in veiligheid...

Ze hoort een snelle boot achter haar voorbijrazen. Het grote schip stampt en bromt. Nog een boot die met grote snelheid over het water schiet. De golven spoelen over haar en het kind heen.

Wat koud. IJskoud.

Ze is volledig buiten adem, maar ze weet het kind naar de ladder te duwen.

'Tommy,' zegt het kind bibberend. 'Ben Tommy.'

'Goed zo, Tommy,' zegt ze en ze probeert de jongen omhoog te duwen, naar de helpende handen toe. Ineens vliegt het kind omhoog en ze grijpt de koude ijzeren trede vast. Heel langzaam vallen er sneeuwvlokken op het water.

'Gaat het?' vraagt iemand.

Ze hoort sirenes. Boven haar hoofd schreeuwen weer mensen. Voetstappen. Mensen die rennen. Een kind dat gilt. Nog een schot. Ze trekt zich omhoog en twee paar handen pakken haar bij haar armen en trekken haar de kade op.

'Jezus, Maud,' snauwt Adil. 'Eerst al die boot op gaan, en dan in dat koude water springen...'

'Ze moet naar binnen,' zegt iemand. 'De ambulance in, en dat jongetje ook.'

'Tommy,' bibbert Maud. 'Het is Tommy. Niels is...'

Ze wil de ambulance niet in want ze wil zien wat er gebeurt, en naar Niels toe, maar Tijssen staat het niet toe.

'Niels!' gilt ze. 'Ze hadden Niels te pakken. Hij heeft verzorging nodig!'

Ze krijgt het beeld van haar collega die op zijn zij in het gangpad ligt niet van haar netvlies.

'We kunnen niets doen, Maud,' zegt Tijssen. 'We moeten wachten. Er is nog een ambulance, en een traumahelikopter. Hij krijgt alle zorg die hij nodig heeft. Ze hebben de kinderen al. De havenpolitie zit achter een vluchtboot aan. Die komen niet ver.'

'Naar binnen,' zegt Adil streng. 'Opwarmen, nu meteen. Het vriest dus jij blijft hier niet buiten staan in je natte kleding.'

Maud stapt de ambulance binnen en er komt een vreemd soort rust over haar. De broeder is Tommy al aan het warm wrijven. Hij rolt het jongetje in een deken van folie en legt hem op de brancard met een extra deken. Gewillig laat Maud zich uitkleden.

– 76 –

'Wat een overdreven fruitmand.' Niels ziet grauw en onder zijn ogen heeft hij behoorlijke wallen.

'Geef maar mee aan je vrouw,' zegt Maud. 'Voor die bloedjes van kinderen van je. Hoe voel je je?'

'Elke dag beter,' zegt hij. 'Het schijnt dat ik enorm geluk heb gehad met alleen maar een geperforeerde long en een schot in mijn zij.'

'Wat je geluk noemt,' zegt Maud. 'Waarom ging je dan ook die boot op?'

'Dat kan ik beter aan jou vragen. Ik ging achter jou aan.'

'Ik moest wel, Niels,' zegt Maud zacht.

'Dat weet ik,' antwoordt hij. 'Het popje in de hondenbench, de details, jouw verantwoordelijkheidsgevoel. Ik weet het allemaal.'

'En jouw details,' zegt Maud, 'die ben ik ook nooit vergeten. De baby's, het meisje op het bankje, het jongetje in de touwen.'

Niels schudt zijn hoofd. 'De waarheid is altijd erger dan je kunt vermoeden,' zegt hij.

In de stilte die valt denkt Maud aan het kleine meisje van lang geleden. Toen Niels vroeg of ze misschien ook naar Amsterdam wilde komen had ze meteen ja gezegd. Edwin solliciteerde naar een baan bij het Hoogheemraadschap Amstel, Gooi en Vecht en werd aangenomen. Heel even dacht Maud verlost te zijn van haar herinneringen.

'De leider van die bende zwijgt in alle talen,' zegt Maud. 'Maar we hebben zijn identiteit: Marlon Cruz, een Filipijn van tweeëndertig jaar. Hij wordt ervan verdacht lid te zijn van een criminele groepering die actief is in mensenhandel.'

Niels luistert aandachtig. Maud pakt een klapstoel en gaat naast het ziekenhuisbed zitten. Het beeld van Niels – bewusteloos, met bloederige verwondingen –, die door haar schuld gewond op de grond lag, is ze nog niet kwijt.

'Ze doen voornamelijk zaken in Saudi-Arabië. Daar zijn zo'n anderhalf miljoen jonge vrouwen tewerkgesteld. Je zou het moderne slaven kunnen noemen, maar officieel zijn het hulpjes in de huishouding. Hun rechten zijn slecht. Ze zijn volledig afhankelijk van hun baas, die het visum verzorgt. Zodra de baas je niet meer wil, moet je het land uit. De meesten van hen zijn lange tijd bezig met het afbetalen van de 'bemiddeling' van Marlon en zijn vrienden.'

Maud laat haar blik over de kaarten en tekeningen gaan die achter Niels op het prikbord hangen. Een tekening van een huis met een zon hangt naast een foto van een meisje met lang zwart haar dat haar armen om een vrolijk joch met krullen heeft geslagen.

'De handlanger van Marlon,' vervolgt Maud, 'de jongen in het zwart, met de zonnebril, praat wel, zij het spaarzaam. Hij wil strafvermindering in ruil voor zijn informatie voordat hij praat, maar zo werkt dat hier niet.'

'Te veel Amerikaanse politieseries gekeken,' zegt Niels. Hij klinkt vermoeid. Hij doet stoer, maar ze weet dat ze acht uur met hem bezig zijn geweest op de ok.

'Zal ik gaan?' vraagt Maud.

'Nee, vertel. Ik wil alles van die klootzakken weten.'

'Toch is het goed dat hij praat, want hij heeft ons de ruimte gewezen waar de kinderen opgesloten zouden worden tijdens de tocht. Geloof me, die hadden wij nooit gevonden. Anderhalf bij vier, twee meter hoog. Een soort ladekast waar twaalf kooien in pasten. Geen deur, alleen een elektronische schuifwand... Wat we op dit moment verder nog weten is dat ze van plan waren twaalf Nederlandse kinderen te leveren aan afnemers in Saudi-Arabië, India en een aantal Afrikaanse staten. Ze deden een proef met westerse kinderen. Het gros van hun handel bestaat uit het vinden en verschepen van kinderen of jonge mensen uit arme gebieden. Die weten vaak niet eens wat een stofzuiger is als ze bij het gezin waar ze moeten werken aankomen. Ze worden behandeld als oud vuil. Vaak hebben ze niet eens een eigen kamer, maar slapen ze bijvoorbeeld in de eetkamer van het gezin.'

Niels schudt zijn hoofd.

'Maar wat moesten ze dan met die verwende Nederlandse kinderen?' vraagt hij. 'Moesten die ook in het huishouden werken? Die weten wel wat een stofzuiger is, maar die gebruiken hem nooit.'

Maud lacht. Ze denkt aan het schema dat ze thuis hebben opgesteld, waarin Roos ook een rol heeft. Elke week heeft ze wel een ander excuus waarom ze haar klusje niet heeft gedaan.

'Voor zover we nu begrijpen zijn de kinderen, zoals we al vermoedden, allemaal geselecteerd op een talent. Voetbal, tennis, zang.'

'Wat hadden ze daar dan aan?'

'Het plan was dat de kinderen in de gezinnen voor een soort van entertainment gingen zorgen. Voetballen met de kinderen, optreden tijdens het eten, dat soort dingen.'

'Stelletje honden.' Niels laat zijn walging duidelijk merken.

'Het gebeurt op grote schaal,' zegt Maud. 'Over de hele wereld gebeurt dit in allerlei varianten. Kinderen van zeven die twaalf uur per dag in baksteenfabrieken werken. Meisjes van twaalf die zonder ooit vakantie te hebben veertien uur per dag in een naaiatelier zitten. Meisjes van acht die in een kooi opgesloten worden na een werkdag van tien uur in een bordeel. *Restaveks* in Haïti, die worden al vanaf een jaar of vier, vijf aan andere gezinnen gegeven. Het kindermeisje dat in grote delen van de wereld uitgebuit wordt en lange dagen maakt om de kleintjes zoet te houden.'

'Ja, dat is waar,' zegt Niels met zijn zware stem. 'Boko Haram. Kony. Het is allemaal ver van je bed.'

'Inderdaad,' zegt Maud. 'Je denkt dat het onmogelijk is, dat zoiets hier nooit kan gebeuren, en dan ineens vindt het recht onder je neus plaats. Maar het mooie is dat ze zich vergist hebben.'

Niels gaat moeizaam iets meer rechtop zitten.

'Ze hadden niet verwacht dat de commotie zo snel al zo groot zou zijn. Daarom schroefden ze het tempo op.'

'En gingen ze fouten maken,' zegt Niels tevreden.

'Precies. Ze hadden alles goed voorbereid. Tot aan een weekend in een bungalowpark toe, waarbij de kopers hun potentiële nieuwe huisgenoot konden uitzoeken.'

'Huisdier, zeg maar.' Niels klinkt bitter. Hij balt zijn vuist en Maud moet er niet aan denken wat er gebeurd zou zijn als hij dit allemaal geweten had toen hij daar op de boot stond. Hij had die kerel proberen af te maken. Dat had Niels waarschijnlijk niet overleefd.

'Ja,' zegt ze. 'Huisdier...'

'Ziek.'

'Behoorlijk. Aan boord zijn behalve de kinderen en de bende ook valse paspoorten, visa, verdovende middelen en dergelijke gevonden. Plus iets van een boekhouding. Ze kregen tonnen per kind.'

'Wat is dat met de mensheid?' verzucht Niels. 'Het lijkt wel alsof we in al die millennia niks wijzer zijn geworden.'

Een paar minuten zitten ze zwijgend bij elkaar, elk in zijn eigen overpeinzingen over wat er gebeurd is.

'Hoe is het met Tommy?' vraagt Niels.

Maud schudt verdrietig haar hoofd.

'Fysiek gaat het goed met hem,' zegt ze. 'De rest zal pas op langere termijn blijken.'

*

'Wanneer heb jij die afspraak met Maud Mertens?' vraagt Kyra's moeder aan haar man.

'Volgende week,' zegt hij.

Ze zitten aan tafel. Jarno is voor het familieberaad naar zijn ouderlijk huis gekomen.

'Dus we spreken af dat we niets zeggen over Sarina's dagboek,' zegt Kyra's moeder. 'Dat we snel uitslag willen over die haar achter op die sticker, dat we contact willen met de Kowzinsky's en dat we snel helderheid willen hebben over wie Jerry Hastings is.'

'Zoiets is het, mam,' zegt Kyra. Ze neemt een laatste hap boerenkool met jus en Hema-worst. 'Nu die zaak met die kinderen is afgerond moet Maud maar meer tijd maken.'

'Ik kan er niet over uit dat die Dave dood is,' zegt Jarno. Kyra kijkt haar broer over haar glas water aan. Hij identificeert zich met de jongen, denkt ze. Jarno is tweeëntwintig, maar een paar jaar jonger dan Dave toen die overleed.

'Misschien gek,' zegt haar moeder, 'maar ik voel me een stuk beter sinds die kinderen terecht zijn.'

'Ontzettend verdrietig,' zegt Jarno, 'dat die Appie het niet overleefd heeft.'

'Ze zeggen dat hij vermoord is omdat hij verstond wat ze zeiden.' Kyra sluit haar bestek aan.

'Waren ze bang dat hij iets gehoord had wat hij niet mocht weten?' vraagt Jarno.

'Nee,' zegt Kyra. 'Het is veel erger. Ze hadden een westers kind beloofd. Hij was niet westers genoeg.'

'Hufters,' zegt Jarno hartgrondig. 'Gore klootzakken.'

Kyra staat op en spoelt de borden af voor ze die in de vaatwasser zet.

'Ik ga even lopen met Lot,' zegt ze. 'Ik heb die afspraak met Sophie en Jesse.'

Jarno staat op. 'Ik loop met je mee,' zegt hij.

Het Vliegenbos is donker en ze merkt aan Jesse dat hij bang is. Misschien was het toch niet zo'n goed idee om met zijn allen de hond uit te laten. Misschien hadden ze gewoon thuis thee moeten drinken, maar dat leek haar zo geforceerd. Jesse wilde haar en Tom en zijn vader graag bedanken voor het zoeken in het water.

'Weet je dat politiehonden bijna altijd herder zijn?' vraagt Kyra aan hem.

Hij loopt hand in hand met Sophie.

'Ze zijn heel waaks en heel trouw,' zegt ze terwijl Lot rondjes om hen heen rent met een stok. De hond gaat voor Kyra op de grond zitten, laat de stok vallen en kijkt haar met de tong uit de bek aan.

Jesse knikt.

'Dit is Tom,' zegt Kyra en ze knikt naar een lange jongen met donker haar die achter haar loopt. 'Hij heeft met mij in het water naar jou gezocht. En dat is Jarno, mijn broer.'

Weer knikt Jesse. Hij bedankt Tom en ze lopen een stukje door zonder dat iemand iets zegt.

'Ik heb Jesse de foto's laten zien van de stille tocht,' zegt Sophie. Antoine loopt naast haar. Het zou zomaar eens kunnen, denkt Kyra, dat Chantal pech heeft, want dit is al de tweede keer dat die twee hebben afgesproken.

'Dat was heel erg mooi,' zegt Jesse ernstig. 'Heel lief dat jullie dat allemaal hebben gedaan.'

'Het was erg indrukwekkend,' zegt Tom. 'Ik begrijp dat we ook een beetje voor jouw zus liepen, Kyra?'

'Ik heb wel veel foto's gezien van vermiste of vermoorde kinderen,' zegt Kyra. 'Maar daar zat mijn zus niet bij.'

'Ik hoop dat je haar vindt,' zegt Jesse. Hij lijkt iets te ontspannen en lacht om de capriolen van Lot. 'Ze hebben ons ook gevonden.'

'Ik hoop het ook,' zegt Jarno.

'We blijven zoeken.' Kyra gooit de stok van Lot weg en de hond springt erachteraan. 'Net zo lang tot we weten wat er met haar gebeurd is.'

Haar telefoon gaat en ze overweegt om niet op te nemen, maar ze is te nieuwsgierig. Het is haar vader.

'Belangrijk nieuws,' zegt hij. 'De vader van Dave Kowzinsky is in de stad en hij wil ons ontmoeten.'

NAWOORD

De zaak die Maud gedurende dit verhaal plaagt, is gebaseerd op die van het meisje van Nulde uit 2001. Wereldwijd zijn honderden miljoenen kinderen slachtoffer van allerlei vormen van geweld. Vaak wordt dit geweld gepleegd door mensen uit de directe omgeving, mensen bij wie kinderen veilig zouden moeten zijn.

Veel kinderen worden tijdens hun werk geconfronteerd met geweld. Er wordt geschat dat wereldwijd 168 miljoen jonge kinderen moeten werken. Een deel daarvan werkt als hulp in de huishouding. Deze kinderen hebben hierin geen keuze. Het is een vorm van slavernij. Wereldwijd wordt het aantal slaven geschat op 28 miljoen. Hoeveel het er echt zijn, hangt natuurlijk af van de definitie van slavernij. Als je naar de positie van veel vrouwen kijkt dan is het aantal veel hoger.

Op verschillende plekken op de wereld komt het voor dat ouders kinderen meegeven aan mensen die beloven de kinderen beter te zullen verzorgen. Werk, onderwijs en medische zorg worden beloofd. Soms betalen ouders of kinderen voor zo'n betere toekomst en werken ze lange tijd om deze schuld af te betalen. Soms worden kinderen gewoonweg verkocht of geroofd.

Twee voorbeelden: in Haïti werken (op een bevolking van circa 10 miljoen) 300.000 jonge kinderen als 'domestic servant' (restaveks worden ze genoemd) en in Saudi-Arabië werken 1,5 miljoen – meestal jonge – vrouwen als hulp in de huishouding. Ze hebben weinig rechten.

Lees verder in het spannende vervolg *Ritueel*:

– 1 –

Klonk.

Ook dat nog. Simon blijft staan en tuurt naar de zwarte modder waarin hij de schep met een door frustratie gedreven woede heeft gestoken. Hij wacht af, zijn hart bonst in zijn oren en hij weet zeker dat hij een of andere ramp over zichzelf heeft afgeroepen, maar er zijn geen tekenen van de apocalyps – geen opspuitend water, geknetter, zelfs geen zacht gesis. Langzaam ademt hij uit. Met de achterkant van een ruwe werkhandschoen veegt hij langs zijn neus.

Hij staat in de tuin van een immens huis dat op een ruim stuk grond onder aan de Nieuwendammerdijk ligt, recht aan de jachthaven in een uitloper van het IJ in Amsterdam, afgezonderd van de rest van de wijk, alsof het zich niet wil inlaten met de buurt. Hij pakt het handvat weer beet en duwt nogmaals, maar krijgt de schep met geen mogelijkheid dieper de aarde in. Wat hier ook ligt, het zal de grond uit moeten als hij hier verder wil graven. Nog een meter of vier, dan is hij eindelijk klaar. Hij staat al uren in deze modderpoel om de nieuwe vijver wat breder te maken.

Voorzichtig wiebelt hij de houten steel van de schep heen en weer, trekt hem iets terug en duwt nog een keer. Tot nog toe was de aarde zacht en schoon als nieuwe kinderklei. Hij gaat op zijn hurken zitten, maar in de zwart glanzende modder is niets te zien. Misschien ligt er een steen. Of iets waardevols. Wie hier vroeger ook gewoond heeft, hij moet rijk geweest zijn, anders woon je niet in een huis met elf kamers, op een perceel van meer dan tweeduizend vierkante meter, in Amsterdam, aan de dijk, waar acteurs en politici in grote houten schippershuizen wonen en verderop, in de kleine arbeidershuisjes, de mensen die zich laven aan hun nabijheid.

Langzaam komt hij overeind.

'Als je klaar bent kun je de schep gewoon laten staan,' had Jelmer gezegd. 'Alleen dit stukkie nog en als d'r wat is moet je bellen.'

Jelmer praat altijd tegen hem alsof hij een idioot is, alleen maar omdat hij net klaar is met de therapie. De irritante vrees voor de buitenwereld was op zijn zestiende – vlak na het overlijden van zijn vader – ineens komen opzetten, maar nu, drie jaar later, had hij dat beest aardig onder controle.

Hij kijkt op naar het huis, dat boven hem uittorent, en dan weer naar de straat. Niemand ziet hem hier. Hij slikt, ademt dan diep in en schept nog wat van de zwarte aarde weg.

Niet bang zijn. Niet toegeven.

Hij schrikt als hij iets donkerbruins ziet glimmen. Een automatische reactie op iets onverwachts. Met veel moeite overtuigt hij zichzelf ervan dat het niets engs kan zijn. Het voorwerp is rond en lijkt wel een voetbal. Zo'n leren, vintageding – alleen lijkt het leer versteend te zijn, alsof het zich in de loop van de tijd in deze schuilplaats heeft gehard tegen aanvallen van buitenaf. Geen schatkist, denkt hij en hij lacht zichzelf uit omdat hij toch enigszins teleurgesteld is. Je zult ook eens geluk hebben.

Met bonzend hart, maar toch ook nieuwsgierig, schept Simon meer aarde met zijn handen weg. Hij trekt zijn werkhandschoenen uit, want hij kan zijn vingers niet normaal bewegen in die stijve dingen. Zwarte, teerachtige modder plakt aan zijn handen en ineens ziet hij wat het is. Een schedel. Menselijk. De neusholte is met aarde gevuld en langs de grotendeels tandeloze bovenkaak glijdt in een pulserende beweging een grote roze regenwurm naar binnen. Hij ziet de aan elkaar gekoekte plukken haar, en de resten huid die tegen de zijkant van het hoofd geplakt zitten. Hij begint te hijgen. Korte, niet effectieve ademhalingen. Zijn hoofd tolt. Hij heeft hier de hele middag in een kerkhof staan graven.

– 2 –

'Er was geen spek.'

De vrouw trekt een frons in haar gerimpelde voorhoofd en zwaait haar dunne wijsvinger heen en weer.

'Niets!'

'Dat is vervelend, mama,' zegt Maud Mertens lijdzaam. Nog steeds verbaast ze zich over de eenzijdigheid van haar moeders wereld, die al een jaar of vijf niet veel groter is dan haar ontbijt. Daar zit ze met haar doorschijnende grijze haren en de smalle nek die te iel lijkt om het hoofd te dragen. Ze maakt een gorgelend geluid waarmee ze haar ongenoegen over het ontbijt benadrukt.

Roos kijkt Maud met rollende ogen aan en ze schudt zachtjes haar hoofd. Zij kent haar moeder alleen nog maar als mopperende dwaas. Dat ze tien jaar geleden dikke maatjes waren is haar puberdochter natuurlijk vergeten. Soms probeert Maud haar te herinneren aan die andere oma, die verstopt zit inde vrouw die ze geworden is, maardan kijkt Roos haar aan met het typische ongeduld van een zeventienjarige, die ouderdom ziet als een ziekte die ze zelf nooit zal krijgen.

'Er was yoghurt,' zegt Mauds moeder met een van aTheuring vertrokken gezicht. 'Met allerlei smerige zoetigheid.'

Maud kijkt om zich heen. Lompe grenen stoelen staan aan even lompe tafels met kleine potjes plastic plantjes. Aan de muur hangt kunst die gemaakt is door de bewoners van het verzorgingshuis.

Haar telefoon gaat. Ze vist de mobiel uit haar jaszak en kijkt op het schermpje.

'Werk,' zegt ze bijna geluidloos tegen Roos en ze neemt het gesprek aan. Geconcentreerd luistert ze naar haar collega-rechercheur Niels Bingsten, terwijl haar dochter haar hoopvol aankijkt en haar moeder glazig door het raam naar buiten staart.

‘Ik moet gaan,’ zegt ze als ze ophangt.

Roos springt op, pakt de theekopjes en brengt ze naar het keukentje. Twee dames met hetzelfde gewatergolfde kapsel gluren angstig naar haar geheel in zwart geklede kind. Haar zware legerkistjes bonken op de grond. Sinds een week draagt ze een handvol fluorescerend blauwe strengen in het zwarte haar, misschien in een poging wat luchtigheid in haar verschijning te brengen, of misschien juist om de grimmigheid ervan te benadrukken. Wist ze het maar. Begreep ze het maar.

Haar moeder is gaan staan.

‘Gaan we naar huis?’ zegt ze. ‘Eindelijk. Ik vind er hier niks aan.’

Maud kijkt haar aan en ziet de hoopvolle glans in haar ogen. Ze wendt haar blik af en kijkt naar haar moeders handen, die op de tafel rusten. Ze lijken op boomwortels die net boven de grond uit komen.

‘Misschien is er morgen wel spek, oma,’ zegt Roos terwijl ze haar grootmoeder omhelst. ‘Zou dat niet fijn zijn?’

Maud buigt naar voren en kust de rimpelige wang. ‘Ik moet gaan, mama. Werken. Ik zie je snel weer.’

‘Als je maar voorzichtig doet, meisje.’ Haar moeder glimlacht waterig en haar stem is ineens zachter dan die lange tijd is geweest. Langzaam laat ze zich weer op de stoel zakken. Ze speurt de tafel af en bij gebrek aan een theekop om zich aan vast te klampen trekt ze het plastic plantje naar zich toe.

‘Dat gedoe over het ontbijt altijd,’ zegt Roos schamper als ze met grote passen naar de passagiersdeur van de auto loopt.

Maud stapt in, snoert de gordel vast en start de auto. Zwijgend stelt ze de routeplanner in, ook al weet ze precies hoe ze moet rijden. ‘Het is jammer dat je nooit in het café van opa en oma bent geweest,’ zegt Maud. Ze kijkt naar de lange rij auto’s voor het stoplicht en stuurt de trambaan op. Als het licht op groen springt is ze als eerste weg. ‘Ze serveerden het beste ontbijt van de hele Dappermarkt. Iedereen kwam daar een goede start van de dag halen. Gebakken eieren. Met dikke witte boterhammen. En spek. Daar waren ze beroemd om, om het goede spek. Het beste spek van Amsterdam.' Even is het stil in de auto.

'Wat is er eigenlijk aan de hand?' vraagt Roos. 'Waar gaan we naartoe?'

Maud haalt haar schouders op. 'In een tuin in Noord heeft iemand zijn schep in een halfvergaan hoofd gezet.'

*

'Waar spreken we af?' Kyra Slagter zet de luidspreker van haar telefoon aan en gaat rechtop zitten. Hoe meer afstand ze van haar tekentablet neemt, hoe beter het grijsblauwe vergezicht eruitziet. Vooral de branding is goed geworden. De schimmige figuur op het strand – de cape wappert in de wind, de steen op de staf fonkelt – zorgt voor mysterie en diepte. In de verte, op de mistige horizon, is een klein zeilschip te zien. Ze rekt zich uit.

'Oké,' zegt ze tegen Antoine. 'De Bierfabriek. Zeven uur. Tot straks.'

Shit, vijf uur al. Ze moet nog douchen, haar kleren in de droger gooien, de hond uitlaten.

Ze staat op, grist haar trui van de stoel en even blijft ze staan. Sarina lacht naar haar vanaf de achtersteven van een zeilboot, haar neus een beetje verbrand, plukken blond haar waaien om haar gezicht, Dave heeft zijn arm om haar heen geslagen. Ze moet gelukkig zijn geweest.

De foto is op de muur geprikt met een roze punaise die in een doos met schoolspullen zat die ze van oma kreeg toen ze naar de brugklas ging. Potloden in alle kleuren, roze plakband met rode hartjes, een roze etui met glimmertjes, zelfs roze paperclips. Dit schooljaar kreeg ze een retedure tekentablet, omdat ze ging studeren. Wat is dat voor een ding, zou Sarina vragen, waarom teken je niet gewoon op papier? Digitale kunst, DeviantArt, haar zus weet niet eens wat dat is. Zo lang is ze al weg.

Kyra houdt haar adem in. Ze hoort de klok die beneden hangt tikken.

Sorry.

Ineens vullen haar ogen zich en twee tranen rollen over haar wangen.

Misschien moet ze de foto's van de muur halen. En ook de kaart van de Noordzee met de stippellijnen van de route die Sarina heeft afgelegd met Dave, of alleen, of helemaal niet – ze weet het niet. Misschien moet ze de muur verven – de aantekeningen, de pijlen van mens naar feit naar plek, alles overschilderen.

Toen ze Grigor ontmoette, de vader van Dave, dacht ze dat de zoektocht naar haar zus in een stroomversnelling zou komen, maar in plaats daarvan is de hele zaak opnieuw in een stinkend stilstaand watertje veranderd. Ze doet haar oortjes in en zet de muziek aan. George Ezra zingt vrolijk dat ze hem overal de schuld van mag geven. *What you waiting for?* vraagt hij met zijn rauwe stem. Ja, denkt ze, waar wacht ik op?

Iets nieuws, een bericht, een doorbraak. Wat zegt het over Sarina als ze haar zoektocht opgeeft? Wat zegt het over haar? Wanneer slaat stoere koppigheid om in zielig vasthouden?

Kyra trekt haar trui hardhandig over haar hoofd en blaast de statisch geworden haren weg.

'Misschien moet je haar loslaten,' had Antoine van de week voorzichtig gezegd. *Get a life*, bedoelde hij en hij had gelijk.

*

Maud parkeert haar auto boven aan de dijk, op de hoek van een zijstraat, waar ze enorm in de weg staat. Het is een zonnige dag, de wind ruist zacht door het loof van de bomen en onder aan de dijk doen een paar spierwitte geitjes zich tegoed aan het volle gras en de tere witte klaver. Idyllisch, zou je kunnen denken, ware het niet dat er op een paar meter afstand een lijk in de tuin ligt.

'Je kunt niet mee,' zegt ze tegen Roos, die achter haar aan loopt. Roos kijkt haar zwijgend aan.

'Het is een plaats delict,' voegt Maud toe als haar dochter blijft zwijgen.

‘Ik wacht hier wel,’ zegt Roos terwijl ze ontspannen tegen een stenen pilaar bij het toegangshek leunt. ‘Als het te lang duurt loop ik straks wel naar huis.’

Maud knikt en draait zich om. In gedachten neemt ze de lijst door van punten die afgevinkt moeten worden. Onderzoek op de vindplaats, schouwarts, NFI, buurtonderzoek.

‘Ligt er overduidelijk al een hele tijd,’ zegt Niels Bingsten, die op haar af komt lopen. Het is een lange man, mager, en zijn armen en benen zwaaien langs zijn lijf alsof hij sneller wil gaan dan hij kan. Zijn gezicht draagt de sporen van zijn jarenlange rookverslaving, ook al is hij een paar maanden geleden gestopt.

‘Jaren?’ vraagt Maud als Niels naast haar staat. ‘Of maanden?’

‘Ik zou zeggen jaren,’ zegt hij. ‘Maar dat is gokken. Ze gaan nu beginnen met verder uitgraven.’

Maud knikt. Het woonhuis is gigantisch, een klassiek gebouw dat op een soort stenen verhoging staat. Aan de voorkant en de zijkanten ligt een smal terras waarlangs een laag gietijzeren hek staat. De witte spijlen en de boogjes staan goed in de verf.

‘Wie woont hier?’ vraagt ze.

‘Het is recent verkocht. De nieuwe eigenaren hebben flink verbouwd en zijn er net ingetrokken. Het is die vent van tv, die Edward Narcing.’

‘Wie?’

‘Die survivalspecialist. Maakt allerlei tochten in onherbergzame gebieden en laat dan zien hoe je overleeft. Hij doet ook die campagne voor het Wereld Natuur Fonds.’

‘O, die. Ik weet wie je bedoelt.’

‘Hij zit in het buitenland en zijn vrouw is niet thuis.’ ‘Is ze onderweg?’

‘We proberen nu via de alarmcentrale haar nummer op te sporen.’

‘Zijn er geen kinderen?’ vraagt Maud.

‘Volgens mij hebben ze twee tieners, maar die zijn er ook niet.’ ‘En ze wonen hier pas? Wie woonde er voor die tijd?’

‘Dat zijn ze op het bureau aan het uitzoeken.’

Maud loopt naar de tent en groet de collega's die daar aan het werk zijn.

'De tuinman heeft het lichaam gevonden,' informeert Niels haar. 'Een jonge vent, die van zijn baas nog een rand extra moest wegscheppen. Hij zit daar, op het trapje bij de deur.'

'Ik praat zo met hem,' zegt ze terwijl ze dichter bij de vindplaats gaat staan.

'Nog iets anders gevonden?' vraagt Niels aan de collega's in de witte plastic pakken. Zoals altijd hebben ze in wijde cirkels naar het hoofd toe gewerkt, de omgeving afspeurend naar alles wat maar een spoor of bewijs zou kunnen zijn, en ze zijn nu dicht bij het hoofd aan het werk.

'Niks,' antwoordt een van hen. Hij wijst naar de kuil. 'We gaan nu beginnen met het verder uitgraven.'

Maud hurkt om de gedeeltelijk blootgelegde schedel beter te kunnen zien. De menselijke resten zien er van deze kant redelijk gaaf uit, afgezien van een langwerpige barst, waarschijnlijk van de schep van de tuinman. Het hoofd ligt in een hoek van ongeveer vijfenveertig graden, met de kin op de borst – als je de rest van het lichaam zou kunnen zien. Van de onderkaak steekt maar een klein stukje boven de zwarte aarde uit. Dit hoofd heeft gepraat, gehuild, gelachen, zich over schoolwerk gebogen en zich zorgen gemaakt en nu liggen hier de resten van dit denkende, ademende mens. Ze staat op en loopt terug naar haar collega's. De forensisch rechercheurs moeten nu eerst hun werk doen, en straks de schouwarts. Eerst de jongen maar eens wat vragen stellen.

*

Bij de villa is iets aan de hand. Al maanden zijn ze daar aan het verbouwen, maar dit is anders. Kyra trekt Lot iets dichter naar zich toe en loopt over het bruggetje naar het gesloten toegangshek. Een meisje met zwartblauw haar en gothic kleding staat tegen een van de pilaren geleund. Ze tikt onafgebroken op haar mobiel. Lot kwispelt, maar het meisje reageert niet op de hond.

'Wat is er aan de hand?' vraagt Kyra.

Het meisje kijkt op. 'Een lijk in de tuin,' zegt ze. 'Een lijk?'

'Als in: een dood persoon, skelet, geraamte.' De donkerbruine ogen van het meisje kijken haar spottend aan. In haar rechteroorschelp draagt ze vier kleine ringen en haar ogen zijn donker opgemaakt. Veel ouder dan zestien, zeventien kan ze niet zijn. Kyra knikt. Hoe komt er in godsnaam een lijk in de tuin bij de familie Narcing? Dan trekt er een rilling door haar heen.

Nee.

Onmogelijk. Hoe kan Sarina op de Noordzee verdwijnen en dan hier in de tuin van een buurhuis opduiken? Dat kan echt niet.

Meteen pakt ze haar telefoon en belt Maud Mertens, maar die neemt niet op. Zal ze haar ouders bellen? Moeten zij dit weten? Mijn god, als het haar zus is, als...

Het kan niet. Ze weet zeker dat Sarina verdwenen is van een zeiljacht, ergens ten noorden van de Duitse Wadden, misschien in Denemarken.

Maar niks is onmogelijk. Milly Boele werd na haar vermissing ook in de tuin van een buurman gevonden. Een politieman nota bene, iemand van wie je al helemaal niet verwacht dat hij jonge meisjes doodt.

Ze moet Bas spreken. Ze pakt haar mobiel en stuurt hem een berichtje. Waar ben je? Hij antwoordt niet. De familie woont er nu een paar maanden. Bas heeft ook een hond en ze kent hem van het uitlaten. Zijn tweelingzus en zijn ouders heeft Kyra maar één keer gezien.

'Jij bent Kyra Slagter,' zegt het meisje ineens.

Kyra draait zich naar haar toe. 'Maar jou ken ik niet.'

'Ik ben Roos, de dochter van Maud Mertens,' zegt ze. 'Ik ken jou uit de verhalen van mijn moeder. Je woont hier toch vlakbij? En dat is toch de hond van jouw buurvrouwen?'

'Is je moeder hier?' reageert Kyra. Dus Maud praat thuis over haar. 'Ik wist niet dat Maud kinderen had. Ik moet haar onmiddellijk spreken.'

'Alleen mij,' zegt Roos. Ze houdt haar mobiel voor zich uit en neemt een paar foto's. 'Ze is daar aan het werk.'

Kyra probeert het hek te openen, maar dat is afgesloten. Ze kan eroverheen klimmen, maar dat ziet er zo wanhopig uit.

'Ik moet Maud spreken,' roept Kyra naar een politieagent die bij de garage staat. 'Maud Mertens!'

De man gebaart dat hij eraan komt.

'Is Maud daar?' vraagt Kyra aan het meisje. 'Dat weet je zeker?'

'Tuurlijk,' zegt ze zonder op te kijken. Weer staat ze een tijdje op haar telefoon te tikken en dan stopt ze het apparaat in haar jaszak.

'Is het een vrouw, dat lijk?' vraagt Kyra aan Roos.

'Geen idee.' Roos staart naar de werkzaamheden voor het huis. 'De tuinman is op een hoofd gestuit. Misschien moeten ze de rest nog uitgraven.'

Sarina met het lange blonde haar en het magere lijf. De zus die na elke toets huilde dat ze het helemaal verknald had, die op de tafel had staan dansen omdat ze haar diploma had gehaald en met een grijns van oor tot oor naar Texel vertrok voor een vakantie met vriendinnen en niet meer terugkwam.

Kyra's hartslag versnelt en nogmaals belt ze Maud, die nog steeds niet opneemt. Het lijkt zo logisch. Zo logisch als wat. Nee, doe normaal. Ze ademt diep in en probeert zichzelf te overtuigen van het feit dat het gevonden lichaam niet Sarina is. Sarina is ergens in Denemarken of in Zweden, Noorwegen of misschien ergens op de bodem van de Noordzee, niet in Amsterdam. Ze heeft genoeg aanwijzingen om te weten dat haar zus iets is overkomen, maar niet vlak bij huis.

'Saai, dat politiewerk,' zegt Roos. 'Ik sta hier nu al een kwartier en er gebeurt helemaal niets.'

'Iedereen denkt aan wilde achtervolgingen,' zegt Kyra. 'Maar in het echt is het vooral een speurtocht met veel denkwerk.' Urenlang is ze met klasgenoten in de weer geweest om sporen veilig te stellen. Zonder iets te verstoren bordjes neerzetten bij stukjes bewijsmateriaal. Eindeloze hoeveelheden foto's maken. Vingerafdrukken opsporen en documenteren. Alles vastleggen op papier en daarna digitaal administreren zodat de mensen die het bewijsmateriaal nodig hebben, het ook kunnen vinden op het moment dat dit nodig is. Recherchewerk heeft iets weg van het maken van een puzzel met duizend bloederige stukjes. Of meer.

'Ik heb gehoord dat je een opleiding doet om ook rechercheur te worden,' zegt Roos.

Kyra knikt. 'Ik heb het eerste jaar bijna afgerond.' 'En? Is het wat?'

'Wat ga jij doen na school?' Kyra kijkt Roos aan en probeert zich een beroep voor te stellen dat bij haar uiterlijk past. Uitsmijter misschien. Artiest in een tattooshop. Waar blijft Maud toch? Kyra zwaait naar de politieman bij de garage, die nog steeds met iemand aan de telefoon is. Hij gebaart dat hij haar begrijpt, maar blijft daar gewoon staan.

'Geen idee,' antwoordt Roos. 'Misschien de kunstacademie. Fotografie.'

'Cool.'

'Daar heb je mijn moeder,' zegt Roos als Maud Mertens bij de hoek van de villa verschijnt. Kyra wenkt haar met een urgentie waar ze hopelijk niet omheen kan. Maud trekt haar wenkbrauwen op en begint hun kant op te lopen. Kyra's telefoon piept en ze ziet dat Bas online is. Snel typt ze dat hij naar huis moet komen en zijn ouders moet bellen.

Wat is er dan? vraagt hij.

Bizarre vondst in jullie tuin, antwoordt Kyra. Kom snel.

'Kyra,' groet Maud haar. Dan wendt ze zich tot Roos. 'Ik ben hier nog wel even bezig,' zegt ze. 'Ik denk dat je beter naar huis kunt gaan.'

'Denk je dat...' stamelt Kyra. 'Zou het mogelijk zijn dat...'

'Ik weet het niet,' zegt Maud, die meteen begrijpt wat ze bedoelt. Ze opent het hek en laat Kyra binnen. 'Het lijkt me heel, heel onwaarschijnlijk,' vervolgt ze. 'Het spoor eindigt op Norderney. Hoe zou ze van daar naar hier gekomen zijn? En waarom? Waarom dan niet gewoon in Amsterdam toeslaan?'

Kyra zwijgt.

'Dat lijkt mij ook,' zegt Roos. 'Het is echt heel gek als dat je zus is.'

Maud kijkt haar aan, duidelijk verward over wat ze met de steun van haar dochter aan moet.

'Ik moet de familie spreken,' zegt Maud. 'Maar er is niemand thuis. Ik heb de voicemail van mevrouw ingesproken, maar nog geen reactie gekregen. Die man zit in het buitenland, begrijp ik. Ken jij hen?'

'Ik heb net de zoon een berichtje gestuurd,' zegt Kyra en ze kijkt op haar telefoon. 'Bas heet hij. Hij is onderweg.'

Maud lacht. 'Ik had het kunnen weten,' zegt ze hoofdschuddend. 'Waarom heb ik je niet meteen gebeld?'

Kyra haalt haar schouders op. Lot trekt ongedurig aan de lijn. Ze kan haar beter even naar huis gaan brengen.

'Nou, dan ga ik maar.' Roos kijkt haar moeder chagrijnig aan. Ze haalt haar telefoon weer tevoorschijn.

'Tot straks,' zegt Maud. 'Vertel jij aan papa dat ik aan het werk ben?'

'Dat weet hij ook wel zonder dat ik het zeg,' antwoordt Roos. Ze zwaait een kleine rugzak over haar schouder en loopt weg.

'Het is best oké,' roept Kyra haar na. 'Voor een opleiding.'

Roos kijkt grijzend om, steekt haar hand op en loopt zonder nog naar haar moeder te kijken weg.

*

'Maud?'

De schouwarts roept haar en Maud gebaart dat ze eraan komt. 'Wat weet je van de familie?' vraagt ze aan Kyra.

'Ik breng de hond even weg,' zegt Kyra. 'Dan kom ik zo terug om je te vertellen wat ik weet.'

'Goed,' zegt Maud.

Kyra draait zich om en rent weg, de hond aansporend om netjes naast haar te blijven.

Maud kijkt haar na. Natuurlijk is Kyra hier. Die duikt altijd op als je haar niet verwacht. Aan de andere kant is het wel logisch, want ze woont een paar huizen verderop aan de dijk. De gedachte dat het lichaam van Sarina kon zijn is zo gek niet. Zelf heeft ze er ook aan gedacht, maar ze had de mogelijkheid snel verworpen. Er is heel duidelijk bewijs dat het meisje ver weg van deze plek verdwenen is, in het gezelschap van mensen die helemaal niets met de familie Narcing te maken hebben. Ze loopt terug naar de witte tent en meldt zich bij de schouwarts.

'Ik moet je teleurstellen,' zegt hij. 'Of misschien ook niet.' 'Vertel.'

'Er is geen lichaam. Hier ligt alleen een hoofd.'

– 3 –

Hij is gekomen om het af te ronden. Al maanden ziet hij uit naar deze dagen. Hoogtepunt van het jaar. Eerst teert hij op de vorige, dan fantaseert hij over de volgende.

Rustig loopt hij de trap af. Hij werpt geen blik op de wijnkelder achter de glazen deur, maar opent de verstevigde en zo goed als onzichtbare poort recht voor hem door een code in te toetsen op het bedieningspaneel van de klimaatbeheersing, die niet alleen voor de wijn is aangelegd. Met een zachte klik schiet het slot los en dan zwaait de dikke ijzeren deur geluidloos naar binnen. Als hij de ruimte binnenloopt gaat een zachtgeel licht branden, dat langzaam aanzwelt en helderder wordt.

De kamer is vierkant, smetteloos schoon en helemaal glimmend wit geschilderd. Meteen loopt hij door naar de linkerhoek en daar blijft hij staan. Hij kleedt zich uit, vouwt zijn kleding zorgvuldig op en legt die op een smalle tafel die langs de muur staat. Dan loopt hij terug naar zijn hoek, richt zich tot zijn heiligdom en hij blijft staan. Als in trance. Onbeweeglijk.

Na een paar minuten spreidt hij zijn armen tot schouderhoogte, handpalmen vooruit, vingers gespreid, en hij ademt een paar keer diep in. Hij trilt, kreunt, voelt het leven door zijn lichaam razen. Dit is zijn bestemming, de reden waarom hij leeft. Nog leeft. Weer leeft.

Hij voelt dat ze er zijn, dat hij het centrum is, de blikvanger. Het trillen wordt heviger, maar hij dwingt zichzelf om te blijven staan, zijn handen niet te gebruiken. Wel spant hij zijn bilspieren aan, duwt zijn heupen ritmisch naar voren, tot hij zijn hoofd in zijn nek legt, alle spanning uit hem vloeit, en hij de diepste zucht sinds lange tijd slaakt.

Dan kleedt hij zich weer aan, maakt de grond goed schoon en loopt naar boven.

Hij stapt in de auto, laat die achter in zijn garage in de stad, om vervolgens te voet naar het centrum te gaan.

De Dam is altijd een voortreffelijk beginpunt. Hier neemt de spanning weer toe, net als zijn hartslag, het tempo van zijn ademhaling, zijn geilheid. Soms voelt hij zelfs even die speldenprikken op zijn huid, die zich alleen maar manifesteren bij het besef dat het ook mis kan gaan, dat hij een fatale fout zou kunnen maken, de afgrond in kan storten omdat het koord te smal is, of te slap, en hij – vanzelfsprekend – niet gezekerd is. Wat heeft het voor zin dit soort dingen te doen als je geen risico loopt?

Het lijkt alsof hij ontspannen slentert, maar in werkelijkheid is hij op zijn hoede, staan al zijn zintuigen op scherp. Zijn hele lijf is klaar om in een fractie van een seconde aan te spannen, toe te slaan. Hier op de grote cirkelvormige treden rond de hoge pyloon, met zijn beelden van wanhoop en ellende, omarmd door de gedenkmuur, zitten er genoeg.

Aarde, door het offer gewijd...

Hij kijkt niet naar de in steen gebeitelde woorden, niet naar de urnen met aarde, maar richt zijn blik op de meisjes om zich heen. Wat hem niet interesseert registreert hij amper. Een blonde op twee uur. Te dik. Een andere recht voor hem. Interessant. Ze lacht. Haar gepiep is teleurstellend en hij loopt door. Na een halfuur loopt hij naar de tramrails, kijkt om zich heen en steekt over naar de andere kant van het plein. Voor het paleis staan talloze groepjes toeristen. Geen haast, hij heeft geen haast, sterker nog, het is het spel, de jacht, het onverwachte en onzichtbare gevaar dat in hem huist dat hem genot brengt. Daar, die – die lange daar. Hij komt iets dichterbij en glimlacht naar het meisje als ze met een sierlijk gebaar een lok haar achter haar oor veegt.

Een grote vent met spierballen waarmee hij zijn onzekerheid probeert te verhullen, kijkt hem achterdochtig aan en langzaam loopt hij door. Van een afstandje bestudeert hij het meisje uitvoerig en hoe langer hij kijkt, hoe sterker zijn ogen zich verankeren aan haar gezicht, hoe vuriger zijn gedachten over haar zijn en hoe harder zijn fantasie met hem op de loop gaat. Fantastisch. Het zou fantastisch zijn met haar.